本书出版获得广东省高水平大学建设经费资助

WEICHENG ZHONG DE JUREN —— LIJIE LU XUN DE "JIMO" YU "BEIAI"

围城中的巨人

理解鲁迅的"寂寞"与"悲哀"

宋剑华　著

华南理工大学出版社
SOUTH CHINA UNIVERSITY OF TECHNOLOGY PRESS
·广州·

图书在版编目（CIP）数据

围城中的巨人：理解鲁迅的"寂寞"与"悲哀"/宋剑华著. —广州：华南理工大学出版社，2017.12
ISBN 978-7-5623-5472-7

Ⅰ.①围… Ⅱ.①宋… Ⅲ.鲁迅著作研究 Ⅳ.①I 210.97

中国版本图书馆 CIP 数据核字（2017）第 285007 号

围城中的巨人——理解鲁迅的"寂寞"与"悲哀"
宋剑华 著

出 版 人：	卢家明
出版发行：	华南理工大学出版社
	（广州五山华南理工大学 17 号楼，邮编 510640）
	http://www.scutpress.com.cn E-mail：scutc13@scut.edu.cn
	营销部电话：020-87113487 87111048（传真）
策划编辑：	王　磊
责任编辑：	龙　辉
印 刷 者：	广州星河印刷有限公司
开　　本：	787mm×1092mm　1/16　印张：16.5　字数：296 千
版　　次：	2017 年 12 月第 1 版　2017 年 12 月第 1 次印刷
定　　价：	48.00 元

版权所有　盗版必究　印装差错　负责调换

"悲哀"与"绝望":
一个真实鲁迅的五四姿态
(代序)

毋庸置疑,鲁迅作为中国现代文学史上的灵魂人物,其"无地彷徨"而"反抗绝望"的批判理性,早已被学界提升到了五四启蒙的思想高度,成为知识分子人格追求的精神偶像。综观几十年来国内学者的鲁迅研究,人们一直都在试图接近一个真实的鲁迅;但无论是"意识形态说"还是"思想启蒙说",客观上都存在一种"臆说"鲁迅的价值偏离。尤其是20世纪80年代以后,各种西方哲学方法论的大量引入,更是造就了鲁迅研究的空前"繁荣",诸如存在主义、解构主义乃至复调理论的泛化使用,不仅使读者逐渐生疏了鲁迅,还使读者困惑地迷失了鲁迅——"革命家""思想家""文学家"再加上"哲学家"的多重释义,厚重到严重阻隔了读者与作者之间的心灵对话;尽管还原真实鲁迅的社会呼声一直不绝于耳,可是因其话题过于敏感而每每受到强烈的斥责!聪明而睿智的鲁迅似乎很有先见之明,他清醒地意识到一个人一旦被奉为"伟人",其身后必然要遭遇被人误解的尴尬处境,故他才会不无调侃地戏谑道:"待到伟大的人物成为化石,人们都称他伟人时,他已经变成了傀儡了。"[①] 鲁迅当然并不想成为"傀儡",然而他却同所有"伟人"一样,最终只能被后人加以无限地"阐释",自己则失去了回应辩解的"言说"能力。所以,超越作品文本去替鲁迅进行思想"言说",这是国内鲁迅研究界普遍存在的历史现象。

一

重新认识鲁迅与五四之间的辩证关系,我们首先必须去澄清真实"历史"与虚拟"历史"的本质区别。克罗齐曾强调说真实的"历史决不是用叙

[①]《鲁迅全集》第3卷,北京:人民文学出版社1981年,第256页。

述写成的,它总是用凭证或变成了凭证并被当作凭证使用的叙述写成的"①。如果我们按照克罗齐的说法来推论,鲁迅作品文本应是唯一性的历史"凭证",只有它才具有研究鲁迅思想的真实价值。然而长期以来,国内鲁迅研究界在其具体实践过程当中,"一千个学者就有一千个鲁迅"的众说纷纭,显然都呈现出了一种任意"肢解"鲁迅思想的怪诞现象。所以,一个被"言说"的鲁迅,也因"言说者"的主观意志,走出了历史而进入了神坛。

对于鲁迅及其作品超越文学意义的思想评价,归根结底应是源自瞿秋白与毛泽东这两位政治革命家的权威定论。早在1933年鲁迅在世之际,瞿秋白就撰写了《〈鲁迅杂感选集〉序言》一文,第一次将鲁迅的文学创作视为现代"中国思想斗争史上的宝贵的成绩",而鲁迅也被他誉为"是野兽的奶汁所喂养大"的"莱谟斯","在儿童时代就混进了野孩子的群里,呼吸着小百姓的空气",最终完成了其思想"从进化论到阶级论,从绅士阶级的逆子贰臣进到无产阶级和劳动群众的真正的友人,以至于战士"②的彻底转变。而1940年毛泽东在《新民主主义论》中,则更是气势恢宏铿锵有力地论述道:

> "五四"以后则不然。——由于中国政治生力军即中国无产阶级和中国共产党登上了中国的政治舞台,这个文化生力军,就以新的装束和新的武器,联合一切可能的同盟军,摆开了自己的阵势,向着帝国主义文化和封建文化展开了英勇的进攻。——而鲁迅,就是这个文化新军的最伟大和最英勇的旗手。鲁迅是中国文化革命的主将,他不但是伟大的文学家,而且是伟大的思想家和伟大的革命家。鲁迅的骨头是最硬的,他没有丝毫的奴颜和媚骨,这是殖民地半殖民地人民最可宝贵的性格。鲁迅是在文化战线上,代表全民族的大多数,向着敌人冲锋陷阵的最正确、最勇敢、最坚决、最忠实、最热忱的空前的民族英雄。鲁迅的方向,就是中华民族新文化的方向。③

不可否认,瞿秋白与毛泽东都是出自中国无产阶级政治革命的历史诉求,去宏观地概括总结五四新文化运动与鲁迅反封建思想启蒙的社会意

---

① [意]克罗齐:《历史学的理论和实际》,上海:复旦大学出版社1999年,《二十世纪哲学经典文本·欧洲大陆哲学卷》,第223页。
② 《瞿秋白文集》第3卷,北京:人民文学出版社1989年,第96、97、99、115页。
③ 该文最早是毛泽东1940年1月9日在陕甘宁边区文化协会第一次代表大会上的讲演稿,原名为《新民主主义的政治与新民主主义的文化》,载于1940年2月15日延安出版的《中国文化》创刊号。同年2月20日在延安出版的《解放》杂志第98、99期合刊全文登载时改为《新民主主义论》,后收入人民出版社1991年版《毛泽东选集》第2卷。

义;他们都急切地希望树立起一个资产阶级知识分子思想转型的光辉榜样,以便最终确立无产阶级对于五四新文化运动的领导地位——鲁迅也因此被改变了其"文学家"的原初形象,成为具有"革命家"与"思想家"双重身份的时代"战士"!到了20世纪80年代以后,王富仁的思想革命"镜子说"与汪晖的反抗绝望"启蒙说",虽然都力图摆脱鲁迅研究中政治意识形态因素的潜在影响,但是他们从思想革命入手去重新"言说"鲁迅的种种努力,也同样因其受制于中国式启蒙理论的自我束缚,仍旧去人为地提升鲁迅及其作品在现代思想史的文化价值——所以,鲁迅并没有从当前学界那里获得精神人格的真正解放,他同样只能顶着"旗手"和"主将"这一辉煌而神圣的附加头衔,"孤独"与"寂寞"地"时常感到一种使人气闷的沉重"①;这就恰恰有如他自己曾经嘲讽过的那样:"如果孔丘,释迦,耶稣基督还活着,那些教徒难免要恐慌。"②

将鲁迅视为"旗手"和"主将",人们似乎都在有意识地回避一个历史问题:鲁迅并不是五四思想启蒙运动的发难者,甚至于他在《新青年》创刊后的一年多时间里,仍对这本杂志并无任何好感。比如周作人就曾回忆说:"那年四月(指1918年,引者注)我到北京,鲁迅就拿几本《新青年》给我看,说这是许寿裳告诉的,近来有这么一种杂志,颇多谬论,大可一驳,所以买了来的。"③ 周作人此话是可以相信的,因为从1918年鲁迅日记的记载来看,的确有两次提到过他买《新青年》杂志送人。即使是到了1920年5月,鲁迅仍对"新文学家所鼓吹之新式"思想,表示出了颇有些不屑一顾的个人偏见,他在致宋崇义的信中这样写道:"仆以为一无根柢学问,爱国之类,俱是空谈:现在要图,实只在熬苦求学,惜此又非今之学者所乐闻也。"④ 鲁迅此话暗含讽义,他显然是认为《新青年》在崇尚"空谈",故他才会鼓励那些青年学子去"熬苦求学",做些"根柢学问"。但学界却对于这一历史真相做了匪夷所思的另类析解,而瞿秋白那番混淆视听的激情辩白,则又是最具有代表性的时代之声:鲁迅之所以很晚才加入《新青年》阵营,"是因为在这之前,还没有什么可以参加的,他还只能够孤独的'沉思'。而在《新青年》发动了'新文化斗

---

① 《鲁迅全集》第1卷,北京:人民文学出版社1981年,第285页。
② 《鲁迅全集》第3卷,北京:人民文学出版社1981年,第256页。
③ 鲁迅博物馆等:《鲁迅回忆录》(中册),北京:北京出版社1999年,第1067页。
④ 《鲁迅全集》第11卷,北京:人民文学出版社1981年,第370页。

争'之后,反国故派方才成为整个的队伍。"① 瞿秋白此言的确是用心良苦,其真实意图无非是要强调说明:只有在鲁迅加入了《新青年》阵营之后,才能算是五四思想启蒙运动的真正开始!应该说几十年来国内学界对于鲁迅思想的价值判断,也基本上延续着早年瞿秋白的这一观点。故鲁迅成就了五四新文化运动,同时也推动了中国社会的现代转型,那么将其视为时代的"旗手"与"主将",也就是自然而然无可争议的铁定事实了。但鲁迅本人却并不这样看待自己,他在《〈自选集〉自序》中明确地指出:"我那时对于'文学革命',其实并没有怎样的热情。见过辛亥革命,见过二次革命,见过袁世凯称帝,张勋复辟,看来看去,就看得怀疑起来,于是失望,颓唐得很了。"② 其实,鲁迅这种胸襟坦荡自我解剖的类似语言,在他早期的杂文与小说中,都比比皆是随处可见。我个人宁愿去相信鲁迅本人的真情诉说,而不愿去相信学界那些信口开河的杜撰之辞!

鲁迅坦承"五四运动之后,我没有写什么文字,现在已经说不清是不做,还是散失消灭的了"。这恐怕并非鲁迅本人的自谦之词,而是他当时内心世界的真实写照,因为在他看来"那时革新运动,表面上却颇有些成功",但实际上则"只是我们的卖报孩子却穿破了第一身新衣服以后,便不再做,只见得年不如年地显出穷苦"③。于是他终于感到了刻骨铭心的"寂寞"与"悲哀"。鲁迅写于1922年的《〈呐喊〉自序》,是我们研究五四时期鲁迅思想的重要文献;但就是在这篇仅有三千多字的叙述短文里,"寂寞"与"悲哀"竟出现15次之多。由此我们足以看出,鲁迅当时的情绪是何等的消沉与低落!《〈呐喊〉自序》除了告诉人们作者当时的"颓唐"心境,同时还告诉人们作者与新文学之间的微妙关系:"老朋友金心异"多次来访,"我懂得他的意思了,他们正办《新青年》,然而那时仿佛不特没有人来赞同,并且也还没有人来反对,我想,他们许是感到寂寞了",故他开始"听将令",并逐渐为《新青年》写文章。④ 鲁迅受钱玄同等人的鼓励与催促,被动地加入《新青年》的启蒙阵营,这是具有历史依据的客观事实:我们通过检索1917年10月到1918年12月的鲁迅日记,总共统计出在这14个月期间,钱玄同单独到访过26次,

---

① 《瞿秋白文集》第3卷,北京:人民文学出版社1989年,第103页。
② 《鲁迅全集》第4卷,北京:人民文学出版社1981年,第455页。
③ 《鲁迅全集》第1卷,北京:人民文学出版社1981年,第291-292页。
④ 《鲁迅全集》第1卷,北京:人民文学出版社1981年,第418-419页。

刘半农单独到访过6次，钱与刘共同到访过5次。此外，钱玄同、刘半农、沈尹默还同鲁迅饮酒2次，前后相加见面次数竟多达39次。仅就这一具体数字而言，鲁迅的确是盛情之下其实难却，"决不能以我之必无的证明，来折服了他之所谓可有"，因此也就"有时候仍不免呐喊几声，聊以慰藉那在寂寞里奔驰的猛士，使他不惮于前驱"①。

鲁迅因"听将令"而蹒跚着走入了"五四"，虽然他"觉得惟'黑暗与虚无'乃是'实有'，却偏要向这些作绝望的抗战"，可是当他意识到"中国大约太老了，社会上事无大小，都恶劣不堪，像一只黑色的染缸，无论加进什么新东西去，都变成漆黑"②的社会现实时，却又深深地陷入了"我至今终于不明白我一向是在做什么"③的苦闷情绪。众所周知，小说《祝福》中"我"与祥林嫂那段精神对话，最能够反映出鲁迅本人的思想矛盾：就连"我"自己都在现实生活中感到了无路可走，又怎能去给同样困惑的祥林嫂解答疑问呢？所以"无论如何，我明天决计要走"——因为"周围的空气太寒冽了"④——在寒冽空气中感受"孤独"与"寂寞"，这是导致五四时期鲁迅"颓唐"的根本原因！

二

五四时期鲁迅真实的精神状态，明显呈现出一种"亢奋"与"颓唐"的二元对立，过去人们也往往是通过《呐喊》和《彷徨》的字面意义，去直观地判断鲁迅对待思想启蒙的微妙变化，似乎鲁迅人格也构成了自我否定的内在矛盾，这明显是脱离历史"原场"的学界想象。如果我们仔细去分析一下便可以发现，杂文的鲁迅与小说的鲁迅，始终都表现为一个"绝望"的鲁迅；而《热风》式的"战斗""呐喊"，也一直都"彷徨"于凄凉的"坟"丘之侧，向读者诉说着"倘是掘坑，那就当然不过是埋掉自己"的心灵悲哀。⑤五四时期鲁迅所写的"战斗"杂文一共有四本，即《热风》《坟》《华盖集》和《华盖集续编》；而这一时期他所创作的文学作品也恰好是四部，即《呐喊》《彷徨》《朝花夕拾》与《野草》。高呼猛进的社会杂文与情绪低落的小说散文，的确会让人感到有鲁迅思想相互抵触的巨大困惑；但只要我

---

① 《鲁迅全集》第1卷，北京：人民文学出版社1981年，第419页。
② 《鲁迅全集》第11卷，北京：人民文学出版社1981年，第20页。
③⑤《鲁迅全集》第1卷，北京：人民文学出版社1981年，第283页。
④ 《鲁迅全集》第1卷，北京：人民文学出版社1981年，第292页。

们把"听将令"这一因素带进去,用杂文去"呐喊几声助助威"① 的真实意图也就不难理解了——"因为那时的主将是不主张消极的"②。

"听将令"的客观事实,使我们必须去重新正视一个真实鲁迅的自我存在,因为杂文中的"亮色"终究无法遮蔽小说中的"隐晦",而最终取代鲁迅那种挥之不去的绝望情绪。"救救孩子"与"改造国民性"的启蒙思想,这是五四时期鲁迅杂文的两大内容;但是"孩子"难救与"国民性"难改的小说叙事,无疑又使他回归到了"惟'黑暗与虚无'乃是'实有'"的理性思考!鲁迅为什么要将"热风"埋入"坟墓"而独守"孤独"呢?这恐怕并非一己之"热风"难以抵御四周之"寒冽"那么简单;而是鲁迅从其刚一加入《新青年》阵营开始,他就不相信思想启蒙会产生任何实际的社会效用!这绝不是我个人的危言耸听,而是真实鲁迅的自我言说。

《随感录二十五》是鲁迅"听将令"后,较早为《新青年》所写的"战斗"檄文,这篇杂文以愤世嫉俗的悲凉之声,向全社会发出了"救救孩子"的启蒙呐喊。鲁迅在此文中写道:"穷人的孩子蓬头垢面的在街上转,阔人的孩子妖形妖势娇声娇气的在家里转。转得大了,都昏天黑地的在社会上转,同他们的父亲一样,或者还不如。"所以他呼吁人们要强化现代教育,关注孩子精神人格的健康成长,进而培养他们"将来成一个完全的人"③。从此以后,这种进化论思想的"拯救"意识,便成了鲁迅杂文难以割舍的五四情结:"完全解放了我们的孩子"④,"老的让开道,催促着,奖励着,让他们走去"⑤,如果"杀了'现在',也便杀了'将来'。——将来是子孙的时代"⑥。故鲁迅鼓励社会与家庭的成年父辈,"自己背着,因袭的重担,肩住了黑暗的闸门,放他们到宽阔光明的地方去;此后幸福的度日,合理的做人。"⑦ 甚至他还乐观地认为,"扫荡这些食人者,掀掉这筵席,毁坏这厨房,则是现在的青年的使命!"⑧ 这些令研究者们耳熟能详的经典名言,历来都被学界视为鲁迅启蒙思想的集中表现。殊不知鲁迅"呐喊几声助助威"的敷衍之说,只不过是他用来应付"主将"们"不主张消极的"搪塞之词!比《随感录二十五》早5个月刊登于《新青年》的小说《狂人日记》,就是一个最为典型

---

① 《鲁迅全集》第4卷,北京:人民文学出版社1981年,第455页。
② 《鲁迅全集》第1卷,北京:人民文学出版社1981年,第419页。
③ 《鲁迅全集》第1卷,北京:人民文学出版社1981年,第296页。
④ 《鲁迅全集》第1卷,北京:人民文学出版社1981年,第323页。
⑤ 《鲁迅全集》第1卷,北京:人民文学出版社1981年,第339页。
⑥ 《鲁迅全集》第1卷,北京:人民文学出版社1981年,第350页。
⑦ 《鲁迅全集》第1卷,北京:人民文学出版社1981年,第130页。
⑧ 《鲁迅全集》第1卷,北京:人民文学出版社1981年,第217页。

的例证。在《狂人日记》所给定的客观环境里,"狼子村"中那些被"娘老子"教坏了的成年父母,由于受"古久先生的陈年流水簿子"的潜在影响,他们露出"青面獠牙"的真相"想要吃我",却并未使"狂人"感到内心世界的由衷恐惧;而真正使他感到惊悸与战栗的则是,"前面一伙小孩子,也在那里议论我;眼色也同赵贵翁一样,脸色也都铁青。我想我同小孩子有什么仇","我"同"古久先生"之间结怨时,"他们还没有出世,何以今天也睁着怪眼睛,似乎怕我,似乎想害我"。作者在这种貌似"疯癫"的叙事当中,为我们人为地设置了一个无法逾越的理论屏障:假定"狼子村"就是喻指中国地理的历史版图,"古久先生"就是喻指中华民族的历史精神,"陈年流水簿"就是喻指传统文化的历史记载,那么"娘老子"几千年来的世代教诲,会不会因为"我"个人的反抗呐喊,而使一种延绵不息的古老文明戛然终止了呢?"有着四千年吃人履历的我",终于明白了自身历史的厚重感与压抑感:

没有吃过人的孩子,或者还有?
救救孩子……

学界对于《狂人日记》这一结束语的普遍看法,几乎都是从正面意义上去肯定其"救救孩子"的启蒙价值;但我个人却认为"问号"与"省略号"的连接使用,则是作者寓意着一种质疑启蒙的真实意图——理由十分简单,"没有吃过人的孩子,或者还有?"答案当然是"没有"!因为每一个中国人都是民族文化母体所孕育出来的生命细胞,如果"吃人"已经被确定为是中华民族文化母体的遗传基因,那么中国人从他出生伊始便难逃其传承"吃人"文化的历史"厄运"!故我们不禁要发问:在"救救孩子"的后面,究竟被作者人为地省略掉了些什么?回答自然是"孩子可救吗"的信心丧失!从《狂人日记》中的"孩子"之难"救",到《药》《明天》《祝福》中的"孩子"之"死亡",无不反映着鲁迅"孩子不可救"的绝望情绪!肉体的"死亡"固然令人伤感,而精神的"死亡"则更令人悲哀。如《社戏》中那群顽皮可爱的"小朋友",他们不是在《长明灯》里变"坏",便会像《故乡》里的闰土那样变"迂",这种"孺子不可教"的文化天性,恰恰是鲁迅"启蒙无效论"的思想基础!因此,"狂人"终于从"癫狂"中幡然醒悟,他不再幼稚地去热心"拯救"孩子,而是务实地回归到传统去等待"候补",这就是《狂人日记》所要告诉读者的创作主题!

"改造国民性"与"救救孩子"密切相关,同样也是五四时期鲁迅杂文的思想精华,那些精妙绝伦、深刻无比的尖刻言辞,至今仍不失其振聋发聩的"警世"作用。这是因为鲁迅对于中国文化有着超乎常人的理性认识，他通过自身体验与细致观察，惊奇地发现了这样一个事实："中国人向来就没有争到过'人'的价格，至多不过是奴隶。"而"所谓中国者，其实不过是安排这人肉的筵宴的厨房"。①鲁迅意识到中国文化犹如"无物之阵"，无论启蒙者怎样地挣扎与反抗，他们到头来都只能落败而归，最终"无物之物则是胜者"②。虽然鲁迅不无悲哀地认为，"中国太难改变了，即使搬动一张桌子，改装一个火炉，几乎也要血；而且即使有了血，也未必一定能搬动，能改装"③；但他仍旧振臂高呼"世界日日改变，我们的作家取下假面，真诚地，深入地，大胆地看取人生并且写出他的血和肉来的时候早到了；早就应该有一片崭新的文场，早就应该有几个凶猛的闯将！"④鲁迅杂文这种抑扬顿挫的激情呐喊，以及他不屈不挠的"韧战"精神，当然不失为一种英勇无畏的"战士"姿态，然而这却是鲁迅自身所伪装出来的一种假象。五四时期鲁迅小说中对"国民性"所表现出来的"恐惧"与"无奈"，则正是对其杂文中攻打"国民性"高昂士气的"解构"与"否定"；而杂文之鲁迅与小说之鲁迅看似矛盾的悖论现象，则又集中反映了他"绝望"大于"希望"的悲剧意识。应该说"启蒙无效论"是《呐喊》与《彷徨》的创作主题，也是鲁迅本人"寂寞"与"孤独"的五四姿态——从《狂人日记》中的"亢奋"情绪，到《离婚》中的"平静"叙事，我们发现"狂人"之辈的思想"癫狂"，最终遭到了"爱姑"之辈的无情狙击——启蒙者非"死"即"颓"的残酷命运，被启蒙者非"顽"即"愚"的精神面貌，其实就是鲁迅对于《新青年》阵营近乎哀鸣的善意忠告。聪明的"狂人"终于在"狼子村"村民的冷漠注视中，迅速觉醒并立刻恢复了他合乎逻辑的世俗常态；而执着的"夏瑜"却在众多看客的冷嘲热讽中，极其悲惨地成了"吃人"文化"筵宴"中的牺牲祭品！鲁迅并没有把"文化"看作一种虚拟形态的抽象理念，而是看作一种以普通国人为实际载体的形象符号；那么"夏瑜"去向民众宣传革命"造反"的启蒙道理，无疑也就等于是在"与虎谋皮"，这应是鲁迅小说批判理性的深刻之处。当然，鲁迅还为读者塑造了另外一种"过客"形象，但"过客"则更是令人沮丧的悲剧人格，或像吕纬甫

---

① 《鲁迅全集》第1卷，北京：人民文学出版社1981年，第212-216页。
② 《鲁迅全集》第2卷，北京：人民文学出版社1998年，第215页。
③ 《鲁迅全集》第1卷，北京：人民文学出版社1981年，第164页。
④ 《鲁迅全集》第1卷，北京：人民文学出版社1981年，第241页。

和魏连殳那样自我"堕落",或像涓生与子君那样自我"颓唐"——无论是"堕落"或"颓唐",鲁迅小说都没有给"过客"人物以光明的出路:"他终于在无物之阵中老衰,寿终。他终于不是战士"①,只能去低徊着"绝望之为虚妄,正与希望相同"②的生命哀歌,并"于天上看见深渊"里的"墓碣文",③然后拖带着疲惫不堪的沉重身躯,蹒跚地走向自己生命的最后归宿!

杂文的"希望"与小说的"绝望",以两种不同方式的声音,向人们展示着一个五四时期的真实鲁迅:他用杂文的"热风"温暖着启蒙先驱者的孤寂心灵,同时又用小说的"冷酷"刺激着启蒙先驱者的敏感神经;但无论是"呐喊"还是"彷徨",启蒙者的屡遭"厄运",实际上都是作者告诫《新青年》阵营不要盲目乐观的逆耳忠言!鲁迅清醒地意识到自己所扮演的历史角色,绝不是什么"振臂一呼应者云集的英雄"④,而是与"狂人"曾经"吃"过妹妹的"肉"一样,也不过是"吃人"文化"排筵宴"的一个"帮手"。(原文为"我曾经说过:中国历来是排着吃人的筵宴,有吃的,有被吃的。被吃的也曾吃人,正吃的也会被吃。但我现在发现了,我自己也帮助着排筵宴"⑤。)这说明鲁迅早已认定他和"狂人"都失去了"拯救"他者的启蒙资格;所以"狂人"最后的猛然觉醒,也就意味着鲁迅对启蒙的彻底绝望!这种从"绝望"中无奈去"反抗"、但"反抗"了却依旧"绝望"的悲凉心境,不仅生动地反映了鲁迅自身"世人皆醉我独醒"的批判理性,同时也使他超越了五四时代那些曾经呼风唤雨的启蒙精英,成为中华民族现代文化的历史巨人!

三

对于五四思想启蒙的彻底绝望,使鲁迅倍感"寂寞"与"悲哀",并经常流露出一种"颓唐"的情绪,这是任何人都无法否定的客观事实。只要我们认真去阅读一下《鲁迅全集》的第一卷《〈坟〉题记》《写在〈坟〉后面》《〈热风〉题记》以及《〈呐喊〉自序》等文章,就不难发现,他几乎都是在

---

① 《鲁迅全集》第2卷,北京:人民文学出版社1998年,第215页。
② 《鲁迅全集》第2卷,北京:人民文学出版社1998年,第178页。
③ 《鲁迅全集》第2卷,北京:人民文学出版社1998年,第202页。
④ 《鲁迅全集》第1卷,北京:人民文学出版社1981年,第417页。
⑤ 《鲁迅全集》第3卷,北京:人民文学出版社1981年,第454页。

使用格调低沉的总结性文字，毫不掩饰地向读者敞开着自己极度苦闷的心灵大门——面对那些"先前是怎样地使我激昂"的西方作家，可"他们的名"却在"民国告成以后，我便将他们忘却了"①；他还十分坦率地告诉广大读者，"我并无喷泉一般的思想，伟大华美的文章，既没有主义要宣传，也不想发起一种什么运动。不过我曾经尝得，失望无论大小，是一种苦味"②。因为他终于意识到"自《新青年》出版以来，一切应之而嘲骂改革，后来又赞成改革，后来又嘲骂改革者，现在拟态的制服早已破碎，显出自身的本相来了，真所谓'事实胜于雄辩'，又何待于纸笔喉舌的批评。……这正是我所悲哀的"③。所以他只能"麻醉自己的灵魂"，"沉入于国民中"与"回到古代去"，"再没有青年时候的慷慨激昂的意思了"。④

"苦涩"与"灰色"的伤感情绪，虽然与高呼猛进的时代氛围不太协调，但却深刻地反映出鲁迅对于中国历史文化的爱恨交织，以及他对五四时期思想启蒙无序状态的忧患焦虑：传统文化那种超强大的惰性力量，绝不可能一朝一夕得以改变；而"以其昏昏使人昭昭"的启蒙言说，也难以唤醒黑暗"铁屋子"里鼾声如雷的沉睡国民！因为"史书本来是过去的陈帐簿，和急进的猛士不相干。……倒也可以翻翻，知道我们现在的情形，和那时的何其相似"。⑤ 这种敢于直面现实人生的批判理性，恰恰是支撑着鲁迅"反启蒙"思想的力量源泉。

鲁迅对于中国文化的生命体验，无疑使他产生了一种异常绝望的复杂心情，他说："我总觉得周围有长城围绕。这长城的构成材料，是旧有的古砖和补添的新砖。两种东西联为一气造成了城壁，将人们包围。"⑥ 在这种文化"围城"当中，"可怜外国事物，一到中国，便如落在黑色染缸里似的，无不失了颜色"⑦。正是由于鲁迅意识到了"时势虽然变迁"，但中国古老文化却"是不会失掉的"缘故，所以他才无可奈何地反讽道，"谁说中国人不善于改变呢？每一新的事物进来，起初虽然排斥，但看到有些可靠，就自然会改变。不过并非将自己变得合于新事物，乃是将新事物变得合于自己而已。"⑧ 不仅

---

① 《鲁迅全集》第1卷，北京：人民文学出版社1981年，第3页。
② 《鲁迅全集》第1卷，北京：人民文学出版社1981年，第282页。
③ 《鲁迅全集》第1卷，北京：人民文学出版社1981年，第292页。
④ 《鲁迅全集》第1卷，北京：人民文学出版社1981年，第418页。
⑤ 《鲁迅全集》第3卷，北京：人民文学出版社1981年，第139页。
⑥ 《鲁迅全集》第3卷，北京：人民文学出版社1981年，第58页。
⑦ 《鲁迅全集》第1卷，北京：人民文学出版社1981年，第330页。
⑧ 《鲁迅全集》第3卷，北京：人民文学出版社1981年，第102页。

启蒙者是如此,被启蒙者更是如此。故他认为"我们中国本不是发生新主义的地方,也没有容纳新主义的处所,即使偶然有些外来思想",也会被中国文化所彻底地"同化"掉。① 故鲁迅从不把自己比作指引国人的思想"导师",且也从不主张先驱者以牺牲生命为启蒙代价,在他看来,"凡有牺牲在祭坛前沥血之后,所留给大家的,实在只有'散胙'这一件事了"②。因为"群众不过如此,由来久矣,将来恐怕也不过如此"③。这使我们自然会联想到鲁迅小说里的两种场景——一种是《阿Q正传》中阿Q"革命"时的得意神气:

"造反了!造反了!"

未庄人都用了惊惧的眼光对他看。这一种可怜的眼光,是阿Q从来没有见过的,一见之下,又使他舒服得如六月里喝了雪水。他更加高兴的走而且喊道:

"好,……我要什么就是什么,我欢喜谁就是谁。"

鲁迅将阿Q与假洋鬼子之辈从讨厌"革命"到拥护"革命"视为"国民性"历史痼疾的同一性结构进行历史揭秘,其真实目的就是要去揭示中国人在时代变革面前,尽可能地把"革命"变成于己"有利"的"务实"心态——因此,"未庄也不能说是无改革。几天之后,将辫子盘在顶上的逐渐增加起来了,早经说过,最先自然是茂才公,其次便是赵司晨和赵白眼,后来是阿Q"。剪掉了辫子的假洋鬼子与盘起了辫子的阿Q等人,他们都顺应着时代变革的历史潮流,完成了国民自我想象中的"现代"转型,这无疑是鲁迅对于启蒙功效的潜在否定。另外一种是《药》中华老栓等看客围观"杀人"时的冷漠表情:

一阵脚步声响,一眨眼,已经拥过了一大簇人。那三三两两的人,也忽然合作一堆,潮一般向前赶;将到丁字街口,便突然立住,簇成一个半圆。

老栓也向那边看,却只见一堆人的后背;颈项都伸得很长,仿佛许多鸭,被无形的手捏住了的,向上提着。静了一会,似乎有点声音,便又动摇起来,轰的一声,都向后退;一直散到老栓立着的地方,几乎将他挤倒了。

---

① 《鲁迅全集》第1卷,北京:人民文学出版社1981年,第354页。
② 《鲁迅全集》第1卷,北京:人民文学出版社1981年,第407页。
③ 《鲁迅全集》第11卷,北京:人民文学出版社1981年,第74页。

围城中的巨人
理解鲁迅的"寂寞"与"悲哀"

革命启蒙者夏瑜正是在被启蒙者那麻木神情的注视之下,成了满足国民嗜血心理与"散胙"欲望的无谓牺牲者——华老栓"仿佛抱着一个十世单传的婴儿,别的事情,都已置之度外了。他现在要将这包里的新的生命,移植到他家里,收获许多幸福"。由实用功利主义文化所造成的"国民劣根性",使鲁迅直接将愚昧的民众视为"鸡肋,弃之不甘,食之无味,就要这样地牵缠下去"。他甚至还神情黯然地喟叹道,如果启蒙者不得不背负着这群"庸众"去艰难前行,那么中国"五十一百年后能否就有出路,是毫无把握的"①。

五四时期鲁迅思想的"悲哀"与"绝望",一方面是因为他对启蒙对象的空前绝望,"中国人无感染性,他国思潮,甚难移殖"②;另一方面则是因为他对启蒙主体的缺乏信心,"哀莫大于心死",而"留学是到外国去治心",③可仔细分辨"便能发见我们和别人的思想中间,的确还隔着几重铁壁"④。鲁迅对于启蒙者身份的强烈质疑,在其散文《藤野先生》的卷首开篇,就已经意思清楚地表露了出来:

> 东京也无非是这样。上野的樱花烂熳的时节,望去确也像绯红的轻云,但花下也缺不了成群结队的"清国留学生"的速成班,头顶上盘着大辫子,顶得学生制帽的顶上高高耸起,形成一座富士山。也有解散辫子,盘得平的,除下帽来,油光可鉴,宛如小姑娘的发髻一般,还要将脖子扭几扭。实在标致极了。

> 中国留学生会馆的门房里有几本书买,有时还值得去一转;倘在上午,里面的几间洋房里倒也还可以坐坐的。但到傍晚,有一间的地板便常不免要咚咚咚地响得震天,兼以满房烟尘斗乱;问问精通时事的人,答道,"那是在学跳舞。"

> 到别的地方去看看,如何呢?

鲁迅以其轻松幽默的诙谐语调,生动地描绘了一群留日学生的逼真丑态;那么其他地方的留学生,情形又会是"如何呢?"鲁迅本人虽然并没有给予正面回答,但我们只要联想到钱锺书的小说《围城》,留学生作为现代中国的启蒙主体,其精神面貌也就可想而知了。正是由于鲁迅有过出

---

① 《鲁迅全集》第4卷,北京:人民文学出版社1981年,第103页。
② 《鲁迅全集》第11卷,北京:人民文学出版社1981年,第370页。
③ 《鲁迅全集》第5卷,北京:人民文学出版社1981年,第101页。
④ 《鲁迅全集》第1卷,北京:人民文学出版社1981年,第354页。

洋留学的切身经历，他才对那些启蒙主体有着比国人更为透彻的理性认识。比如他不无鄙夷地嘲讽说："凡物总是以希为贵。假如在欧美留学，毕业论文最好是讲李太白，杨朱，张三；研究萧伯讷，威尔士就不大妥当，何况但丁之类。……待到回了中国，可就可以讲讲萧伯讷，威尔士，甚而至于莎士比亚了。……至于'四书''五经'之类，在本地似乎究以少谈为是。"① 对洋人讲"国学"而对国人讲"西学"，启蒙者这种文化交流的奇特方式，造就了中国"现在的社会，分不清理想与妄想的区别"②，而启蒙者也"大抵是专谋时式的成功的经营，以及对于一切的冷笑"③。为此鲁迅向社会厉声发问道："许多人对于托尔斯泰，都介涅夫，陀思妥夫斯奇的名字，已经厌听了，然而他们的著作，有什么译到中国来？"④ 这是一种非常清醒的自省意识！众所周知，通过外国文学去了解西方文化，这是五四启蒙的流行做法。但鲁迅（甚至包括他后来的论敌梁实秋）却始终坚持认为，在那时外国文学根本就没有被真正地引入进来，至多不过是些只言片语的肤浅介绍，连部像样的外国文学名著都没有翻译。"做学生时候看几本外国小说和文人传记，就能算'研究过他国文学'么？"⑤ 可见西方"启蒙说"在当时的社会背景下，就已经是一个存有争议的历史悬念。鲁迅这种看似偏激实为深沉的责难之说，提醒我们必须去重新正视小说《伤逝》的创作动机：涓生与子君的爱情悲剧，固然控诉了传统势力的精神虐杀，但也深刻地反映了五四启蒙的荒谬逻辑——作为五四启蒙的中心话语，"恋爱自由"是以西方文化的外来因素，构成了"破屋里渐渐充满"欢歌笑语的生命活力；他们"谈家庭专制，谈打破旧习惯，谈男女平等，谈伊孛生，谈泰戈尔，谈雪莱"等西方文学中的爱情故事，俨然一幅思想启蒙的动人场景！然而使人感到困惑不解的是学界迄今为止仍无人注意到鲁迅《伤逝》的否定意识——用西方文学去直接替代西方文化，已经是属于思想启蒙者的幼稚无知了；而涓生则又能无师自通地去大谈西方文学，则更是一种令人瞠目结舌的天方夜谭！鲁迅从不相信缺少现代人类文明意识的思想启蒙，能够真正改变中国社会几千年来所形成的落后面貌，"夷人，现在因为想去取法，姑且称之为外国，他

---

① 《鲁迅全集》第3卷，北京：人民文学出版社1981年，第345页。
② 《鲁迅全集》第1卷，北京：人民文学出版社1981年，第318页。
③ 《鲁迅全集》第1卷，北京：人民文学出版社1981年，第324页。
④ 《鲁迅全集》第1卷，北京：人民文学出版社1981年，第167页。
⑤ 《鲁迅全集》第3卷，北京：人民文学出版社1981年，第258页。

围城中的巨人
理解鲁迅的"寂寞"与"悲哀"

那里,可有较好的法子么?可惜,也没有。"① 他也从不相信深受"染缸"文化历史熏陶的国民"导师",能够"脱胎换骨""洗心革面"成为登高一呼的救世"英雄"。"要前进的青年们大抵想寻求一个导师。然而我敢说:他们将永远寻不到。……假如真识路,自己就早进向他的目标,何至于还在做导师。"②《伤逝》只不过是以中国古代文学"私奔"现象的现代演绎,全面揭穿了五四时期"恋爱自由"启蒙话语的"西化"假象,这就有如《狂人日记》中那个只能折射太阳光线的"月亮"寓意,自己不发光自然也就难以给黑暗世界带来光明!

五四时期鲁迅曾经说过这样一段至理名言:"中国各处是壁,然而无形,像'鬼打墙'一般,使你随时能'碰'。能打这墙的,能碰而不感到痛苦的,是胜利者。"③ 正是由于鲁迅清醒地意识到了传统文化的厚重积淀,所以他才主张不要轻易地去打扰黑暗"铁屋子"里的沉睡国民;否则"叫起灵魂来目睹他自己的腐烂的尸骸",那对他们无疑就是一种最为残酷的精神折磨。④ 故我们必须去正视这样一个客观事实:鲁迅让启蒙者"狂人"终止了"癫狂",并反复告诫许广平"小鬼不要变成狂人",这一切都表明了鲁迅对于中国历史的"阴柔"特性,⑤ 不仅充满恐惧而且深感绝望!与此同时,"听将令"也并没有因为鲁迅的"呐喊"与"反抗",而使其彻底摆脱"寂寞"与"孤独"的"颓唐"情绪——从他踏入《新青年》阵营便使"狂人"破灭了启蒙理想,到20世纪20年代末自己也坦然地面对了现实。鲁迅正是以其对于我们古老民族的复杂情感,形象地演绎了他和"狂人"一样"绝望"的心路历程。所以我个人认为"狂人"就是鲁迅,而"狂人"的绝望也就是鲁迅的绝望;"绝望"即鲁迅思想的深刻之处,同时也是真实鲁迅的五四姿态!

---

① 《鲁迅全集》第1卷,北京:人民文学出版社1981年,第205页。
② 《鲁迅全集》第3卷,北京:人民文学出版社1981年,第55页。
③ 《鲁迅全集》第3卷,北京:人民文学出版社1981年,第72页。
④ 《鲁迅全集》第1卷,北京:人民文学出版社1981年,第159–160页。
⑤ 《鲁迅全集》第11卷,北京:人民文学出版社1981年,第88页。

目录

上篇 思想研究

言说鲁迅与鲁迅言说的巨大反差 / 3

困惑的启蒙：鲁迅思想的另一种解读 / 22

鲁迅对"庸众"与"精英"的理性思辨 / 31

"中间物"与鲁迅自己的生命哲学 / 48

中篇 文体研究

《呐喊》与《彷徨》的思想解读 / 69

早期杂文中的"热风"与"寒气" / 87

"哀莫大于心死"的《野草》 / 107

《朝花夕拾》与鲁迅的精神返乡 / 125

下篇　文本研究

  《狂人日记》的反讽叙事与文本释义 / 143

  启蒙无效与鲁迅《药》的文本释义 / 156

  《阿Q正传》中的个体与群体之关系 / 168

  《祝福》的创作主题并非是反"礼教" / 184

  《伤逝》对五四思想启蒙的自我反思 / 201

参考文献 / 214

附录一　《鲁迅回忆录》中的几个疑问 / 219

附录二　也谈周氏兄弟的"失和"原因 / 230

后记 / 243

上篇
思想研究

言说鲁迅与鲁迅言说的巨大反差

在进入正题以前,我想先引用美国当代学者哈里·G. 法兰克福说的一段话,他说大多数热衷于理论炒作的阐述者,无疑都是些崇尚空谈的"扯淡者",他们"尽管声称自己的目的不过在于传递信息,但其实根本不是。相反,他们通过言辞来作假和作伪,达到操纵听众的想法和态度。因此,他们最关心的是自己所说的能否有效地达到操纵别人的目的,至于所说的内容的真实与否,他们是无所谓的"①。此言是否正确,我们姑且不谈,但是用它来形容学界以往的鲁迅研究,我觉得还是具有一定的启示意义。长期以来,"言说鲁迅"替代了"鲁迅言说",我们究竟是走向了鲁迅,还是远离了鲁迅呢?这无疑是一个十分沉重的话题。

一

鲁迅作为一位伟大的思想家和文学家,他对中国现代文化建设的巨大贡献,是任何人都无法否认的客观事实。但我们究竟应怎样去理解鲁迅思想的深刻性,是依据"鲁迅言说"的作品文本,还是"言说鲁迅"的他者阐释?这无疑是个严肃的科学态度问题。近百年来,鲁迅研究一直都在与时俱进,"言说鲁迅"更是远远超越了"鲁迅言说",变成了当代知识精英的意志表达。如果我们简单地把"言说鲁迅"等同于"鲁迅言说",那将是一种不可思议的社会现象。

毋庸置疑,"言说鲁迅"的原始初衷,是想对"鲁迅言说"做出实事求是的历史解读,其主观目的固然是善意的;然而千篇一律的空洞说教,

---

① [美] 哈里·G. 法兰克福:《论真实》,南京:译林出版社2009年,第27页。

不仅严重偏离了鲁迅思想的自身轨迹,更是形成了一种启蒙文化的造神运动,自然也会引起人们的反感情绪。难怪有学者指责说,近几十年来的鲁迅研究,充满着"套话、假话、废话、重复",真正有价值、有创建的研究成果,"其实占1%就不错,即一百篇文章有一篇道出真见就已谢天谢地了"①。这种批评之声也许有些刺耳难听,但你不能说它没有一点道理,只要我们随便去翻翻那些权威学者的近期大作,大多是乏善可陈的老调重弹。比如"鲁迅精神是一种个人的解放和民族解放,或者说是人类至爱,所以,我更愿意把鲁迅精神看成一种战斗精神"②,这无疑是"战士"或"斗士"说的现实翻版;又如鲁迅最大的人格魅力就在于他是一个启蒙主义者,"他的文学创作用任何一种主义进行概括都不如用启蒙主义更为准确"③,鲁迅思想的深刻之处,则是他"对中国传统文化的决绝性否定和对国民性的反思批判"④,这同样是"启蒙"或"反传统"说的历史轮回。常言道"一千个人眼中有一千个哈姆雷特",此乃文学审美多样性的正常反应;然而"一千个学者眼中只有同一个鲁迅",恐怕就有点违背文学欣赏的自身规律了。学界对此却不以为然,他们认为鲁迅是中华民族的"民族魂",是中国新文化运动的"旗手"和"方向",所以"不应该将鲁迅混同于一般精神现象主体,而必须将鲁迅定位为中国现代文化重要的精神资源"⑤。言下之意就是鲁迅并不属于他自己,而是属于一个时代的思想符号;他的思想也不再是他个人的思想,而是精英知识分子群体意志的集中体现。这种说法令我感到十分困惑。因为鲁迅之所以伟大,就在于他思想的独特性与深刻性,独特性不具有普遍性的意义,而深刻性更是一种个体生命的内在体验;一旦个体鲁迅被剥离了其固有的价值和意义,成为中国现代文化的精神象征,那么学界对于"鲁迅言说"的强制性阐释,必定会直接消解鲁迅思想的生命热度,进而演变成言说者诠释自我思想的陪衬。

---

① 张梦阳:《我观王朔看鲁迅》,载高旭东编:《世纪末的鲁迅论争》,北京:东方出版社2001年,第146页。
② 孙郁:《对鲁迅的传播进入了一个误区》,载《羊城晚报》2011年4月17日。
③ 李新宇:《鲁迅:启蒙路上的艰难持守》,载《齐鲁学刊》2001年第3期,第47-55页。
④ 阎真:《鲁迅:不同历史现场的价值错位》,载《天津社会科学》2010年第3期,第98-105页。
⑤ 陈漱渝:《群策群力,精益求精——对修订〈鲁迅全集〉的几点意见》,载《鲁迅研究月刊》2001年第7期,第32-37页。

我们都非常热爱和敬仰鲁迅,但是我们也必须去重视这样一种客观事实:"言说鲁迅"与"鲁迅言说"毕竟是两个完全不同的独立文本,两者属于完全不同的生命体验,绝不能无原则地加以等同。所谓文本者,按照巴赫金的理论定义,就是创作主体个性化与唯一性的思想表达,"任何真正创造性的文本,在某种程度上总是个人自由的领悟,不受经验之必然所决定的个人领悟。"①"鲁迅言说"无疑是他认知社会人生的"个人领悟",具有个性化与唯一性的明显特征;但"言说鲁迅"所重新创造出来的另外一个"鲁迅文本",却只能是言说者自我经验的借题发挥而已。"言说鲁迅"者当然都是些学界精英,他们学富五车、知识渊博,可问题恰恰又出现在了这里。"通晓古今、博学强识并不利于独立思考,同样,由于大量写作或经常教学,一个人会对自己熟知的事物失去原有的那种清晰而严谨的认识和理解,其原因简单地说在于他没有时间去要求清晰和严谨。所以,当他无法清楚地表达自己所拥有的知识时,不得不用各种空话套语来充数。"②"言说文本"与"鲁迅文本"的本末倒置,难道不正是应验了叔本华对于那些所谓"学者"的辛辣嘲讽吗?尤其是当"言说"成为"言说者"的真正目的,而"鲁迅"却变成了失去其自身意义的一种"陪衬",那么鲁迅也只能被囚禁于精英话语的"围城"里,成为一个失去了自我辩解能力的沉默巨人。这既是鲁迅的悲哀,更是学界的悲哀。

我之所以要去辨析"言说鲁迅"与"鲁迅言说"的本质区别,并非要否定前辈学者或同代学人为鲁迅研究所付出的巨大努力,而是要去尽可能地破解"言说文本"的形成原因,以及它逐渐取代"鲁迅文本"的历史途径。学界对于鲁迅的玄学化阐释,其理论依据究竟来自何方?这个问题其实并不难回答,就是鲁迅杂文的批判效应。五四时期鲁迅一共写过五本杂文集,即《坟》《热风》《华盖集》《华盖集续编》和《而已集》,由于它涉猎的内容十分广泛,所以被学界引用的次数也最多。我们甚至可以毫不夸张地说,别小看这五本杂文集,它们是"言说鲁迅"者最重要的思想资源,是每一个"言说鲁迅"者都离不开的经典文献。在学界常态化的经验思维中,鲁迅的杂文是"匕首与投枪",它清晰地记载着五四鲁迅的思想轨迹;人们随意去摘录几段其中的原话,再配以大时代的文化背

---

① [俄]巴赫金:《文本 对话与人文》,石家庄:河北教育出版社1998年,第305页。

② [德]叔本华:《论学者》,载《叔本华论说文集》,北京:商务印书馆2004年,第340页。

景，鲁迅作为启蒙先驱者的社会身份便一目了然了。比如鲁迅将中国传统文化比作"大染缸"或"无物之阵"，主张"无论是古是今，是人是鬼，是《三坟》《五典》，百宋千元，天球河图，金人玉佛，祖传丸散，秘制膏丹，全都踏倒他"①，足见他彻底反传统的决绝态度；又如鲁迅寄中国的希望于未来，主张父辈们应解放幼者，"自己背着因袭的重担，肩住了黑暗的闸门，放他们到宽阔光明的地方去；此后幸福的度日，合理的做人"，足见他"救救孩子"的急切心情。②再如鲁迅痛斥国民劣根性的历史积弊，认为"群众，——尤其是中国的，——永远是戏剧的看客。牺牲上场，如果显得慷慨，他们就看了悲壮剧；如果显得觳觫，他们就看了滑稽剧"③，足见他对改造国民精神的高度重视。这些耳熟能详的至理名言，早已被学界概括为五四鲁迅的思想精华，同时更是被推广运用到了小说、散文和散文诗等研究领域，最终形成了一种"言说鲁迅"的统一文本。鲁迅杂文对于鲁迅研究无疑具有极其重要的参考价值，但它却并不是衡量五四鲁迅的唯一尺度和绝对标准。因为"听将令"的外在因素，使鲁迅的思想颇为复杂，如果我们仅凭这五本杂文集，便声称认知了一个真实的鲁迅，既不完全符合历史事实，也无法与其他文本相互印证。我可以举一个例子来加以说明：五四新文化运动初中期，鲁迅对于思想启蒙其实并不是那么热心，他曾对《新青年》杂志的思想启蒙持怀疑态度，即便是"听将令"所写的文字也不是很多。在五四新文化运动如火如荼的1918—1924年，鲁迅所写的杂文也就是《坟》和《热风》这两本，总字数也不过十余万字，而1925年一本同"正人君子"论战的《华盖集》，字数竟是前者的一倍以上。鲁迅自己的解释是："五四运动之后，我没有写什么文字，现在已经说不清是不做，还是散失消灭的了。"④ "散失消灭的了"绝无可能，"不做"大概应是真实的，至于为什么"不做"，鲁迅却用"已经说不清"一笔带过。鲁迅曾批判过"阿Q"的惊人"忘却"，难道他自己也同"阿Q"一样犯有"忘却"症吗？答案自然是否定性的。"不做"的潜台词应是消极之"做"，碍于友人的情面"仍不免呐喊几声，聊以慰藉那在寂寞里奔驰的猛士，使他不惮于前驱"⑤。学界历来都将鲁迅

---

①《鲁迅全集》第3卷，北京：人民文学出版社1981年，第45页。
②《鲁迅全集》第1卷，北京：人民文学出版社1981年，第140页。
③《鲁迅全集》第1卷，北京：人民文学出版社1981年，第163页。
④《鲁迅全集》第1卷，北京：人民文学出版社1981年，第291-292页。
⑤《鲁迅全集》第1卷，北京：人民文学出版社1981年，第419页。

这段话理解为作者的"自谦"之词,可我个人倒觉得这是鲁迅本人的真情告白——"慰藉"性的"呐喊",无非就是应景之作;自己心中没有希望,但又不想去影响"猛士"们的情绪——因此,一句"所谓'希望将来',不过是自慰——或者简直是自欺——之法"①,便将一个五四鲁迅最真实的精神状态,呈现在了我们读者的面前。在相当长的一段历史时期里,鲁迅作品的"难读"性,一直都在困扰着中国读者,无论是青年人还是中老年人,都对鲁迅表现得敬而远之。鲁迅作品果真是那么难读懂的么?我个人认为,不是"鲁迅言说"过于高深莫测,而是那些"言说鲁迅"者的高谈阔论,在人为地替读者去制造阅读障碍,并最终隔断了鲁迅与大众之间的情感交流。所以,只有彻底打破"言说鲁迅"的人造神话,让每一个热爱和敬仰鲁迅的中国人,自己从"鲁迅言说"中去体验和认知鲁迅思想的深刻性,而不是被"言说鲁迅"者的主观意志绑架,我们才能真正同鲁迅展开直接对话,否则鲁迅将永远只能是少数精英心目中的英雄,而同中国普通大众的思想和情感无关。

三

"鲁迅是谁"这一提法,最早出自瞿秋白之口;他所给出的答案,也是振聋发聩的:"鲁迅是莱谟斯,是野兽的奶汁所喂养大的,是封建宗法社会的逆子,是绅士阶级的贰臣。"② 正是因为有了瞿秋白这番意识形态话语的精辟论述,所以毛泽东后来才会将鲁迅定位为伟大的"文学家""思想家"和"革命家",并认为"鲁迅的方向,就是中华民族新文化的方向"③。应该说,这是"言说鲁迅"的最早文本。

从20世纪80年代开始,启蒙话语逐渐替代了政治话语,并以学界几近一致的口径,构成了另外一种"言说鲁迅"的经典文本,即鲁迅是"中国反封建思想革命的一面镜子"④。我们不难理解,出于对"文革"苦

---

① 《鲁迅全集》第11卷,北京:人民文学出版社1981年,第25页。
② 瞿秋白:《〈鲁迅杂感选集〉序言》,载《瞿秋白文集》第3卷,北京:人民文学出版社1989年,第97页。
③ 毛泽东:《新民主主义论》,载《毛泽东选集》第2卷,北京:人民出版社1991年,第698页。
④ 王富仁:《中国反封建思想革命的一面镜子》,北京:北京师范大学出版社1986年,第7页。

难的深刻反思，新时期的知识精英对于思想启蒙，都表现出了一种不同寻常的高涨热情；他们以坚守五四精神为己任，重新去阐释鲁迅思想的当代价值，并借助"言说鲁迅"，去伸张他们的使命意识。检点一下新时期的社会思潮，无论是人文精神的大讨论，还是对主体性哲学的再认识，鲁迅总是不可或缺的言说对象。为了使"言说鲁迅"更具有权威性，言说者几乎都超越了"鲁迅言说"的历史文本，且主张以一种绝对自由的言说方式，去弥补因时间所造成的历史距离，进而发掘"鲁迅思想命题中内在的，深层的，超越时空的普遍意义"①。自由"言说"的必然结果，则是神话鲁迅的互相攀比：如有学者认为，鲁迅是致力于中华民族复兴的第一人，是"本民族的最高境界的精神反思者，是民族的大脑和良知，是专门致力于民族精神反思的伟大思想家"②。也有学者认为，鲁迅是中国文化的批判者与建设者，"其目的在于使我们民族、使我们炎黄子孙摆脱沉重的精神负担，使我们的文化在横向借鉴和纵向选择之中达到新的、现代化的组合"③。更有学者认为，鲁迅是"反抗绝望"的个人主义者，他"那种对恶、对否定力量、对统一的自然的热情渊源于他的人的个体性原则及由此产生的文化历史观，洋溢其间的是对个体生命力量的崇拜和对否定和压抑个体生命的一切外在法则的反叛"④。这些"言说鲁迅"的"神性"解读，明显都有违于"鲁迅言说"的思想本意，他们无非是在借"言说鲁迅"，去重构一种精英话语的思想体系。

"言说鲁迅"者对于鲁迅的当代评价，其实概括而言就是一句话：鲁迅倡导个性主义，批判传统文化，他是现代中国的启蒙先知和民族英雄。

然而，鲁迅一生都在解构"英雄"，他也从来不承认自己是"英雄"。他知道"英雄"都是些历史上的伟大人物，不过"待到伟大的人物成为化石，人们都称他伟人时，他已经变成傀儡了"⑤。鲁迅不想变成后人的"傀儡"，所以他不无嘲讽地说，"经验使我反省，看见自己了：就是我决

---

① 钱理群、王乾坤：《作为思想家的鲁迅》，载《鲁迅研究月刊》1993 年第 6 期，第 4—14 页。

② 张梦阳：《鲁迅与当代中国》，载《兰州大学学报》2003 年第 5 期，第 1—7 页。

③ 杨义：《鲁迅小说的文化内涵》，载《杨义文存》第 4 卷，北京：人民文学出版社 1998 年，第 67 页。

④ 汪晖：《反抗绝望——鲁迅及其文学世界》，石家庄：河北教育出版社 2000 年，第 32—33 页。

⑤《鲁迅全集》第 3 卷，北京：人民文学出版社 1981 年，第 256 页。

不是一个振臂一呼应者云集的英雄"①。鲁迅不但不承认自己是"英雄",更不承认自己是什么"勇士",他甚至毫不遮掩地告诉读者,"我也常常想到自杀,也常想杀人,然而都不实行,我大约不是一个勇士"②。因为鲁迅也十分清楚,在中国"总是阴柔人物得胜"③,而那些所谓的"勇士",却总是莫名其妙地吃亏。但"言说鲁迅"者普遍认为,这并不是鲁迅本人的真实心语,更不能代表五四鲁迅的思想本质。我个人的看法却截然不同。鲁迅曾在《呐喊》自序中,用了十多个"悲哀"与"寂寞"等字眼,去形容自己五四前后的颓唐心境,可见他那时是何等的绝望。至于鲁迅为什么会绝望,他在《〈自选集〉自序》里回答道:"见过辛亥革命,见过二次革命,见过袁世凯称帝,张勋复辟,看来看去,就看得怀疑起来,于是失望,颓唐得很了。"④其实鲁迅说得十分中肯,"怀疑"与"失望"的"颓唐"情绪,与他"看"的经验有着直接关系,正是由于"看"得多了,他才会走向"绝望"。鲁迅自己曾经举过这样一个事例:南京的孙中山陵墓快要建成,市面上立刻流传起一首民谣:"叫人叫不着,自己顶石头",鲁迅说这首民谣"竟包括了许多革命者的传记和一部中国革命的历史"。因此他深有感慨地喟叹道:"恭喜的英雄,你前去罢,被遗弃了的现实的现代,在后面恭送你的行旌。"⑤对"英雄"和"勇士"的"遗弃",是五四鲁迅思考中国文化的一个切入点,尽管"遗弃"直接导致了鲁迅的"绝望",但"绝望"又何尝不是鲁迅思想成熟的一种表现呢?

鲁迅绝不承认自己是"英雄"和"勇士",他同样也不相信什么思想启蒙。众所周知,鲁迅对于五四新文化运动,表现得并不那么热情,虽然"听将令"不时也"呐喊"几声,但总体上却是在以清醒的理性意识,去消解《新青年》阵营的启蒙热度。比如,《狂人日记》是新文学的开山之作,学界对于这部经典文本,也早已做了酣畅淋漓的意义诠释,尤其是"狂人"敢于向传统发难的叛逆行为,更是为研究者所一致首肯。"狂人"在"月光"的影响之下,无师自通地"发现"了中国文化的"吃人"本质;仅就这一故事叙事线索来看,说"狂人"是个反传统的"英雄"或

---

① 《鲁迅全集》第1卷,北京:人民文学出版社1981年,第417—418页。
② 《鲁迅全集》第11卷,北京:人民文学出版社1981年,第430—431页。
③ 《鲁迅全集》第11卷,北京:人民文学出版社1981年,第89页。
④ 《鲁迅全集》第4卷,北京:人民文学出版社1981年,第455页。
⑤ 《鲁迅全集》第4卷,北京:人民文学出版社1981年,第103—104页。

"勇士"绝不为过。但"狂人"从一开始,便落入鲁迅为他所设下的一个陷阱——"觉醒"了的"狂人"突然发现,自己变成了全体"狼子村"村民的共同敌人,如果说"狼子村"就是那个"吃人"的文化母体,那么"狂人"的反叛则无疑是对文化母体的一种颠覆。与此同时,鲁迅又让"狂人"自己去确认其"吃人者"的文化身份,既然"我"本身就是一个"野蛮"的"吃人者",故"我"也就失去了启蒙他者的合法资格。曾有学者认为"狂人"是在通过一种悲壮的自我否定,去实现彻底否定文化母体的主观愿望。试问,文化母体与文化个体全都被否定了,未来的中国文化还是中国文化吗?鲁迅之所以塑造一个"狂人"形象,其意图明显是在暗示《新青年》阵营过于"狂热",不仅要"打倒孔家店",还主张废除汉语汉字,诚如他告诫许广平时所说的那样,"小鬼不要变成狂人",因为年轻人容易"发狂"而失去理智,他还一再表示"决不肯使自己发狂"①。再如小说《药》,学界历来认为这篇作品的创作主题是批判国民性的麻木不仁,可作品文本的叙事逻辑却并非如此。革命者夏瑜不是《药》的中心人物,他只不过是为了衬托那些"庸众"而存在;夏瑜同华老栓之辈的潜对话,才是故事叙事的意义所在。夏瑜在狱中鼓动牢头阿义起来造反,且宣传"这大清的天下是我们大家的"革命思想;夏瑜的启蒙不但没有得到"庸众"的一致拥护,反倒招来他们的一通讽刺和挖苦。夏瑜为何唤不醒民众的革命觉悟?难道鲁迅真的是在以夏瑜之死,来表达他对"庸众"的绝望情绪吗?恐怕鲁迅的思想绝非如此浅薄。对于革命者夏瑜而言,"这大清的天下是我们大家的",当然是一种可以实现的伟大理想;但是对于那些"庸众"而言,不单"这大清的天下"不是"我们大家的",未来民国的"天下"也不可能是"我们大家的"。因为经验理性使"庸众"们深深地懂得,"天下"永远是帝王的"天下","均贫富"与"勿相忘"的平等社会,只不过是一种乌托邦的"大同"理想。既然"天下"不可能是"我们大家的","我们"凭什么要顶着杀头的罪名去造反呢?《药》虽然对夏瑜之死感到遗憾,却同样对"庸众"经验深表理解,因为鲁迅要比那些狂热的启蒙者们都明白,"世界却正由愚人造成,聪明人决不能支持世界,尤其是中国的聪明人"②。"愚人"固然是指平民大众,而"聪明人"则无疑是指知识精英;鲁迅以"愚人"去否定

---

① 《鲁迅全集》第11卷,北京:人民文学出版社1981年,第88-89页。
② 《鲁迅全集》第1卷,北京:人民文学出版社1981年,第286页。

"聪明人",不正是以群体意志去否定个人意志吗?

鲁迅以"愚人"去否定"聪明人",实际上并不是否定启蒙本身,而是否定那些自以为是的启蒙精英,这与"狼子村"村民否定"狂人"是同一道理。正是基于这样一种思想认识,鲁迅才一再告诫青年说,千万不要去寻找什么"导师","我敢说,他们将永远寻不到……假如真识路,自己就早进向他的目标,何至于还在做导师。"① 鲁迅还发誓说自己绝不去做青年的"导师","倘说为别人引路,那就更不容易了,因为连我自己还不明白应当怎么走。中国大概很有些青年的'前辈'和'导师'罢,但那不是我,我也不相信他们。我只很确切地知道一个终点,就是:坟。"② 鲁迅为什么会如此激愤地去否定启蒙精英的引路作用?这当然不是他意气用事的随口一说,而是他思想深刻性的真正体现。《故乡》和《过客》这两部作品,就很能反映出五四鲁迅的思维方式。《故乡》写鲁迅回到"故乡"以后,突然发现自己与"故乡"产生了隔膜,他不想使自己与闰土的历史悲剧在宏儿和水生的身上重演,却又不知如何才能使他们不去重蹈覆辙,于是便有了那段极其精彩的思想独白:"希望是本无所谓有,无所谓无的。这正如地上的路;其实地上本没有路,走的人多了,也便成了路。"对于鲁迅的这段名言,学界认为鲁迅是在肯定"希望"的"有",但我却认为鲁迅是在述说"希望"的"无";由于"有"是从"无"而来,它既可能产生出"有",当然也可能仍旧是"无"。不过有一点是肯定的,即鲁迅主张无论是"有"还是"无",都必须由主体之"我"去探索,这与康德主张启蒙就是人的自我觉醒有着异曲同工之妙。在散文诗《过客》里,鲁迅这种"无"的思想,就变得更加清晰了。"过客"置身于"老翁"与"女孩"之间,"女孩"兴奋地告诉他"前面"是"野百合"和"野蔷薇",而"老翁"则是淡淡地告诉他"前面"除了"坟"什么也没有,可"过客"本人虽然感到困顿却无法停下自己的脚步——因为"那前面的声音叫我走"。学界一般都将"过客"比作鲁迅本人,并以此为基点去研究鲁迅中期思想的复杂性,其实那个不经意的"老翁",才是鲁迅思想的真实化身——"老翁"以"坟"为归宿,而鲁迅在《写在〈坟〉后面》,也是以"坟"为归宿;鲁迅用人死皆空的佛家眼光,去看待人世间的"有"与"无",其本身就是对希望之"有"的

---

① 《鲁迅全集》第3卷,北京:人民文学出版社1981年,第55页。
② 《鲁迅全集》第1卷,北京:人民文学出版社1981年,第284页。

全盘否定。《过客》把鲁迅的"中间物"思想阐释得淋漓尽致无以复加:人既是历史概念的"中间物",同时更是生物概念的"中间物",不论是哪一种意义上的"中间物",都呈现出一种不成熟的幼稚状态。这使我突然意识到,鲁迅否定"导师"的真实意图,无非就是要去否定他者"教化"式的五四启蒙——在动态时间的物质世界里,每一个人都是历史的"中间物",都是从"无"去探索"有"的寻路者,根本就没有什么"上智"与"下愚"的本质区别;只有"坟"最为公平,它将终结一切不成熟的思想状态,一句"公正的裁判是在阴间"(《无常》),解构了所有启蒙精英的高谈阔论。正如卢梭所说的那样,"要记住,人之所以走入迷途,并不是由于他的无知,而是由于他自以为知。"① 卢梭关于"无知"与"知"的辩证论述,与鲁迅的"中间物"思想是极其相似的。

四

鲁迅不相信思想启蒙,但也绝非盲目地去反传统。这既是五四鲁迅的真实状态,也是"鲁迅言说"的特征之一。学界曾反复声言:《狂人日记》揭露礼教"吃人",是有目共睹的客观事实;《祝福》对儒家程朱理学的控诉与批判,更是令人感到力透纸背;《阿Q正传》的"精神胜利法",矛头直指传统文化的愚民政策;而《离婚》作为中国妇女的解放宣言,也是对"族权"和"夫权"的无情挑战。因此,"鲁迅在'五四'时以激进的态度和中国传统文化彻底决裂,对儒、道、释三家都没好感","鲁迅对中国传统文化的基本态度恐怕没什么可争议的"。② 难道鲁迅真的"和中国传统文化彻底决裂",且"对儒、道、释三家都没好感"吗?至少"鲁迅言说"并不支持这种说法。

单从鲁迅的杂文来看,人们似乎有理由去这样认为,因为鲁迅毕竟说过中国传统文化是个"大染缸";但"大染缸"除了言辞上的讽刺性意义,它那种历史积淀的厚重感,是否又意味着传统文化的坚不可摧性呢?由于"听将令"的客观原因,我们固然应重视鲁迅杂文的思想表达;但小说作为鲁迅生命体验的隐性叙事,更能准确地传递出他五四时期的思想信息。仅以《狂人日记》与《阿Q正传》这两部作品为例,恐怕"家族

---

① [法]卢梭:《卢梭民主哲学》,北京:九州出版社2004年,第174页。
② 李泽厚、刘再复:《彷徨无地后又站立于大地——鲁迅为什么无与伦比》,载《鲁迅研究月刊》2011年第2期,第90-96页。

制度"与"国民性"都难以涵括其创作主题。我个人始终认为,五四鲁迅的思想旨趣,恰恰不是什么反传统,而是对于传统的理性思辨。《狂人日记》写"狂人"与"狼子村"的矛盾冲突,人们往往只关注作品中的"吃人"现象,却忽略了"我"与"狼子村"文化的对立现象。《狂人日记》的故事情节其实并不复杂,无非就是在讲述"我"作为文化个体,想要突破文化母体自我独立的一种冲动,结果受到了"狼子村"村民的强烈排斥。鲁迅把"狂人"的"早愈"且"赴某地候补",放在整个故事叙事的最前端,故事还没开始就已经给定了结局,这种做法绝不是对"狂人"之"人"的充分肯定,相反倒是对于"狂人"之"狂"的无情否定。倘若"狂人"的第一次"觉醒",是作为文化个体反抗文化母体的感性意识;那么"狂人"的第二次"觉醒"(病愈),则标志着文化个体回归文化母体的理性意识。《阿Q正传》无非是换了一种叙事方式,让"阿Q"以外来文化因素,同"未庄"文化共同体之间,构成了"进入"与"反进入"的殊死对决。"阿Q"无名无姓无家无业,他的不稳定性存在,本身就是对"未庄人"的一大威胁;尽管"阿Q"想方设法试图挤进"未庄",但最终还是遭到了"未庄人"的顽强拒斥。从《狂人日记》到《阿Q正传》,鲁迅用了两个形象化的人物符号,去诠释他对母体文化的深刻认识:个体"狂人"从内部向外突破,个体"阿Q"从外部向内部浸透,丝毫都不能撼动母体文化,母体文化的牢不可破性,无疑是对"大染缸"理论的有力支撑。阅读《呐喊》和《彷徨》,我们都会感到有一种令人窒息的沉闷气氛,那些被学界称之为"愚民"的大多数,似乎总是冷漠地去对待启蒙者,但殊不知缄默本身就是一种态度:文化个体不可能脱离文化母体,去获得一种抽象意义的存在价值;文化个体只有依附于文化母体,才会具有其自身生命的终极意义。林毓生早已注意到了这一点,他说"鲁迅在他的个人生活和隐示的意识层次上继续坚持'念旧'价值,但不愿将它表现在显示的意识层次上,即使为了他自己的缘故,因为这样做需要根据一种新的、他达不到的系统文化架构来条理清楚地说明其正当性"①。令人感到遗憾的是,林毓生这番话并没有引起"言说鲁迅"者的足够重视。

鲁迅对于传统文化的理性思辨,并不是说他放弃了批判态度,问题在于那些"言说鲁迅"者们,是否真正理解鲁迅的批判指向,这的确是值

---

① 林毓生:《中国意识的危机》,贵阳:贵州人民出版社1986年,第231页。

得我们去认真思考的一个问题。学界认定《呐喊》与《彷徨》反传统，一般都聚焦于对礼教"吃人"的主题发掘。鲁迅最早在《狂人日记》里，让"狂人"说了一句仁义道德"吃人"的话，后来经过吴虞的深化解读，就变成了礼教"吃人"；于是学界便再将吴虞的话渲染放大，并从鲁迅的小说中，找来无数证据，进而替鲁迅建构起了一种反"礼教"的思想体系。若说鲁迅反"礼教"，我们首先就应该弄清楚什么是"礼教"。我翻阅了几乎所有的权威词典，绝大多数都没有收录"礼教"这一词条。既然"礼教"我们喊了近一百年，为什么现代汉语词典却不予认可呢？恐怕答案只有一个，即"礼教"是个伪概念。《礼记》在谈到什么是儒家之"礼"时，曾经这样解释道："是故圣人作，为礼以教人，使人以有礼，知自别于禽兽。"[①] 意思说"礼"之目的，就是要让国人懂得做人的道理，即"礼也者，理也"[②]。《礼记》已讲得非常清楚了，"礼"是为节制"庸俗"而作，是一种提升道德情操的雅文化；学界经常混淆"庸俗"与"礼教"之关系，那也是错在判断，而非错在"礼教"。"言说鲁迅"者强调鲁迅反"礼教"的直接证据，都离不开对《祝福》中祥林嫂悲剧命运的主观分析：祥林嫂两次嫁人且两次丧夫，一是"失节"，二是"不吉利"，所以她被假道学鲁四老爷赶出了家门，除夕之夜冻死饿死在鲁镇的街头。一说到"失节"问题，学界立刻就将其视为"礼教"的一大罪状，而他们言辞凿凿的理论依据，无外乎又是程老夫子的十字箴言："饿死事极小，失节事极大。"实际上，人们对于程颐此言多有误解，他所讲的"节"有个重要的前提，即坚守爱情始终如一的人文理想："凡人为夫妇时，岂有一人先死，一人再娶，一人再嫁之约？只约终身夫妇也。"[③] 这与当今社会青年男女"爱你一生一世"的婚姻誓言，并没有什么本质上的不同。况且宋代法律还明文规定，寡妇不仅可以再嫁，还可以带走前夫之子。[④] 由于法律条文是官府一手制定的，而制定法律文书之人又都是些儒者，可见中国古代社会的儒学精英们，其思想也不像我们想象的那样迂腐。所以，说"礼教"禁止寡妇再嫁，完全是有悖历史真实的不实之词。祥林嫂之死，是"庸俗"所导致的"吃人"悲剧——卫老婆子的"拐卖"、柳妈的"恫吓"、"庙祝"的蔑视等，这些才是击垮祥林嫂精神的真

---

① 《礼记译注》（上册），上海：上海古籍出版社2004年，第3页。
② 《礼记译注》（下册），上海：上海古籍出版社2004年，第666页。
③ 《二程遗书》，上海：上海古籍出版社2000年，第356－359页。
④ 可参见张希坡著：《中国婚姻立法史》，北京：人民出版社2004年，第58－65页。

正原因。鲁迅在《祝福》中曾借四婶之口，婉转地表达了对卫老婆子等"山里人"野蛮行径的强烈不满。四婶自然是生长于"诗书之家"的"文明人"，鲁迅既然能让"文明人"四婶，去斥责"山里人"卫老婆子的粗野鲁莽，足以见得鲁迅所否定的并不是儒家"礼教"，而是流行了几千年的民间"庸俗"。

鲁迅辩证性地看待儒学和礼教，我们还可以找出另外一个事实依据：比如，学界历来都将赵贵翁（《狂人日记》）、赵太爷（《阿Q正传》）、赵七爷（《风波》）、何道统（《肥皂》）、鲁四老爷（《祝福》）、高尔础（《高老夫人》）、七大人（《离婚》）等艺术形象，判定为维护儒家"礼教"思想的封建卫道士，并认为鲁迅揭露这些反面人物的丑恶嘴脸，其目的就是要通过批判孔子的门徒，去彻底否定"礼教"文化的虚伪本质。然而，仔细分析一下我们便可以发现，这些带有反派特征的艺术符号，根本就没有负载什么儒家思想，他们那些品行不端的所作所为，也与孔孟之道没有直接关系。鲁迅在他的作品当中，曾一再地暗示我们读者，这些所谓的封建"礼教"的卫道士们，他们都呈现出一种愚昧无知的精神状态，其文化知识的贫乏程度，并不亚于一般的社会"庸众"——茂源酒店的老板赵七爷，全部学问就是"三国"知识，"十多本金圣叹批评的《三国志》，……他不但能说出五虎将姓名，甚而至于还知道黄忠表字汉升和马超表字孟起"。赵七爷连《三国志》与《三国演义》都分不清楚，鲁迅显然是不认同他的文化水准。社会贤达高尔础，只读过一本科举工具书《袁了凡纲鉴》，便突发奇想要去新式女校教历史，可他对中国历史却又一窍不通，"最熟悉的就是三国，例如桃园三结义，孔明借箭，三气周瑜……满肚子都是，一学期也许讲不完"。结果在女学生的一片嘲笑声中，高尔础只能狼狈不堪地落荒而逃。鲁迅并没有告诉我们，他为什么要用《三国演义》去讥讽赵七爷和高老夫子的全部学识，然而胡适曾经说过的一段话，倒是可以拿来做一注脚："《三国演义》究竟是一部绝好的通俗历史。在几千年的通俗教育史上，没有一部书比得上他的魔力。五百年来，无数的失学国民从这部书里得着了无数的常识与智慧，从这部书里学会了看书写信作文的技能，从这部书里学得了做人与应世的本领。"[①]从胡适的话中我们可以得知，其实赵七爷和高老夫子都不是真正的读书人，他们同那些"失学"的"国民"并无二样，除了一本《三国演义》

---

① 《胡适文集》第3卷，北京：北京大学出版社1998年，第592页。

之外，其他的书几乎都没有读过。不学无术与装腔作势，是鲁迅赋予他笔下乡绅人物的共同特征。不学无术又恰好反映出了这样一个客观事实：无论是赵七爷还是高尔础，他们既不懂什么是儒学，更不知什么是礼教；故鲁迅所批判和否定的对象，当然也就不会是儒学本身，而是那些冒充儒者之人。最典型的一个例子，就是《离婚》中那位"德高望重"的七大人，他对"礼教"常识的无知程度，几乎达到了令人瞠目结舌的地步，甚至还不如那个乡下小女子爱姑，起码爱姑还知道古人有个"七出"之说，而"知书识礼"的七大人却连"七出"之说也不了解。由此可见，鲁迅恰恰是在通过理性思辨，去为儒学和礼教进行正名；说鲁迅反传统和反礼教，同样是"言说鲁迅"者的意志呈现，而与"鲁迅言说"则相去甚远。

五

"言说鲁迅"取代"鲁迅言说"，还有一个奇怪现象值得我们去注意，那就是"言说者"完全消解了鲁迅创作的生命热度，仅仅是形而上学地解读鲁迅作品，根本就不考虑鲁迅思想的生成背景，即鲁迅私生活的情感因素，从而使鲁迅研究味同嚼蜡令人生疑。《野草》研究的玄学化倾向，就是一个很好的佐证。

《野草》是鲁迅文学创作中最能体现他生命意识的一部作品，其喜怒哀乐的各种情绪，我们都能够从中找到准确的答案。但长期以来，学界为教条思维所束缚，一直都把《野草》纳入反传统的言说体系，完全偏离了作品文本的叙事内容。比如有人认为《野草》与小说和杂文的思想具有高度的一致性，都是"对黑暗社会与文化弊端的激烈批判"[①]；也有人认为国民性批判是鲁迅思想的核心所在，"《野草》同样也未放过这个鲁迅毕生关注的主题思想之一"[②]；更有人说《野草》是新文化运动退潮以后，"经过一番深刻而激烈的较量，鲁迅终于战胜了自我的怀疑倾向和内心中的悲剧意识，重新确立了自我存在的位置，并在绝望而倔强的现实挑

---

① 秦弓：《〈野草〉解读》，载《佳木斯大学社会科学学报》1998年第4期，第24-25页。

② 朱崇科：《〈野草〉中的国民性话语空间》，载《文艺争鸣》2014年第10期，第53页。

战中寻找自我战斗的意义和人生的终极目的。"① 即便是到了当下，还有学者发表高论说，因"启蒙"与"救亡"纠结在一起，所以鲁迅中期思想开始超越"启蒙"，仍坚守其"立人"的一贯立场，而《野草》就是鲁迅"'超越启蒙'最有力的证明"②。可是这些说法，人们都无法用《野草》意象去加以印证；于是又有人以"存在主义"或"生命哲学"去进行探秘，并力求赋予鲁迅以"反抗绝望"的现代意识。"存在主义"说强调《野草》"超越自我生命虚无，创造自我生命意义……重新回到了他年轻时代对摩罗诗人们的'反叛——抗世'型生存方式的肯定之中"，最终实现了鲁迅斗士精神的完美成形。③ 而"生命哲学"说则强调，《野草》是诗化哲学，"既然是哲学，它就有超验性、形上性、虚灵性"，人们不能从"坐实"一面去对其做出解释，只能以哲学思维去解读它探索生命意义的思想价值。④

"避实就虚"去读《野草》，这既是当下学界的一种时髦说法，也是一种"言说鲁迅"取代"鲁迅言说"的最好借口。"避实"就是指"言说者"可以对鲁迅的个人生活视而不见，因为"耽于经验性事件，《野草》的研究会走入死局"⑤。"就虚"则无疑是指"言说者"对于《野草》的文本解读，完全有理由按照自己的主观意志去随意诠释——当然了，这种自由权力只限于学界正统的"言说鲁迅"者，其他声音都被视为离经叛道的异端邪说。韦勒克曾讲过这样一段话："一个作家不可避免地要表现他的生活经验和他对生活的总的观念；可是要说他完全而详尽地表现整个生活，甚至某一特定时代的整个生活，那就显然是不真实的。"⑥ 韦勒克所说的"生活经验"，应该是指作家个人的"实"之"生活"，如果非要让其超越自我能力去表现"虚"之"社会"，那将既"不真实"也绝无可能。主张"避实就虚"去读《野草》，所犯的正是这种低级错误。因为他们只承认"言说者"个人对于《野草》的形而上学认识，却根本就不

---

① 李玉明：《关于鲁迅〈野草〉的几个意象的解析（一）》，载《东岳论丛》2005年第2期，第90-96页。
② 李泽厚、刘再复：《彷徨无地后又站立于大地——鲁迅为什么无与伦比》，载《鲁迅研究月刊》2011年第2期，第92页。
③ 彭小燕：《存在主义视野下的〈野草〉：鲁迅超越生存虚无，回归"战士真我"的"正面决战"（上）》，载《中国现代文学研究丛刊》2006年第5期，第3-4页。
④ 王乾坤：《鲁迅的生命哲学》，北京：人民文学出版社1999年，第307-308页。
⑤ 王乾坤：《鲁迅的生命哲学》，北京：人民文学出版社1999年，第304页。
⑥ ［美］勒内·韦勒克：《文学理论》，南京：江苏教育出版社2005年，第101页。

去考虑鲁迅创作《野草》时的自我生命体验,由于这两种"言说"无法重合与无法替代,那么《野草》之"实"被言说之"虚"解构,其悲剧性结局也就在所难免了。

不过,《野草》毕竟是鲁迅的《野草》,它永远都不属于"言说者"。写《野草》时,鲁迅正在经历他人生最黑暗的生命时刻——疾病缠身、"兄弟失和""女师大风波"、失去工作等磨难,让其饱尝了人间冷暖世态炎凉;他无法言说自己内心的巨大痛苦,只能用隐晦的文字去表达他的绝望情绪——这就是《野草》的"实"之所在。因此我们研究《野草》,就必须去注意这些"实",因为没有这些客观之"实"的生命体验,也就不会有鲁迅创作《野草》的情感基础。我们不妨举几个文本实例,来做一番抽样分析。

先来谈谈《雪》和《复仇》。《雪》写于1925年1月18日,我查了一下鲁迅日记,前后十天基本上都是晴天,根本就没有下过雪,不下雪而去写《雪》,这其中肯定是大有文章的。果不其然,1月16日是周作人的生日,那天他请了许多朋友去家中做客,唯独没有请鲁迅。当晚周作人一行喝完庆生酒后,又一同前往女师大参加联欢会,鲁迅虽然也去了,可两兄弟却形同路人。1月17日是腊月二十三,也就是中国人的"小年",对于一向视兄弟为手足的鲁迅而言,却是一个悲哀与感伤的日子,看到别人的家庭正在忙忙碌碌准备过年,而自己却亲情破裂无家可归,于是便在18日写下了《雪》。《雪》的内容其实很简单,就是鲁迅将南方之"雪",同北方之"雪"进行对比,以表达他对"兄弟失和"的强烈痛感。南方之"雪"具有粘连性,而这种粘连性,又同叠罗汉的热闹场景形成了叙事逻辑上的紧密关系:天气虽然寒冷,可大人和孩子们却其乐融融,呈现出一派要过年的和谐气氛;尽管到了第二天,"雪"会渐渐地融化,但家庭的亲情则依旧存在。反观北方之"雪","旋转升腾",却绝不粘连,如粉如沙,"那是孤独的雪",是"死掉的雨,是雨的精魂"。结合鲁迅写《雪》的"实"之背景,我们很容易就能理解鲁迅当时的沮丧心态——南方之"雪"是对故乡生活的一种回忆,而"粘连"又暗示着周氏兄弟二人曾经亲密无间的兄弟之谊;可是到了北京以后,"兄弟失和"使"雪"也如粉如沙不再"粘连",那么"雨的精魂"也只能是一种凝固形态的孤独存在了。《雪》中有一处描写很值得我们去注意:"屋上的雪是早已就有消化了的,因为屋里居人的火的温热。别的,在晴天之下,旋风忽来,便蓬勃地奋飞。""房里"的"温热",象征着鲁迅对亲情回归的内心渴望;可是这种渴望在现实中并没有得到回应,所以他只能像北方之"雪"那样独自漂泊了。《复仇》两篇均写于1924年12月20日,即鲁迅与周作人夫妇发生第二次冲突的半年之后,无论"言说鲁迅"者怎样去发挥和想象,那两个赤身裸体的"人",都不是什么"战士"的形象,而是鲁迅自喻他和周作人之间,那种既"不杀戮,也不拥抱"的尴尬处境。尤其是在《复仇(其二)》里,鲁迅更是以耶稣受难的故事,诉说了自己被出卖了的精神痛苦。周作人在给鲁迅的绝交信中说:"我不是基督徒,却幸而尚能担受得起,也不想责谁。"① 故鲁迅就把周作人比做祭司长,一面嘲笑耶稣是"神之子",一面又率众人大呼要钉死他;但鲁迅却隐忍地回答说"我"只是"人之子","钉杀了'人之子'的人们的身上,比钉杀了'神之子'的尤其血污,血腥。"这不仅使我想起了《鲁迅日记》中,记载周氏兄弟第二次冲突时的那段文字:"下午往八道湾宅取书及什器,比进西厢,启孟及其妻突出骂詈殴打,又以电话招重九及张凤举、徐耀辰来,其妻向之述我罪状,多秽语,凡捏造未圆处,则启孟救正之。"②"启孟及其妻突出骂詈殴打"并"多秽语",与"祭司长和文士也戏弄他"且"讥诮他",属于《野草》之"实"的同一意义结构;足见《复仇》既不是批判国民思想的麻木与冷漠,也不是鲁迅牺牲自我、拯救社会的人格显现,而是鲁迅对周作人绝交信的一种回应。

除了"兄弟失和"的影响之外,疾病体验也是《野草》的一大特色。众所周知,鲁迅从青年时代起就患有肺结核病,后来一直都在断断续续地发作,而"兄弟失和"的沉重打击,更是使该病进入集中爆发期。查1923年9月至1926年8月的鲁迅日记,出现频率较高的词汇,竟是北平的"山本医院",共有73次之多。其中比较集中的几个月份,更是引起了我的注意:1923年10月和11月,也就是兄弟"失和"的三个多月后,鲁迅出现了"大发热""泻利加剧""浣肠"等身体不适之症状,10月份去了7次,11月份去了6次,可见兄弟"失和"对其身体的伤害有多么严重。1924年6月(即同周作人发生肢体冲突的那个月)去了6次,且多注明为"晚往山本医院",这说明鲁迅是实在忍受不了疼痛才去的医院。通过以上数字统计我们不难发现:兄弟"失和"仅三个月,鲁迅的肺病(当时被误诊为肋膜炎)被诱发且十分严重;鲁迅兄弟再次发生冲

---

① 《周作人致鲁迅信》,载《鲁迅研究动态》1985年第5期,第2页。
② 《鲁迅全集》第14卷,北京:人民文学出版社1981年,第500—501页。

突的1924年6月，鲁迅的病况又明显加重了；到了1925年10月，鲁迅竟不得不在一周内两次去医院。鲁迅自己是学医出身的，他知道肺结核在当时是一种不治之症，所以那一时期他用"坟"为自己的杂文集命名，就已经透露出了他对"生"的绝望心理。学界曾反复去破解《墓碣文》，总想去对其进行生命哲学的意义探微，可是由于《墓碣文》的文字过于艰深晦涩，几乎没有人能去破解该文的语言密码。如果我们从鲁迅病痛之"实"的体验入手，问题也许就会迎刃而解了：鲁迅是在以《墓碣文》，去进行"生"与"死"的精神对话——那个已经"成尘"了的"我"，在嘲笑"抉心自食"的"我"；无论"创痛"如何"酷烈"，只有"死"才能得以解脱。这就是"于一切眼中看见无所有；于无所希望中得救"的文本意思。用陆游的一句诗来形容，即"死去元知万事空"（《示儿》）。最能体现《野草》与疾病关系的一篇文章，我认为应该首属《腊叶》。鲁迅在《〈野草〉英译本序》里曾说："《腊叶》，是为爱我者的想要保存我而作的。"① 这使我注意到鲁迅写《腊叶》的前后几天，曾去过"山本医院"看病，大概是他感到自己的身体情况不太乐观，故作《腊叶》以表惺惺相惜之意。"去年的深秋"，"我"于院子里的千百片落叶中，选择了一片"病叶"来做书签，因为只有这"一片独有一点蛀孔，镶着乌黑的花边"，其病态之美深深地吸引着"我"。可是到了今年的深秋，"我"已没有了"玩赏秋树的余闲"，病中的"我"只能通过那片"病叶"，去感叹生命如此脆弱。如果我们把肺结核的X光照片拿来做一比照，鲁迅创作《腊叶》的情绪冲动也就一目了然了——"同病相怜"。鲁迅无非是在通过《腊叶》，去告诉那些"爱我者"，世间一切生物，都不可能违反生命轮回的自然规律，故面对死亡的不可抗拒性，人也必须去坦然地接受。《野草》这种生命体验之"实"，显然有悖于"言说"理论之"虚"，这就是为什么那些"言说文本"，无法用"鲁迅文本"去加以印证的关键所在。

鲁迅研究走到了今天，有许多经验教训都是值得我们去认真总结的。但有一个重点问题，我想特别强调一下：在几千年的中国史上，知识分子一直都在建构自己群体的精神偶像，并将这种偶像作为他们积极入世的思想楷模；然而"建构"，其本身就是一种精英知识分子的意志体现，无论是古代的屈原还是现代的鲁迅，都逃不脱被重新"建构"的历史过程。

---

① 《鲁迅全集》第4卷，北京：人民文学出版社1981年，第356页。

现在学界都强调要"回到鲁迅"或"走向鲁迅",实际上这是一个不可能实现的美好愿望,至多不过是另外一种"重构"鲁迅的循环开始,鲁迅依旧摆脱不了被言说的历史命运。因为"对于文化记忆来说,重要的不是有据可查的历史,而只是被记忆的历史。我们也可以这么说,在文化记忆中,基于事实的历史被转化为回忆中的历史,从而变成了神话"①。由于我们已经无法回到客观的历史,都只能是在"记忆"中去重塑历史,那么"言说鲁迅"也就具有了一种无可厚非的合法性;然而"言说"的合法性,绝不能取代"鲁迅"的真实性,一切都应以鲁迅文本来决断。所以回到"鲁迅言说"的作品文本,既是认知鲁迅思想的唯一途径,也是对鲁迅本人的最大尊重,其他一切豪言壮语都不过是理论空谈。

---

① [德] 扬·阿斯曼:《文化记忆》,北京:北京大学出版社2015年,第46页。

# 困惑的启蒙：鲁迅思想的另一种解读

谈及鲁迅从事新文学创作的最初动因，人们自然会想到鲁迅本人所说过的一番话："我仍抱着十多年前的'启蒙主义'，以为必须是'为人生'，而且要改良这人生。"① 而学界在相当长的时间里，又不加分析地将"为人生"的启蒙主义视为西方人文主义文学的思想精髓，并盲目赋予了鲁迅小说以"西化"现代性的主观定论，进而在一定程度上严重误导了鲁迅研究的健康发展。

我们认为，科学而理性地解读鲁迅小说的启蒙思想，公正而准确地评价其时代意义与历史地位，首先必须弄清一个关键词语的基本含义，即：什么是西方的"人文主义"。

"人文主义"的英文词汇是"humanism"。根据英国《简明大不列颠百科全书》中的原文释义，humanism 是"指一种思想态度，它认为人和人的价值具有首要的意义，通常认为这种思想态度是文艺复兴文化的主题。凡重视人与上帝的关系，人的自由意志和人对于自然界的优越性的态度，都是人文主义。"② 而在德国（原联邦德国）《迈耶尔百科词典》中，对"humanismus"的概念释义则是：一般指为人性而尽力，即按照人的尊严和自由的个性发展，通过培养和教育，为建设生活和社会，以及（或者）为创造在这方面所必要的生活条件和环境条件本身而尽力。其实，"human"一词在任何一部英汉词典上，都被清晰地注明是一种复数形式，是泛指"人"的普遍意义而非"人"的个体意义。即使是用中文进行直译，"humanism"也应被翻译成"人的主义"。但长期以来，中国人一直

---

① 鲁迅：《我怎么做起小说来》，载《鲁迅全集》第4卷，北京：人民文学出版社2005年，第526页。

②《简明大不列颠百科全书》第6卷，北京：中国大百科全书出版社1986年，第761页。

都把"humanism"这一词汇的基本含义片面地解释为"个性主义"或"个人主义"的人生态度,这显然是一种偏离"humanism"原有词义的主观误读行为。

明确"人文主义"的基本词义,对于我们重新认识鲁迅的启蒙思想乃至新文学的"现代性"价值追求,都具有十分重要的理论意义。因为众所周知,鲁迅和新文学的其他先驱者,他们对于西方现代社会的人文价值观,从一开始就处于一种混沌茫然的无知状态。由于语言文字交流方面客观存在着巨大障碍,他们都不了解导致西方近现代文学思潮产生的主体论哲学原理,只是凭借日本的翻译渠道或自身的直观感受,将西方人的积极进取精神,看作是"个性主义"肆意伸张的必然结果,进而萌生了以"科学"与"民主"为旗帜,以"重个人"而"排众数"为内容的所谓"现代性"价值理念。重读《狂人日记》,我们会清晰地发现,鲁迅从其第一部作品开始,就明显呈现出一种张扬"西化"而又游离于"西学"的深刻思想矛盾。出于启蒙主义的实际需要,他把启蒙者"狂人"塑造成了易卜生《国民公敌》中斯多克芒医生式的个人主义英雄,于是从表现形式上赋予了作品以强烈的"西化"色彩。但是,如果我们不加分析地将"狂人"的启蒙理性与斯多克芒的独立人格混为一谈,那么我们将仍然陷入对西方人文精神主观"误读"的逻辑怪圈。因为在西方人文主义的哲学思维中,"个体"生命的存在价值与自由意志虽然被视为神圣不可侵犯,"个体"与"他者"经过"在上帝面前人人平等"的宗教意识的历史浸染,已经构成了彼此间相互承认其存在合理性的现代人文意识。不仅鲁迅本人最为崇拜的尼采在其强调"超人"哲学时是如此(尼采在他绝大多数文章中,始终都在强调"个人"与"他者"精神意志的平等性原则,可参见京华出版社 2001 年出版的《尼采文集》),就连存在主义哲学大师萨特也认为:"我们从我思中发现的并不仅仅是我自己,也发现了别人。"我思者只有认真而平等地去"思考个人与个人的种种关系,这样我们才把它叫作一种人道主义。"① 斯多克芒医生与市政议会的思想交锋,决不是要将自己的主观意志强加于"他者",而只是自觉去维护科学真理的客观纯洁性,故他最终在孤立的社会环境中获得了精神上的绝对自由。"狂人"的形象则完全不同,作者明确地把他塑造成一个"反庸众"的时

---

① [法]萨特:《存在主义是一种人道主义》,上海:上海译文出版社 1988 年,第 21 页。

代斗士，让其以清醒的启蒙理性高高凌驾于"狼子村"的"他者"之上，进而使启蒙者与被启蒙者之间形成了一种不平等的对话关系。"狂人"主观武断地用个人的启蒙理性去强行消解现实国民的生存意志，这种建立在不是出于"他者"自觉自愿基础上的"拯救"与"教化"意识，其思想资源仍然是属于"世人皆醉我独醒、世人皆浊我独清"的传统精英文化范畴，而与西方以主体论哲学为根基的现代人文精神相去甚远。与此相对应，"狂人"本人也因其自身沉重的启蒙负载难以实现，而根本无法获得像斯多克芒医生那样的绝对精神自由。实际上，思想启蒙的长期性、艰巨性与复杂性，使启蒙者"狂人"从一开始便对启蒙使命产生了深度困惑与极大怀疑。比如作品文本中那个"月亮"意象，时而清晰时而模糊，其实正是鲁迅以隐喻的修辞方式，强烈地传达着"狂人"的思想忧郁。而故事结尾处"救救孩子"的凄凉呐喊，更是直接折射出了启蒙者"狂人"在孤立无援情况下的精神痛苦与自身无奈。

　　以清醒的启蒙理性与愚昧的国民思想构成鲜明的人格对立，这无疑使鲁迅早期的小说创作始终都呈现出一种无法自我解脱的历史凝重感。像《孔乙己》《风波》《药》《阿Q正传》《故乡》等作品，作者每一次对"国民性"历史弊端的深刻揭示，都于有意识或无意识之中，人为地加剧着他与"他者"之间的思想对抗性，进而使其在否定"庸众"的基础上，挣扎着去实现"中国式"的独善其身的自我超越。因此，鲁迅改造"国民性"的启蒙理性，从某种意义上来说也就不免具有强烈的排他性因素。我们不妨以《故乡》为例，来做一次文本的抽样分析。童年时代的"我"和闰土，两小无猜，亲密无间，情同手足；可20多年后再次相见，一声"老爷"的称呼却使两者情感生疏形同路人。在这部作品中，作者明显是在强调时间流程中的人的"变"态；而评论者往往又只注重闰土之"变"，而忽略鲁迅之"变"，故对作品文本的理解与认识也就难免流于肤浅。对于闰土而言，从活泼少年变成中年老成，完全符合中国人在传统文化语境中的成长历程，这在常人的眼里并不值得大惊小怪；而"迅哥儿"由少年规矩变为中年叛逆，则是对传统道德观念的彻底颠覆，故受到了"他者"的敬畏与"故乡"的疏远。在闰土与鲁迅之间，真正发生变化的应该是鲁迅而不是闰土。由于接受了现代文明的精神洗礼，作者本人已经无法重新融入过去的生活中；记忆中"故乡"与现实中"故乡"的巨大差异，使其在乡亲们冷漠的视觉里产生了对"故乡"情感上的拒斥心理。"希望是本无所谓有，无所谓无的。这正如地上的路；其实地上本没有路,走的人多了,也便成了路。"这段结束语似乎预示着鲁迅实现了自身人格的历史性超越(学界观点基本是如此),但我们却对此表示极大的怀疑。对于我们这个没有宗教信仰的古老民族而言,启蒙者鲁迅对自己与"他者"未来之路的茫然叹息,最终必然会使他因缺少坚定的精神支撑而不得不向自身的生存环境妥协。从《呐喊》与《彷徨》这两部小说集的命名来看,鲁迅对于启蒙理性的思想困惑,生动地揭示了五四文化精英对于他们所主张的"个人主义"人生观,始终是缺乏坚定自信的明确目的性。

其实,早在《呐喊》中《药》的故事叙事过程中,鲁迅就已经对他所宣扬的"个人主义"价值观产生了思想动摇。作为觉醒了的革命者夏瑜,虽然以启蒙理性去面对华老栓之类的愚昧国民,但是势单力薄的他却始终处于被"被启蒙者"包围和消解的现实困境之中。作者虽然对夏瑜的革命精神表示了由衷的敬佩之意,却始终无法遮蔽自己内心世界的灰色情绪:夏瑜的肉体为康大叔所杀,完全符合正常的生活逻辑(革命与反革命之间的辩证关系);可夏瑜的"精神"被华小栓吃掉,则又是迥然有悖世事常情的(革命者与普通民众之间的因果关系)。作者正是带着这样一种无法排解的思想困惑,在作品的结尾处插入了一段不同寻常的景色描写:"微风早经停息了;枯草支支直立,有如铜丝。一丝发抖的声音,在空气中愈颤愈细,细到没有,周围便都是死一般静。"我们不难发现,"枯草"在这里寓意革命者启蒙精神,而"空气"则是对国民愚昧状态的强烈暗示;那一丝无力的启蒙颤音在四周凝滞空气中的自我消失,实际上隐喻着鲁迅对于个性生存环境的极度绝望。到了《彷徨》中的《伤逝》等作品,鲁迅对于个人主义的思想清算,已逐步由朦胧的感性认知上升到了清晰的理性思辨。作者明确地赋予了主人公涓生和子君以"西化"形态的个人主义者身份,并借子君之口喊出"我是我自己的,他们谁也没有干涉我的权利"的时代口号。应该说凸现"人"的"个体"存在意义,强调"个体"独立于"他者"的合理价值,《伤逝》在中国现代小说史上是首开先河的。但是我们必须清醒地意识到,两个大胆追求恋爱自由、向往人格独立的主人公,他们最终都在"死"和"逃"的落寞中走向了理想破灭的故事结局,这无疑预示着作者于万般无奈之际,沉重宣告了"个人主义"在"国民性"面前的彻底失败。勇敢的子君最终回归到传统的家庭旧巢沉沦而死,叛逆的涓生也"将真实深深地藏在心的创伤中,默默地前行,用遗忘和说谎做我的前导……"此时的启蒙者鲁迅,显然在严酷的社会现实面前,不得不去重新思考西方人文精神在中国文化土壤上的生存可能性。

从追求西方文明到怀疑个性意识,应该说是鲁迅一生思想矛盾的真实写照。1925年5月30日,鲁迅在写给许广平的信中,就曾毫不掩饰地自我解剖道:"我的意见原也不容易了然,因为其中本有着许多矛盾,教我自己说,或者是'人道主义'与'个人的无治主义'的两种思想的消长起伏罢……"① 十分明显,"人道主义"是指西方的"个性主义",而"个人的无治主义"则是指传统的"无为而治",两者之间存在着无法逾越的思想鸿沟。1918年到1926年间,鲁迅的思想基本上都徘徊在这种时而乐观、时而悲观,此消彼长、此起彼伏的矛盾胶着之中。一方面,受尼采和叔本华人生哲学的深刻影响,他强调以西方的个性意识去重塑中华民族的"人之子",培育具有独立人格的"觉醒的人"②,进而推动中国传统文化的现代转型,这使他的文学创作一度呈现出激昂亢奋的精神"狂欢";另一方面,现实的黑暗、环境的恶劣与民众的愚顽,又使他认识到自己"决不是一个振臂一呼应者云集的英雄"③,"倘说为别人引路,那就更不容易了,因为连我自己还不明白应当怎么走"④,故只能以灵魂的自我逃遁去掩盖或遮蔽内心世界的苦闷与凄凉。《孤独者》和《在酒楼上》这两部作品,正是鲁迅此种心境的最佳折射。魏连殳最初也是以极大的热情,去关爱房东那四个可怜的孩子,并天真地认为"孩子总是好的。他们全是天真……""大人的坏脾气,在孩子们是没有的。后来的坏,如你平日所攻击的坏,那是环境教坏的。原来却并不坏,天真……"(《孤独者》)魏连殳的"拯救"意识与"狂人"一样,都把改变中国落后面貌的真诚希望寄托于青年人的身上,充满着理想主义的浪漫色彩。然而几个月以后,他竟也被那些"天真"的孩子们敌视,满腔的热情一下子便熄灭于现实的冷漠之中。紧接着他又被校长无情辞退,一连串的打击彻底颠覆了魏连殳的启蒙主义宏大理想,为了生存不得不向社会守旧势力认输妥

---

① 鲁迅:《两地书·第一集 北京》,载《鲁迅全集编年版》第3卷,北京:人民文学出版社2014年,第531页。
② 鲁迅:《热风·随感录四十》,载《鲁迅全集》第1卷,北京:人民文学出版社1981年,第322页。
③ 鲁迅:《〈呐喊〉自序》,载《鲁迅全集》第1卷,北京:人民文学出版社1981年,第411-412页。
④ 鲁迅:《坟·写在〈坟〉后面》,载《鲁迅全集》第1卷,北京:人民文学出版社1981年,第284页。

协。曾经辉煌过一时的吕纬甫现在也是一样,"敷敷衍衍,模模糊糊"地做一些"为小兄弟迁坟"或"为阿顺买花"的无聊琐事,然而却"也是我自己愿意做的";他抛弃了往昔的崇高信念,冷却了火热的进取激情,失魂落魄地打发着自己毫无意义的残余人生。无论是魏连殳还是吕纬甫,他们终于都不再去扮演"我以我血荐轩辕"的时代英雄角色,这与鲁迅当时的思想状态是十分相似的。他曾不无悲哀地说过:"我其实那里会'立地成佛',许多烟卷,不过是麻醉药,烟雾中也没有见过极乐世界。假使我真有指导青年的本领——无论指导得错不错——我决不藏匿起来,但可惜我连自己也没有指南针,到现在还是乱闯。"[1] 这段话非常耐人寻味,不想成为国人导师的鲁迅,实际上一直都在为国人指路;而一直主张"西化"意识的鲁迅,却始终表现出对启蒙理性的强烈质疑。这种思想与情感上的双重矛盾,决定了鲁迅在其经历了"呐喊"与"彷徨"之后,必然要走向《野草》式的精神内省。因为《野草》既是鲁迅极端苦闷的情绪宣泄,同时也是鲁迅思想转型的临界状态:它以强烈的反讽与辛辣的自嘲,生动地揭示了东西方文化冲突在"五四"启蒙精英身上的激烈反映;而这种文化冲突的最后结局,无疑又是以他们对西方人文精神的自动放弃与对传统儒学理性的自觉回归而告终。所以,20世纪20年代末期,鲁迅终止了启蒙主义的文学创作并使自己的思想迅速发生"左"转,这一历史现象已完全超出了鲁迅个人的自身意义,而成为"五四"启蒙精英"西化"追求沦于失败的真实缩影。

鲁迅与他同时代的人之所以会"误读"西方而陷入启蒙的困惑,其根本原因就在于他们对西方人文主义的历史渊源和精神实质,都缺乏必要而全面的深入理解。在西方社会文明的发展史上,注重"人"的价值的主体性生命哲学,是自古希腊以来的一个悠久传统。苏格拉底那句不朽名言"认识你自己",充分显示着古希腊人对个人的创造力和表现力的重视与推崇,人作为社会生活的主体地位也随西方文明的进化而逐渐得以确认。中世纪以后,基督教占据了欧洲社会的统治地位,"人"与"神"被合二为一相提并论,人的自由意志遭到了教会文化的人为消解,而上帝则被赋予了至高无上的神圣权利。但是到了文艺复兴时期,经过"人学"与"神学"的激烈斗争,人的主体价值再度得到社会的广泛承认,"人

---

[1] 鲁迅:《两地书·第一集 北京》,载《鲁迅全集》第11卷,北京:人民文学出版社1981年,第14页。

权"取得了对"神权"的绝对胜利，人的自由意识与创造能力空前释放。布克哈特曾在《意大利文艺复兴时期的文化》一书中，把这一时期的主要成果概括为"人的发现"与"世界的发现"这两大主题。人不再是匍匐在上帝之下的可怜被造物，人的价值包括尊严、才能和意志得到了最大的重视，人为自己的独立自主和自由本质而与上帝抗衡，人作为宇宙主宰的信念也深入人心。① 到了17世纪以后，德国古典主义哲学的出现，最终奠定了西方主体性人生观的理论基础。"康德是德国古典唯心主义哲学中第一个强调和系统论证统一性以及人的主体性和自由本质的人。"② 康德哲学的历史成就，是关于主体性人学的体系建立。在康德看来，人具有两重性：一重是人的自然属性方面，一重是人的自由意志方面。在这两个分属于不同领域的世界当中，康德重点强调的是人的自由意志，其根本目的也是为了说明人的行为是由"自我"决定的。"自由"与"自我"是人的本质。康德认为人作为主体包括两个方面：一个是实践的主体，一个是认识的主体。这两个意义上的主体其实是同一个自我，指的都是不同个体的独立性原则。显然，康德通过他的研究，在西方哲学史上进一步强化了人的独立存在性。费希特则从"人的使命"的角度，论述了人的自我独立性问题。他指出："人之所以是他所是的东西，完全是因为他存在，也就是说，他所是的一切，应该同他的纯粹自我，同他的纯粹自我性相关联；他之所以应该是他所是的一切，纯粹是由于他是一个自我。"③ 自我，即我称为我的自我，我的人格的那种东西。我发现我自己是一个独立的生物。我的各种不同状态，始终都会伴随着意识。而"自在的自由"是解释这一切意识的最终根据。从这个意义上来说，大家可以通过自由，亲自意识到自己固有的行为。个体的自我独立性在"人的使命"层面体现。黑格尔发展了康德等人的主体论学说，他进一步强调人的本质就是精神自由，精神哲学也就是他所倾心致力的"人的哲学"，而主体性命题也成了他精神哲学的理论基础。"西方近代哲学的一个重要特征是重视人的精神本质或自由本质，重视人的'主体性'。"④ 黑格尔在其《精神现象学》中，揭示了主体人的绝对自由，提供了对自由的精辟解释，并以直接和间

---

① [瑞士] 雅各布·布克哈特：《意大利文艺复兴时期的文化》，北京：商务印书馆1997年。
② 张世英：《康德的〈纯粹理性批判〉》，北京：北京大学出版社1987年，第1页。
③ [德] 费希特：《论学者的使命 人的使命》，北京：商务印书馆1984年，第8页。
④ 张世英：《论黑格尔的精神哲学》，上海：上海人民出版社1986年，第2页。

接两种形式阐述了他对自由问题的独特认识。即：人从自然界解放出来，脱离动物生活，"自我意识"产生，然后人从自我异化中解放出来，脱离狭隘的人与人的关系，"自在自我的自我意识"即形成。"意识的对象是外在事物，而自我意识的对象是主体自己，所以从意识向自我意识的转化涉及主体认识对象的变化，是从认识自然事物转向认识人本身。"① 在黑格尔看来，"绝对自由"是一种自我意识，它以主体的自我意识去发现和认识主体自我，这种启蒙完全是出于主体自己的自觉与自由。与此同时，"绝对自由"也是一种以个人人格为基础的普遍的意志，是一切个人都具有的普遍的意志，它具有自己的力量，把自己表现为行动，实现于客观世界，没有任何一种势力可与它抗衡。毫无疑问，德国的古典主义哲学思潮，直接构成了西方近现代人文主义文学运动的精神资源。

基于对主体论哲学的时代回应，西方近现代文学运动集中表现出对"人"的高度重视与关注。浪漫主义运动张扬的是"人"的个性，启蒙主义运动提倡的是"人"的悟性，现实主义运动批判的是"人"的异化，无论他们突出表现"人"的哪一方面，都在追求"人"与"人"的个体平等。即使是作为法国社会的"良心"的巴尔扎克，他对老葛朗台的鄙视与否定，也是对"个体"存在不合理性的鄙视，而不是对"个体"存在合理性的否定。因为在巴尔扎克看来，老葛朗台对金钱物质疯狂占有的贪婪欲望，是建立在损害"他者"合法利益基础上的非正常行为，故他受到社会的唾弃与蔑视也是理所当然的了。换句话说，巴尔扎克是站在社会公众利益的立场上，本着"个体"与"他者"公平相处的人文理念，去揭示老葛朗台的灵魂猥琐与人格堕落，完全符合西方现代社会的价值理念，同时也代表着西方现代文明的精神追求，故能引起广大读者的强烈反响与深刻反思。鲁迅的《阿Q正传》则不然，他所批判与否定的阿Q"国民性"历史弊端，不是专指某一特殊的生命现象而是暗喻整个民族的精神状态，这使鲁迅从一开始便以清醒的"自我"与落后的民族形成了人为的区分隔离，进而在两者之间树立起了难以逾越的思想屏障。"我"与阿Q的人格对峙，目的是要用"我"所代表的"西化"意识去拯救以阿Q为象征的民众的灵魂，最终实现中国文化的现代转型。由于鲁迅与他同时代的启蒙者并不了解思想启蒙是人的"自我"意识的漫长过程，他们都试图凭借外部力量去强行推动中国社会超常规的历史性跨越，孰知这种幼稚的想法在强大的儒家文化面前遭遇到了顽强阻击并陷入困境，缺乏

---

① 薛华：《黑格尔、哈贝马斯与自由意识》，北京：中国法制出版社2008年，第195页。

必要思想准备的先驱者们也只好在"个体"对"群体"的交战中败下阵来。

阅读鲁迅的小说和散文诗，人们普遍认为其中蕴含着创作主体强烈的精神痛苦。我们以为，鲁迅乃至他同时代精英知识分子所表现出的这种精神痛苦，绝不是西方现代作家那种实现自我人格超越过程中的心灵升华，而是"个体"无法与"他者"进行沟通对话的情感压抑。造成这一被"他者"不容而抛弃的根本原因，则又与他们的实用功利主义文学观有着直接的因果关系。众所周知，鲁迅从事文学创作的原始动因，是"为人生"的启蒙主义，是救"他者"而不是救自己，这就决定了鲁迅不可能彻底摆脱中国传统文人"先天下之忧而忧，后天下之乐而乐"的社会使命意识。甚至可以说鲁迅以及他同时代的作家无意识中都以时髦的西化语汇，合理地继承和延续了中国文人积极"入世"的儒家思想，并使儒学文化传统得以借助于现代表现形态而发扬光大。"所以我往往不恤用了曲笔，在《药》的瑜儿的坟上平空添上一个花环，在《明天》里也不叙单四嫂子竟没有做到看见儿子的梦""因为那时的主将是不主张消极的"[①]。积极"入世"的使命意识是需要得到应有回报的，一旦失去这种应有的社会回报，缺乏主体论哲学支撑的启蒙者必然会走向思想的极端偏执——"文学文学，是最不中用的，没有力量的人讲的……中国现在的社会情状，止有实地的革命战争，一首诗吓不走孙传芳，一炮就把孙传芳轰走了。"[②] 我们不难发现，这与鲁迅的新文学宣言："觉得医学并非一件紧要事""我们的第一要著，是在改变他们的精神""于是想提倡文艺运动了"[③] 已大相径庭。告别文学创作也就意味着鲁迅告别了思想启蒙，尤其是经过"革命文学"口号之争，鲁迅终于放弃了他茫然无绪的"西化"追求，并在无产阶级革命阵营中寻找到了他最终的精神归宿。

因此我们认为，鲁迅对于新集体主义价值理念的自觉皈依，从一个侧面反映了"五四"新文学运动"西化"情结的历史终结——它既反映着中国现代知识分子在追求与认知"现代性"问题上的茫然性，同时也揭示着中西方文化彼此相融过程中的复杂性。

[①] 鲁迅：《呐喊》自序，载《鲁迅全集》第 1 卷，北京：人民文学出版社 1981 年，第 419 页。

[②] 鲁迅：《革命时代的文学》，载《鲁迅全集》第 3 卷，北京：人民文学出版社 1998 年，第 417–423 页。

[③] 鲁迅：《呐喊》自序，载《鲁迅全集》第 1 卷，北京：人民文学出版社 1981 年，第 417 页。

鲁迅对"庸众"与"精英"的理性思辨

长期以来,"反庸众"与"国民性"批判,一直都被人们视为鲁迅崇尚启蒙的"精英"意识;然而阅读《呐喊》与《彷徨》,我们发现鲁迅笔下那些"精英"人物,同样也是被他加以否定的批判对象——无论是"狂人"的反叛与皈依,还是涓生的张扬与逃遁,尤其是吕纬甫和魏连殳借酒消愁的颓废神态,无一例外都显现着鲁迅解构"精英"的理性精神。这就使得我们"鲁学"研究者不得不去面对一个难以回避的严酷事实:"精英"否定"精英",这无疑是一种悖论逻辑;况且沉沦了的"精英",还能不能算是"精英"?与之而来的,是另外一个疑问:学界历来都把鲁迅视为"精英"中的"精英",将其视为"世人皆醉我独醒"的"精神界之战士",或"中国反封建思想革命的一面旗帜",可是鲁迅本人却从来都不认同这种说法。他曾一再申明说,"我决不是一个振臂一呼应者云集的英雄"[1],更不是什么国民与青年的引路导师。"凡自以为识路者,总过了'而立'之年,灰色可掬了,老态可掬了,圆稳而已,自己却误以为识路。假如真识路,自己就早进向他的目标,何至于还在做导师。"[2]那么,我们究竟是相信学界的言说,还是相信鲁迅自己的言说呢?我个人认为,鲁迅曾把文学创作比作"大抵是作者借别人以叙自己,或以自己推测别人的东西"[3];因此我们完全有理由去推断,吕纬甫等人四处碰壁后的痛苦与绝望,其实正是鲁迅"借别人以叙自己"的真实写照。所以,鲁迅宁愿以"孤独者"自居,也不愿被捧为"前辈"或"导师";这种敢于自我去"精英"化的胆识和勇气,才是他人格令人敬仰的魅力所在。

---

[1]《鲁迅全集》第1卷,北京:人民文学出版社1981年,第417页。
[2]《鲁迅全集》第3卷,北京:人民文学出版社1981年,第55页。
[3]《鲁迅全集》第4卷,北京:人民文学出版社1981年,第23页。

围城中的巨人
理解鲁迅的"寂寞"与"悲哀"

将鲁迅思想定位于既"反庸众"又反"精英",我们同样会受到来自学界的强烈反驳:鲁迅如果不是"精英"阶层,那么他到底是何种社会身份?其实瞿秋白早在《〈鲁迅杂感选集〉序言》里,对此问题做出了非常睿智的巧妙回答:"鲁迅是莱谟斯,是野兽的奶汁所喂养大的,是封建宗法社会的逆子,是绅士阶级的贰臣,而同时也是一些浪漫谛克的革命家的挚友!他从他自己的道路回到了狼的怀抱。"① 瞿秋白用"野兽"一词来暗喻"大众"群体(其贬义词就是"庸众");鲁迅"回到了狼的怀抱",也就意味着他回到了人民大众中间。因为在瞿秋白看来,个体"精英"与群体"大众"原本就属于同一文化母体,两者之间具有不可分割性。尽管瞿秋白是站在意识形态的立场上,以革命话语去诠释鲁迅思想的发展历程,并将其回归"大众"视为对无产阶级的无条件认同,这多多少少都带有政治上的拔高之嫌;但是瞿秋白的话也给了我们一种深刻的启示,当启蒙把"庸众"视为传统文化的负载对象,而"精英"又自诩为"西化"现代性的当然代表时,那么鲁迅回归"大众"不正是表明他回归了传统文化吗?鲁迅对于瞿秋白的评价,自然是持肯定的态度,否则他们也不会成为"挚友",并以"敬爱的同志"互相称谓。② 所以,鲁迅无论是"反庸众"还是反"精英",都不是一个简单的思想转型问题,而是一个复杂的文化认同问题,对此,我们应该具有正确的判断力。

一、"庸众"之"庸":五四鲁迅的困惑与茫然

回归历史原场我们不难发现,五四时期鲁迅的精神状态,是一种"亢奋"与"悲哀"的矛盾组合。"亢奋"是指他因"听将令",在那里不遗余力地助威"呐喊",为"前驱者"们以壮行色;"悲哀"则是指他看破世事,根本就不相信思想"启蒙"能给中国社会带来任何变化。应该说"亢奋"只不过是五四鲁迅的外在假象,而"悲哀"才是他灵魂深处的真实自我。其实,只要我们稍加留意一下《〈呐喊〉自序》,短短的三千多字,"寂寞"与"悲哀"竟出现过十多次,可见五四时期的鲁迅思想有多么"悲观"(留日归来到五四之前,十多年里风云变幻,可鲁迅竟然不发一声,就是一个很好的注脚)。鲁迅对此曾做过这样的解释:"我

---

① 《瞿秋白文集》第 3 卷,北京:人民文学出版社 1989 年,第 97、115 页。
② 1931 年 12 月,在鲁迅与瞿秋白的通信当中,两人便以"敬爱的同志"互称。参见《鲁迅全集》第 4 卷,北京:人民文学出版社 1981 年,第 370 - 379 页。

那时对于'文学革命',其实并没有怎样的热情。见过辛亥革命,见过二次革命,见过袁世凯称帝,张勋复辟,看来看去,就看得怀疑起来,于是失望,颓唐得很了。"所以他虽然"也来喊几声助助威"①,但却始终都无法摆脱"失望"与"绝望"的"颓唐"心境。

鲁迅说他是在经历了诸多事变之后,才由"亢奋"变得"颓唐"了,这从一个侧面证明,青年时代的鲁迅其实并不是一个"悲观"之人。对此,我们可以从两个方面去加以印证。一是据许寿裳回忆,留学日本期间,鲁迅的思想非常活跃,他经常思考"三个相连的问题:①怎样才是理想的人性?②中国民族中最缺乏的是什么?③它的病根何在?"② 当时的鲁迅受晚清思想启蒙运动的深刻影响,他关注"国民性"与中华民族的未来命运,站在"反庸众"的启蒙立场上,主张"尊个性而张精神",所以他"办杂志,译小说,主旨重在此"。③ 二是从鲁迅早年的几篇文言文来看,他当时的确是"书生意气、挥斥方遒",效法尼采和易卜生等西方先哲,批国人"顽愚之道行,伪诈之势逞"的蛮野陋习(《文化偏执论》),斥其"宁蜷伏堕落而恶进取"的劣根本性(《摩罗诗力说》),指点江山激扬文字,完全就是一个超凡脱俗的救世主形象。青年鲁迅"反庸众"而批判"国民性",与五四时期有所不同,他人为地将"精英"从"庸众"群体中剥离出来,并试图通过呼唤"精神界之战士"闪亮登场,进而使"以愚民为本"的"沙聚之邦",转变为"屹然独见于天下"的"人国"。(《文化偏至论》)因此,青年鲁迅的"反庸众"与批判"国民性",明显体现为"上智"与"下愚"之间的矛盾对决;同时,也充分说明五四以前,鲁迅还是寄救国希望于知识"精英"的;否则,他也不会放声呐喊,"今索诸中国,为精神界战士者安在?"(《摩罗诗力说》)

而五四时期的鲁迅,则思想变化很大。新文化运动兴起之际,鲁迅已近不惑之年,他早已在现实生活当中褪尽了高呼猛进的青春激情。用他自己的话来说,不仅"再没有了青年时候的慷慨激昂"④,就连"先前是怎

---

① 《鲁迅全集》第4卷,北京:人民文学出版社1981年,第455页。
② 许寿裳:《回忆鲁迅》,载马会芹编《挚友的怀念——许寿裳忆鲁迅》,石家庄:河北教育出版社2000年,第110页。
③ 许寿裳:《回忆鲁迅》,载马会芹编《挚友的怀念——许寿裳忆鲁迅》,石家庄:河北教育出版社2000年,第12页。
④ 《鲁迅全集》第1卷,北京:人民文学出版社1981年,第418页。

样地使我激昂"的外国人名,"民国告成以后,我便将他们忘却了"①。鲁迅说他不再年轻也不再"激昂",并非一种回应赞誉的自谦之词,而是一个真实鲁迅的自我画像:"五四运动之后,我没有写什么文字,现在已经说不清楚是不做,还是散失消灭的了。"② 即便是一本薄薄的《热风》,也"并无喷泉一般的思想,伟大华美的文章,既没有主义要宣传,也不想发起一种什么运动",所写的无非是"一种苦味",或是一种"孤独的悲哀"罢了。③ 尽管长期以来,学界一直都无视鲁迅本人的自我言说,且仍在沿用青年鲁迅的激情主义,去归纳和总结他中年时代的"反庸众"思想;但毕竟五四时期的鲁迅早已不再青春年少了,他对许多中国社会问题的看法都发生了经验性的巨大变化:重新去审视"庸众"之"庸"的文化背景,深度去分析"庸众"之"众"的社会构成,才是五四时期鲁迅思想的核心焦点。

　　进入《呐喊》《彷徨》的艺术世界,读者自然会感觉到"庸众"势力的异常强大。透过"狂人"的视角,人们可以发现"狼子村"到处都是一派冷漠的"目光":赵贵翁怪怪的"眼色",大哥满眼的"凶光",孩子们敌视的"眼神",女人们嘲讽的"白眼",佃户们狐疑的"怪眼",老年人狡黠的"鬼眼",年轻人喷火的"怒眼",全都投向了叛逆者"狂人",使其不寒而栗惊恐万分。如果说"眼睛是心灵的天窗",那么鲁迅显然是要通过"眼睛"的描写,去揭示"狼子村"村民麻木愚昧的精神状态,以及"狂人"想要进行思想启蒙的艰难处境。在"未庄"里,阿Q的境遇也很是不妙,赵太爷、白举人、假洋鬼子之流固然看不上阿Q,可是同属于"庸众"群体的吴妈、王胡、小D、小尼姑和老尼姑等人,也同样对阿Q恨之入骨怒目相加:受辱的吴妈,惬意地看着阿Q被杀头;王胡和小D,也充满快感地痛扁阿Q;小尼姑发誓赌咒,要让阿Q断子绝孙不得好死;老尼姑则为了两个萝卜,对阿Q不依不饶责骂连连。到了"鲁镇"上,"庸众"之"庸",更是通过祥林嫂的故事叙事,令人唏嘘不已倍感心寒:卫老婆子参与绑架贩卖祥林嫂,丝毫没有一点廉耻心和负罪感;柳妈不顾祥林嫂丧夫失子的切肤之痛,一味地在那里偷窥般地追问她为什么"后来竟依了呢"?庙祝明知祥林嫂"捐门槛"是她精神上的唯一寄托,却嫌弃她是个"晦气"之人并对其百般刁难;全"鲁镇"的人都沉醉于

---

① 《鲁迅全集》第1卷,北京:人民文学出版社1981年,第3页。
② 《鲁迅全集》第1卷,北京:人民文学出版社1981年,第291–292页。
③ 《鲁迅全集》第1卷,北京:人民文学出版社1981年,第282页。

过年的喜庆气氛中,竟没有一个人去理会冻死饿死在门外的祥林嫂——只有一个同病相怜的"我",痛苦地见证着这一悲剧发生的全过程。诸如此类的艺术画面,在《呐喊》《彷徨》两个集子里,几乎比比皆是,无处不有。我们固然可以说,致力于暴露社会"庸众"的人格缺陷,是鲁迅批判国民"劣根性"的有意为之;但我们却绝不能忽视,鲁迅笔下的"庸众"群体,从一开始就包括"上智"和"下愚"两类人物形象。在《呐喊》《彷徨》中,有个现象很是值得我们去注意,即赵贵翁(《狂人日记》)、赵太爷(《阿Q正传》)、赵七爷(《风波》)、鲁四老爷(《祝福》)、高尔础(《高老夫子》)、七大人(《离婚》)等,他们贵为乡绅且置身于乡间社会的上流阶层,自然都是些知书达理的"上智"性人物;可是鲁迅却把他们也描写成同农民阿Q一样,人格卑劣、庸俗不堪、愚昧无知、孤陋寡闻,全都受到了作者本人的鄙视与唾弃。比如,赵贵翁与"狼子村"人沆瀣一气合力去绞杀"狂人",赵太爷与"未庄人"同仇敌忾合力去排斥阿Q,鲁四老爷与"鲁镇人"观念一致合力去摧残祥林嫂,鲁迅有意将他们整合为一种不可分割的文化共同体,其目的就是要去揭示"国民性"的普遍性原则。另外,赵七爷一部"三国"知天下,七大人一个"哈欠"定乾坤,也都是鲁迅以批判理性为旨归,对国人"庸"与"愚"的艺术呈现。由此可见,鲁迅笔下的"庸众"之"庸",并无"上智""下愚"之别,全体国民都为其所诟病。

鲁迅五四时期的杂文也可以证明这一点。鲁迅曾多次用"大染缸"去隐喻中国文化的固有特性。比如,他在《随感录·四十三》里写道:"可怜外国事物,一到中国,便如落在黑色染缸里似的,无不失了颜色。"① 后来,他在写给许广平的信中又再次喟叹:"中国大约太老了,社会上事无大小,都恶劣不堪,像一只黑色的染缸,无论加进什么新东西去,都变成漆黑。"② 鲁迅既然把中国比作一个"大染缸",那么在他看来生活于其中的中国人,当然都逃不脱"一荣俱荣、一损俱损"的自然法则,绝不会存在什么"出淤泥而不染"的特殊人物。其实,鲁迅对此早已有过明确的诠释,他说自己五四杂文的攻击对象,"有的是对于扶乩,静坐,打拳而发的;有的是对于所谓'保存国粹'而发的;有的是对于,那时旧官僚的以经验自豪而发的;有的是对于上海《时报》的讽刺画而

---

① 《鲁迅全集》第1卷,北京:人民文学出版社1981年,第330页。
② 《鲁迅全集》第11卷,北京:人民文学出版社1981年,第20页。

发的。"① 鲁迅这段话历来都被学界广泛引用，但却很少有人去留意这段话背后的微言大义。"扶乩""静坐"和"打拳"，无疑是指下层社会的"庸众"行为；而"保存国粹""旧官僚"和"上海《时报》"，则显然是指上流社会的"精英"行为——因为对于没有文化的普通百姓而言，他们既不会去谈论什么"保存国粹"，也没有资格去当什么"旧官僚"，更不可能去为上海《时报》画什么"讽刺画"。所以，鲁迅明显是在暗示我们，他要加以攻击的讽刺对象，既包括"庸众"也包括"精英"，是一种全方位的"国民性"批判。在这里，我们不妨举几个例子。首先，"救救孩子"的进化论思想，无疑是鲁迅改造中国的美好愿望，他认为中国之所以会积弱落后，就在于中国"孩子"有养无教的恶性循环："穷人的孩子蓬头垢面的在街上转，阔人的孩子妖形妖势娇声娇气的在家里转。转得大了，都昏天黑地的在社会上转，同他们的父亲一样，或者还不如。"② 我并不想在此重复"救救孩子"的伟大意义，只是想去辨析一下鲁迅这段话的内在含义——"穷人"与"阔人"虽然属于两个不同的社会阶层，但他们的孩子无论是在"街上转"还是在"家里转"，最终都要"昏天黑地的在社会上转"，其"国民性"的历史文化基因却是不分"庸众"与"精英"的。其次，反"礼教"而痛斥"节烈"，也是五四时期鲁迅思想的一大亮点；然而读一读《我之节烈观》，"庸众"之"庸"的泛指性更是一目了然。鲁迅认为"节烈"一说，虽为"道德家"和"文人学士"所提倡，但却是"多数国民的意思；主张的人，只是喉舌。虽然是他发声，却和四支五官神经内脏，都有关系"③。这段文字的精妙之处，就在于鲁迅道出了一个历史真相："庸众"固然是"庸"，但"精英"却并不"精"，他们只不过是"庸众"的代言人，与"庸众"群体原本就没有什么两样。再者，去除愚昧而主张科学，也是五四鲁迅发声率最高的一种思想呈现，他一再强调"科学救国"是针对整个"中国人"，因此也就明确地消解了"庸众"与"精英"之间的划分界限。他说，"中国人的不敢正视各方面，用瞒和骗，造出奇妙的逃路来，而自以为正路。在这路上，就证明着国民性的怯弱，懒惰，而又巧滑。"④ 更有趣者，是鲁迅竟将上层"精英"直接等同于下层"庸众"，甚至于还不如那些"庸众"："现在儒

---

① 《鲁迅全集》第1卷，北京：人民文学出版社1981年，第291页。
② 《鲁迅全集》第1卷，北京：人民文学出版社1981年，第295页。
③ 《鲁迅全集》第1卷，北京：人民文学出版社1981年，第118页。
④ 《鲁迅全集》第1卷，北京：人民文学出版社1981年，第240页。

道诸公,却径把历史上一味捣鬼不治人事的恶果,都移到科学身上,也不问什么叫道德,怎样是科学,只是信口开河,造谣生事;使国人格外惑乱,社会上罩满了妖气。"① 因为在鲁迅看来,"庸众"虽"庸",最多无非是"不信"科学,并不能产生什么社会破坏效果;但"精英"之"庸",则有所不同,他们不仅会"造谣生事",更能"使国人格外惑乱"。所以"精英"之"庸"要比"庸众"之"庸"具有更大的社会破坏性。这应是五四鲁迅既不相信"精英"也不相信"启蒙"的根因所在。

二、"精英"之"精":五四鲁迅的质疑与否定

如果说鲁迅"反庸众"学界并无任何异议的话,那么要说鲁迅反"精英",我想一定会受到学界的强烈质疑。因为从我们这代学者刚一入行起,就一直在接受这样一种程式化的思想教育:鲁迅笔下塑造有两种知识分子形象——旧派知识分子是传统文化的卫道士,新派知识分子是思想启蒙的中坚力量,"西化"之"新"与"传统"之"旧"的精神分野,才是鲁迅对"精英"之"精"的认同标准。我个人认为,这恐怕仍是根深蒂固的"西化"启蒙说在影响着我们对于五四和鲁迅的正确判断。②

崇拜"精英"与崇拜"启蒙",这是青年鲁迅的思想追求,而不是五四鲁迅的精神状态,我们不能笼统视之,一概而论。留学日本期间,鲁迅曾一度是"全盘西化论"的积极倡导者,他将改造中国之希望,寄托在一批"西化"精英身上,并试图通过这些"精神界之战士",实现中国传统文化的现代转型。鲁迅对于"精神界之战士"的概念界定,就是能像尼采、易卜生、拜伦、雪莱那样,"无不刚健不挠,抱诚守真;不取媚于群,以随顺旧俗;发为雄声,以起其国人之新生,而大其国于天下。"③在那时的鲁迅看来,举国上下一片昏庸,抱残守缺不思进取;故当务之急自然是"首在立人,立人而后凡事举","沙聚之邦"才能转为"人国"。毫无疑问,青年鲁迅所主张的"立人",是一种与社会"庸众"相对立的

---

① 《鲁迅全集》第1卷,北京:人民文学出版社1981年,第301页。
② 近几年来,我一直都在强调新文学的固有本质,绝不是以"西方"去反"传统",而是在以"传统"反"传统",其最终的结果是"传统"的自我更新,而非"西方"对"传统"的全然取代。可参见拙作《五四文学精神资源新论》(《中国社会科学》2006年第1期)和《新文学对传统文化的批判与承续》(《中国社会科学》2014年第11期)。
③ 《鲁迅全集》第1卷,北京:人民文学出版社1981年,第99页。

"新人",他们敢于"掊物质而张灵明,任个性而排众数",都是些"不阿世媚俗"且"不见容于人群"的传统叛逆者。① 由此人们便大胆地去推论,鲁迅的确是一个"精英"的崇拜者,他把"精英"之"精",视为敢于反抗社会的独立个体,并最终付诸五四时期的文学实践,所以就有了这样令人深深感叹的艺术场景:"狂人"因"任个性而排众数",结果他却"不见容于人群",受到了"狼子村"村民的强烈排斥;"夏瑜"向"庸众"宣传"这大清的天下是我们大家的"革命道理,结果他不仅肉体被杀,就连"精神"也被"庸众"吃掉了。于是乎,学界便从中寻找到了鲁迅崇拜"精英"的理论支点。

然而,我们必须正视这样一个事实:从"书生意气"到不再"慷慨激昂",社会经验与人生阅历,已使五四时期的鲁迅思想发生了由"呐喊"到"彷徨"的巨大变化;因此,鲁迅笔下的新派知识分子,究竟是不是启蒙"精英",就有了"言说鲁迅"与"鲁迅言说"两种不同说法。"言说鲁迅"者们认为,新派知识分子虽然也有人格缺陷,但鲁迅在批判他们的沉沦之余,更多的则是肯定他们的叛逆精神;而"鲁迅言说"却完全不同,他既不同情"涓生",也不怜悯"魏连殳",从创作《狂人日记》开始,就一直在致力于揭破启蒙"精英"的假面具。只要我们回到"鲁迅言说"的历史语境,这一点很容易就能够得到证实。首先,鲁迅在《文化偏至论》与《摩罗诗力说》中,早已对"新人"或"精英"立下了评价标准:"精英"之"精"在于"新",而"新"之内容又在于西方思想。那么,无论是"狂人"、夏瑜还是吕纬甫、魏连殳,他们到底是不是负载西方思想的启蒙"精英"呢?回答自然是否定性的。《狂人日记》的故事开篇,是以"月光"的介入,使"狂人"幡然觉醒;由于"月光"是外部因素,因此学界也一直都把"月光"视为来自"西方"的启蒙影响:"月光照亮了狂人,使狂人由此而觉悟……精神意义上他是被启蒙了,他觉醒了,他也成了启蒙者。"② 然而,"月亮"本身不是发光物体,它只能折射"阳光"而不能取代"阳光",所以把"月光"比作西方人文精神的外部植入,并试图以此去诠释"狂人"觉醒的真正原因,无疑是"言说鲁迅"者的主观臆说,而不是"鲁迅言说"的固有本意。《药》中革命者夏瑜最具有震撼力的一句话就是"这大清的天下是我们大家的"启蒙

---

① 《鲁迅全集》第1卷,北京:人民文学出版社1981年,第46—52页。
② 陈思和:《现代知识分子觉醒期的呐喊:〈狂人日记〉》,载《杭州师范学院学报(社会科学版)》2003年第4期,第26—38、57页。

呐喊；可这至多不过是中国农民"均贫富"造反呼声的历史回响，与"西方"现代人文精神根本就扯不上任何关系。另外，吕纬甫议论改革且拔"神像的胡子"，魏连殳"常说家庭应该破坏"，鲁迅都没有为他们的"叛逆"行为去投射一种令人信服的西方背景。唯一在《伤逝》里，我们可以勉强找到一点"西方"的印迹，即涓生对子君"谈家庭专制，谈打破旧习惯，谈男女平等，谈伊孛生，谈泰戈尔，谈雪莱……"但这段文字所表达的核心意思，恰恰不是鲁迅对于五四"精英"的充分肯定，而是对他们"西学"知识之浅薄的强烈讽刺——用几部西方文学作品去代表西方文化整体，结果不仅是误读了西方，他们自己也难成"新人"。其次，"精英"之"精"在于"精"，而"精"之内容又在于"人格"独立。那么，鲁迅笔下那些新派知识分子形象，他们到底是不是"个人主义之至雄桀者"（《文化偏至论》）呢？回答也是否定性的。"狂人"既然奋起反抗，他为何又要佯装"疯癫"？正大光明去"倨傲纵逸"不好吗，干吗非要战战兢兢地有所顾忌？可见鲁迅对于"狂人"其实并无多少敬意，让其"病愈"且去"候补"，本身就是一种解构式的叙事策略。因为在鲁迅本人看来，"病"只不过是"狂人"在"候补"期间的情绪躁动，而"愈"才是他真实自我的精神诉求；"病愈"之后的"狂人"已不再"发狂"，既暗示着他放弃了"精英"身份，更暗示着他回归了"庸众"群体——"狂人"不"狂"了，也就意味着他放弃了独立人格；而失去了独立人格的"狂人"，与"庸众"又有什么两样呢？鲁迅对于涓生，同样也没有好感："我爱子君，仗着她逃出这寂静和空虚"，这就是涓生最伟大的爱情宣言！鲁迅之所以会如此设计涓生的爱情逻辑，其深刻用意很是值得我们回味和咀嚼："爱"不是为了子君，而是为了"逃避"。鲁迅无非是想告诉我们，《伤逝》与"自由恋爱"或"个性解放"无关，它是在揭示五四时代男性启蒙话语的自私性与虚伪性。是故"始乱终弃"的叙事模式，以及涓生和张生的人格共性，彻底戳破了启蒙"精英"的"西化"伪装，并还原了他们人为"化西"的"庸众"意识。坐"在酒楼上"的"孤独者"，吕纬甫和魏连殳更不是什么"精英"，他们虽然也曾"慷慨激昂"过，但却都不能"巍然独为众愚领袖"（《摩罗诗力说》）。鲁迅在《孤独者》中，曾用这样一句话去评价魏连殳："常说家庭应该破坏，一领薪水却一定立即寄给他的祖母，一日也不拖延。"魏连殳这种"说"与"做"的思想矛盾，恰恰反映了中国现代知识分子的可悲人格：表面上在装"精英"，骨子里却难脱"俗"。

不能"超凡脱俗","精英"与"庸众"之间,也就没有了什么本质差别,这是五四鲁迅的一贯思想。除了《呐喊》和《彷徨》,他的杂文也持这种看法。鲁迅解构"精英"意识,并非绝对的排他性,而是先从自我否定开始,是由己推人得出来的经验总结。我个人认为,以自我否定去解构"精英",这是鲁迅与《新青年》阵营思想分野的根本原因。鲁迅在谈到青年"导师"的问题时,就曾明明白白地告诉人们,千万不要去相信什么"导师",世界上也根本就没有什么"导师",迷信"导师"如同迷信"佛""道"一样,"说佛法的和尚,卖仙药的道士,将来都与白骨是'一丘之貉',人们现在却向他们听生西的大法,求上升的真传,岂不可笑!"①鲁迅既拒绝承认自己的"精英"身份,更拒绝社会强加给他的"导师"头衔,他说:"中国大概很有些青年的'前辈'和'导师'罢,但那不是我,我也不相信他们。我只很确切地知道一个终点,就是:坟。"②鲁迅这一番不相信"导师"的冷嘲热讽,实际上正寓意着他解构"精英"的鲜明立场。鲁迅说他是"从旧垒中来",自幼接受传统文化教育,读了太多的孔孟之书,"自己总觉得我的灵魂里有毒气和鬼气,我极憎恶他,想除去他,而不能"③。鲁迅的坦诚,使我们意识到一个社会现象:五四时期的启蒙"精英"们,哪一个又不是"从旧垒中来"的呢?他们也都饱读圣贤之书,"灵魂里"不是同样具"有毒气和鬼气"吗?鲁迅认为"毒气和鬼气",形成了中国知识分子的"阴柔"思想,而不是奋勇前行的进取精神;这种中国旧文人的人格陋习,使五四启蒙从一开始,便呈现出许多令人沮丧的社会乱象。比如,《新青年》同人"很喜欢明争暗斗,扶植自己势力"④;"《现代评论》的作者固然多是名人,看去却很显得灰色"⑤。鲁迅痛心这些西装革履的留洋"精英",他们"言行不符,名实不副,前后矛盾,撒诳造谣,蝇营狗苟,……只要留下一点卫道模样的文字,将来仍不失为'正人君子'"⑥。所以,鲁迅后来同"正人君子"的思想交恶,绝不仅仅是文人相轻、党同伐异那么简单,而是他要执着地暴露"精英"们的人格缺陷,进而去戳破五四启蒙的人造神话。用他自

---

① 《鲁迅全集》第3卷,北京:人民文学出版社1981年,第55页。
② 《鲁迅全集》第1卷,北京:人民文学出版社1981年,第284页。
③ 《鲁迅全集》第11卷,北京:人民文学出版社1981年,第431页。
④ 《鲁迅全集》第4卷,北京:人民文学出版社1981年,第523页。
⑤ 《鲁迅全集》第11卷,北京:人民文学出版社1981年,第32页。
⑥ 《鲁迅全集》第3卷,北京:人民文学出版社1981年,第129页。

己的话来说，就是"使麒麟皮下露出马脚"①。鲁迅曾在《关于知识阶级》一文中指出：所谓"精英"者，无非是以"言说"在社会上"立名"而已，然后"住在高大的洋房里……自以为了不得，到阔人家里去宴会"。鲁迅并不反对文人以"言说"去"立名"，但他反对"精英"在"立名"之后，就"变成一种特别的阶级"，不再"同情于平民，或许还要压迫平民，以致变成了平民的敌人"。中国古代的知识"精英"是如此，中国现代的知识"精英"也是如此，"现在知识阶级在国内的弊端，正与古时一样"。故鲁迅始终都质疑"精英"救国之说，"至于有一班从外国留学回来，自称知识阶级，以为中国没有他们就要灭亡……像这样的知识阶级，我还不知道是些什么东西?!"②"国外留学回来"的"知识阶级"，当然是指五四时期"西化"派的启蒙"精英"，无论他们是学自西洋还是学自东洋，都自觉去肩负起救亡图存的神圣使命。可是在鲁迅眼里，他们的形象却很不光彩，就像一群挂着"知识阶级"徽章的"庸众"头羊，"领了群众稳妥平静地走去，直到他们应该走到的所在"——屠宰场。③ 一句"不知道"他们"是些什么东西"的调侃与揶揄，抵过学界对于"精英"评价的万语千言，至少鲁迅没有文过饰非去附庸风雅，而是酣畅淋漓地说了他"用许多痛苦换来的真话"。④

于是，鲁迅终于觉醒了，他意识到这世界，"正由愚人造成，聪明人决不能支持世界，尤其是中国的聪明人"⑤。其实，我们用不着多做什么解释，当鲁迅用"愚人"去取代"聪明人"，并充分肯定"愚人"创造"世界"时，"庸众"与"精英"的位置颠倒，无疑标志着五四鲁迅的思想嬗变。

三、"启蒙"之"启"：五四鲁迅的反思与解构

鲁迅究竟为何会从青年时代的"反庸众"，发展到中年时代的反"精英"？唯一符合历史事实的正确答案，应是鲁迅反思启蒙的必然结果。鲁

---

① 《鲁迅全集》第 3 卷，北京：人民文学出版社 1981 年，第 244 页。
② 《鲁迅全集》第 8 卷，北京：人民文学出版社 1981 年，第 188－193 页。
③ 《鲁迅全集》第 3 卷，北京：人民文学出版社 1981 年，第 217 页。
④⑤ 《鲁迅全集》第 1 卷，北京：人民文学出版社 1981 年，第 286 页。

迅说他做小说的最初动机,是"十多年前的'启蒙主义'"①。"启蒙"一词的英语词义,是"照亮"(enlightment)的意思,它源于《圣经》教义,强调上帝对于人的引导作用。而汉语"启蒙"一词,则是开导蒙昧的意思,它不是指神灵与人的对话,而是指"智者"对"愚者"的教诲。这就使鲁迅面临一个困惑:在人人平等的西方社会里,除了上帝之外,所有的人都是"愚者";那么在没有宗教的中国社会,到底谁是"智者",谁又是"愚者"呢?如果确立启蒙主义的合法性,"启"与"蒙"无疑会被分为"上智"与"下愚"两大对立阵营,"精英"则自我摆脱了"国民性"的历史负载,把自己装扮成超越"庸众"意识的上帝使者。由于中国的"精英"和"庸众",他们都是"人"而不是"神",都要受到同一文化形态的影响与制约,因此"国民性"就是"精英"和"庸众"都要负载的。既然"国民性"不分"精英"与"庸众",历史负载也不分"上智"与"下愚",故谁人来"启蒙"和"启"谁之"蒙",也就变成了一个反逻辑的伪命题。

回到《呐喊》与《彷徨》,我们发现鲁迅关注的焦点问题,并非如学界通常所说的那样,是作者对于"庸众"的"哀其不幸、怒其不争",而是以启蒙"精英"与社会"庸众"的相互对峙,去探讨文化个体同文化群体的辩证关系。一部《狂人日记》,开始了鲁迅的痛苦思考:"狂人"受"月光"的影响而觉醒,意识到"吃人"就是"狼子村"的文化根性,于是他便开始劝说"狼子村"村民,不再"吃人"且要去做"真的人"。《狂人日记》的情节设计非常具有戏剧性,作者先把那个"狂人"从"狼子村"文化群体中孤立出来,并赋予其一种启蒙"精英"的全新身份,再让他同"狼子村"村民构成矛盾对立。这一情节设计的艺术价值,就在于它是一种反讽结构,"狂人"不但没有走上英雄的神坛,相反却堕入了灵魂拷问的深渊——为什么"狼子村"人全都想"吃我"?固然是因为"我"反对"吃人"的陋习;由于"我"也是"狼子村"人,"我"就应该与"狼"是同类;是"狼"就改不了"吃人"的本性,故"我"还有什么资格去教训他者不要"吃人"呢?小说《药》中的夏瑜,则是另一个"狂人"形象:他也把自己从故乡文化中分离出来,将自己完全凌驾于故乡文化之上,并以"这大清的天下是我们大家的"为号召,去鼓动乡民起来和他一同"造反"。在夏瑜眼中,乡民蜷伏于"大清的天下"做

---

① 《鲁迅全集》第 4 卷,北京:人民文学出版社 1981 年,第 512 页。

奴隶，无疑是一种愚昧无知的思想体现，因此他认为乡民"可怜可怜"；而在全体乡民的主观意识里，"这大清的天下"不是"我们大家的"，可你夏瑜所说的"天下"也不是"我们大家的"，"我们"凭什么跟着你去"造反"？夏瑜同乡民的思想分歧，归根结底就在于：夏瑜认为变革中国就必须除旧迎新改朝换代，而乡民则认为谁"坐天下"都与自己无关。文化个体得不到文化群体的思想认同，他最终只能受到文化群体的全面排斥。吕纬甫和魏连殳虽自命清高卓然不群，公然"反庸众"且与文化群体相对立，可是到头来他们都不得不去面对现实，在文化群体里寻求安身立命的生存法则：吕纬甫像苍蝇一样绕了一个小圈子又飞回了原点，魏连殳则回归故里从军阀师长那里去讨生活。《呐喊》《彷徨》里，几乎所有的知识"精英"都在同"庸众"的对抗中败北，成为顾影自怜的"孤独者"。这一艺术现象，实际上反映了鲁迅本人的两个疑问：其一，如果说中国文化就是一个"大染缸"，那么还有谁能够"世人皆浊我独清"呢？其二，"我独清"就意味着"我"与母体文化的彻底决裂，那么"皮之不存毛将焉附"呢？鲁迅对"精英"与"庸众"之间的思想对抗，其理解要比我们深刻得多，他既不是简单地将文化分为"新"和"旧"，也没有教条地将国民分为"精"与"庸"；他虽然意识到了中国传统文化的种种弊端，但他却更深知以集体无意识所保存下来的传统文化，是中华民族群体记忆的经验积累和历史延续，任何个人都不能离开文化母体而存活。卢梭曾告诫人们："要记住，要时时记住，一个人的无知并没有什么坏处，而唯有谬误才是极其有害的；要记住，人之所以走入迷途，并不是由于他的无知，而是由于他自以为知。"① 我想卢梭这句名言，用来评价鲁迅笔下那些"孤独者"，应该是再合适不过了，因为他们的反抗与苦恼，都不是纯粹的"无知"，而是谬误地"自以为知"。林毓生先生是比较理解鲁迅的海外汉学家，他说鲁迅之所以思想深刻，就在于他清醒地"看出了整个'五四'运动的自我否定的逻辑、自我否定的结论"；进而林先生说，鲁迅的小说无非是在证明，"以激烈反传统为前提的启蒙思想运动是不可能成功的"②。林先生说的确实很有道理。

鲁迅从"反庸众"转向反"精英"，还有一个重要因素我们不能忽视，那就是他对从东西洋归来的启蒙"精英"，全都缺乏足够的信任感。

---

① [法]卢梭：《卢梭民主哲学》，北京：九州出版社2004年，第174页。
② 林毓生：《鲁迅"国民性"论述的深刻性、困境与实际后果》，载《扬子江评论》2009年第1期，第27-34页。

"启蒙"之"启",如果说是指先驱者以"西学"知识,去开导与启迪广大民众的思想觉悟,从理论意义上也是说得通的。但启蒙"精英"的知识结构,究竟又是怎样的呢?鲁迅当然是却而不恭、不屑一顾了,因为自身的留学经验,使他对于那些"精英"们,要比常人更为了解。比如,在散文《藤野先生》的开篇,鲁迅就为我们勾勒出了这样一幅东洋留学生的群体画像:

> 东京也无非是这样。上野的樱花烂熳的时节,望去确也像绯红的轻云,但花下也缺不了成群结队的"清国留学生"的速成班,头顶上盘着大辫子,顶得学生制帽的顶上高高耸起,形成一座富士山。也有解散辫子,盘得平的,除下帽来,油光可鉴,宛如小姑娘的发髻一般,还要将脖子扭几扭。实在标致极了。
>
> ……但到傍晚,有一间的地板便常不免要咚咚咚地响得震天,兼以满房烟尘斗乱;问问精通时事的人,答道,"那是在学跳舞。"

这段文字的深刻之意,就在于"东京也无非是这样"。实际上,鲁迅是在暗示读者,既然东京都是如此,其他地方更是如此。东洋留学生在游山玩水不亦乐乎,那么西洋留学生又在做些什么呢?鲁迅则幽默地回答说:"我总疑心他们大部分是在外国租了房子,关起门来燉牛肉吃的,而且在东京实在也看见过。那时我想:燉牛肉吃,在中国就可以,何必路远迢迢,跑到国外来呢?"① 鲁迅自己并没有去过西洋,此话也的确有些挖苦和讽刺,但钱锺书的一部《围城》,不正是对鲁迅之言的正面回应吗?"不懂"且"不通"西洋文化,就只好用"瞒和骗"的老法子,"在欧美留学,毕业论文最好是讲李太白,杨朱,张三;研究萧伯讷,威尔士就不大妥当,何况但丁之类。《但丁传》的作者跋忒莱尔(A. J. Butler)就说关于但丁的文献实在看不完。待到回了中国,可就可以讲讲萧伯讷,威尔士,甚而至于莎士比亚了。何年何月自己曾在曼殊梦儿墓前痛哭,何月何日何时曾在何处和法兰斯点头……至于'四书''五经'之类,在本地似乎究以少谈为是。"② 鲁迅既抨击西洋派知识"精英"的欺世盗名,也抨击东洋派知识"精英"的自以为是;当他同"创造社"和"太阳社"为"革命文学"口号发生论争时,同样认为对方是无师自通崇尚空谈:"招

---

① 《鲁迅全集》第3卷,北京:人民文学出版社1981年,第187页。
② 《鲁迅全集》第3卷,北京:人民文学出版社1981年,第345页。

牌是挂了,却只在吹嘘同伙的文章,而对于目前的暴力和黑暗不敢正视"①;其意图无非就是以言说"革命"为幌子,拉帮结派、排斥异己,确立自己在"学界江湖"上的霸主地位而已。如果我们能够去除历史成见,客观地去看待鲁迅与东西洋留学"精英"的思想论战,就能够发现这样一个问题——无论是西洋留学"精英"的文化启蒙,还是东洋留学"精英"的革命启蒙,鲁迅都抓住了他们思想上的致命弱点:以"不知"为"知",使"蒙"之未"启";"蒙"之不"启",又将何变之有呢?故鲁迅认为五四"西学"的推广不力,启蒙"精英"负有不可推卸的社会责任:"急于事功,竟没有译出什么有价值的书籍来"②;"尽先输入名词,而并不绍介这名词的函义";结果只是"空空洞洞的争",国人皆不知其所以然。③ 鲁迅讲的都是实情。而梁实秋对此也感慨颇深,他说五四介绍西方文学者,均不了解西方文学之真谛,只是"将某某作者的传略抄录一遍,再将其作品版本开列详细,再将主要作品的内容展转的注释,如是而已"④。这充分说明,五四启蒙"精英"都学艺不精,他们绝不可能以己之"昏昏",去使社会"庸众"变得"昭昭"。

对启蒙"精英"的强烈不满,必然会使鲁迅去重新审视"庸众"。五四时期,鲁迅因"听将令",将中国民众都比作"看客",并对他们麻木不仁的愚昧思想给予了无情的批判和否定。但这只不过是因"听将令","聊以慰藉那在寂寞里奔驰的猛士"罢了,⑤ 并不代表鲁迅对"国民性"的全部看法,否则他后来也不会走向大众去呼唤"民魂"了。其实,阅读《呐喊》《彷徨》,人们最难解开的一个疑团,则是鲁迅为我们留下的一个悬念:启蒙"精英"与社会"庸众",究竟谁"智"谁"愚"?"狂人"想要彻底颠覆"狼子村"的文化传统,而"狼子村"村民却认为文化传统不可颠覆;夏瑜主张"这大清的天下是我们大家的",而底层民众则认为任何"天下"都不是"我们大家的"——"智"与"愚"在鲁迅的小说叙事中,毫无疑问具有鲜明的主观倾向性:"精英"是理想主义者,"庸众"是经验主义者,理想与经验的两相对决,鲁迅显然更推崇经验的价值与意义。特别是在小说《离婚》里,"智"与"愚"更是一目了

---

① 《鲁迅全集》第4卷,北京:人民文学出版社1981年,第84页。
② 《鲁迅全集》第5卷,北京:人民文学出版社1981年,第277页。
③ 《鲁迅全集》第4卷,北京:人民文学出版社1981年,第87页。
④ 《梁实秋批评文集》,珠海:珠海出版社1998年,第37页。
⑤ 《鲁迅全集》第1卷,北京:人民文学出版社1981年,第419页。

然,起码爱姑还知道中国婚姻有个"三茶六礼"的民间契约,可七大人却连儒家伦理的"七出"之说都不知道。到了1925年以后,鲁迅对于所谓"庸众",已不再是一味地加以否定,而是开始辩证地去看待他们。《谈皇帝》一文,鲁迅将皇帝与平民视为同类,认为他们"两者之间,思想本没有什么大差别。所以皇帝和大臣有'愚民政策',百姓们也自有其'愚君政策'"①。皇帝愚弄百姓,是皇帝"智"而百姓"愚";百姓愚弄皇帝,则又是百姓"智"而皇帝"愚"。可见,"智"与"愚"并非因人而定,任何人都具有"智"和"愚"的两面性。正是由于鲁迅意识到了这一问题,故他不再单一性地去"反庸众",而是逐渐转向了对民众的认可,并充分肯定他们创造历史的积极作用。比如,他后来一再强调说,在当前的中国,"惟有民魂是值得宝贵的,惟有他发扬起来,中国才有真进步"②。理由很简单,民众是社会的大多数,"多数的力量是伟大,要紧的,有志于改革者倘不深知民众的心",只知道空谈理想不切实际,"则无论怎样的高文宏议",都不可能改变中国的落后面貌。③ 鲁迅还认为,读书人并不比大众高明,"说起大众来,界限宽泛得很,其中包括着各式各样的人,但即使'目不识丁'的文盲,由我看来,其实也并不如读书人所推想的那么愚蠢",他们对世间诸多事物的认识与理解,"也许还赛过成见更多的读书人"。④ 这不禁使我想到鲁迅在《无常》里,对"下等人"和"正人君子"的一番评论:

> 这些"下等人",要他们发什么"我们现在走的是一条狭窄险阻的小路,左面是一个广漠无际的泥潭,右面也是一片广漠无际的浮砂,前面是遥遥茫茫荫在薄雾的里面的目的地"那样热昏似的妙语,是办不到的,可是在无意中,看得往这"荫在薄雾的里面的目的地"的道路很明白:求婚,结婚,养孩子,死亡。……他们——敝同乡"下等人"——的许多,活着,苦着,被流言,被反噬,因了积久的经验,知道阳间维持"公理"的只有一个会,而且这会的本身就是"遥遥茫茫",于是乎势不得不发生对于阴间的神往。……活的"正人君子"们只能骗鸟,

---

① 《鲁迅全集》第3卷,北京:人民文学出版社1981年,第252页。
② 《鲁迅全集》第3卷,北京:人民文学出版社1981年,第208页。
③ 《鲁迅全集》第4卷,北京:人民文学出版社1981年,第223页。
④ 《鲁迅全集》第6卷,北京:人民文学出版社1981年,第101-102页。

> 若问愚民，他就可以不假思索地回答你：公正的裁判是在阴间！①

鲁迅这里已经说得十分明白，生活于乡间的"下等人"，他们既没有那么多人生感叹，也不会去故作什么痛苦呻吟；他们不相信"公理"，更不会去相信"正人君子"，完全是根据自身的生活经验，踏踏实实地走着自己的路，从无什么牢骚和怨言。"下等人"的务实与"正人君子"的虚伪，不仅使鲁迅彻底解构了知识分子的"精英"意识，同时更是使他从"寂寞"与"悲哀"中解脱出来，真正认识到了中华民族的未来希望——只有人民大众而不是什么启蒙"精英"，才是"中国的脊梁"！

所以，鲁迅绝不希望中国现代知识分子再像古代聪明的"圣贤"一样，自己高高在上不可一世，却将同胞们"视为下等的异类"；他只希望"高墙里面的一切人众，该会自己觉醒，走出，都来开口的罢"②。这既是五四鲁迅的真实心声，也是智者鲁迅的理性意识。康德曾说，人"要有勇气运用你自己的理智"，去摆脱自己不成熟的精神状态，而不是靠什么"救世主"。③ 鲁迅则认为，大众应"自己觉醒"，从愚昧和黑暗中走出来，自己去拯救自己的命运。两位伟人的思想见解，是何其相似啊！

---

① 《鲁迅全集》第2卷，北京：人民文学出版社1981年，第269-270页。
② 《鲁迅全集》第7卷，北京：人民文学出版社1981年，第81-82页。
③ ［德］康德：《历史理性批判文集》，何兆武译，北京：商务印书馆1990年，第22页。

 "中间物"与鲁迅自己的生命哲学

　　以哲学思维去重新阐释鲁迅思想，是近些年来学界比较流行的一种做法。无论是汪晖的《反抗绝望》，还是王乾坤的《鲁迅的生命哲学》，抑或彭小燕的《存在主义视野下的鲁迅》，基本上都属于这种类型。然而，将鲁迅思想与创作去做玄学化的深奥解读，完全是学术精英们自己的主观想象，与鲁迅本人似乎并没有太大的直接关系。因为鲁迅自己就曾说过："文学虽然有普遍性，但因读者的体验的不同而有变化，读者倘没有类似的体验，它也就失去了效力。"① 研究者都没有鲁迅所经历过的那种"类似的体验"，又不愿意从文本出发去解读鲁迅，那么他们对鲁迅思想的"哲学"言说，同样"也就失去了效力"。我并不否认鲁迅具有自己的生命哲学，他对社会人生的认知与思考，是一种充满智慧的经验理性，而不是形而上学的观念阐释。所以，若要真正理解鲁迅自己的生命哲学，我们就必须用文本事实去说话，而不是随心所欲地妄加推测。只有这样，我们才能真正读懂鲁迅和他的作品。

　　"中间物"这一概念，无疑是鲁迅生命哲学的主体思想。鲁迅对于"中间物"的解释是："一切事物，在转变中，是总有多少中间物的。动植之间，无脊椎和脊椎动物之间，都是中间物；或者简直可以说，在进化的链子上，一切都是中间物。"② 鲁迅认为，"中间物"包含有两层意思：一是指"人"是生命进化过程的"中间物"，二是指"人"是社会进化过程的"中间物"。不过在鲁迅本人看来，无论是生命进化还是社会进化，个体之"人"都不是一种孤立性的"自我"存在，而是一种"承续"生

---

① 《鲁迅全集》第5卷，北京：人民文学出版社1981年，第531页。
② 《鲁迅全集》第1卷，北京：人民文学出版社1981年，第286页。

命与"连接"历史的逻辑关系。由于鲁迅已经清醒地意识到,被超越性是人的生命本质,所以他才会由衷地感叹,"绝望之为虚妄,正与希望相同"①。在这里我们注意到,"绝望"与"希望"的二元对立,原本是一种不可调和的矛盾因素,它既反映着鲁迅思想的复杂性,同时更反映着鲁迅思想的深刻性。尤其是当鲁迅用"虚妄"去解构"绝望"与"希望"时,他"中间物"思想的经验理性特征也就可见一斑了。学界对于鲁迅的"中间物"思想的认识与阐释,往往强调鲁迅是在以个体生命的有限性,去充分肯定宇宙世界的无限性,进而一下子提升了鲁迅思想的哲学高度,并认为揭秘"有限"与"无限"之间的辩证关系,才是鲁迅生命哲学的思想本原。② 更有神奇之说认为,鲁迅的"中间物"思想,是他对"现实自我"的一种"拷问",是"力图战胜并超越现实自我"的意志表达。③ 至于鲁迅究竟是怎样在"有限"中去追求"无限",使自己实现"战胜并超越现实自我"的人生目的,没有一个学者能够通俗易懂地解释清楚。这无疑是鲁迅研究的一大败笔。其实,鲁迅在其各类文学题材的创作当中,早已通过那个叙事主人公"我",不断地发问"我"是"谁"?而这种自我诘问的精神探索,恰恰又是鲁迅"中间物"思想的关键所在。然而长期以来,学界仅仅将鲁迅作品中的那个"我",单一性地理解为是叙事者或旁观者,完全被排除在作者自己的经验理性之外,最终导致了鲁迅被人为陌生化的奇特现象。因此,只有回到作品文本,读懂"我"的"寂寞"与"悲哀",我们才能真正理解鲁迅自己的生命哲学。

一、鲁迅对于现实之"我"的身份确认

走进鲁迅的文学世界,有一种自我诘问的声音,一直都在字里行间回荡:"我"是"谁"?有意思的是,最早发现这种诘问之声,并替鲁迅做出回答的人,竟然是瞿秋白。他在《〈鲁迅杂感选集〉序言》一文里,用充满着诗性魅力的语言写道:"是的,鲁迅是莱谟斯,是野兽的奶汁所喂养大的,是封建宗法社会的逆子,是绅士阶级的贰臣,而同时也是一些浪

---

① 《鲁迅全集》第 2 卷,北京:人民文学出版社 1981 年,第 178 页。
② 王乾坤:《鲁迅世界的哲学读解(二)》,载《鲁迅研究月刊》1997 年第 8 期,第 133—135 页。
③ 李玉明:《论鲁迅的"历史中间物"意识》,载《江汉论坛》2005 年第 1 期,第 134 页。

漫谛克的革命家的诤友!他从他自己的道路回到了狼的怀抱。"① 如果我们剔除意识形态因素看问题,瞿秋白显然是把鲁迅置放于人民大众当中,去辩证性地解读他与民族文化传统之间的血脉关系,进而也对其"中间物"思想的深刻内涵做出了十分精确的理论定位——鲁迅绝不是一种孤立存在的文化现象,而是自觉地把自己与中国历史融为一体。鲁迅并没有对瞿秋白的评价表示过任何异议,可见他对瞿秋白的说法是默许或认同的。

瞿秋白对鲁迅思想的归纳总结,要远比我们现在那些理论大家们更为深刻。因为从创作《狂人日记》开始,鲁迅所表现出的思想倾向性就不是什么他对传统文化的彻底"反叛",而是对"狂人"荒谬行为的强烈质疑。这篇小说的艺术构思,仔细分析一下颇耐人寻味:"狂人"在"月光"的感召之下,突然因"觉醒"而变得"发狂",并对"狼子村"的"吃人"历史展开了随心所欲的全面攻击。学界历来都对"狂人"的这一壮举从思想启蒙的角度去给予肯定,但是几乎所有的研究者,他们都忽略了这样一个客观事实:"我"既是叙事者,同时也是主人公;两者合二而一的双重身份,更能体现出创作主体的主观意志。作为叙事者与主人公的"狂人",刚一"觉醒"便迷失了自我身份——他用"吃人"去概括"狼子村"的文化历史,一下子就使自己变成了全体村民的对立面,"狂人"终于从那些冷漠与敌视的"眼光"中,发现了自己四面树敌的严酷现实,这令其感到由衷的恐惧与害怕。曾有学者认为,"狂人"之所以会受到"狼子村"村民的强烈拒斥,是因为"狂人"是先觉者而村民们则都是"庸人",他们之间所反映的是"自觉的'人'与非自觉的'奴隶'的深刻矛盾"。② 可是作品文本却并不支持这种说法。《狂人日记》的叙事结构,就是让"狂人"从反叛到皈依,而叙事者与主人公"狂人",也一直都在不停地追问"我"是"谁";当他意识到"我未必无意之中,不吃了我妹子的几片肉"时,终于"现在明白,难见真的人!"如果说"狂人"的第一次"觉醒",使他完全忘却了自己的文化身份;那么"狂人"的第二次"觉醒",则暗示着叙事者与主人公回答了"我"是"谁"的精神困扰——"因为这经验使我反省,看见自己了:就是我决不是一个振臂一呼应者云集的英雄。"③ 不是"英雄"的鲁迅与同样不是"英雄"的"狂

---

① 《瞿秋白文集》第3卷,北京:人民文学出版社1989年,第97页。
② 汪晖:《反抗绝望》,石家庄:河北教育出版社2000年,第118页。
③ 《鲁迅全集》第1卷,北京:人民文学出版社1981年,第417页。

人"，他们都十分清醒地认识到，"我"就是"狼子村"文化的象征符号，是"狼子村"历史过程中的"中间物"，鲁迅最终让"狂人"病愈且"赴某地候补"，其"结局"放在"篇首"就很能说明问题。我非常不赞同这样一种说法，认为鲁迅是在以"狂人"的自我否定去否定传统，去充分"肯定'中间物'的先觉意义"①。恰好相反，我认为鲁迅是在用他自己的经验理性，去讽喻《新青年》阵营那种狂热反传统的激进行为。因为鲁迅本人要比言说鲁迅者头脑清醒得多，倘若"自我"与"传统"都被否定了，那么中华民族还会存在吗？诚如鲁迅警告许广平时所说的那样，"小鬼不要变成狂人，也不要发脾气了。人一发狂……自己吃亏，"容易丧失理智。②而丧失理智之"狂"，则属于非理性之"狂"；这与鲁迅所主张的"韧战"思想，明显又是相违背的。

如果说鲁迅在《狂人日记》中，让"狂人"从反叛走向了皈依，最终确立了自己的文化身份；那么《故乡》里那个叙事主人公"我"，又因自己与传统的无法割舍性，表现出了一种前所未有过的精神痛苦。小说《故乡》在叙事开端，便推出这样一幅凄凉景象："从篷隙向外一望，苍黄的天底下，远近横着几个萧索的荒村。"于是，研究者便断言，鲁迅是从批判理性的切入角度，去审视故乡"人"与"物"的落后状态，进而去表达他思想启蒙的现代意识。这种观点貌似合理，其实却多少有点牵强附会。《故乡》明确地传达着作者"怀旧"与"失望"这两种情绪——"怀旧"是他文化寻根的本质所在，他忘不了少年闰土捉獾子时的聪明伶俐，也忘不了杨二嫂少女时代的端庄秀丽，这些记忆令鲁迅与故乡之间始终都保持着一种不可磨灭的情感联系。"失望"则是鲁迅思想的真实表达，与外面五彩缤纷的世界相比较，故乡仿佛处于一种止步不前的停滞状态，这是作为现代人的"我"所难以接受的现实，所以"我"才会发现自己与故乡之间，"已经隔了一层可悲的厚障壁了"。从表面观之，"怀旧"与"失望"的矛盾冲突，加速着鲁迅对于思想启蒙的深度思考；但是细读文本，有两个重要情节，显然是被研究者人为地忽略了。首先，鲁迅曾在作品故事的叙事当中，特别交代过此行故乡的真实原委，是"我们多年聚族而居的老屋，已经公同卖给别姓了，交屋的期限，只在本年，所以必须赶在正月初一以前，永别了熟识的老屋，而且远离了熟识的故

---

① 汪晖：《反抗绝望》，石家庄：河北教育出版社2000年，第129页。
② 《鲁迅全集》第11卷，北京：人民文学出版社1981年，第88页。

乡,搬家到我在谋食的异地去"。毋庸置疑,"熟识的老屋"与"熟识的故乡",都充满着极其浓厚的留恋色彩,而"异地"一词更是一种强化了的乡愁情绪。这一切都在说明,鲁迅此次回乡,心态是十分复杂的,尤其是被迫出卖祖屋而隔断其与故乡的文化情缘,鲁迅的内心是不满与愤慨的。比如当挚友许寿裳问他是否有回乡定居之意时,鲁迅的回答是"在绍之屋为族人所迫,必须卖去,便拟挈眷居于北京,不复有越人安越之想"①。由此我们不难看出,"不复有越人安越之想",并非是鲁迅自己的本意,而是为族人"所迫"的结果。故鲁迅对于故乡的失望感,或多或少都带有一种由"爱"而"恨"的抵触情绪。其次,是鲁迅对于中年闰土麻木不仁的精神状态,感到非常的失望,研究者一般都认为鲁迅这是"哀其不幸、怒其不争",然而鲁迅自己却并不这么认为。在作品的结尾处,鲁迅写有这样一段话:"我想到希望,忽然害怕起来了。闰土要香炉和烛台的时候,我还暗地里笑他,以为他总是崇拜偶像,什么时候都不忘却。现在我所谓希望,不也是我自己手制的偶像吗?只是他的愿望切近,我的愿望茫远罢了。"鲁迅这段话是大有深意的,"切近"暗示着他对闰土务实性人生观的充分肯定,而"茫远"则暗示着他对自己务虚性人生观的强烈质疑。因为经验理性使鲁迅明白,"所谓'希望将来',不过是自慰——或者简直是自欺——之法"②,那都是"聪明人"自欺欺人的障眼法;但归根结底,"世界却正由愚人造成,聪明人决不能支持世界,尤其是中国的聪明人。"③毫无疑问,鲁迅赞赏闰土脚踏实地的人生态度,实际上就是在赞赏那些淳朴故乡人的生存智慧,他们不会说"正人君子"那种"热昏似的妙语",而是默默地咀嚼着"生的乐趣"与"生的苦趣"。④ 如今他却要永久性地告别故乡去"异地"谋食了,这种灵魂漂泊意识才是导致鲁迅痛苦思索的精神动因。

在鲁迅的许多小说中,有家难归都是一种核心意象,它既是鲁迅精神还乡的强烈渴望,又是"中间物"寻找历史依附点的思想诉求。从哲学意义上来讲,"中间物"绝不是脱离历史传统与生命群体的孤立存在,它必须成为历史或生命链条中的一个环节,才会具有其自身的价值和意义。比如在《祝福》里,作者起笔便交代"我"的"客居"身份:"虽说故

---

① 《鲁迅全集》第11卷,北京:人民文学出版社1981年,第358页。
② 《鲁迅全集》第11卷,北京:人民文学出版社1981年,第25页。
③ 《鲁迅全集》第1卷,北京:人民文学出版社1981年,第286页。
④ 《鲁迅全集》第2卷,北京:人民文学出版社1981年,第177、269-270页。

乡,然而已没有家,所以只得暂寓在鲁四老爷的宅子里。"回到"故乡"却"没有家"的艺术构思,显然是鲁迅刻骨铭心的精神之痛,因为与故乡隔绝的灵魂漂泊,使"我"变成了一株无根之萍;所以他才会借诗言志,发出这样的心灵感叹,"梦魂常向故乡驰,始信人间苦别离。"① 这种情感焦虑,在小说《孤独者》中表现得尤为明显。主人公魏连殳,同样是个没有"家"的孤独者,作为一个曾经"吃洋教"的"新党"人物,他主张"家庭应该破坏"的全部理由,也是因为他自己根本就没有"家"。所以,尽管他仍旧回到了自己的故土,可是没有"家"也就没有了文化之根,因此"从村人看来,他确是一个异类"。在叙事者"我"的观察视野中,魏连殳无疑是个悲剧性的人物,无论他怎样去遵从"故乡"的风俗习惯,但最终还是不为"故乡人"所接纳。对于魏连殳的悲剧命运,叙事者"我"固然给予了某种同情,然而"埋葬在连殳灵魂中的祖母以一种无形的力量决定连殳的心理状态和命运"②,其本身就深刻地反映着叙事者"我"对无家可归的精神恐惧,而不是"我"对无法隔断同传统之间联系的忧患意识。应该实事求是地说,没有"家"的魏连殳在"故乡"就是一种"客居"身份,而"客居"又是灵魂漂浮的暗示性表达,它与鲁迅本人执着地寻找"回家"之路,又呈现出一种不可否认的同构关系。鲁迅曾毫不讳言地说,"要知道作品大抵是作者借别人以叙自己,或以自己推测别人的东西"③,他自己当然也不会例外。鲁迅对于魏连殳无根漂泊的惨淡人生,不仅感同身受,更是难以释怀,比如他在《在酒楼上》便借叙事者"我"的口吻,悲情地讲述道:"觉得北方固不是我的旧乡,但南来又只能算一个客子,无论那边的干雪怎样纷飞,这里的柔雪又怎样的依恋,于我都没有什么关系了。"中国有句古话,叫作"叶落归根",如果故乡与新地"于我都没有什么关系了",那么"我"又将魂归何处呢?因此,确立自己与"故乡"之间的精神联系,强调"皮之不存毛将焉附"的客观真理,既是五四鲁迅的真实面貌,也是他对"中间物"思想的自我诠释。如果仅仅将鲁迅的"中间物"思想理解为是"新"与"旧"的过渡桥梁,那么由于每个人都具有这种普遍性的生命特征,也就不存在什么特殊性的哲学意义了。

众所周知,来到"异地"北京后,鲁迅于1919年在八道湾购买了一

---

① 《鲁迅全集》第9卷,北京:人民文学出版社1981年,第475页。
② 汪晖:《反抗绝望》,石家庄:河北教育出版社2000年,第115页。
③ 《鲁迅全集》第4卷,北京:人民文学出版社1981年,第23页。

处四合院,并将母亲、朱安以及两个弟弟同他们的家人全都接了过来,重建了一个完整的大家庭,这使得鲁迅曾在一段时间里生活得很温馨也很惬意。但好景不长,兄弟失和又使鲁迅搬出了八道湾,失去了亲人更失去了亲情,所以他只能从灵魂深处去建造一个精神家园,这就是他写《朝花夕拾》的全部意义。《朝花夕拾》的创作主题,是鲁迅寻找"回家"之路的情感历程——无论是"百草园"还是"三味书屋",到处都弥漫着童年时代的欢乐气息;无论是"长妈妈"还是"藤野先生",都投射着严父慈母的形象记忆。最值得我们注意的,还是鲁迅故乡叙事的理性意识,尽管故乡并非是完美无缺的,到处还充满着落后和愚昧的陈腐气息,比如庸医用药"最平常的是'蟋蟀一对',旁注小字道:'要原配,即本在一窠中者'。似乎昆虫也要贞节,续弦或再醮,连做药资格也丧失了"(《父亲的病》),但"我"却忘不了"五猖会"和"活无常","这是我儿时所罕逢的一件盛事。"(《五猖会》)从这种故乡的民间民俗中,"我"真真切切地体会到了一种真实的人生,那些乡下人"要他们发什么'我们现在走的是一条狭窄险阻的小路,左面是一个广漠无际的泥潭,右面也是一片广漠无际的浮砂,前面是遥遥茫茫荫在薄雾的里面的目的地'那样热昏似的妙语,是办不到的,可是在无意中,看得往这'荫在薄雾的里面的目的地'的道路很明白:求婚,结婚,养孩子,死亡。……他们——敝同乡'下等人'——的许多,活着,苦着,被流言,被反噬,因了积久的经验,知道阳间维持'公理'的只有一个会,而且这会的本身就是'遥遥茫茫',于是乎势不得不发生对于阴间的神往。人是大抵自以为衔些冤抑的,活的'正人君子'们只能骗鸟,若问愚民,他就可以不假思索地回答你:公正的裁判是在阴间!"(《无常》)这段话最值得我们去注意的地方,是"下等人"的"经验"。鲁迅明确认同"下等人"的"积久的经验",而嘲讽"正人君子"的"热昏似的妙语",显然是他对故乡"经验"的价值认同。鲁迅虽然失去了物资之"家",但却在精神上与"故乡"保持着一种密切联系,这既使"中间物"鲁迅确定了自己的文化身份,更使他战胜了"自杀"和"杀人"的悲观情绪,进而彻底摆脱了灵魂漂泊的流浪状态,并以无地彷徨的决绝态度去反抗绝望。

二、鲁迅对于历史之"我"的重新审视

鲁迅对故乡"经验"的价值认同,实际上就是对民族"经验"的价

值认同,由于民族"经验"本身就是传统文化的本质因素,因此认同传统而不是全盘否定传统,则是我们理解鲁迅寻找回"家"之路的重要前提。学界历来认为鲁迅思想的核心因素,就是"全盘性的反传统"[1],也就是说鲁迅的"中间物"意识,是一种否定之否定的哲学认识论。然而他们也感到有些困惑不解,包括鲁迅在内的"这些反孔批儒的战士却又仍然在自觉不自觉地承续着自己的优良的传统,承续着关心国事民瘼、积极入世、以天下为己任的儒学传统"[2]。其实"中间物"作为历史进化论的某一环节,它不可能自我割断历史或游离于历史;反传统的真实意义,就是由时间对传统去进行筛选或过滤,而不是虚无主义的全面扬弃。这才是鲁迅"中间物"意识的思想本原。

如果我们单纯地去阅读《坟》与《热风》等杂文集,他对中国传统文化的猛烈攻击的确有些过于偏激。但我个人却始终认为,鲁迅早期那些反孔批儒的激烈言论,与其说是一种鲁迅的思想本质,还不如说是一种鲁迅的思想姿态,用鲁迅自己的话来说就是"听将令"的结果,"因为那时的主将是不主张消极的"[3]。"听将令"而又不能"消极",使得鲁迅必须以一个"战士"的形象去现身社会,故激昂之声随处可见,也就不足为奇了。鲁迅多次把中国传统文化视为一个"大染缸",如"可怜外国事物,一到中国,便如落在黑色染缸里似的,无不失了颜色"[4]。又如"中国大约太老了,社会上事无大小,都恶劣不堪,像一只黑色的染缸,无论加进什么新东西去,都变成漆黑"[5]。鲁迅还特别强调指出,"染缸"文化的基本特征,则是无形且又无处不在的"鬼打墙",即"中国各处是壁,然而无形,像'鬼打墙'一般,使你随时能'碰'。能打这墙的,能碰而不感到痛苦的,是胜利者"[6]。鲁迅认为"染缸"文化的历史根源,是儒道两家的思想荼毒;而"染缸"文化的社会基础,却是那些"看客"式的"庸众"群体。所以,他为救治这种"染缸"文化病根所开出的一剂药方,便是鼓励现代青年人"我以为要少——或者竟不——看中国书,

---

[1] 林毓生:《中国意识的危机》,贵阳:贵州人民出版社1986年,第165页。
[2] 李泽厚:《中国现代思想史论》,北京:生活·读书·新知三联书店2008年,第7页。
[3]《鲁迅全集》第1卷,北京:人民文学出版社1981年,第419页。
[4]《鲁迅全集》第1卷,北京:人民文学出版社1981年,第330页。
[5]《鲁迅全集》第11卷,北京:人民文学出版社1981年,第20页。
[6]《鲁迅全集》第3卷,北京:人民文学出版社1981年,第72页。

多看外国书"①。不看"中国书"可以隔断青年人与传统之间的思想联系,使他们能够义无反顾地肩负起"扫除""掀掉"与"毁坏"中国"食人"文化的伟大使命②。

  我们将五四鲁迅的杂文思想进行高度浓缩以后,仿佛很清晰地呈现着他强烈反传统的思想脉络,但如果我们全面考察鲁迅这一时期的所有作品,恐怕情况就变得十分复杂了。长期以来,我一直都存有一个巨大的思想疑问,作为启蒙主义的"精神界之战士",鲁迅为什么在他的日记里,几乎只字不提他为《新青年》所写的那些文章,相反他在"留黎厂"所买的每件"古物",却都记得清清楚楚一件不落呢?日记属于一种自我私密,同时也是真实鲁迅的思想载体,日记拒绝纳入那些社会檄文,鲁迅本人肯定有他自己的充足理由。《热风·题记》中有这样几句话,非常值得我们去咀嚼和玩味:"五四运动之后,我没有写什么文字,现在说不清楚是不做,还是散失消灭的了。"③鲁迅是个十分严谨的人,"散失消灭"当然不可能,那么"不做"或消极之"做",才应该是他所要表达的真实意思。毋庸置疑,"听将令"使鲁迅不得不以"亮色"去完成"主将"们布置的命题作文,"然而我至今终于不明白我一向是在做什么。比方做土工的罢,做着做着,而不明白是在筑台呢还在掘坑。所知道的是即使是筑台,也无非要将自己从那上面跌下来或者显示老死;倘是掘坑,那当然不过是埋掉自己。总之:逝去,逝去,一切一切,和光阴一同早逝去,在逝去,要逝去了。"④学界历来从这段话去理解鲁迅的"中间物"思想,可我所感兴趣的却是"我至今终于不明白我一向是在做什么"一句。很显然,"做"而"不明白"自己"在做什么",反映着鲁迅思想的深刻性与矛盾性——深刻性是指鲁迅意识到"中间物"在历史变革过程当中,必须去负载起"做"的使命;矛盾性则是指鲁迅意识到"中间物"又因思想的不成熟状态,不明白"一向是在做什么"。因此,鲁迅一再声称自己绝不是现代青年的引路"导师","中国大概很有些青年的'前辈'和'导师'罢,但那不是我,我也不相信他们。我只很确切地知道一个终点,就是:坟。"⑤鲁迅更反感人们将其称为是反传统的先锋"战士",也

---

① 《鲁迅全集》第3卷,北京:人民文学出版社1981年,第12页。
② 《鲁迅全集》第1卷,北京:人民文学出版社1981年,第217页。
③ 《鲁迅全集》第1卷,北京:人民文学出版社1981年,第292页。
④ 《鲁迅全集》第1卷,北京:人民文学出版社1981年,第283页。
⑤ 《鲁迅全集》第1卷,北京:人民文学出版社1981年,第284页。

绝不落入那些廉价恭维者的陷阱或圈套,他说如果真被那些言不由衷的美誉之词迷惑,"我只好咬着牙关,背了'战士'的招牌走进房里去,想到敝同乡秋瑾姑娘,就是被这种噼噼拍拍的拍手拍死的。我莫非也非'阵亡'不可么?"①

我们必须注意到,五四鲁迅的思想困惑,完全是一种高度自觉的理性意识,因为他知道"中间物"其本身就是历史的一部分,他不能脱离传统去言说传统,而是应该从历史的纵深处,去寻找自己与历史之间的依存关系。故鲁迅虽然把中国传统文化比喻为"大染缸",但这一比喻除了他的调侃之意,恐怕还有更深一层的思想含义,即传统文化历史积淀的厚重感。这就使鲁迅在理想与现实的矛盾冲突中,弃绝"希望"而认为"惟'黑暗与虚无'乃是'实有'",②进而在理性思辨"我"与传统关系的基础上,用经验事实铸就了他自己的生命哲学。

首先,鲁迅从来没有否认过自己对于传统的认同感,只不过是这种认同感的表达方式有些奇特而已。在《写在〈坟〉后面》一文里,鲁迅曾这样写道:"别人我不论,若是自己,则曾经看过许多旧书,是的确的,为了教书,至今也还在看。因此耳濡目染,影响到所做的白话上,常不免流露出它的字句,体格来。但自己却正苦于背了这些古老的鬼魂,摆脱不开,时常感到一种使人气闷的沉重。就是思想上,也何尝不中些庄周韩非的毒,时而很随便,时而很峻急。孔孟的书我读得最早,最熟,然而倒似乎和我不相干。"③ 这席话是典型的鲁迅语言风格,即"嬉笑怒骂皆成文章",但仔细琢磨一下,揶揄之中却又大有深意:其一,看"旧书"使"我"背"鬼魂"和中古"毒",表面观之,鲁迅好像是在深刻检讨传统文化的对己之"害";但"为了教书,至今也还在看",可见"看"乃是为了"教书"之用;既然"我"已"耳濡目染"中"毒"不浅,难道鲁迅就不怕那些无辜的现代青年,再次中"毒"和背负"鬼魂"吗?由此可见,仅以此言就去推断鲁迅反传统,是十分荒谬且又站不住脚的。其二,鲁迅说他只"中些庄周韩非的毒",以孔孟为代表的儒家思想和他"不相干",如果按照字面意思去解读,读得"最早、最熟"的孔孟之书,反而没有使其中"毒",那么也就说明他并不反感儒家思想。众所周知,孔子是儒家思想的奠基者,而儒家思想又是中华民族的文化之根,鲁迅不

---

① 《鲁迅全集》第3卷,北京:人民文学出版社1981年,第446页。
② 《鲁迅全集》第11卷,北京:人民文学出版社1981年,第20–21页。
③ 《鲁迅全集》第1卷,北京:人民文学出版社1981年,第285页。

反感孔子与儒学，学界又凭什么认定他是反传统呢？这显然是一种难以自圆其说的悖论逻辑。实际上，鲁迅对于孔子虽时有调侃，但对其思想和人格却是相当尊重的。比如《鲁迅日记》1920年3月，就有这样两条记载："十八日，晴。午后往孔庙演礼。""二十日，晴。向晨赴孔庙，晨执事讫归睡，午后起。""演礼"与"执事"肯定不是去打倒"孔家店"，而是一种祭孔活动的庄重仪式。再如，鲁迅在谈及孔子与老子两人的思想行为时，明显表现出了对孔子的尊崇与对老子的批判，他说"孔子为'知其不可为而为之'的事无大小，均不放松的实行者，老则是'无为而无不为'的一事不做，徒作大言的空谈家"①。其好恶之心一目了然。还有，学界历来都认为，鲁迅十分敬仰嵇康和阮籍，倘若真是如此的话，鲁迅是否也同嵇阮二人一样，是儒家"礼教"的真正信仰者呢？"嵇阮的罪名，一向说他们毁坏礼教。但据我个人的意见，这判断是错的。魏晋时代，崇奉礼教的看来似乎很不错，而实在是毁坏礼教，不信礼教的。表面上毁坏礼教者，实则倒是承认礼教。……至于他们的本心，恐怕倒是相信礼教，当作宝贝，比曹操司马懿们要迂执得多。"② 这很值得我们去深思。早在小说《狂人日记》里，鲁迅便以叙事者和主人公的双重视角去告诉读者："我"之所以觉醒，是因为不论"我"是被动还是主动，也曾经"吃"过几片妹妹的"肉"；"吃"了妹妹的"肉"便是"吃人"，故"我"与"狼子村"村民的文化秉性，并没有什么本质上的差别了。所以他才会幡然醒悟，前往某地去"候补"，而"候补"一词所传达出的信息，就是对传统文化的"认同"与"回归"。鲁迅对五四新文化运动的反传统热潮，始终都保持头脑清醒的理性意识，他甚至还不无讽刺地挖苦道："曾经阔气的要复古，正在阔气的要保持现状，未曾阔气的要革新……懂得此理者，懂得中国大半。"③ 我个人认为，读懂鲁迅这三句话的深刻含义，也就读懂了五四鲁迅的思想精髓。

其次，鲁迅认同自己与传统的不可分割性，这并不意味着他认为传统一切皆好；恰恰相反，他对传统始终都保持着一种十分理智的批判态度。综观鲁迅一生的思想言行，思辨性作为他评判历史与现实的价值标准，明显体现为不容置疑的三大特征：一是对"庸俗"与"雅俗"的理性思辨。阅读鲁迅的杂文与小说，其批判锋芒无处不在，我们甚至完全有理由去这

---

① 《鲁迅全集》第6卷，北京：人民文学出版社1981年，第521页。
② 《鲁迅全集》第3卷，北京：人民文学出版社1981年，第513页。
③ 《鲁迅全集》第3卷，北京：人民文学出版社1981年，第531–532页。

样认为，没有批判性也就失去了鲁迅的存在意义。比如他的批判指向，"有的是对于扶乩，静坐，打拳而发的；有的是对于所谓'保存国粹'而发的；有的是对于那时旧官僚的以经验自豪而发的；有的是对于上海《时报》的讽刺画而发的。"① 可以说林林总总无所不包，几乎涉及社会生活的各个方面。然而，批判性却又并非是鲁迅思想的唯一性因素，思辨性才是他批判性的精神动能。比如他在辨析传统文化时，就曾明确地指出，民俗是传统的核心部分，"倘不深入民众的大层中，于他们的风俗习惯，加以研究，解剖，分别好坏，立存废的标准，而于存于废，都慎选施行的方法，则无论怎样的改革，都将为习惯的岩石所压碎，或者只在表面上浮游一些时。"② 鲁迅自己就是按照这种取舍标准，一方面极力批判阴曹地府的鬼神思想（《祝福》），另一方面又充分肯定民间祭祀的文化意义（《五猖会》），这是鲁迅确立自己与传统对话的基本立场。二是对"庸众"与"民魂"的理性思辨。反"庸众"是鲁迅改造"国民性"思想的重要组成部分，无论是华老栓、闰土还是阿Q、卫老婆子，一个个"死魂灵"般的"庸众"形象，几乎占据了鲁迅小说的全部篇幅。鲁迅对"庸众"虽然"哀其不幸，怒其不争"，但他却又一再强调"精英"与"庸众"是不可分割的文化整体；尽管"庸众"很容易被"庸"字遮蔽其本质，然而鲁迅却比常人更为清醒地意识到："历史上都写着中国的灵魂，指示着将来的命运，只因为涂饰太厚，废话太多，所以很不容易察出底细来。"③ 由于"历史"正是由"庸众"创造的，那么怎样使"庸众"去"庸"露出他们的真"灵魂"，无疑便成了鲁迅改造"国民性"的思想出发点。长期以来，学界一直都认为，"庸众"是导致鲁迅思想绝望的一大因素，其实则不然。鲁迅反"庸众"的思想落点，是"庸"字而非"众"字，否则他绝不会产生"惟有民魂是值得宝贵的，惟有他发扬起来，中国才有真进步"④ 这样的文化自信。反"庸"的真实目的，就是要凸现"民魂"的文化意义，因为在鲁迅本人看来，正是因为有"众"之存在，所以尽管中国历史上"满是血痕，却竟支撑以至今日，其实是伟大的"⑤。所以在他看来，民众之"魂"才是中华民族的精神脊梁。三是对"假儒"与

---

① 《鲁迅全集》第 1 卷，北京：人民文学出版社 1981 年，第 291 页。
② 《鲁迅全集》第 4 卷，北京：人民文学出版社 1981 年，第 224 页。
③ 《鲁迅全集》第 3 卷，北京：人民文学出版社 1981 年，第 17 页。
④ 《鲁迅全集》第 3 卷，北京：人民文学出版社 1981 年，第 208 页。
⑤ 《鲁迅全集》第 13 卷，北京：人民文学出版社 1981 年，第 683 页。

"真儒"的理性思辨。凡是研究鲁迅者都认为,鲁迅反传统是通过反儒者来实现的,鲁迅果真是反儒者吗?实际情况却并非如此。鲁迅所反的都是些"伪儒",而绝不是什么货真价实的"真儒",这是历来被学界人为忽视了的研究盲区。鲁迅一生对两种"伪儒"深恶痛绝,一类是假扮圣人的乡野"伪儒",如鲁四老爷、赵七爷、高老夫子、七大人等,他们共同的表现特征,就是不学无术,以"伪"充"真":鲁四老爷书桌上那两本理学的入门之书,足以证明他儒学水准的肤浅与低下;赵七爷与高老夫子的肚子里除了"三国"故事,其他儒家典籍一概没有读过;而七大人对儒家之"礼"的认识甚至还不如村妇爱姑,起码爱姑还知道古代"休妻"有个"七出"之条。叙事者与这些乡野"伪儒"之间,客观上存在着一种智慧较量的潜对话关系——"我"之所以能够发现他们是"伪儒",因为"我"读的圣贤之书要比他们多;所以"我"对他们予以蔑视与否定,其"真儒"身份也就一览无余了。另一类是满嘴西洋名词的"伪儒",即留洋归来的"正人君子",他们无论是"东洋"派还是"西洋"派,在鲁迅眼里无非就是一群穿着"洋装"的都市"伪儒"。他们在国外不是头顶着"富士山"天天"跳舞",便是关起门来在那里"燉牛肉吃",故他毫不留情地攻击道:"至于有一班从外国留学回来,自称知识阶级,以为中国没有他们就要灭亡的……像这样的知识阶级,我还不知道是些什么东西?!"①鲁迅认为都市"伪儒"要比乡野"伪儒"更具有欺骗性,因为他们满嘴都市"新名词"和"新观念","只要有新鲜的名目,便取来玩一通,不久连这名目也糟蹋了,便放开,另外又取一个。"②鲁迅对"正人君子"的批判与否定,自然与他自己的留学经历有关,因而通过"辨伪"去还原事实真相,所彰显的仍旧是"知之为知之、不知为不知"的儒者人格。

我们必须注意到,鲁迅强调"中间物"只是与历史相连接的一个过程,它自身的价值与意义就是对历史的批判与承续,无所谓"新"与"旧"的思想分野。比如,鲁迅就曾告诫青年说:"我看中国青年,大都有愤激一时的缺点,其实现在秉政的,就都是昔日所谓革命的青年也。"③今天之"新"即是明日之"旧",则完全是"动态"历史的自然法则。所以,"中间物"永远伴随着历史而循环,始终都是一种"不成熟"的生命状态。

---

① 《鲁迅全集》第 8 卷,北京:人民文学出版社 1981 年,第 193 页。
② 《鲁迅全集》第 12 卷,北京:人民文学出版社 1981 年,第 392 页。
③ 《鲁迅全集》第 13 卷,北京:人民文学出版社 1981 年,第 155 页。

三、鲁迅对于生命之"我"的痛苦体验

　　文化身份的自觉认同,以及强调"中间物"与历史之间的必然联系,这是我们认知鲁迅思想的重要前提。中国传统文化的核心思想,就是"家国天下",且以"家"为主,鲁迅对此是非常了解的;正是由于"家"之意义十分重大,所以当鲁迅最终无家可归时,他才会萌生"惟'黑暗与虚无'乃是'实有'"的绝望情绪。有意思的是,鲁迅的"中间物"思想,是在厦门大学后山的"坟"堆里形成的,他曾多次提到过这一点。比如"我沉静下去了。寂静浓到如酒,令人微醺。望后窗外骨立的乱山中许多白点,是丛冢;一粒深黄色火,是南普陀寺的琉璃灯"①。又如"我的最近照相,只有去年冬天在厦门所照的一张,坐在一个坟的祭桌上,后面都是坟"②。在"坟"堆里与死亡去进行对话,它既不浪漫更不哲学,而是一种"孤独"与"寂寞"的精神体验,是一种难以忘怀的生命痛感。

　　众所周知,1923—1925年,是鲁迅生命最黑暗的一个时期,但学界只肯定其旋转升腾的战斗气势,却忽略其精神颓废的意志消沉,这当然是对鲁迅思想的片面理解。实际上,"兄弟失和""疾病缠身"以及"流言四起",对于鲁迅而言,都是一种不能承受的致命打击。鲁迅非常看重家庭和亲情,尤其是他与两个弟弟之间的手足之情,比如留学日本期间,鲁迅写诗寄托乡思,里面没有一句"思母"之情,却多是表达"兄弟竟居异地"(《别诸弟三首》)的离别之恨,可见他们之间的感情之深。1919年,鲁迅倾其所有,在北京八道湾重建了一个周氏大家庭,并与家人一块度过了一段短暂但却温馨的团聚生活;可是好景不长,1923年竟因一些误解,便与周作人"兄弟失和",不得不搬出八道湾,开始他孤身一人的流浪生活。失去了家庭和亲情,是导致鲁迅重新去思考人生意义的原因之一。鲁迅身体一直都不太好,据许寿裳回忆,鲁迅曾说自己很早就得了肺结核,"从少年时已然,至少曾发过两次……但当初竟并不医治。"③"兄弟失和"之后,鲁迅的病情明显加重了,我粗略查了一下《鲁迅日记》,在短短的几年时间里,鲁迅去"山本医院"竟多达73次,有时还是夜间

---

① 《鲁迅全集》第4卷,北京:人民文学出版社1981年,第18页。
② 《鲁迅全集》第11卷,北京:人民文学出版社1981年,第539页。
③ 许寿裳:《亡友鲁迅印象记》,长沙:岳麓书社2011年,第89页。

去，如果不是疼痛难忍的话，他干吗要如此舟车劳顿呢？特别是1923年11月8日的日记记载："夜饮汾酒，始废粥进饭，距始病时三十九日矣。"① 由此我们不难想象，糟糕的身体令鲁迅是多么的绝望。另外，"兄弟失和"以及鲁迅与许广平的恋情，也广为社会流言所中伤，鲁迅曾在文中提到过"流言"一词共计127次，比如他说"在中国的天地间，不但做人，便是做鬼，也艰难极了。然而究竟很有比阳间更好的处所：无所谓'绅士'，也没有'流言'"②。又如他说"据我的意见，公正的世评使人谦逊，而不公正或流言式的世评，则使人傲慢或冷嘲，否则，他一定要愤死或被逼死"③。可见鲁迅对于"流言"，是如此深恶痛绝，所以他在临死之前，"一个都不宽恕"他的"怨敌"④。如果我们仔细去分析一下，这三件事无论是对鲁迅的精神还是身体，影响和伤害都是巨大的，否则他也不会想到"自杀"和"杀人"。⑤ 应该实事求是地说，中年鲁迅是极其悲观的，他曾这样认为："人能有高远美妙的理想，而人间不能有副其万一的现实，和经历相伴，那冲突便日见其了然，所以在勇于思索的人们，五十年的中寿就恨过久，于是有急转，有苦闷，有彷徨；然而也许不过是走向十字街头，以自送他的余年归尽。"⑥ 从这段话里，我们也许可以读懂鲁迅后半生仍战斗不已的生命意义——作为"历史中间物"，战斗并非是鲁迅真实的生命本质，而是他思想"苦闷"与"彷徨"的一种延续，无奈且又必须去承受精神之困，即"虽然明知前路是坟而偏要走"⑦，这才是鲁迅对"反抗绝望"的自我注解。

散文诗《野草》，是鲁迅从"历史中间物"到"生命中间物"的思想切换点，它以生命之"我"的痛苦体验，形象化地讲述着鲁迅徘徊于"生"与"死"之间的颓唐心境。正如他本人所说的那样："我的那一本《野草》，技术并不算坏，但心情太颓唐了，因为那是我碰了许多钉子之后写出来的。"⑧ 如果我们剥离《野草》的象征色彩，并且清除掉鲁迅人为设置的重重障碍，便能发现"颓唐"并非是他"在本体论上洞悟到深

---

① 《鲁迅全集》第14卷，北京：人民文学出版社1981年，第471页。
② 《鲁迅全集》第2卷，北京：人民文学出版社1981年，第252-253页。
③ 《鲁迅全集》第10卷，北京：人民文学出版社1981年，第277页。
④ 《鲁迅全集》第6卷，北京：人民文学出版社1981年，第612页。
⑤ 《鲁迅全集》第11卷，北京：人民文学出版社1981年，第430页。
⑥ 《鲁迅全集》第10卷，北京：人民文学出版社1981年，第241-242页。
⑦ 《鲁迅全集》第11卷，北京：人民文学出版社1981年，第442页。
⑧ 《鲁迅全集》第12卷，北京：人民文学出版社1981年，第532页。

渊，又主动地跳进去，终生地承担深渊之苦，同时亦恨亦爱地襟抱芸芸众生"①，而是他在失去家庭与亲情之后，绝望和厌世情绪的清晰表达。

《复仇》《雪》与《死火》等，是精神"颓唐"原因的作者自述：两个赤身裸体者"将要拥抱，将要杀戮"，于是看客们从四面八方赶来，渴望"鉴赏这拥抱或杀戮"。然而，他们两人却"既不拥抱，也不杀戮"，一直以敌视的目光，在那里对峙到"干枯"，以至于看客们对"干枯到失了生趣"。这既是鲁迅对"兄弟失和"之后，周作人不做任何解释的强烈不满，同时也是鲁迅对社会上的流言蜚语，难以自证清白的心灵之痛。他突然想到"以色列的王"被钉上十字架的那幕情形，"四面都是敌意，可悲悯的，可诅咒的。"然而，耶稣却"没有喝那用没药调和的酒"，他要在"痛楚"中去亲眼验证，"钉杀了'人之子'的人们的身上，比钉杀了'神之子'的尤其血污，血腥。"这是一个被羞辱者在绝望中所发出的愤怒吼声。《雪》历来都被学界误读，"江南的雪"与"朔方的雪"，既不是鲁迅在影射当时中国的社会形势，更不是鲁迅在描写两种不同的人格形态，若要真正读懂《雪》的深刻寓意性，就必须首先读懂这句话："屋上的雪是早已就有消化了的，因为屋里居人的火的温暖。"因为"江南的雪"的"粘连"性，与父母亲参与孩童们堆雪人的叙事有关，年关将至阖家团圆，它暗示着一种其乐融融的亲情关系；而"朔方的雪"则是鲁迅漂泊生涯的自喻叙事，渴望"屋里居人的火的温暖"，是鲁迅本人渴望"回家"的情感表达，而无家可归就只能是"旋转升腾"四处飘荡了。"孤独的雪，是死掉的雨，是雨的精魂"，这段话的真实含义，是"哀莫大于心死"，如果说"雨"是情丝之意，那么"孤独"与"死掉"，显然是指鲁迅的情感热度降至冰点。《死火》应被看作是《雪》的续篇，因为"冰"的世界是由"雪"所构成的，所以无数"死掉的雨"，便造就了那座"高大的冰山"。《死火》描写无生命的冰雪世界，"一切冰冷，一切青白"。生命之"火焰"被"冰结"，虽有"红珊瑚色"，却没有任何温度。对于不愿停留在这冰冷世界里的"我"，尽管"我说过了：我要出这冰谷"，可最终"我"却同"死火"一样，永久地"坠入冰谷中"。需要加以说明的是，当《雪》暗示着鲁迅的生命热度降至冰点，那么《死火》便成了"我"与"死亡"的直接对话——"我得意地笑着说，仿佛就愿

---

① 王乾坤：《鲁迅世界的哲学读解（三）》，《鲁迅研究月刊》1997年第9期，第11页。

意这样似的。"我们对此不必去做过多的哲学探秘,一句"死亡体验"的简单评价,就足以说明鲁迅渴望解脱颓唐心境的决绝态度了。

《过客》与《影的告别》,则是揭示精神"颓唐"之"我"的矛盾心态。《过客》写得并不复杂,作者以"老翁""女孩""过客"三种身份,形象化地演绎了他"中间物"思想的全部内涵。学界似乎都注意到了《过客》中的三个人物,分别代表着生命过程的三种形态——"女孩"对未来感到乐观且充满着希望,"过客"对未来感到困顿且迷失了自我,"老翁"对未来感到厌倦且等待着死亡。实际上,这三个人对人生所表达的不同态度,是鲁迅从灵魂里发出的三种声音,它们相互之间构成对话关系,深刻地反映出"颓唐"者鲁迅的思想变化。"过客"与"女孩"之间的对话关系,其实就是"两地书"的艺术翻版:"女孩"否认"前面"是"坟",在她眼中那里阳光灿烂,"有许多野百合,野蔷薇",这就有如许广平认为"悲观"只不过是鲁迅的一种表面现象,而鲁迅则认为"悲观"是自己的思想本质,"大约因为看得中国的内情太清楚,所以不免有些失望之故罢"①。还有,"女孩"在"过客"疲惫不堪之际,对他所给予的鼓励和关爱,也无非是在暗示性地感谢许广平在困境中给他带来的温暖和安慰,但温暖和安慰却并不能驱散他内心世界的"黑暗"与"虚无"。"过客"与"老翁"之间的对话关系,则是真实鲁迅的内心独白:"老翁"告诉"过客","前面"除了"坟"什么都没有,意味着鲁迅非常清楚死亡是个体生命的最终归属,任何人都不可能逃避这一自然法则;而"过客"既看到有"坟",也看到有"野百合,野蔷薇",又意味着鲁迅"反抗绝望"的自我挣扎——死亡的不可避免性与不情愿地去面对死亡,这才是《过客》所要展现的深刻主题。在《影的告别》里,"生"与"死"的情感纠结中,变得更为明显也更为突出。写该文时,鲁迅正"夜录碑。雷电,无雨"②。说白了,就是刚同"死人"进行过"对话"。至于鲁迅从古碑文中得到了什么暗示我们不得而知,但"告别"二字却透露出了鲁迅当时的颓唐心境:"我不过一个影,要别你而沉没在黑暗里了。"因为"我不愿彷徨于明暗之间,我不如在黑暗里沉没"。"我"既不去"天堂""地狱",又蔑视"将来的黄金世界","我独自远行,不但没有你,并且再没有别的影在黑暗里。只有我被黑暗沉没,那世界全属于我自己。"鲁

---

① 《鲁迅全集》第11卷,北京:人民文学出版社1981年,第33页。
② 《鲁迅全集》第14卷,北京:人民文学出版社1981年,第510页。

迅这番隐晦艰深的词语表达，寓意着一种急切想逃避现实苦痛的绝望情绪——"我将独自远行"，终结一切同外界的联系，在那个"全属于我自己"的"黑暗"世界里，"死亡"是"我"唯一能够做到的彻底解脱。也许，我们用陆游《示儿》中的一句诗，去形容此时此刻鲁迅的心情，恐怕是再合适不过了，即"死去元知万事空"。

最为晦涩难懂的《墓碣文》，更是精神"颓唐"之"我"的死亡叙事。《墓碣文》之所以难读，是因为一般人都没有注意到，"我"与"死尸"之间的对话关系，其实就是两个鲁迅之间的对话关系——绝望之"我"同反抗绝望之"我"，在灵魂深处进行着一场极其悲壮的殊死对决。"于浩歌狂热之际中寒，于天上看见深渊。于一切眼中看见无所有；于无所希望中得救。"这段墓碣文，全部都是由矛盾两极所构成的自否性语句，其关键词又是"有"与"无"；因而读懂"于无所希望中得救"，我们才能真正明白"热"与"冷"的对冲性，理解"天上"与"深渊"的一致性。从"有"与"无"的切入角度，鲁迅对"有"做了极具痛感的生命体验："抉心自食，欲知本味。创痛酷烈，本味何能知？"这无疑是"我"对"有"之人生的一种反省，即"其心已陈旧，本味又何由知？""旧心"已无"本味"，暗示着"我"对"无"（"死"）的强烈冲动，故只有"待我成尘时，你将见我的微笑！"阅读《墓碣文》，我们还可以参考《野草·题辞》，两篇文章的思想症候，都带有"告别"人生的厌世意味："过去的生命已经死亡。我对于这死亡有大欢喜，因为我借此知道它曾经存活。死亡的生命已经腐朽。我对于这腐朽有大欢喜，因为我借此知道它还非空虚。""有"与"无"的理性思辨，直接导致了鲁迅对"生"与"死"的态度转变，他希望自己化为尘埃，"希望这野草的死亡与朽腐，火速到来。"应该说，对于"死"的恐惧与渴望，也就是"绝望"与"反抗绝望"，作为鲁迅中期思想最显著的特征之一，研究者完全没有必要去加以回避。

1924年9月，鲁迅在写给李秉中的信中曾说："我也常常想到自杀，也常想杀人，然而都不实行，我大约不是一个勇士。"[①]"自杀"与"杀人"，虽然"都不实行"，但却充分说明鲁迅的思想的确曾有过一段低潮期。鲁迅本人并不怕"死"，他曾这样乐观地写道："生命不怕死，在死

[①]《鲁迅全集》第11卷，北京：人民文学出版社1981年，第430–431页。

的面前笑着跳着，跨过了灭亡的人们向前进。"① 因此学界便认为，"反抗绝望"使鲁迅超越了"绝望"，最终变成一个坚强的"精神界之战士"，我个人对此是深表怀疑的。"反抗绝望"还有一种解读方式，即"反抗"了却仍旧"绝望"。鲁迅曾说："宇宙的最后究竟怎样呢，现在还没有人能够答复。也许永久，也许灭亡。但我们不能因为'也许灭亡'就不做，正如我们知道人的本身一定要死，却还要吃饭也。"② 此话的意思非常清楚，"人"不能因为"死亡"的必然性就"不吃饭"，反推之意则是"吃饭"也必然会走向"死亡"。这使我突然意识到，鲁迅后期的杂文数量极大，但总觉得缺少点什么东西；仔细品味一下，恰恰是缺少了真实"自我"的生命热度，更多的是肆无忌惮的社会攻击性。鲁迅虽然战胜了死亡恐惧，变得更加富有战斗激情，其实这并不是他"反抗绝望"的彻底胜利，而是他于"绝望"中用"反抗"去诠释其"中间物"思想——"呐喊"意味着"希望"，"彷徨"则又意味着"绝望"；"希望"与"绝望"的相辅相成，就是人一生的全部写照。因此，先"呐喊"而后"彷徨"，这就是鲁迅自己的生命哲学。

---

① 《鲁迅全集》第1卷，北京：人民文学出版社1981年，第368页。
② 《鲁迅全集》第13卷，北京：人民文学出版社1981年，第163页。

中篇 文体研究

 # 《呐喊》与《彷徨》的思想解读

　　《呐喊》《彷徨》作为鲁迅最具影响力的代表之作，其思想内涵与审美价值早已被学界做了反复论证，从"'五四'文学革命的战斗檄文"①，到"中国反封建思想革命的一面镜子"②，人们无一例外都将鲁迅与中国现代思想启蒙运动联系在一起，并尽其所能地去发掘《呐喊》《彷徨》的"微言大义"，进而以研究者的主观意志遮蔽被研究对象的自我叙事，这无疑是鲁迅研究领域一直都难以摆脱的逻辑怪圈。

　　鲁迅对于中国现代思想启蒙运动究竟持一种什么样的主观态度？学界长期以来都是以《我怎么做起小说来》中的一句话为依据，即"说到'为什么'做小说罢，我仍抱着十多年前的'启蒙主义'，以为必须是'为人生'，而且要改良这人生"③，去推断鲁迅小说创作与思想启蒙运动之间的必然联系。其实人们并没有注意到鲁迅在这段文字的表述里，特意为启蒙主义和为人生加上了一个引号，显然是意味着他对"启蒙主义"认识的不确定性因素。众所周知，五四新文化运动初期，鲁迅对于《新青年》杂志并无任何好感，据周作人回忆说，1918年4月，"鲁迅就拿几本《新青年》给我看，说这是许寿裳告诉的，近来有这么一种杂志，颇多谬论，大可一驳，所以买了来的。"④查鲁迅日记，此间他确实有两次买《新青年》杂志送人的记载，由此可见周作人所说还是比较真实可信的。即使是到了1920年5月，鲁迅仍对"新文学家所鼓吹之新式"思想，表现出了一种颇具讽刺意味的个人看法，比如他在致宋崇义的信中就写

---

　　① 李希凡：《"五四"文学革命的战斗檄文》，载《江淮论坛》1979年第2期，第91-99页。
　　② 王富仁：《〈呐喊〉〈彷徨〉综论》，载《文学评论》1985年第3期，第3-14页。
　　③《鲁迅全集》第4卷，北京：人民文学出版社1981年，第512页。
　　④ 鲁迅博物馆等：《鲁迅回忆录》（中册），北京：北京出版社1999年，第1067页。

道:"仆以为一无根柢学问,爱国之类,俱是空谈;现在要图,实只在熬苦求学,惜此又非今之学者所乐闻也。"① 鲁迅此话大有深意,他明显是认为《新青年》在崇尚"空谈",故他才会鼓励那些青年学子去"熬苦求学"做些"根柢学问"。我个人始终认为,若要真正了解一个真实鲁迅的五四姿态,《呐喊》序言应是他本人最真实也最直接的心灵告白,其他外在的解读都只能是作为一种参考。在《呐喊》序言中,鲁迅一再强调他是因为"听将令",才去"写些小说模样的文章,以敷衍朋友们的嘱托"②(在《我怎么做起小说来》一文里,鲁迅同样也讲过与此相类似的话)。钱理群先生在解读这一现象时,曾说鲁迅当时虽然处于"希望"与"绝望"的矛盾冲突之中,但他最终是以"希望"战胜了"绝望",并毅然决然地加入了《新青年》阵营。③ 对于这种很有普遍意义的学界论点,我个人表示极大的怀疑,如果鲁迅真是以"希望"战胜了"绝望",那么他要"呐喊"为什么又会"彷徨"了呢?可见鲁迅自谓的"呐喊"与诠释者所臆想的"呐喊",在词义理解上并不完全相同。我之所以强调《呐喊》序言的重要意义,是因为一方面它的写作时间靠近五四,更贴近于鲁迅五四时期的思想状态;另一方面它是出自于鲁迅本人之手,我相信"言由心生"这句老话,它更能够展示鲁迅自己的精神世界。《呐喊》序言虽然只有短短的三千多字,但"寂寞"与"悲哀"竟出现有15次,这足以说明鲁迅当时的情绪是何等地消沉与低落!我特别看重鲁迅在《呐喊》序言中的一句话:"再没有青年时候的慷慨激昂的意思了。"不再"慷慨激昂",暗示着鲁迅已告别了用感性去认知世界的思想幼稚,而是转变为用理性去认知世界的思想成熟;为了"聊以慰藉那在寂寞里奔驰的猛士",他以自己内心的"寂寞"与"悲哀",去回应《新青年》阵营的"狂热"与"躁动"——这种"冷"与"热"的巨大反差,无疑是我们研究《呐喊》《彷徨》的重要前提。

重新阅读《呐喊》《彷徨》,我发现鲁迅对于《新青年》的思想启蒙,并不是给予了充分的肯定,而是充满着怀疑,这是一个任何人都无法回避的客观事实。因为鲁迅在其作品文本中,强烈地表达了他对思想启蒙的忧患意识——"谁"是启蒙主体?启蒙主体与"狼子村"有何渊源关系?启蒙主体真能够吹灭中国传统文化这盏"长明灯"吗?启蒙主体为什么

---

① 《鲁迅全集》第 11 卷,北京:人民文学出版社 1981 年,第 370 页。
② 《鲁迅全集》第 1 卷,北京:人民文学出版社 1981 年,第 419 页。
③ 钱理群:《"为人生"的文学——关于〈呐喊〉和〈彷徨〉的写作(一)》,载《海南师范学院学报》2002 年第 6 期,第 2 页。

最后都变成了"孤独者"?《呐喊》《彷徨》所提出来的这些问题,最终都归结到了一个关键的聚焦点上:"皮之不存,毛将焉附?"我个人认为,鲁迅思想与人格之伟大,是其在五四狂热的启蒙浪潮中,始终都保持着一种高度清醒的理性意识;他不是在批判中去否定传统,而是在批判中去认识传统,批判传统使他感到"寂寞"(疏离感),认识传统又使他感到"悲哀"(沉重感)——应该说"寂寞"与"悲哀",不仅是《呐喊》《彷徨》所要呈现的创作主题,同时更是中国知识分子现代性焦虑的时代通病。

一、"孤独者":自我消解的精英意识

启蒙精英是《呐喊》《彷徨》中最受人们关注的研究对象,同时也是鲁迅本人表达他对思想启蒙真实态度的直接呈现。我用"孤独者"这一概念去为其进行统一命名,目的就是为了要揭示他们悲剧命运背后的意义所指。

无论是"狂人"、夏瑜还是涓生、魏连殳,他们究竟属不属于启蒙精英?虽然近来已有学者对此说法提出了质疑,但却因其忽视了"启蒙"一词的词义性,而很难使其论点从逻辑上得以成立。① 我们必须清醒地意识到,中国式的思想启蒙,并非像康德所讲的那样,是一种"要有勇气运用你自己的理智"去"启蒙自己"的自我解放运动,而是一种先知先觉者对后知后觉者的思想"教化"运动,即被康德所批判的那些自以为是社会公众的"保护者"所设下的"圈套"。②——对于他者居高临下的绝对"言说",这是五四启蒙运动的典型特征。夏瑜等一系列"狂人"在《呐喊》《彷徨》中,毫无疑问都是些具有独立思想的"言说"者,故将其视为是变革社会的启蒙精英,绝没有曲解鲁迅塑造他们的原初本义。问题在于为什么鲁迅会将这些启蒙精英都归结为是一群"孤独"离群的失败者呢?他们从"反叛"到"皈依"的人生轨迹,到底蕴含着鲁迅本人的何种纠结?我个人认为,让"言说者"失去启蒙"言说"的实际效应,并令其从"寂寞"当中去咀嚼"悲哀",恰恰反映着鲁迅对五四启蒙的困

---

① 比如王晓初在《鲁迅与五四新文化精神》一文中,就认为夏瑜不是一个启蒙者而只是一个造反者,直接把夏瑜排除出启蒙精英之列,便明显是因其对"启蒙"概念的误读所导致的结论误判。该文刊于《鲁迅研究月刊》2010年第9期。

② [德]康德:《回复这个问题:"什么是启蒙运动?"》,载《历史理性批判文集》,北京:商务印书馆1990年,第22-24页。

惑与质疑。

"谁"是启蒙主体？这似乎是个不成问题的问题，当然是指"狂人"等叛逆者形象。然而进一步追问，他们依据什么去启蒙"言说"时，恐怕学界立刻就会变得缄口不言了。作为新文学参与思想启蒙的开山之作，人们对于《狂人日记》的深度阐释无可非议，但我们必须首先认清"狂人"是在何种前提之下，突然"觉醒"并发现了中国几千年历史的"吃人"本质。我曾在一篇文章里，特别谈到过那个"月亮"与"狂人"觉醒之间的辩证关系①，至今我仍坚持我观点的正确性：

今天晚上，很好的月光。

我不见他，已是三十多年；今天见了，精神分外爽快。才知道以前的三十多年，全是发昏；然而须十分小心。不然，那赵家的狗，何以看我两眼呢？

我怕得有理。

这段看似有些混乱的语言描述，其实却为我们提供了一个准确破解《狂人日记》的关键因素——即"月光"意象。"月光"是一种暗喻，它是指启蒙主体"我"之觉醒的外部条件，"三十多年"是时间的泛指性，而"赵家的狗"则是无意识的生命体。"很好的月光"给予了"我"重新去认知历史的精神资源，使"我"终于明白了这样一个道理："以前的三十多年，全是发昏。"人们一般都认为"月光"是西方人文精神的隐喻性表达，但他们却忽略了"月亮"本身并不是光源（启蒙的资源），它只有在折射太阳之"光"时才会发亮（能量的转借），这与五四时期通过日本去输入西方思想属于同构关系。"狂人"正是在这种混混沌沌的状态之下，开始了他艰难的启蒙之旅（凡事总需研究）——他发现了中国历史"仁义道德"的虚伪假象（"陈年流水簿"上写满了"吃人"二字），以及造成这种"吃人"文化的人文环境（"黑漆漆的，不知是日是夜"）。由于"月亮"本身就是一种"黑夜"现象，故"狂人"根据"月光"去判断"黑暗"，其本身就是鲁迅有意安设的一个陷阱——"狂人"以"传统"去反"传统"，无论他怎样挣扎都毫无意义。小说《伤逝》里的主人公涓生，是对"狂人"形象的展开说明，他将"狂人"反传统动机的不确定性，演绎得更加清晰也更加直观。涓生与"狂人"一样，也是启蒙"言说"的绝对主体，阅读《伤逝》我们发现，通篇都是他一个人在那里

---

① 见拙作《人的"病愈"与鲁迅的"绝望"——〈狂人日记〉的反讽叙事与文本释义》，载《学术月刊》2008 年第 10 期，第 99－105 页。

滔滔不绝地自我"言说"(即破屋里"充满了我的语声"),而子君除了"聆听"的权力,几乎是无话可说。那么涓生对于子君的思想启蒙,他到底都说了些什么?翻遍作品文本,无非就是这样一套话语体系:"谈家庭专制,谈打破旧习惯,谈男女平等,谈伊孛生,谈泰戈尔,谈雪莱……"这使我感到十分地震撼,原来五四思想启蒙话语无非就是些从西方文学当中提炼出来的叛逆思想与爱情故事。其中"娜拉"式的离家出走,又被启蒙者理解为是最西方化的反抗方式。实际上,离家出走是私奔现象的现代演绎,它的根脉在于传统而非源自于西方,写过《中国小说史略》的鲁迅,对此恐怕要比任何人都清楚。因此《伤逝》故事的悲剧性结局,不是鲁迅对封建守旧势力迫害青年人的无声抗议,而是鲁迅对涓生启蒙"言说"自身荒谬性的一种否定。还有《在酒楼上》那个曾热衷于"改革中国"的吕纬甫,以及《孤独者》里那个曾主张"家庭应该破坏"的魏连殳,他们一个飞了一圈又回到了"原地点",另一个则公开承认"我已经真的失败"了。启蒙言说者之所以最后都变得失魂落魄,究其根因就在于他们都没有反传统的明确目的性。启蒙言说者既然没有明确的启蒙目的性,那么他们与阿Q无师自通的"革命"又有什么本质上的区别呢?

《呐喊》《彷徨》中的启蒙言说者,他们既没有明确的指导理论也没有明确的目的性,却要拼命地在那里进行启蒙言说,他们真实的用意究竟是什么?这应是鲁迅本人最关注的一个问题。从小说《药》的故事叙事当中,我们也许可以获得一些有价值的信息。《药》主要是描写革命者夏瑜同庸众之间的思想对立,学界对此早已做了相当透彻的理论阐释。夏瑜作为一位思想启蒙者,鲁迅在作品文本中已经写得很明白,比如他对民众去"言说"革命理想,就是一种不折不扣的启蒙行为。问题并不在于夏瑜是否做过启蒙"言说",而是在于他到底"言说"了些什么。从牢头阿义的口中,我们知道夏瑜是用"这大清的天下是我们大家的"共和思想,去劝说阿义之类的下层民众与其一道"造反"。"这大清的天下是我们大家的",表面观之是启蒙者建立现代民主国家的人文想象,但为什么"可怜"的阿义等人却不肯买账呢?学界一致认为这是民众思想的愚昧表现,其实此种出于诠释者的理论研判,既低估了中国民众的聪明智慧,也错判了鲁迅本人的真实意图。《药》中那些"看客"般的乡野小民,几乎都在讥讽或嘲笑夏瑜真是"疯了",他们不但知道"这大清的天下"绝不是大家的,他们更知道那共和的天下同样也不是大家的。鲁迅自己就曾说过,"见过辛亥革命,见过二次革命,见过袁世凯称帝,张勋复辟,看来看去,就看得怀疑起来，于是失望，颓唐得很了。"① 就连鲁迅这样的知识精英都因其"见"得太多，而不再去相信中国现代社会变革的实际效应；他怎么会去要求那些没有文化的普通百姓，去相信"这大清的天下是我们大家的"呢？经历过几千年磨难的中国人，早已从历史经验中总结出了一个真理：政权与政权之间的交替更迭，只不过是那些"大丈夫"们彼此"取而代之"的政治游戏罢了，与乡野小民有何关系？在"花白胡子"老头等人的观念里，夏瑜所宣扬的"造反"，只不过是再次借用"我们"之名义，去实现"他们"之政治理想，其实这与阿Q式的革命一样，都是他者主观意志的一种体现。《伤逝》对于启蒙者涓生的自私人格，更是表现得通透彻底、入木三分。小说开篇有这样一句交代："我爱子君，仗着她逃出这寂静和空虚"。鲁迅之所以如此去描写，意图当然是在告诉读者，涓生实际上并不"爱"子君，他"期待"着子君进入他的生活，无非是"仗着她逃出这寂静与空虚"。所以"我"才会"在久待的焦躁中，一听到皮鞋的高底尖触着砖路的清响，是怎样地使我骤然生动起来呵！"然而两人结合以后，涓生突然发现"寂静和空虚"不仅没有消除，反倒增添了"隔膜"与"冷漠"等因素，故"我"只能整天到图书馆里躲避烦恼。为了挣脱他对子君"盲目的爱"，涓生不得不鼓起勇气对子君说："我已经不爱你了！"这话听起来有些可笑，涓生本来就没有"爱"过子君，现在却偏要说"我已经不爱你了！"他无非是在替自己寻找一种开脱的借口。当然了，涓生也有其可爱之处，那就是他并不掩盖自己人格上的自私与虚伪。比如当他得知子君回家后抑郁而死时，那种火山爆发似的"悔恨和悲哀"，毫无疑问是他自己灵魂拷问的真情哭号。启蒙者涓生的觉醒与忏悔，是鲁迅精神世界的折射性反映，它明显带有质疑五四启蒙的反省性质，研究者绝不能对此视而不见。

在《呐喊》与《彷徨》当中，启蒙者都没有一个好的结局，这是任何人都不可否认的客观事实。比如"狂人"不再发狂，而是骤然清醒前去"候补"；夏瑜不仅肉体被杀，就连人血也被"吃"了；涓生、吕纬甫、魏连殳等则精神颓废，自我消解回到了"原地点"；还有那个要"放火"的"疯子"，也被乡民关进了"庙里"成了囚徒。鲁迅刻意将启蒙者与被启蒙者描写成是水火不容的对立面，他究竟是在批判民众的思想愚昧，还是在质疑启蒙者的思想幼稚？这的确是一个值得我们去认真思考的

---

① 《鲁迅全集》第 4 卷，北京：人民文学出版社 1981 年，第 455 页。

严肃命题。鲁迅曾说自己绝不是"振臂一呼应者云集的英雄"①,其实在他本人看来,那些启蒙者同样也不是"振臂一呼应者云集的英雄",小说《药》中有一处细节描写十分耐人寻味:

> 微风早经停息了;枯草支支直立,有如铜丝。一丝发抖的声音,在空气中愈颤愈细,细到没有,周围便都是死一般静。

这是华大妈与夏大妈两人去上坟时的一段场景。"枯草"直立象征着革命者夏瑜的精神人格,"一丝发抖的声音"象征着革命者夏瑜的启蒙言说,而"死一般静"则象征着中国民众对于夏瑜启蒙言说的无动于衷,这无疑是一种解构主义的叙事模式:夏瑜所做的启蒙努力,很快就被"死一般静"的民众群体化解了;这种被启蒙者敌视启蒙者的情节设定,明显表达着鲁迅对于五四启蒙的否定性态度。我们还应注意到"狂人"之"狂"的深刻寓意性。长期以来,学界从"精神界之战士"到"精神病患者",几乎对"狂人"做了力所能及的概念阐释,我个人认为这些考证都严重偏离了鲁迅的本意。鲁迅在《两地书》中,曾一再警告许广平说:"小鬼不要变成狂人,也不要发脾气。人一发狂……自己吃亏,因为现在的中国,总是阴柔人物得胜。"同时他也表示"决不肯使自己发狂"。②鲁迅告诫许广平千万别做"狂人",显然不是把她视为"战士"或"疯子",而是劝她节制自己的年轻气盛;因为在中国"得胜"的"总是阴柔人物",单凭感情用事根本解决不了任何实际问题,故他主张对于中国传统文化应去进行"韧战"。由此我们可以推断,鲁迅为《新青年》写《狂人日记》,其真实用意并非是"听将令"去批判封建家族制度;而是在以一种隐晦的表达方式,去劝诫《新青年》阵营不要过分"狂热"。将思想启蒙看作是一场长期的"韧战",这既是鲁迅本人的一贯态度,也是康德思想启蒙论的中国体现。康德认为"通过一场革命或许很可以实现推翻个人专制以及贪婪心和权势欲的压迫,但却绝不能实现思想方式的真正改革;而新的偏见也正如旧的一样,将会成为驾驭缺少思想的广大人群的圈套"③。鲁迅显然也不认为仅凭一场新文化运动,就能够改变中国人"国民性"的思想弱点,比如他将吕纬甫和魏连殳都描写成是一遇挫折便意志消沉,实际上就是在否定启蒙者急功近利的浮躁心态。还有一点

---

① 《鲁迅全集》第1卷,北京:人民文学出版社1981年,第417页。
② 《鲁迅全集》第11卷,北京:人民文学出版社1981年,第88−89页。
③ [德]康德:《回复这个问题:"什么是启蒙运动?"》,载《历史理性批判文集》,北京:商务印书馆1990年,第24页。

非常重要,鲁迅与胡适有所不同,胡适早在留美期间,就立志要做国民"导师",① 而鲁迅则对国民"导师"十分反感。他说,"中国大概很有些青年的'前辈'和'导师'罢,但那不是我,我也不相信他们"②。鲁迅不相信国民"导师",而主张中国人去掉依赖、相信自己,③ 这与康德所说的"公众要启蒙自己",又达成了不谋而合的思想共识。我并不是说鲁迅受过康德的思想影响,或者说鲁迅就是中国的康德;而是强调鲁迅对于思想启蒙的理性态度,有着超出常人想象的洞察力与深刻性,这正是鲁迅精神人格的伟大之处。

二、"狼子村":乡土中国的隐喻叙事

解读启蒙者的命运悲剧,我们必须去重视"狼子村"的文化意象。"狼子村"虽然始见于《狂人日记》,但却贯穿于《呐喊》《彷徨》的始终,它作为乡土中国的隐喻叙事,形象地表达了鲁迅对传统文化的理性认知。

长期以来,学界一直都认为鲁迅使用"狼子村"这一概念,无非就是要去揭示封建"礼教"的"吃人"本质;因为在他们看来,"狼子村"的居民自然都是些"狼人",而"狼人"的本性就是"吃人"——让"吃人"者去大讲"礼教",这显然是体现着鲁迅对儒家文化的否定性态度。最早对鲁迅小说持如此见解者,应是"只手打翻孔家店的老英雄"吴虞。他在《吃人与礼教》一文中,就曾说鲁迅写《狂人日记》,是他"把吃人的内容和仁义道德的表面看得清清楚楚",作者其实就是要去告诉读者一个事实真相,"吃人的就是讲礼教的,讲礼教的就是吃人的呀!"④ 此言一出,定论难改,不但《呐喊》《彷徨》成了"中国反封建思想革命的一面镜子",就连鲁迅本人也成了五四"反传统主义"的始作俑者。⑤ 对于鲁迅研究领域中这种"宏大叙事",我除了感到无奈,更感

---

① 胡适在 1915 年 5 月 28 日的《留学日记》里,就曾发过这样的誓言:"盖吾反观国事,每以为今日祖国事事需人,吾不可不周知博览,以为他日为国人导师之预备。"见《藏晖室札记》,上海:上海亚东图书馆 1939 年,第 653 页。
② 《鲁迅全集》第 1 卷,北京:人民文学出版社 1981 年,第 284 页。
③ 鲁迅:《中国人失掉自信力了吗》,载《鲁迅全集》第 6 卷,北京:人民文学出版社 1981 年,第 117 页。
④ 《吴虞文录》,合肥:黄山书社 2008 年,第 27 - 32 页。
⑤ 这是美籍华人学者林毓生在《中国意识的危机》一书中,对鲁迅小说创作所做出的一种价值估判,该书中文版于 1986 年在贵州人民出版社出版。

到了一种由衷的困惑：我们究竟应该去相信作品文本所讲述的故事情节，还是应该去相信那些诠释者超越文本的思想释义？如果我们真能够以《呐喊》《彷徨》去作为评判依据，而摆脱一切言说鲁迅者所人为设定的主观教条，那么鲁迅自我思想言说的真实表达，则会呈现出与诠释者截然相反的价值取向——"狼子村"意象并不意味着鲁迅的一种反叛姿态，而是意味着他对传统文化的一种认同心理。

毫无疑问，《狂人日记》以"狂人"与"狼子村"的文化对立，开创了一种属于鲁迅自己言说启蒙的创作模式。在这一思路清晰的创作模式里，他将启蒙者从文化母体中游离出来，去分析个体同母体之间的共生关系，进而极为理性地阐释了一个重要命题——每一个文化细胞都会必然性地去负载其文化母体的遗传因素，它不能也不可能脱离母体而向异质文化发生变体；这就有如生命细胞脱离了它的生命有机体一样，其结局也只能是因缺乏母体的养分而趋于死亡。曾经学过医学的鲁迅，对于这点科学知识当然是十分了解的；故他通过"狂人"反叛"狼子村"的盲目行为，隐喻性地谴责了五四启蒙的文化虚无主义倾向。在外界"月光"的作用之下，"狂人"从混沌中突然"觉醒"，他发现养育自己的文化母体竟有着几千年的"吃人"历史，因此他便不顾一切地游走于"狼子村"，开始了悲壮而苍凉的启蒙呐喊。可是自从"狂人"说出了"狼子村"的"吃人"真相后，他立刻就变成了全体"狼子村"村民的共同敌人。有学者曾据此认为，鲁迅的《狂人日记》和易卜生的《国民公敌》，两者的叙事结构十分相似，都是说明真理往往掌握在少数人手里，其实这两部作品根本就没有任何的思想关联性：《国民公敌》所讲述的是一个"真理"与"谎言"之间的生活悖论，而《狂人日记》则是在讲述"细胞"与"母体"之间的隶属关系。热衷于启蒙的"狂人"出师不利，他不仅要面对赵贵翁和大哥那"铁青"的"脸"，还要去面对村里"孩子"们那"铁青"的"脸"，以及妇女和老人那充满着仇视与冷漠的"眼色"："这真教我怕，教我纳罕而且伤心。""狂人"在宣传废除"吃人"恶习的过程当中，真正感到"害怕"的还不是"狼子村"村民对他的"看"法，而是他在进行不要"吃人"的启蒙言说时，对于自身启蒙资格的自我否定："有了四千年吃人履历的我，当初虽然不知道，现在明白，难见真的人！"所以"狂人"不再"张狂"，而是迅速醒悟且去"候补"，并以回归历史"原点"的认同方式，结束了他那颇为荒唐的启蒙闹剧。仔细阅读《狂人日记》，我们可以发现鲁迅本人的明确态度：假定中国传统文化就是一种"吃人"文化，而"我"也是这种"吃人"文化中的一员，那么"我"

同样应是被谴责的"野蛮人",故"我"有什么资格去教训他者不去"吃人"?鲁迅让"狂人"最终醒悟并去"候补",这绝不是什么讽刺与调侃,而是在通过"狂人"的思想转变,向《新青年》阵营发出了一种善意的忠告。

　　谈论《狂人日记》,我们还必须注意到《长明灯》,为什么两篇作品故事情节相同而人物结局却迥异呢?这正是对"呐喊"何须"彷徨"的另一种解释。醒悟使"狂人"转变成了一个充满理性精神的正常人,重新回到了"狼子村"的社会环境得以生存;而《长明灯》里那个一直都在发"狂"的"疯子",则被"吉光屯"的人们关进了"庙里"与世隔绝。《长明灯》里有一细节颇耐人寻味:"吉光屯"没有人同情那个"疯子",就连他的亲人也不愿意接收他,最后还是"四爷"想出了一个主意——把"疯子"关进村外的那个破庙里。我个人认为"疯子"被关进"庙里",包含有鲁迅本人的两种寓意:一是"疯子"已经被剔除出了"吉光屯"的文化母体,他的命运最终只能是自生自灭自我消亡;二是"疯子"既然已不能同正常人沟通,那么他也只好同"神"去进行对话了。"狂人"与"疯子"这两个人物,其实都是鲁迅阐释文化细胞与文化母体关系的意象符号,他们以不同之结局命运,形象化地表达了鲁迅与《新青年》阵营的思想分歧——对于具有数千年悠久历史的中华文明,无论你是爱它也好恨它也罢,它都是我们这个民族繁衍生息的文化之根,"狼子村"文化意象的意义也正在于此。用"狂人"之"我"的思想皈依,去降低《新青年》阵营的启蒙热度,这绝非是对鲁迅思想的贬低或曲解,而是《呐喊》与《彷徨》的真实叙事。比如从魏连殳"常说家庭应该破坏"而一刻也忘不了家庭的自相矛盾中,我们才能理解吕纬甫为什么会"绕了一点小圈子""又回来停在原地点",以及涓生由逃出"寂静和空虚"到回归"寂静和空虚",他们都是在经历了同"狂人"一般的"狂热"之后,发现了他们与传统之间无法割裂的血脉关系。其实魏连殳、吕纬甫、涓生等启蒙者被社会孤立的残酷事实,与"狂人"和"疯子"反抗"狼子村"文化意象的悲惨遭遇完全相同。这种同一性叙事结构的反复出现,恰恰反映着一种鲁迅本人的五四姿态:"呐喊"是呼吁启蒙者对"狼子村"的历史文化要有一个正确的认识态度,"彷徨"则表达了他对启蒙者随心所欲意气用事的困惑不解。长期以来,学界始终认为鲁迅笔下那些"孤独"的启蒙者,全都是些传统文化的"绝望"反抗者,他们象征着鲁迅反抗的精神苦闷,都是以否定"个人"去否定"传统"

的悲壮行为,去表现五四启蒙者强烈的"赎罪"意识。① 这可真是一种令人啼笑皆非的荒谬论调——"个人"与"传统"都被彻底否定了,民族本身不也就被彻底否定了吗?鲁迅绝不会像诠释者那般肤浅,他后来与"正人君子"们的思想决裂,表面观之是因一些小事而起的个人恩怨,其本质却是他与《新青年》阵营矛盾的集中爆发。因为《呐喊》《彷徨》中的故乡叙事,与后来《朝花夕拾》中的童年追忆,是以一种从认知到理解的逻辑结构,去表现鲁迅精神返乡的思想历程。

鲁迅之所以会提出一个"狼子村"的文化概念,这与他对乡土中国社会性质的认识不无关系。"狼子村"说穿了无非就是乡土中国的一个缩影,或者说就是一种乡土中国的生活状态,那么发生于其中的一切现象,都必然会与"乡土"概念有关。"乡土"社会即小农经济社会,这种文化最大的表现特征,就是自给自足的封闭性与稳定性,一切非稳定性因素都是它所排斥的对象。学界对于阿Q身份属性的争论由来已久,有人说阿Q是"落后农民"的代表,也有人说阿Q是"国民劣根性"的象征,其实这些说法都只是一种诠释者的主观猜测。尽管在阿Q身上我们可以发现大量的"国民劣根性"因素,但这都不是鲁迅本人想要表达的思想核心。在《阿Q正传》里,鲁迅已非常明确地把阿Q视为"未庄"中的不稳定因素,他无名无姓无家无业,是个无业游民,连作者本人也意识到他"不能说是未庄人"。既然阿Q是个独立于"未庄"文化的游离细胞,那么他与"狂人"等受到母体文化的强烈排斥,也并无什么令人惊诧的本质性差别。"优胜记略"讲的是阿Q在受到排斥后的生存法则,为了能够苟延残喘地生活下去,他必然要以"精神胜利法"去尽量安抚自己的失衡心理;"恋爱的悲剧"讲的是阿Q很想娶妻生子融入"未庄"的生活秩序,却没有料到把吴妈吓得一通哭号,不仅使他遭受了秀才的一顿痛打,而且还变卖了棉被"到赵府上去赔罪";"生计问题"讲的是阿Q落难以后"未庄"人都对他心中生厌,为了生存他只好去尼姑庵偷萝卜,结果又与老尼姑发生了冲突;"从中兴到末路"讲的是阿Q"发财",阿Q变卖偷来的衣物着实地阔绰了一番,可未曾想很快便被人们识破了真相,于是乎他们对阿Q更是"敬而远之"了;"革命"讲的是阿Q无师自通的"造反",他从"未庄"人恐惧的眼神中感到了快意,然而赵秀才却比他先行了一步,搞得阿Q在尼姑庵碰了一鼻子灰;"不准革命"讲的是阿Q

---

① 汪晖:《鲁迅的精神结构与〈呐喊〉〈彷徨〉》,载《社会科学辑刊》1989年第5期,第119-124页。

去找假洋鬼子参加"革命",被假洋鬼子拿着"哭丧棒"赶了出来,阿Q愤愤不平发誓要去县里告密,想看假洋鬼子一伙被"满门抄斩"的笑话;"大团圆"自然是讲阿Q成了替死鬼,以自己之死去换取"未庄"的平静,阿Q之死"未庄是无异议的",他"被枪毙便是他坏的证据"。

重新梳理《阿Q正传》的章节关系,我们发现阿Q始终都被"未庄"文化视为是异己分子。前三章是叙述他无论怎样挣扎都不被"未庄"文化认同,后四章是叙述他试图挑战"未庄"的稳定秩序——在家庭观念浓重的"未庄"人看来,"无家无业"的阿Q本来就一无所有,他那种极不稳定的悬浮存在,其本身就是对"未庄"传统秩序的一种威胁。谈到阿Q的"革命",人们自然会联想到赵秀才与假洋鬼子砸尼姑庵里面那块"龙牌"的"造反"行为,实际上阿Q的"革命"与赵秀才、假洋鬼子的"革命",在鲁迅看来是具有本质区别的(研究者往往混淆这两种概念):赵秀才与假洋鬼子的所谓"革命",完全是一种维护"未庄"固有秩序的假"造反";而阿Q想要什么就有什么的"革命",却是颠覆"未庄"传统秩序的真"造反"!人们也都注意到了鲁迅在《〈阿Q正传〉的成因》一文里,对于阿Q"革命"那段寓意深刻的精彩论述:"据我的意思,中国倘不革命,阿Q便不做,既然革命,就会做的……此后倘再有改革,我相信还会有阿Q似的革命党出现。"①鲁迅这里所说的"阿Q似的革命党",并非是指维护传统文化秩序的赵秀才与假洋鬼子等人,而是指同阿Q一样抱着功利目的的投机者。如果我们不带有任何主观偏见,去理解阿Q与阿Q似革命党的"革命"动机,不要说花白胡子老头之类不相信那旧有的"大清的天下是我们大家的",就连鲁迅本人也不会相信"革命"后的共和天下"是我们大家的"。所以阿Q与"狂人"等最终都被"狼子村"文化排斥,这是《呐喊》与《彷徨》质疑启蒙和反思启蒙最典型的表现特征。鲁迅曾自嘲说:"我的文章不是涌出来的,是挤出来的。听的人往往误解为谦逊,其实是真情。我没有什么话要说,也没有什么文章要做,但有一种自害的脾气,是有时不免呐喊几声,想给人们去添点热闹。""但倘若用得我太苦,是不行的,""因为我于'世故'实在是太深了。"②鲁迅此言大有用意,他说他的文章是"挤出来的"(理性思维),而绝不是"涌出来的"(感性思维);这种出于理性的"不免呐喊几声",也并非是要给思想启蒙"添点热闹",而是他自己世故太深的"真

---

① 《鲁迅全集》第3卷,北京:人民文学出版社1981年,第379页。
② 《鲁迅全集》第3卷,北京:人民文学出版社1981年,第376-377页。

情"流露。鲁迅这种深刻的自嘲，其实是在以自身对于传统文化的理性判断，去解构启蒙者对于传统文化的感性意识，这无疑是一个头脑清醒的现实主义者的真实告白。

三、"长明灯"：庸俗文化的艺术符号

若要理解《狼子村》文化的超稳定性结构，我们还需理解"长明灯"这一艺术符号的真实意义。"长明灯"原本是小说《长明灯》中的一个意象，它代表着民间祈福愿望的情感表达。我在这里借用"长明灯"作为民俗文化的象征符号，目的就是为了揭示《呐喊》《彷徨》"反封建"的思想内涵。

一提及《呐喊》《彷徨》"反封建"的目标指向，学界几乎都会不假思索地认为是反"礼教"，对于这种积重难返的思想偏见，我们究竟做过多少平心静气的理性辨析？科学地解答《呐喊》《彷徨》究竟是不是在反"礼教"，其前提条件是，我们首先必须知道什么是"礼教"。《汉语大辞典》对"礼教"的释义是："礼仪教化。"① 《不列颠百科全书》对"礼教"的释义是："中国儒家的社会道德规范。"② 而《中国大百科全书》则根本就没有"礼教"这一词条。从五四到现在，我们批判"礼教"已有百年之久，可到头来连什么是"礼教"都没有准确的定义，难道学界不应该去进行深刻的反思吗？其实孔子写《论语》的真实目的，是意在正民风而纠庸俗，所以《礼记》才会说："是故圣人作，为礼以教人，使人有礼，知自别于禽兽。"③ 如果说这就是"礼教"，那么它所讲的也只不过是一种做人的道理，即"礼也者，理也"④。回归历史原场我们可以发现，五四新文学"反封建"的矛头指向，主要是批判"庸俗"，而不是否定"礼教"；用"庸俗"去对"礼教"进行概念置换，恰恰是启蒙精英的一种运作策略，"学衡派"对此早已是心知肚明不屑一顾。⑤ 仅从《呐喊》

---

① 《汉语大辞典》第7卷，上海：上海汉语大词典出版社1991年，第965页。
② 《不列颠百科全书》第10卷，北京：中国大百科全书出版社1999年，第44页。
③ 《礼记》（上册），上海：上海古籍出版社2004年，第3页。
④ 《礼记》（下册），上海：上海古籍出版社2004年，第666页。
⑤ 邵祖平在《论新旧道德与文艺》一文里，就曾明确地指出，新文化运动所诟病的"礼教"之罪，无非都是些民间盛行的"庸俗"现象，像启蒙者所列举的"女子贞节诸问题，不过为破除风俗之一端"而已，与儒家"礼教"根本就没有任何的必然联系。该文刊于《学衡》杂志1922年第7期。

《彷徨》所猛烈攻击的对象来看，鲁迅本人对于"庸俗"与"礼教"之区别还是分辨得十分清楚的。

我们先来看看那些被学界理解为"礼教"维护者的乡绅阶层。在《呐喊》《彷徨》当中，鲁迅塑造了众多乡绅形象，像"赵贵翁""丁举人""赵七爷""赵太爷""鲁四老爷""七大人"等，都曾被学界视为信奉"礼教"之人；而持这种见解的全部理由，则是他们以封建"礼教"去统治乡土中国，满口讲的都是"仁义道德"，而骨子里却暗藏着"吃人"的杀机。我们首先应弄清一个基本概念：何谓"乡绅"？"乡绅"其实就是乡村中有些文化知识的普通农民，他们虽然肚子里有点墨水且经济条件比较好，但是由于"乡土"特性（自私）对于"绅士"气质（开明）的绝对制约，所以他们根本就不具有负载正统"儒学"的精神素养。《离婚》中那个气度不凡的"七大人"，竟然一点儒学"礼教"的常识都不懂，就连没有文化的农村妇女爱姑都明白，中国古人"休妻"还要讲求一个"礼数"，可是"七大人"却连"七出"的条例也全然不知："我一添就是十块，那简直已经是'天外道理'了。要不然，公婆说'走！'就得走。莫说府里，就是上海北京，就是外洋，都这样。"鲁迅让"七大人"说出这番"天外道理"，并不是要去表现他对儒学"礼教"的刻意坚守，而是在强烈暗示他对儒学"礼教"的人为曲解，恐怕没有人会去以此而相信，"七大人"就是儒学"礼教"的忠实门徒。《阿Q正传》里的"赵太爷"，甚至还不如那位"七大人"，如果说"七大人"还有点装腔作势，可"赵太爷"却完全是斯文扫地——他明知阿Q卖的东西值得怀疑，却偏要去购买，占点小便宜。常言说"君子爱财取之有道"，"赵太爷"这种农民式的贪婪心理，显然是既违背了"君子"之德，又背叛了"礼教"的礼仪规范。《高老夫子》里的高尔础更是有过之而无不及，因偷看女学生被轰下了讲台之后，他便以世风日下为借口，坚决主张停办新式女学。孔子曰："非礼勿视，非礼勿听，非礼勿言，非礼勿动。"（《论语》）鲁迅透过高尔础那泼皮无赖似的丑陋形象，深刻地揭示了儒学"礼教"的被歪曲过程，高尔础之类根本就不是在维护"礼教"，而是打着"礼教"的幌子去败坏"礼教"。还有《祝福》里的"鲁四老爷"，仅从作者对其书房的描写来看，无外乎是要告诉读者一个事实：爱好面子的"鲁四老爷"，对儒家学说一窍也不通。别看他在书桌上摆着"一堆似乎未必完全的《康熙字典》""一部《近思录集注》和一部《四书衬》"，除了这些补习文化用的工具书和儒学入门的通俗读物，在他书房里再也找不到任何与"礼教"有关的儒学经典。"鲁四老爷"的那个"书房"，应该说是对中国乡绅文化程度的一种诠释——大多数乡绅的知识水准仅此而已，那么他们对于"礼教"文化又能了解多少呢？

我们当然也注意到了学界对此现象所做出的聪明解释，即把《呐喊》《彷徨》里那些乡绅人物都称之为是"伪道学"，这种说法似乎比较贴近作品文本的实际描写，只要随手翻翻就可以从中找到令人信服的大量证据。比如《风波》里那个"赵七爷"，他是"这三十里方圆以内的唯一的出色人物兼学问家；因为有学问，所以又有些遗老的臭味。他有十多本金圣叹批评的《三国志》，时常坐着一个字一个字的读，他不但能说出五虎将姓名，甚而至于还知道黄忠表字汉升和马超表字孟起。"又如《高老夫子》里那个高尔础，"他最熟悉的就是三国，例如桃园三结义，孔明借箭，三气周瑜，黄忠定军山斩夏侯渊以及其他种种，满肚子都是，一学期也许讲不完。"鲁迅如此叙述的主观用意，无非是在暗示性地告诉读者，"赵七爷"与高尔础等人作为"学问家"，他们所学的全部历史知识，无非就是《三国演义》的故事情节，这就是中国乡绅文化水准的真实状态。我不仅想起胡适在《〈三国演义〉序》中所讲过的一段话：《三国演义》是"一部绝好的通俗历史。在几千年的通俗教育史上，没有一部书比得上他的魔力。五百年来，无数的失学国民从这部书里得着了无数的常识与智慧，从这部书里学会了看书写信作文的技能，从这部书里学得了做人与应世的本领。"[①] 由此可见，"赵七爷"与高尔础之辈的国学素养，比胡适所说的那些"失学国民"强不了多少，更不要说他们对于儒学"礼教"的无知程度了。用"伪道学"去诠释鲁迅笔下的乡绅人物，我们就必须回答一个十分尴尬的棘手问题：如果说"赵七爷"与高尔础等人是"伪道学"，那么究竟"谁"或"什么"才是"真道学"呢？在这里我们可以去做这样两种逻辑推断：一是假定"赵七爷"与高尔础等人的确是"伪道学"，他们仅以民间流行的通俗小说去替代儒学"礼教"的传世经典，这只能说明他们根本就是不懂装懂自欺欺人，完全是在亵渎孔子及其门生所创立的儒学思想。换言之，儒学"礼教"其本身并无过错，错就错在"赵七爷"与高尔础等人对于"礼教"的误解，他们无非是在打着圣贤的旗号，去推行自己的主观意志，"礼教"不但不该被批而且应该给予正名。二是假定儒学"礼教"本身就是违背人伦，千百年来残害了无数中国人的生命，"赵七爷"与高尔础等人对它所做的人为曲解，则应被

[①]《胡适文集》第3卷，北京：北京大学出版社1998年，第592页。

看作是一种蔑视"礼教"的叛逆行为。换言之,"赵七爷"与高尔础等人自身无错,错就错在孔子及其门徒,他们根本就不把先贤放在眼里,无疑都是些蔑视传统规范的反叛英雄。恐怕这两种逻辑推断都不会得到学界的赞同,可是无论人们愿意与否,推论的结果却只能是如此。其实我们早就应该注意到一个细节,鲁迅在《呐喊》《彷徨》里,并没有把那些乡绅人物与孔孟之徒相提并论;在他本人看来,乡绅与"庸众",无非都是属于农民阶层,既然他们都是生于农村长于农村,究竟会有多大的本质性区别呢?一个原本是非常简单的文本事实,却被学界高深的理论阐释弄得十分复杂了,难道我们不应该对这种鲁迅研究领域中的"宏大叙事",去认认真真地做一番自我反省吗?

无论是"赵贵翁""赵七爷",还是"鲁四老爷""七大人",鲁迅都没有把他们描写成儒学"礼教"的忠实信徒;那么他们又是依靠何种道德力量,去维护着乡土中国的长治久安呢?我个人认为,是长期农村生活经验所形成的民间习俗——尤其是民间文化中的"庸俗"部分,恰恰是《呐喊》《彷徨》直接攻击的否定对象。学界以往判断鲁迅小说具有反"礼教"倾向,《祝福》自然是个反复被举证的经典文本,例如将祥林嫂之死视为鲁迅对封建"礼教"残害中国妇女的强烈控诉,[①] 这只不过是诠释者自己的肤浅理解,而绝不代表鲁迅本人的真实意图。祥林嫂悲剧的最大根源,是她嫁过两次的人生遭遇,故全"鲁镇"人都以歧视的眼光,从精神到肉体虐杀了这个可怜的女人。学界因此抓住"失节"这一问题去大做文章,进而得出《祝福》的创作主题,就是旗帜鲜明地批判"礼教"的结论。对此看法我却深表怀疑。查阅中国史书,我们并没有找到寡妇不能再嫁的法律条文。比如理学开始兴盛的大宋王朝,《宋刑统·户婚律》就明明白白地写着寡妇可以再嫁,当然执政者也附加有一定的前提条件,即"夫丧百日外""贫苦不能存者"以及"不能更占前夫屋业"等。最令人称奇之处,宋朝不但允许寡妇再嫁,而且还可以带走前夫之子,由此可见作为知识精英的上层统治者,他们的思想要比我们想象的开明许多。[②] 另外,"节烈"也不是中国古代社会的常态现象,仅以理学昌盛的明代为例,统计出来的"节妇""烈女"总数,也不过只有35 829人。明朝延续276年而人口均值为1亿多(依据葛剑雄主编的《中国人口史》),若按女

[①] 刘增杰:《漫谈祥林嫂艺术形象的塑造》,载《开封师院学报》1978年第3期,第26—37页。

[②] 张希坡:《中国婚姻立法史》,北京:人民出版社2004年,第58—65页。

性占人口比例一半，成年女性又占女性人口三分之二来计算，"节妇""烈女"每年出现的实际次数，也还不到五十万分之一；更何况在这35 829名"节妇""烈女"里面，有一半又是发生在李自成进京期间①。学界强调《祝福》反"礼教"的唯一根据，则是程颐"饿死事极小，失节事极大"那句名言。殊不知程颐此话的原意，是泛指男女应忠贞爱情、坚守节操。有人问程颐寡妇之人可否迎娶？他回曰："若取（娶）失节者以配身，是己失节也。"又问："或有孤孀贫穷无托者，可再嫁否？"再答曰："只是后世怕寒饿死，故有是说。然饿死事极小，失节事极大。"原因其实很简单，在程颐看来夫妻是一种终身约定，"凡人为夫妇时，岂有一人先死，一人再娶，一人再嫁之约？只约终身夫妇也。"② 程颐这番话明显是针对男女双方而言，可后人却偏偏将其用来专门针对寡妇。由此可见，阻挠寡妇再嫁者是"伪儒"，而绝不是大儒程颐本人。故祥林嫂之死，本应是"庸俗"所为，根本就与"礼教"无关。《祝福》中还有诸如"夫权"与"神权"等问题，也时常被学界津津乐道地加以批判。问题是将"夫权"思想归结为是"礼教"之罪，究竟又有何令人信服的理论依据呢？孔子的确讲过"三从四德"，而"从"之本义不是"服从"，是指女子结婚以后须靠丈夫供养；如果将"从"之本义理解为"服从"，即违背了儒家伦理的道德规范，更不会有"二十四孝图"流传于后世。至于"鲁镇"人那种封建迷信思想，同样与"神权"和"礼教"毫无关系。对于没有宗教信仰的中国人来说，他们"完全不遵守对神的信仰"，信与不信则取决神"能不能赋予他们所要求的东西"。③ 大儒程颐就曾一针见血地指出，鬼神之事是"烛理不明"，"俗人酷畏鬼神，久亦不复敬畏"。④ 因此鬼神迷信之说不仅不符合于"礼教"，相反还是被儒家学者严厉训斥的"庸俗"行为。除此之外，《离婚》中"七大人"帮助"小畜生"去开脱罪责，《药》中华老栓用革命者夏瑜的血去给儿子治病，《长明灯》中"吉光屯"老百姓的祈天保佑，都不是儒学"礼教"所倡导的内容。我们千万不要忘记《祝福》里那个叙事主人公"我"要逃离"鲁镇"的真实原因："我"能一眼就看出"鲁四老爷"书桌上那本《康熙字典》

---

① 董家遵：《历代节妇烈女的统计》，载鲍家麟主编《中国妇女史论集》，台北：台北牧童出版社1979年，第112页。
②《二程遗书》，上海：上海古籍出版社2000年，第356—359页。
③ ［法］谢和耐：《中国和基督教》，上海：上海古籍出版社1991年，第122页。
④《二程遗书》，上海：上海古籍出版社2000年，第98页。

"未必完全",以及"我"当然知道《近思录集注》和《四书衬》是程朱理学的入门之书,完全是在说明"我"的儒学功底远在鲁四老爷之上。所以"我"只能与"鲁四老爷"去"寒暄",却不能与"鲁镇"人去进行思想交流,作为同"庸俗"文化相对立的一个"谬种",逃离是"我"洁身自好的唯一办法,也是"我"对"庸俗"文化的否定姿态——王瑶先生曾认为魏连殳身上的某些细节像阮籍[①],实际上《祝福》里"我"出淤泥而不染的人格秉性,又何尝不像"竹林七贤"的魏晋风度呢?

从"孤独者"到"狼子村"再到"长明灯",鲁迅以《呐喊》《彷徨》为我们讲述了一个文化"围城"与"突围"的完整故事。这种文化绝不是儒学所倡导的"礼教"文化,而是弥漫于乡土中国的"庸俗"文化。鲁迅曾慨然喟叹道:"中国大约太老了,社会上事无大小,都恶劣不堪,像一只黑色的染缸,无论加进什么新东西去,都变成漆黑。"[②] 鲁迅所说的黑色"染缸",究竟是指儒学"礼教",还是指民间"庸俗"?通过对《呐喊》《彷徨》的阅读分析,我们已经得出了正确的答案,那就是"庸俗"文化。面对这种强大无比的"庸俗"文化,鲁迅作为一个清醒的理性主义者,他感到一种前所未有过的绝望体验,因为他比任何人都明白这样一个道理:生存于"染缸"文化里的中国人,都不可能世人皆浊我独清。他说"孔丘先生确是伟大,生在巫鬼势力如此旺盛的时代,偏不肯随俗谈鬼神,但可惜太聪明了……他肯对子路赌咒,却不肯对鬼神宣战,因为一宣战就不和平……何乐而为之也欤?"[③] 在鲁迅本人看来,孔子也对"庸俗"无可奈何,他知道启蒙是件漫长的事情,故写《论语》修《春秋》,兴"礼教"纠"庸俗"。因此,鲁迅怎么会相信《新青年》阵营仅凭一场思想启蒙运动,就能够彻底改变乡土中国的社会现状呢?更何况他们还找错了思想启蒙的批判对象。"悲剧将人生的有价值的东西毁灭给人看",毫无疑问,这是鲁迅从他个人的生命体验中所"挤"出来的一句至理名言。鲁迅究竟要毁灭了什么有价值的东西给我们看?我认为就是《新青年》阵营思想启蒙的狂热梦想!

[①] 钱理群:《"为人生"的文学——关于〈呐喊〉和〈彷徨〉的写作(二)》,载《海南师范学院学报》2003年第1期,第10页。
[②]《鲁迅全集》第11卷,北京:人民文学出版社1981年,第20页。
[③]《鲁迅全集》第1卷,北京:人民文学出版社1981年,第192页。

 ## 早期杂文中的"热风"与"寒气"

鲁迅早期(1918—1927)所写的几本杂文,作为五四时期鲁迅思想的真实呈现,这是一个毫无争议的客观事实。但是如果说鲁迅早期所写的那些杂文,是"强烈认同和捍卫新文化运动和文学革命宗旨",并充满着"以社会改革和历史进步为旨归的整体化的理性思辨激情",[①] 我倒觉得这多少都有点夸张的意味。长期以来,学界早已形成了一种定性思维,即鲁迅早期杂文在新文化运动当中,是犀利无比的"匕首与投枪",集中表现了鲁迅启蒙呐喊的"战斗意识"。[②] 我并不否认鲁迅早期杂文的深刻性与尖锐性,每每阅读都能够从中获得极大的快感与思想的启迪。然而鲁迅早期杂文是一个完整的思想体系,它绝不仅仅是单一性的直面现实的战斗檄文,同时更包含有大量鲁迅个人的时代信息;如果我们能够充分地注意到"听将令"的外部因素,那么就会发现鲁迅早期的杂文并非如此简单,至少还有许多复杂的成分至今仍未被破解。因此我们主张,若要认识一个真实的鲁迅,就必须去了解一个完整的鲁迅;不仅要看到他杂文中的意气风发,同时还要看到他杂文中的悲凉情绪;不仅要看到鲁迅改造"国民性"的巨大热情,同时更要看到他质疑思想启蒙的精神追问。我们完全没有必要将鲁迅自己所说的思想"毒"气,牵强附会地理解为一种"对于生命信仰问题的执著楔入"[③],这不仅不能使我们走近鲁迅,相反会使我们远

[①] 李林荣:《穿越"新文化运动":鲁迅杂文前期形态的内在嬗变及其历史情境》,载《海南师范学院学报》2003年第6期,第40-47页。

[②] 李志瑾:《鲁迅杂文战斗意识的表现形态及历史成因》,载《文艺理论与批评》2013年第2期,第92-94页。

[③] 彭小燕:《启示"虚无体验"邀约"战士"人生——论鲁迅杂文蕴含的生命信仰路标》,载《汕头大学学报》2008年第2期,第44页。

离了鲁迅。故重新解读鲁迅早期的杂文,也就具有了更为迫切的现实意义。

一、"听将令":变革时代的振臂一呼

单一性地阅读鲁迅的《坟》与《热风》,我们不难发现其思想启蒙的闪光亮点,因为无论是对"扶乩""静坐""打拳"等庸俗现象而发的,还是对"旧官僚"以及一切社会病态现象而发的,①鲁迅对于国民"劣根性"的全面攻击,都是切中要害且振聋发聩的,它反映着一个理性智者对中国社会现状的清醒认识。然而在五四新文化运动时期,鲁迅像这样的文字却并不是很多,他自己也曾坦言说"五四运动之后,我没有写什么文字,现在已经说不清是不做,还是散失消灭的了"②。这恐怕绝不是鲁迅的自谦之词,只要统计一下这两本杂文集的实际字数,1918 至 1924 年间,也就那么十多万言而已(其中有些篇目究竟是不是鲁迅本人写的至今仍存有争议),与如火如荼的新文化运动相比,实在显得有些微不足道。相比 1925 年的《华盖集》,"竟比收在《热风》里的整四年中所写的还要多。"③ 由此可见,"散失消灭"不大可能,"不做"而"做"却是实情。怎样去看待鲁迅在五四初期这种并不十分积极的精神状态?在我个人看来,"听将令"是个不可忽视的关键因素。由于"那时的主将是不主张消极的"④,所以不但虚构的小说需要具有时代的亮色,而直刺时弊的杂文更需要具有战斗的气势。也许从这一切入角度,我们才能够沟通与鲁迅之间的灵魂对话。

"听将令"使鲁迅早期杂文呈现出一种激情主义的战斗姿态,同时也构筑起了鲁迅积极参与中国现代思想启蒙的正面形象。具体说来,也就是学界一直都在谈论的进化论人生观。比如《坟》与《热风》里所收的文章,或批判"国民性",或批判旧习俗,或寄希望于青年,都生动地反映着那一代知识精英对于社会变革的迫切愿望。而鲁迅自己所表现出的这种"积极"参与,至少说明他对《新青年》阵营的启蒙呐喊是给予强劲支持的。

---

① 《鲁迅全集》第 1 卷,北京:人民文学出版社 1981 年,第 291 页。
② 《鲁迅全集》第 1 卷,北京:人民文学出版社 1981 年,第 292 页。
③ 《鲁迅全集》第 3 卷,北京:人民文学出版社 1981 年,第 3 页。
④ 《鲁迅全集》第 1 卷,北京:人民文学出版社 1981 年,第 419 页。

《坟》与《热风》对于中国社会的猛烈攻击，主要表现为鲁迅对于国民"劣根性"的有力批判。他以一种幽默调侃的讽刺语气，批判中国古老的传统文化，抨击现实生活的众多丑态，那些入木三分的辛辣文字，至今读来都会令国人感到汗颜。《坟》与《热风》的批判指向，有三个要点已得到了国内学界的共同认可。首先，是中国人坐井观天的自闭心态。鲁迅认为中国社会文化的积弱落后，完全是由"人"之历史的遗传因素所造成的，比如"中国的孩子，只要生，不管他好不好，只要多，不管他才不才。生他的人，不负教他的责任。"结果是"穷人的孩子蓬头垢面的在街上转，阔人的孩子妖形妖势娇声娇气的在家里转。转得大了，都昏天黑地的在社会上转，同他们的父亲一样，或者还不如"①。"生而不教"与"人口众多"，自然又会养成中国人"合群自大"的劣根性，他们只相信"中国地大物博，开化最早；道德天下第一""外国物质文明虽高，中国精神文明更好""外国的东西，中国都已有过"等"鬼话"，②而就是不相信现代文明的科学价值观与人生观，这是"因为科学能教道理明白，能教人思路清楚，不许鬼混，所以自然而然的成了讲鬼话的人的对头"③。所以对于我们这"不长进的民族"，鲁迅表现出了他个人极大的忧患意识："现在的中国，社会上毫无改革，学术上没有发明，美术上也没有创作；至于多人继续的研究，前仆后继的探险，那更不必提了。国人的事业，大抵是专谋时式的成功的经营，以及对于一切的冷笑。"④ 其次，是麻木自私的愚昧心态。鲁迅曾经指出，中国是个"沙聚之邦"，由于封建社会体制的超稳定结构，直接造成了国民群体的"奴隶"根性。"战时连自己也不知道属于那一面，但又无论属于那一面。强盗来了，就属于官，当然该被杀掠；官兵既到，该是自家人了罢，但仍然要被杀掠，仿佛又属于强盗似的。"故中国人便在这种"向来就没有争到过'人'的价格，至多不过是奴隶"的历史循环中，宁愿有一个"主子"来"拿他们去做牛马"，也不愿意社会生活发生任何的剧烈动荡。⑤ 中国人向往太平盛世的求稳心理，使他们形成了一种但求自保的阴暗心理：一是"遇见比他更

---

① 《鲁迅全集》第1卷，北京：人民文学出版社1981年，第295页。
② 《鲁迅全集》第1卷，北京：人民文学出版社1981年，第312页。
③ 《鲁迅全集》第1卷，北京：人民文学出版社1981年，第298页。
④ 《鲁迅全集》第1卷，北京：人民文学出版社1981年，第324页。
⑤ 《鲁迅全集》第1卷，北京：人民文学出版社1981年，第212页。

凶的凶兽时便现羊相，遇见比他更弱的羊时便现凶兽相"，①就像阿Q惧怕假洋鬼子却又调戏小尼姑一样，完全是一副欺软怕硬的奴才嘴脸。二是"中国人的不敢正视各方面，用瞒和骗，造出奇妙的逃路来，而自以为正路"，就像涓生试图借助子君以摆脱自己的困境一样，"证明着国民性的怯弱，懒惰，而又巧滑。"②三是"群众，——尤其是中国的，——永远是戏剧的看客。牺牲上场，如果显得慷慨，他们就看了悲壮剧；如果显得觳觫，他们就看了滑稽剧"③，就像华老栓对于革命者夏瑜的悲壮之死，不仅没有半点同情心，竟然还把夏瑜的"血"给儿子吃了。四是仅仅为了一己之私利，便去进行"奴才式的破坏"，就像杭州的雷峰塔之所以会倒掉，"是因为乡下人迷信那塔砖放在自己的家中"能辟邪，结果一座千年古塔硬是被从四面八方涌来的愚民给"挖"塌了。④再者，是实用主义的功利心态。鲁迅曾这样讽刺说："谁说中国人不善于改变呢？每一新的事物进来，起初虽然排斥，但看到有些可靠，就自然会改变。不过并非将自己变得合于新事物，乃是将新事物变得合于自己而已。"⑤所以现代中国才会出现如此之怪现象，"自油松片以至电灯，自独轮车以至飞机，自镖枪以至机关炮，自不许'妄谈法理'以至护法，自'食肉寝皮'的吃人思想以至人道主义，自迎尸拜蛇以至美育代宗教，都摩肩挨背的存在"，"简直是将几十世纪缩在一时"了。⑥表面观之这是中国人的宽容意识，但实际上却是中国文化的实用功能。故鲁迅一针见血地指出，中国人尽管去享用西方的"洋货"，却绝不会"被洋货的什么主义引动"，这是因为中国人非常自信，我们"有抹杀他扑灭他的力量"⑦。鲁迅对此倍感绝望地喟叹道："可怜外国事物，一到中国，便如落在黑色染缸里似的，无不失了颜色。"他不无绝望地向社会大声疾呼说：中国"要想进步，要想太平，总得连根的拔去了'二重思想'"⑧。否则坎井之蛙与夜郎自大，中国人总有一天会被"从'世界人'中挤出"⑨。

---

①《鲁迅全集》第3卷，北京：人民文学出版社1981年，第60页。
②《鲁迅全集》第1卷，北京：人民文学出版社1981年，第240页。
③《鲁迅全集》第1卷，北京：人民文学出版社1981年，第163页。
④《鲁迅全集》第1卷，北京：人民文学出版社1981年，第191页。
⑤《鲁迅全集》第3卷，北京：人民文学出版社1981年，第102页。
⑥《鲁迅全集》第1卷，北京：人民文学出版社1981年，第344页。
⑦《鲁迅全集》第1卷，北京：人民文学出版社1981年，第347页。
⑧《鲁迅全集》第1卷，北京：人民文学出版社1981年，第345页。
⑨《鲁迅全集》第1卷，北京：人民文学出版社1981年，第307页。

毫无疑问，因"听将令"而去攻击"国民性"，这使得五四时期的鲁迅思想同《新青年》阵营保持了高度的一致性，故人们将其视为启蒙的先驱者，也不能说没有一点道理。鲁迅对"国民性"的认识与理解，其实和胡适、陈独秀等人一样，都归结为儒家文化的历史罪孽，所以全盘否定民族传统的虚无情绪，也就成了《坟》与《热风》的显著特征。鲁迅认为："所谓中国的文明者，其实不过是安排给阔人享用的人的筵宴。所谓中国者，其实不过是安排这人肉的筵宴的厨房。不知道而赞颂者是可恕的，否则，此辈当得永远的诅咒！"①鲁迅这里所说的"人肉筵宴"，当然是指儒家文化对于中国人的思想制约。他说由于儒家思想的愚民政策，直接造成了中国社会历史的停滞不前，"仿佛时间的流驶，独与我们中国无关。现在的中华民国也还是五代，是宋末，是明季。"②这是因为中国古代圣贤擅长于制造"古训"，而中国老百姓又偏偏相信那些"古训"，以至于"中国古训中教人苟活的格言如此之多，而中国人偏多死亡，外族偏多侵入，结果适得其反，可见我们蔑弃古训，是刻不容缓的了"③。《华盖集》里的《十四年的"读经"》一文，是针对章士钊以教育部名义，要求全国小学自四年级以上，每周读经1小时一直读到高中而发的，虽然文章的矛头是指向封建复古派，但我们从中也可以看出鲁迅当时对于传统文化的真实态度。他说："尊孔，崇儒，专经，复古，由来已经很久了。"历朝历代的统治者都以此为信条去治天下，可到头来究竟造就了"多少孝子，忠臣，节妇和烈女"呢？"我可以说，可惜男的孝子和忠臣也不多的，只有节烈的妇女的名册却大抵有一大卷以至几卷。孔子之徒的经，真不知读到那里去了；倒是不识字的妇女能实践。"鲁迅认为从古至今，"只有几个胡涂透顶的笨牛，真会诚心诚意地来主张读经。"大多数中国人包括统治者在内，都不相信"读经"真会发生什么"齐家治国平天下"的神奇效能。鲁迅对于中国传统的"经史子集"，表现出了一种不屑一顾的蔑视态度："古书实在太多，倘不是笨牛，读一点就可以知道，怎样敷衍，偷生，献媚，弄权，自私，然而能够假借大义，窃取美名。"④鲁迅一再申明，"史书本来是过去的陈账簿，和急进的猛士不相干。"越是读

---

① 《鲁迅全集》第1卷，北京：人民文学出版社1981年，第216页。
② 《鲁迅全集》第3卷，北京：人民文学出版社1981年，第17页。
③ 《鲁迅全集》第3卷，北京：人民文学出版社1981年，第52页。
④ 《鲁迅全集》第3卷，北京：人民文学出版社1981年，第127-129页。

中国古代的"经史子集","就愈可以觉悟中国改革之不可缓了。"① 对于儒家传统文化思想的历史"功绩",鲁迅感到就像在中国人的精神生活领域里筑起了一道令人难以逾越的"无物之阵",四周都是无形的"墙壁","像'鬼打墙'一般,使你随时能'碰'"②。正是由于鲁迅对于中国传统文化具有一种超越常人的感悟能力,再加上新文化运动全面反传统的虚无主义激进态势,所以他才会肆无忌惮地向社会与青年放言:"我们目下的当务之急,是:一要生存,二要温饱,三要发展。苟有阻碍这前途者,无论是古是今,是人是鬼,是《三坟》《五典》,百宋千元,天球河图,金人玉佛,祖传丸散,秘制膏丹,全部踏倒他。"③ 即使我们今天来读这些张狂恣肆的激扬文字,仍能够感受到启蒙前辈们放浪形骸的思想风采。如果我们综观五四时期启蒙精英们对待传统文化的思想言论,恐怕没有哪一人能够像鲁迅那么大胆和张扬了,尤其是他在《青年必读书》一文中的激烈言辞,在当时就受到了包括启蒙阵营内部的不满与诟病:"我以为要少——或者竟不——看中国书,多看外国书。少看中国书,其结果不过不能作文而已。"④ 如果我们将鲁迅的这番话放在特定时代的历史背景下,看作是他对中国传统文化的拨乱反正,自然也可以给予其积极意义的正面理解。但是"矫枉"又何必要"过正"呢?全盘否定儒家传统文化的思想价值,实际上也就意味着全盘否定了中国人的生命智慧;无论学界如何去加以主观辩解,恐怕历史"虚无论"还是难以令中国人接受的。

对于中国传统文化的无比沮丧和绝望,使鲁迅不再将变革中国社会的殷切希望寄托在那些从旧营垒里出来的知识精英身上,而是把期待的目光投向了朝气蓬勃的青年一代。这与鲁迅早年留学日本期间受进化论思想影响有着很大的关系。翻阅《坟》和《热风》里的文章,将"救救孩子"与"解放青年",视为是中国现实最迫切需要解决的重要问题,几乎构成了鲁迅启蒙思想的理论主体。他从物种进化论的角度出发,强调进化本身就是一种新陈代谢,所以他认为中国的有识之士,都应明白这样一个简单的道理:"老的让开道,催促着,奖励着,让他们(青年)走去。"⑤ 如果

---

① 《鲁迅全集》第 3 卷,北京:人民文学出版社 1981 年,第 139 页。
② 《鲁迅全集》第 3 卷,北京:人民文学出版社 1981 年,第 72 页。
③ 《鲁迅全集》第 3 卷,北京:人民文学出版社 1981 年,第 45 页。
④ 《鲁迅全集》第 3 卷,北京:人民文学出版社 1981 年,第 12 页。
⑤ 《鲁迅全集》第 1 卷,北京:人民文学出版社 1981 年,第 339 页。

"杀了'现在',也便杀了'将来'。——将来是子孙的时代"①。鲁迅之所以会十分看重青年与中国未来命运之关系,完全是因为他以进化论为基础而建立起了一套自己的逻辑体系:"学生是青年,只要不是童养媳或继母治下出身,大抵涉世不深";涉世不深使他们思想比较单纯,没有那么多传统文化的条条框框,故具有思想重塑的极大可能性。"看这些青年,仿佛中国的将来还有光明;但再看所谓学士大夫,却又不免令人气塞。"②正是基于对中国的前途与命运着想,鲁迅才会向全社会大声地呼吁道:为了我们这个民族能够健康地发展,为了能使中国人获得"世界人"的生存资格,就必须"完全解放了我们的孩子!"③ 这无疑是思想启蒙的当务之急。1919年,鲁迅曾写过一篇著名的文章,即《我们现在怎样做父亲》。在这篇文章中,鲁迅明确地提出了他的"幼者本位"思想。他指出为了"保存生命""延续生命"和"发展生命",做父辈的就必须"自己背着因袭的重担,肩住了黑暗的闸门,放他们到宽阔光明的地方去;此后幸福的度日,合理的做人"。这本来是一个十分明白的人生法则,"但可惜的是中国的旧见解,又恰恰与这道理完全相反。本位应在幼者,却反在长者;置重应在将来,却反在过去。前者做了更前者的牺牲,自己无力生存,却苛责后者又来专做他的牺牲,毁灭了一切发展本身的能力。"因此鲁迅于无奈之中告诫国人,解放幼者"这是一件极伟大的要紧的事,也是一件极困苦艰难的事",觉醒了的父母应"一面清结旧账,一面开辟新路"④。只有这样,中国的未来才会有前途和希望。对于中国的青年,鲁迅同样也寄予了厚望。他说如果把中国比成是"人肉的筵宴",那么"这人肉的筵宴现在还排着,有许多人还想一直排下去。扫荡这些食人者,掀掉这筵席,毁坏这厨房,则是现在的青年的使命!"⑤ 孤立地去看待鲁迅"救救孩子"与"解放青年"的进化论思想,的确反映了他在五四时期对于中国社会变革的深度思考。但是我们也必须充分注意到这样一个无法回避的客观事实——与五四杂文同一时期的《呐喊》与《彷徨》,却又呈现出了一种"孩子"不可救的悲观情绪。比如"狼子村"里的那些"孩子","我想我同小孩子有什么仇",可他们"也在那里议论我,眼色也同

---

① 《鲁迅全集》第1卷,北京:人民文学出版社1981年,第350页。
② 《鲁迅全集》第1卷,北京:人民文学出版社1981年,第265页。
③ 《鲁迅全集》第1卷,北京:人民文学出版社1981年,第323页。
④ 《鲁迅全集》第1卷,北京:人民文学出版社1981年,第130-140页。
⑤ 《鲁迅全集》第1卷,北京:人民文学出版社1981年,第217页。

赵贵翁一样，脸色也都铁青"（《狂人日记》）。吃了蘸有革命者夏瑜血的馒头之后，华小栓终究没有把别人的生命，移植到自己的身上去收获幸福，死亡的阴影一直都在笼罩着他的悲剧命运（《药》）。"瓜田"里那个聪明睿智、活泼伶俐的少年闰土，早已失去了无忧无虑的纯种天性，一声"老爷"的木讷呼唤，在"我们之间已经隔了一层可悲的厚障壁了"（《故乡》）。还有《长明灯》里的那群"孩子"，对于那个叛逆的"疯子"，不仅没有丝毫的同情之心，相反他们"都笑吟吟地"对其进行讽刺挖苦百般戏弄。《呐喊》与《彷徨》中所表现出的"孩子"不可救，恰恰构成了对杂文中"救救孩子"启蒙思想的全然解构，这是一种自相矛盾的悖论现象：尽管因"听将令"而涉足于启蒙，但杂文的鲁迅与小说的鲁迅，是存在明显思想差异的，我们不能不加区分地一概而论。①

二、"华盖运"：启蒙精英的思想分野

如果说《坟》与《热风》以其深刻而理性的批判精神向社会展示了鲁迅作为启蒙斗士的正面形象，那么《华盖集》和《而已集》则以其对于"现代评论派"的全面攻击，向社会展示了鲁迅难以承受"流言"之伤的侧面形象。《华盖集》（1925）、《华盖集续编》（1926）、《而已集》（1927）这三本杂文集，里面所收录的篇目和字数，远远超过了《坟》与《热风》六年时间的写作总量，而且内容除了批判"国民性"之外，更多则是针对陈源、徐志摩、李四光等"正人君子"而发的，这与鲁迅五四早期杂文所表现的思想多样性明显呈现出极大的反差。鲁迅与"现代评论派"之间的历史公案，的确夹杂着他们个人之间的恩恩怨怨，只不过学界出于对鲁迅文化伟人形象的自觉维护，至今都不愿去触及这场"骂战"的历史真相。我既不赞成将鲁迅对于"现代评论派"的尖刻言辞，看作是中国现代知识分子的"历史责任"的片面说法；② 更不赞成将"现代评论派"的"正人君子"，看作是北洋军阀政府的"御用文人"。③ 实

---

① 可参见拙作：《"悲哀"与"绝望"：一个真实鲁迅的五四姿态》，载《武汉大学学报》2011年第5期，第29－36页。
② 钱理群：《鲁迅与现代评论派的论战》，载《鲁迅研究月刊》2002年第11期，第6页。
③《鲁迅全集》的编辑出版，几乎聚集了国内的学界精英；但是他们"注解"中对"正人君子"所做的解释，就明显是持有一种轻蔑与贬斥的否定性态度。见《鲁迅全集》第3卷，北京：人民文学出版社1981年，第5页。

际上鲁迅与"正人君子"之间的那场"骂战",无非是五四思想启蒙运动中期东西洋留学生对于变革中国的思想分歧由隐性逐渐转变成显性罢了。五四早期鲁迅就对《新青年》杂志所倡导的思想启蒙表现出来一种不屑一顾的轻蔑态度,这不仅从周作人的回忆录中可以得到印证,即便是从鲁迅的书信里我们也能发现端倪。比如1918年鲁迅曾两次在给许寿裳的信中提到:"《新青年》以不能广行,书肆拟中止","该杂志销路闻不佳"。① 而"女师大风潮"的偶发事件,则应是鲁迅不再去"听将令"的直接导火索。我个人认为,若要公正地评价鲁迅与"正人君子"之间的矛盾冲突,并科学地解读《华盖集》等杂文的文本价值,我们就必须正视以下三个无法回避的历史问题。

首先,我们需要弄清楚,鲁迅所攻击的"现代评论派"的"正人君子"们,究竟都是些什么样的人?所谓"现代评论派",是因《现代评论》杂志而得名。《现代评论》创办于1924年12月,是一个综合类的人文刊物,主要撰稿人基本都是北京大学的专任教授,如王世杰、胡适、高一涵、陈西滢、陶孟和、燕树棠等。由于这些北大教授都具有欧美留学经历,受西方现代人生观与价值观影响很深,故《现代评论》杂志从其创办伊始,就以宣传西方现代人文精神为宗旨,成为当时社会"西化"启蒙的大本营。《现代评论》杂志刊登的文章,所涉猎的内容十分宽泛,无论是政治、经济、法律,还是文艺、哲学、教育,都是其所关注的对象。我们仅翻翻1925年《现代评论》的各期目录,就会发现每期所刊登的文章不仅内容繁杂且题目也五花八门,比如法律研究方面的文章有《贿选罪与检察官的责任》(徐谟)、《警律与法律》(王世杰),经济研究方面的文章有《中国经济发展之趋势》(刘大钧)、《军阀治下的省银行纸币》(曲殿元),谈时事政治问题的文章有《我们对于国民会议组织法的主张》(高一涵)、《孙中山先生革命的两大基础》(吴稚晖),谈文学艺术方面的文章有《礼教与艺术》(杨振声)、《批评与文学批评》(罗家伦),谈中国现代教育问题的文章有《谈谈理想教育》(胡寄南)、《怎样办现在中国的大学?》(冯友兰),讨论科学发展问题的文章有《自然科学上的基础观念(时间)》(西林)、《科学之新分类法》(许仕廉),谈世界政治问题方面的文章有《英国之工党与自由党》(彭学沛)、《苏联事情与苏联政策》(陈启修)等。此外,文学创作也每期必有,像凌淑华的小说《绣枕》、

---

① 《鲁迅全集》第11卷,北京:人民文学出版社1981年,第345-350页。

闻一多的诗歌《我是中国人》等,也都为《现代评论》杂志支撑着门面。我们还惊奇地发现,就是在"正人君子"与鲁迅发生激烈"骂战"的过程中,《现代评论》还以三期连载的方式,刊登了张定璜所撰写的《鲁迅先生》,对于鲁迅的文学创作给予了比较正面的积极评价。不过,1925年的《现代评论》杂志,谈"善后会议"与"教育问题"的文章明显还是要比其他方面的文章多一些。因为《现代评论》创办之时,正是"善后会议"筹办期间,因此热衷于"善后"问题献计献策,也就成了这本杂志的一大特色。以胡适、王世杰等人为代表的"现代评论派",他们之所以对参与"善后"颇感兴趣,并不是试图借机去谋个一官半职,而是希望抓住这个契机去改变中国现行的政治体制。例如他们建议北洋政府"解除一切军人的政权,与解除大部分军人的武装",并仿效西方现代文明社会建立一种"文治"而非"武治"的民主政府。① 对于"教育问题","现代评论派"也非常用心,他们一致主张用西方现代教育理念去创办中国大学正规化的教育体系,以高等教育作为"母体"或"原动力",进而推动中国教育体制的全面变革。故冯友兰提出现代大学的基本元素是脱离政府与社会的外在制约,"力求学术上的独立"②;王世杰强调"教学的人不以政治工作代替教学工作",教员不得以所担当之教职身份,规劝学生加入社会与政治组织,③ 教育必须与政治分开。阅读"现代评论派"有关中国大学建设方面的文章,人们便会发现他们这些从西洋归来的留学生,完全是想按照西方模式去发展中国的高等教育,力图把中国大学办成是一个绝对独立于社会外界的学术机构,以便使大学能够保持纯粹理性的科学态度。"现代评论派"试图运用西方经验,去制定中国大学教育的未来蓝图,从这一认知角度出发,我们也就不难理解他们对于"女师大风潮"的负面态度了。

其次,1925年发生的"女师大风潮",到底是一种什么性质的学潮事件,为什么会引起鲁迅长达三年对"正人君子"的不依不饶?所谓"女师大风潮",是指1924年秋季,北京女子师范大学开学,由于洪水和战乱等原因,有些学生推迟了一两个月才回学校,校长杨荫榆严格按学校纪律办事,决定开除延迟报到的那些学生。学界普遍都把许广平后来所撰写的回忆录当作认识与理解这件公案的事实依据。许广平说校长杨荫榆对待延

---

① 王世杰:《时局之关键》,载《现代评论》1924年第1卷第1期,第8页。
② 冯友兰:《怎样办现在中国的大学?》载《现代评论》1925年第1卷第23期,第6页。
③ 王世杰:《学校与政治》,载《现代评论》1926年第4卷第81期,第45页。

迟报到的学生有失公平,对别人她铁面无私毫不留情,而对自己的同乡则网开一面,故引起了女师大学生的强烈不满。许广平说真正引起"女师大风潮"的全面爆发,应是1925年3月女师大的部分学生要去参加孙中山逝世后的社会公祭活动,却遭到校长杨荫榆的百般阻拦和恫吓:"孙中山是实行共产共妻的,你们学了他没有好处,不准去。"① 许广平等根本没有理会杨荫榆,同时还带领学生发起了一场"驱杨运动",结果杨荫榆下令将刘和珍与许广平等6名学生自治会成员全部开除了女师大学籍并挂牌公示(6名学生基本都是共产党员和国民党员),而许广平等则组织学生把守校门不让杨荫榆进校,鲁迅与钱玄同等教授也公开进行声援——于是"女师大风潮"便全面爆发。一提及"女师大风潮",杨荫榆自然是个焦点人物。杨荫榆出生于江苏无锡一个读书世家,早年因反抗父母包办婚姻,同丈夫离婚后再也未嫁。杨荫榆曾在日本和美国留学长达十年之久,并获得过美国哥伦比亚大学教育学硕士学位。在美国期间她攻读的是教育学专业,这无疑会使她对西方的教育观念大表认同。回国以后她受北洋政府教育部之委派,接替许寿裳担任了北京女子师范大学校长一职。治校期间,她完全按照西方模式管理学校,强调学校秩序与纪律,强调学风与校风建设,要求学生将读书学习作为首要任务,严禁学生参加社会政治活动,这就必然使她同那些并不愿安分守己的青年学生发生人生观与价值观方面的剧烈冲突。杨荫榆执政北京女子师范大学的指导理念,是"窃念好教育为国民之母,本校则是国民之母之母"。所以许广平等人则讽刺她为"国民之母之母之婆",认为她搞的那一套管理体系完全就是封建家长专制。② 其实"国民之母"的提法并非杨荫榆发明,最早见于梁启超的《变法通议·论女学》。梁启超之所以要提出"国民之母"这一概念,完全是从西方妇女解放运动中得到的一种启示:"治天下之大本二,曰正人心,广人才。而二者之本,必自蒙养始;蒙养之本,必自母教始;母教之本,必自妇学始。故妇学实天下存亡强弱之大原也。"③ 精通欧美教育制度的杨荫榆,自然懂得这样一个简单的道理,女学生到大学里读书,就应该心无杂念潜心求学,一切与学习无关之事都应加以禁止,只有如此才能保证她们获得知识的学习质量。杨荫榆反对学生参与社会政治活动,完全

---

① 见《许广平文集》中对于"女师大风潮"的追忆部分,南京:江苏文艺出版社1998年。
②《文史资料选编》第3辑,北京:北京出版社1979年,第83页。
③《饮冰室文集》第一集,北京:中华书局1989年,第40页。

同"现代评论派"那些从西洋留学归来的北大教授们在思想认识上保持着高度一致。无论是胡适、王世杰还是冯友兰、陶孟和,他们都以自己所理解的西方经验,强调大学独立于社会和政治的重要性。当"女师大风潮"已经闹得不可开交时,胡适、陈源、高一涵等人便站出来公开表态说:"我们认为学校为教学的机关。不应该自己滚到政治旋涡里去,尤不应该自己滚到党派政争的旋涡里去⋯⋯因为学校里大部分的教员学生究竟是作学问事业的,少数人的活动如果牵动学校全体,便可以妨害多数人教学的机会,实际上便是剥夺他们教学的自由。叫嚣哄闹的风气造成之后,多数的教员学生虽欲专心教学,也就不能了。"[①] "现代评论派"并不认为杨荫榆的管理方式是什么类似于封建家长专制似的独断专行,相反则认为她是在身体力行西方现代的教育制度,这恰恰与鲁迅等东洋留学生的看法截然相反,故双方的"骂战"也就在所难免了。在这里,有一个问题我们必须梳理清楚:关于"女师大风潮"的历史文献,学界基本上都是以许广平的回忆录为基准。由于许广平作为鲁迅夫人的特殊身份,再加上鲁迅被视为中国新文化运动的"旗手"和"闯将",那么"鲁迅夫人"就一定是正义的代表或真理的化身,因此人们一般都不会去怀疑其历史叙事的真伪性。试问因鲁迅而已经使自己也成了中国现代社会公众人物的许广平,会不会在其回忆录里对"女师大风潮"人为地进行一些文过饰非呢?这的确需要学界以批判理性的科学态度去认真地加以思考。

再者,鲁迅与"现代评论派"的"正人君子"之间,究竟是因何而发生了"骂战",双方的思想分歧到底属于什么性质?鲁迅与"正人君子"之间的"骂战",缘起于陈西滢的一篇《闲话》。《闲话》本来是《现代评论》杂志里一个不定期的随笔栏目,所发文章也类似于鲁迅的杂文或杂感,都是针对社会现实热点问题有感而发。陈西滢无疑是《闲话》栏目的主要作者,虽然他谈论"女师大风潮"的文章只有那么一两篇,但是其中某些敏感字眼还是刺痛了鲁迅,使其在三年之中一直都耿耿于怀不肯罢休。1925 年 5 月 30 日,陈西滢在《现代评论》上发表了一则题为《粉刷茅厕》的"闲话",对于正在发酵中的"女师大风潮"事件,谈了他自己对于当今大学教育的一点看法。陈西滢认为"女师大风潮"已经闹得沸沸扬扬,校长不能正常行使职责而学生不能正常上课,"学校的丑态既然毕露,教育界的面目也就丢尽。到了这种时期,实在旁观的人也不

[①]《胡适书信集》(上),北京:北京大学出版社1996 年,第363 页。

能再让它酝酿下去,好像一个臭茅厕,人人都有扫除的义务。在这时候劝学生们不为过甚,或是劝杨校长辞职引退,都无非粉刷茅厕,并不能解决根本的问题,我们以为教育当局应当切实的调查这次风潮的内容,如果过在校长,自应立刻更换,如果过在学生,也少不得加以相当的惩罚,万不可再敷衍姑息下去,以至将来要整顿也没有了办法。"如果仅仅是这些文字,恐怕未必会引起鲁迅的强烈反感;关键是在这短短几百字文章的结尾处,他又画蛇添足地加上了一段补充说明:"《闲话》正要付印的时候,我在报纸上看见女师大七教员的宣言。以前我们常常听说女师大的风潮,有在北京教育界占最大势力的某籍某系的人在暗中鼓动,可是我们总不敢相信。这个宣言语气措词,我们看来,未免过于偏袒一方,不大公允。"①正是这"某籍某系"的刺眼说法,引起了鲁迅一连串的激烈反应,他先后在三年的时间里,写下了《并非闲话》《我的"籍"与"系"》《忽然想到》《"碰壁"之余》《"公理"的把戏》《这回是"多数"的把戏》《学界三魂》《无花的蔷薇》《我还不能带住》《"公理"之所在》等文章,先是对陈西滢后又扩展到对徐志摩、李四光等人的全面反击。鲁迅的杂文历来以尖刻而出名,这次在与"正人君子"的"骂战"中,更是显得淋漓尽致,无以复加。鲁迅指出陈西滢的《闲话》,显然是巧借"学潮"以骂教员,污蔑"某籍某系的人在暗中鼓动"才是他文章的宗旨所在。②鲁迅还调侃说自己既非"研究系"也非"交通系",来回奔波于"北京大学,师范大学,女子师范大学的国文系讲师",无非就是一个与各种政治派系都不沾边的"黑籍"。③我们所感兴趣的焦点问题,并非鲁迅在其杂文中对"女师大风潮"的说明与解释,而是他将这场"骂战"内涵的无限扩展。也许是因为他对对手过于反感,故陈西滢等所谈论的一切事情,鲁迅都会将其从反面去加以论证。比如,陈西滢在其一则"闲话"里,谈到现在社会盗版书很猖獗,他列举了包括鲁迅、郁达夫等人的作品被盗版,以表达他对"著述界蠹虫"的强烈不满,而鲁迅则毫不领情地回击道,书商虽然"惟利是图","别的倒未必有什么用意","绝不至于和大学教授的来等量齐观的"。言下之意,是陈西滢此文别有用心暗藏杀机④。

---

① 载《现代评论》1925 年 5 月 30 日第 1 卷第 25 期,当时标题只是"闲话",后来《西滢闲话》出版时,才加上了这个标题。
② 《鲁迅全集》第 3 卷,北京:人民文学出版社 1981 年,第 76 页。
③ 《鲁迅全集》第 3 卷,北京:人民文学出版社 1981 年,第 82 页。
④ 《鲁迅全集》第 3 卷,北京:人民文学出版社 1981 年,第 153 页。

又如陈西滢在另一篇《闲话》中说，今后不再"管闲事"而去潜心治学，鲁迅则讽刺挖苦道："我总疑心他们（指西洋留学生）大部分是在外国租了房子，关起门来燉牛肉吃的"，暗指他们都是些不学无术之辈，所谓潜心读书只不过是临时抱佛脚而已。①

如何去看待鲁迅与"正人君子"这场貌似旷日持久的思想"骂战"？我个人认为将陈西滢等人视为是资产阶级反动文人或者北洋军阀政府的舆论工具，固然是一种僵化教条的政治意识形态话语；但是将鲁迅那些属于"骂战"产物的杂文视为改变中国现代教育体制的战斗檄文，同样是"言说鲁迅"者出于维护文化伟人形象的片面之词。对于这场"骂战"给出符合历史事实的理性解释，我们就必须关注这样三个方面的客观因素：其一，鲁迅之所以会介入"女师大风潮"，既与许广平有关（从1925年的《两地书》中，人们不难发现鲁迅与许广平之间的亲密关系），又与鲁迅自己有关（由于这一年鲁迅被解除了教育部佥事职务，女师大解散后他将面临生存问题），故我们不能不意识到鲁迅自身所面临的现实困境。其二，鲁迅在"骂战"中尽管不失其思想闪光之处，但是他对被批判者肆无忌惮的人身攻击，的确是有失中国文人的君子之态。比如他明知杨荫榆因反对封建婚姻而与丈夫离婚，却偏偏用"寡妇主义"去刺激对方的心灵痛楚，无论怎样辩解都是一种不尊重他者（更何况是女性）的粗鲁行为。其三，透过鲁迅与"正人君子"之间的相互"骂战"，我们可以发现更深层次的背景原因——即东洋留学生与西洋留学生在对待中国社会变革的认识方面，产生了自五四结盟以来最为严重的思想分歧。这一分歧最早显现为胡适与周作人对溥仪去留问题的不同看法上，后来又扩展到周氏兄弟、钱玄同等同"现代评论派"对"女师大风潮"的相反态度，西洋留学生显然是主张"文治"与"宽容"精神，而东洋留学生则明显推崇"武治"与"抗争"意识。在我看来，无论是"文治"还是"武治"、"宽容"还是"抗争"，都不能简单地用"正反""好坏"或"善恶"这样的字眼去加以评价，因为他们都当之无愧地堪称中国现代社会的知识精英！

三、"中间物"：难以摆脱的心理阴影

鲁迅早期的杂文创作中，不仅向读者展现了他的正面形象和侧面形

---

① 《鲁迅全集》第3卷，北京：人民文学出版社1981年，第187页。

象,同时还向读者展现了他神情黯然的背影形象,这是一个学界最不愿意去触及与正视的禁忌之地。鲁迅一再说他介入新文化运动的思想启蒙,是由于"听将令"的缘故勉而为之;可他后来与"将"之阵营发生了思想分野,故五四时期鲁迅真实的精神状态也就呈现在了我们眼前。长期以来,学界一直都持这样一种肤浅的看法:他们认为是因新文化运动的急速退潮,才使鲁迅陷入"荷戟独彷徨"的矛盾境地。难道情况果真是如此吗?笔者对此表示极大的怀疑。笔者不太赞成学界流行的一种说法,即看鲁迅要看他的思想主体,而不要去纠缠一些枝叶问题。其实学界所谓的主体鲁迅,无非就是中国现代知识精英理想中的人造神像;而那些被他们视为是枝叶性的问题,则正是五四鲁迅被历史遮蔽了的人性世界。毋庸置疑,无论是主体的鲁迅还是枝叶的鲁迅,都应是属于五四鲁迅的研究范畴,因为只有完整地还原五四鲁迅的真实面貌,人们才有可能去贴近鲁迅并同其进行零距离的灵魂对话。

我们一再强调五四鲁迅对于思想启蒙并非表现出一种高度自觉的主观热情,他完全是在"听将令"因素的驱使之下,才被动地加入《新青年》阵营去为其摇旗呐喊。其实只要我们稍加分析一下鲁迅写于同期的那些小说,所有新派人物非死即颓的悲剧结局,就足以说明鲁迅对于五四启蒙的真实态度了。鲁迅在《写在〈坟〉后面》里,曾有过这样一段独白:"我的确时时解剖别人,然而更多的是更无情面地解剖我自己,发表一点,酷爱温暖的人物已经觉得冷酷了,如果全露出我的血肉来,末路正不知要到怎样。"① 长期以来,学界都将鲁迅这段话当作是文化伟人的自谦之词,甚至还有人认为鲁迅此言的真实用意,是意在以一种否定"个人"去否定"传统"的悲壮形式,向人们展现了一个最清醒的启蒙主义者的"赎罪"意识。② 然而鲁迅本人对于这段话的历史诠释,却恐怕并非是如此一般地潇洒而惬意。在同一篇文章中鲁迅自己讲得十分明白,"孔孟的书我读得最早,最熟,然而倒似乎和我不相干。大半也因为懒惰罢,往往自己宽解,以为一切事物,在转变中,是总有多少中间物的"。尽管鲁迅说"和我不相干",但是"耳濡目染"的最终结果,"是自己却正苦于背了这些古老的鬼魂,摆脱不开,时常感到一种使人气闷的沉重。就是思想上,也何尝不中些庄周韩非的毒,时而很随便,时而很峻急"。故鲁迅既不希

---

① 《鲁迅全集》第1卷,北京:人民文学出版社1981年,第284页。
② 汪晖:《鲁迅的精神结构与〈呐喊〉〈彷徨〉》,载《社会科学辑刊》1989年第5期,第119–124页。

望做青年的导师,更不希望青年受他思想的影响,"我只很确切地知道一个终点,就是:坟"①。鲁迅不希望自己对于中国前途的暗淡情绪影响到那些爱读他作品的莘莘学子,"至于自己,却也并不愿将自以为苦的寂寞,再来传染给也如我那年青时候似的正做着好梦的青年。"② 即使是当时与他交往非常密切的许广平,他也多次发出过善意的劝诫与忠告:"你好像常在看我的作品,但我的作品,太黑暗了"③,"我不愿将自己的思想,传染给别人。何以不愿,则因为我的思想太黑暗,而自己终不能确知是否正确之故。"④ 鲁迅还对许广平说,自己之所以会思想"太黑暗","大约因为看得中国的内情太清楚,所以不免有些失望之故罢。"⑤ 而正是这些并不被学界重视的"枝叶"性言辞,恰恰印证了鲁迅在《呐喊》与《彷徨》里所表现出的"寂寞"与"悲哀"。最值得我们研究者去留意的,是鲁迅1924年9月24日写给李秉中的那封回信,该信同样是以一种朋友间亲密私聊的直接方式,向人们展示了他当时最为真实的内心世界:"我也常常想到自杀,也常想杀人,然而都不实行,我大约不是一个猛士。"对自己在五四时期所写文章的思想动机,他的解释可能会令有些人大跌眼镜:"我不大愿意使人失望,所以对于爱人和仇人,都愿意有以骗之,亦即所以慰之,然而仍然各处都弄不好。"在信中鲁迅还说过这样一番耐人寻味的话:"我自己总觉得我的灵魂里有毒气和鬼气,我极憎恶他,想除去他,而不能。我虽然竭力遮蔽着,总还恐怕传染给别人,我之所以对于和我往来较多的人有时不免觉到悲哀者以此。"⑥ 从鲁迅本人这些内心世界的自白来看,我们就不难理解鲁迅为什么会在五四时期对于思想启蒙持质疑而非肯定的消极态度,道理其实十分简单——"因为从旧垒中来",又熟读过"孔孟的书",传统文化的指染早已使其"背了这些古老的鬼魂",无论你怎样挣扎怎样叛逆,都难以摆脱灵魂里的"毒气"和"鬼气"。鲁迅实际上是在以自己的思想感悟,去向那些热衷于"西化"启蒙的先驱者们发出警示——同样也是"因为从旧垒中来"的他们,在"无物之阵"的"鬼打墙"里,任凭你对传统文化如何敌视如何挣脱,都是

---

① 《鲁迅全集》第1卷,北京:人民文学出版社1981年,第284-286页。
② 《鲁迅全集》第1卷,北京:人民文学出版社1981年,第419页。
③ 《鲁迅全集》第11卷,北京:人民文学出版社1981年,第20页。
④ 《鲁迅全集》第11卷,北京:人民文学出版社1981年,第79页。
⑤ 《鲁迅全集》第11卷,北京:人民文学出版社1981年,第33页。
⑥ 《鲁迅全集》第11卷,北京:人民文学出版社1981年,第430-431页。

一种自欺欺人的徒劳之举。就像他后来所讽刺"第三种人"所说的那样："恰如用自己的手拔着头发，要离开地球一样"①。"背了这些古老的鬼魂"，使鲁迅成为一个最清醒的现实主义者，故他用自身的生命体验去告诫那些头脑发热的年轻人，"好梦"可以去做但必须面对现实：可惜"中国太难改变了，即使搬动一张桌子，改装一个火炉，几乎也要血；而且即使有了血，也未必一定能搬动，能改装"②。所以在他看来，"所谓'希望将来'，不过是自慰——或者简直是自欺——之法"③。

　　谈及鲁迅早期的思想状态，《鲁迅日记》是一部不可多得的研究史料。尽管鲁迅的日记都记得比较粗略，人们一般除了去寻找一些相关的历史资料外，很少有人以鲁迅的日记为研究起点，并配合相同时期所写的小说和杂文，然后再去对其思想进行综合考察的。日记属于个人私密，一般都是记载每天所做之事，它不会也没有必要去虚构，因此日记里的鲁迅应该是一个最真实的鲁迅。我们从1917年的《鲁迅日记》翻起，发现鲁迅在其私密记录中，很少谈及新文化运动，其生活轨迹也与人们常说的思想启蒙相去甚远。从1917年一直到1923年，鲁迅日记里为我们提供这样一种准确的思想信息：他在这几年时间里，几乎很少购买有关文学或哲学方面的西方书籍，却每年花费大洋一两百元去收藏大量的古代字画以及拓片钱币。虽然鲁迅说他在1918年开始"听将令"，然而翻阅这一年他所记载的"日记"，他的的确确是"听将令"而为《新青年》写文章了，可是他对"听将令"的那点热情，远不如他对古物收藏的巨大兴趣。比如，1918年8月29日的日记就记载："午后往留黎厂买《杨宣碑》一枚，《广业寺造像碑》一枚，共券四元。下午刘半农来，交与二弟所译小说二篇，《随感录》一篇。"④ 这则日记明确地告诉我们，鲁迅是上午为《新青年》写杂文，下午就去留黎厂淘古物，而淘古物且有所收获才是他最大的人生乐趣。同样是在这一年的11月1日，他"夜作《随感录》二则"⑤，3日，却"夜钞《淮阴金石仅存录》并讫，总计八十九叶"⑥，几乎可以说是通宵达旦彻夜未眠，这也说明当时鲁迅对于启蒙与收藏的情致热度，并不在

---

① 《鲁迅全集》第4卷，北京：人民文学出版社1981年，第440页。
② 《鲁迅全集》第1卷，北京：人民文学出版社1981年，第164页。
③ 《鲁迅全集》第11卷，北京：人民文学出版社1981年，第25页。
④ 《鲁迅全集》第14卷，北京：人民文学出版社1981年，第325页。
⑤ 《鲁迅全集》第14卷，北京：人民文学出版社1981年，第331页。
⑥ 《鲁迅全集》第14卷，北京：人民文学出版社1981年，第332页。

围城中的巨人
理解鲁迅的"寂寞"与"悲哀"

一个等量级别上。根据我们所做的数字统计,在这短短的6年时间里,鲁迅去留黎厂或厂甸淘古物,平均每周要去一次,而为《新青年》写文章却每月不到一篇。写文章固然会使社会广为受益,可淘古物则使鲁迅自己收获甚丰,现在北京鲁迅博物馆里就陈列有鲁迅所收藏的历代金石拓片5 100余种,共计6 200余张。鲁迅对于古物收藏的爱好,不仅使其具有了极高的古物鉴赏水平,而且几年持之以恒地抄写碑文拓片,也形成了他个人小楷书法的独特风格。鲁迅对于他所收藏的那些古物,应该说已达到爱不释手的痴迷程度,即使他从北京去厦门大学,带了些什么别的书籍我们不得而知,但是那些古物收藏却一件不少随身所带。《两地书》中就曾有这样的记载:鲁迅说林语堂要办一个展览会,"还要将我的石刻拓片挂出。其实这些古董,此地人那里会要看,无非胡里胡涂,忙碌一番而已"①。"开会之前,兼士要我的碑碣拓片去陈列,我答应了……孙伏园自告奋勇,同去陈列之外,没有第二人帮忙,寻校役也寻不到"②。1924年以后,鲁迅去留黎厂的次数明显减少了,但这却并不影响他对收藏古物的巨大热情。比如1929年5月鲁迅回北京省亲19天,就去过留黎厂三次并购买了六朝墓铭拓片多种。即使到了1935年底,他还写信告诉老友台静农:"我陆续曾收得汉石画像一箧,初拟全印,不问完或残,使其如图目,分类为:一,摩厓;二,阙,门;三,石室,堂;四,残杂(此类最多)。"③ 我们在这里所做的资料考证,绝非要去否定鲁迅本人的兴趣与爱好,而是要以事实为依据去推断一个结论——兴趣与爱好必定会对人的思想发生深刻的影响,因此我们认为从《鲁迅日记》的这些记载中,人们或许可以找到他思想里含有"毒气"与"鬼气"的真正根源:传统文化对他思想的强大牵制力。阅读《鲁迅日记》,还有一个疑点值得我们特别地留意:学界历来都把鲁迅视为反孔英雄,可是在1920年4月,日记里却出现了这样两条记载:"十八日,晴。午后往孔庙演礼。""二十日,晴。向晨赴孔庙,晨执事讫归睡,午后起。"④ "演礼"与"执事"肯定不是去打倒"孔家店",而是一种祭孔活动的庄重仪式。尽管人们可以说鲁迅当时正在为教育部当差,完全有可能是他并不情愿也无法抗拒的无奈之举;但仅就鲁迅那种疾恶如仇、刚直不阿的个性而言,他绝不会去做卑躬

---

① 《鲁迅全集》第14卷,北京:人民文学出版社1981年,第141页。
② 《鲁迅全集》第14卷,北京:人民文学出版社1981年,第148页。
③ 《鲁迅全集》第13卷,北京:人民文学出版社1981年,第249页。
④ 《鲁迅全集》第14卷,北京:人民文学出版社1981年,第384页。

屈膝降低人格的媚俗之事。故清晨早起去"演礼"或"执事",至少说明他对孔子并不那么反感。这与鲁迅一生对于孔子虽时有调侃,但却并没有什么恶意是一致的。

以上举例的真实意图,并不是说鲁迅玩物丧志,而只想证明鲁迅对于新文化运动的思想启蒙,原本就不抱有什么信心。鲁迅受中国传统武侠文化影响很深,他在南京读书期间就为自己起了一个"戛剑生"的名号,寓意着他希望以"武"报效国家的远大志向。鲁迅早年去日本留学,原本也是想报考"成城军校","但成城定例只有学陆军的学生可入",所以"改进了弘文学院了"①。在日本期间,鲁迅还十分崇拜日本的"尚武"文化,他真心赞叹日本武士那种"先蔑视了自己的生命,于是也蔑视他人的生命"的英雄气概,并说这与张献忠之流"贪生而杀人的人们,的确有一些区别"②。崇"力"尚"武"的思想因素,使鲁迅在其早期的杂文创作中,更表现出了一种"肉搏强敌,以报仇雪恨"的强烈愿望,而对于改造"国民性"的漫长启蒙却没有任何耐性与信心。比如《坟·杂忆》一文,轻"文"重"武"的思想征候就表现得非常直接:"不独英雄式的名号而已,便是悲壮淋漓的诗文,也不过是纸片上的东西,于后来的武昌起义怕没有什么大关系。"③ 阅读鲁迅早期的杂文,我们还发现他对五四思想启蒙和辛亥革命显然是持两种截然不同的态度。在他个人看来,《新青年》阵营的启蒙呐喊,对于"铁屋子"一般的中国社会绝无实际作用;只有"悲壮淋漓"的暴力革命才有可能去推动古老中国的现代化进程。毋庸置疑,这是鲁迅本人的一贯立场。鲁迅对于辛亥革命评价极高,一方面他认为革命志士虽然因实力差异而败北,但"有缺点的战士终竟是战士"④;另一方面又总结说"鉴于前车,则此后的第一要图,还在充足实力"⑤。到了1927年4月他在黄埔军校演讲时,鲁迅这种轻"文"重"武"的思想简直达到了顶点。他对那些渴望了解文学的青年军人发表了一通全然抨击文学的激昂演说:"文学文学,是最不中用的,没有力量的人讲的""中国现在的社会情状,止有实地的革命战争,一首诗吓不走孙

---

① 周遐寿:《鲁迅小说里的人物》(附录"旧日记里的鲁迅"),北京:人民文学出版社1957年,第172页。

② 《鲁迅全集》第10卷,北京:人民文学出版社1981年,第229页。

③ 《鲁迅全集》第1卷,北京:人民文学出版社1981年,第221页。

④ 《鲁迅全集》第3卷,北京:人民文学出版社1981年,第38页。

⑤ 《鲁迅全集》第11卷,北京:人民文学出版社1981年,第46页。

传芳,一炮就把孙传芳轰走了"。因为"学文学对于战争,没有益处""我一向只会做几篇文章,自己也做得厌了,而捏枪的诸君,却又要听讲文学。我呢,自己倒愿意听听大炮的声音,仿佛觉得大炮的声音或者比文学的声音要好听得多似的"①。也许鲁迅的这些言辞过于偏执与尖锐,但是却袒露着鲁迅本人的真实思想——道德文章固然可以陶冶人的性情,但却无力改变社会的现状;只有使用暴力革命的手段,才能解决变革中国的现实问题。"武"打天下而"文"以安邦,这是中国传统文化的核心思想之一,对于读多了"孔孟之书"的鲁迅来说,他对此道理当然是心领神会深信不疑的。所以我们现在再去分析五四鲁迅的消极态度,便不难发现他对思想启蒙运动的真实想法:"大约因为看得中国的内情太清楚,所以不免有些失望之故罢。"所以他根本就不相信思想启蒙会改变什么,而认为"改革最快的还是火与剑"②。这充分说明重功用而讲实效的儒家思想,恰恰正是鲁迅思想中"毒气"与"鬼气"的精神资源。鲁迅清醒地意识到了自己与传统文化之间的渊源关系,因此才会将自己比作是历史的"中间物"而不是什么"旗手"或"闯将"。在中国现代思想史与文学史上,恐怕除了鲁迅再也不会有第二个中国人敢于这样深刻地解剖自己和认识自己,这也是鲁迅值得我们去敬仰、去尊重的真正原因。

在我们的研究视野里,鲁迅应该是这样一个血肉丰满的鲜活形象:作为一个睿智而清醒的中国现代精英,他对中国古老文化的理解与认识,有着常人所难以企及的思想深度;作为一个平凡而任性的普通中国人,他对属于个人之间的恩怨情仇,也有着常人那种绝不妥协的倔强人格;作为一个跨越传统与现代的历史"中间物",他那种精神世界的痛苦挣扎,更是有着他们那代知识分子的历史负重感。因此我们认为:只有将正面、侧面与背影进行全方位的组合,才能构成一个五四时期的完整鲁迅;任何取其一点而不顾其他的简单做法,都是对鲁迅思想与人格的曲解或亵渎。

---

① 《鲁迅全集》第 3 卷,北京:人民文学出版社 1981 年,第 417—433 页。
② 《鲁迅全集》第 11 卷,北京:人民文学出版社 1981 年,第 39 页。

"哀莫大于心死"的《野草》

《野草》是鲁迅精神世界的真实展现,也是他逃避凡俗社会的心灵独语。几乎所有的《野草》研究者,都会引用章依萍在《古庙杂谈》里回忆鲁迅对其所说的那句话:"他的哲学都包括在他的《野草》里面。"① 假如章依萍所言属实的话,那么《野草》中的哲学,究竟又是什么呢?于是乎人们便一拥而上,或强调是"鲁迅超越生存虚无,回归'战士真我'的'正面决战'"②;或通过释"梦",发现了《野草》"盛满黑暗的光明"③;或大谈《野草》的"诗"性,以揭秘鲁迅"情感、思想和人格的惊心动魄的挣扎和转换的过程"④;或将《野草》的"死亡"意识,归纳为是20世纪高水准的"思维大厦"。⑤ 言说《野草》的一切言说,无疑都呈现出一种完全相同的思想旨趣,即言说者用自己形而上的理论快感,去遮蔽鲁迅本人形而下的内心痛苦。因此,鲁迅便被剥夺了他作为一般人的正常情感,再也不能像"庸众"那样去喜怒哀乐;他必须背负起"民族魂"的十字架,成为知识分子心目中的精神偶像。因此我认为,这既是人之子鲁迅的不幸,更是中国学术界的悲哀。

我也常读《野草》,并且将灯光调得很暗,试图去营造一种鲁迅写《野草》时的环境氛围,以便尽可能地接近鲁迅的内心世界。然而,获得

---

① 章依萍:《古庙杂谈》,载《1913—1983鲁迅研究学术论著资料汇编》第1卷,北京:中国文联出版公司1985年,第89页。
② 彭小燕:《存在主义视野下的〈野草〉:鲁迅超越生存虚无,回归"战士真我"的"正面决战"》,载《中国现代文学研究丛刊》2006年第5期,第1页。
③ 王乾坤:《盛满黑暗的光明》(上),载《鲁迅研究月刊》1998年第9期,第29 - 38页。
④ 汪卫东:《〈野草〉的诗心》,载《文学评论》2010年第1期,第141 - 149页。
⑤ 汪晖:《论〈野草〉的人生哲学》,载《福建论坛》1987年第3期,第62 - 73页。

的阅读感受却是"绝望"情绪；看到的唯一画面，则是"死亡"意象。恐怖的梦幻与冰冷的画面，任何人都会为之不寒而栗。众所周知，写《野草》的时候，鲁迅的情绪极度低迷，人们为了无损于鲁迅的伟岸人格，总是寻找各种理由去为其开脱，其实这表面上是在维护鲁迅的社会声誉，本质上却是在蔑视鲁迅的生命尊严。学界不是一再声称鲁迅"反抗绝望"吗？甚至还从存在主义哲学那里发掘出了支撑鲁迅生存意志的精神动能，可惜鲁迅对于生与死的自我感悟要比那些诠释者们更为深刻。存在主义哲学大师萨特曾说，死亡就是"'此在'的固有可能性，人的实在的存在被定义为走向死的存在"①，没有人能够逃离这一法则。学医出身的鲁迅，对此自然是深表认同的。尤其是当他对现实的厌倦超越了对死亡的恐惧时，关于生与死的对话也就变成了《野草》所无法摆脱的创作主题。因此，《野草》并非是什么神秘之作，它既是鲁迅精神世界的苦闷象征，也是鲁迅绝望情绪的极致表达；若要真正读懂它的思想内涵，我们就必须回到历史的原场，同鲁迅一道去感受他的生命律动。

一、《野草》：绝望人生的背景透析

一谈及《野草》的创作背景，人们自然都会联想到五四退潮与女师大风波对鲁迅思想与情绪上所产生的巨大影响。其实，鲁迅对新文化运动的思想启蒙一直都不抱有任何希望。因为他把中国传统文化比喻成"大染缸""鬼打墙"或"无物之阵"，证明他比任何人都清楚仅凭《新青年》的一腔热血，就想彻底改变旧中国的落后面貌，那只不过是不切实际的痴人说梦。尽管鲁迅因"听将令"，也登高一呼呐喊了几声，但《狂人日记》里的"狂人"，最终还是觉醒且"前去候补"了。这既是对启蒙结局的一种预言，也是对《新青年》阵营的一种调侃。所以，将五四退潮诠释为鲁迅精神颓唐的思想背景，显然是缺乏事实依据的无稽之谈。女师大风波中，鲁迅同"正人君子"之间的激烈论战恰恰体现了鲁迅不屈不挠的斗士形象，这不但没有使鲁迅变得颓唐，相反还使其思想变得更为激越；鲁迅言辞犀利，愈战愈勇，令"正人君子"毫无还手之力，故说此事件导致了鲁迅的情绪低迷，也是无中生有的主观臆想。

鲁迅精神颓唐的真正原因，其实主要有以下三个方面：

---

① ［法］萨特：《存在与虚无》，北京：三联书店1987年，第681页。

首先，兄弟"失和"是导致鲁迅精神颓唐的直接原因。对于鲁迅与周作人之间的突发变故，学界一直都是讳莫如深。一是他们兄弟二人都缄口不言，外人很难知道事情的真相原委；二是出于维护鲁迅声誉的目的，学界也不便涉及这件家事。关于鲁迅与周作人的兄弟失和，现在社会流行着许多传言，但传言毕竟是传言而非真相，所以我们没有必要去加以求证。不过这件事情的本身，有一细节却值得我们重视：长期以来，学界一直都把鲁迅视为是反传统与反礼教的时代先锋，可事实上却并不是如此。1919年，鲁迅卖掉了绍兴的老屋，在北京八道湾买了一座四合院，将母亲和两个弟弟及其家人全都接来，同住在一个大宅院里，重建了一个其乐融融的大家庭，自己也扮演起了长兄如父的现实角色。这不仅说明鲁迅非常注重家庭观念，而且更说明鲁迅对中国传统文化的自觉认同。实际上，自从父亲去世以后，鲁迅便自觉地承担起了家庭责任，尤其是他对两个弟弟关爱备至，即使是过去了几十年，周作人也没有忘记。比如，在《知堂回想录》里就有这样的记载，周作人到了东京以后，日子过得很愉快，因为"最初的几年差不多对外交涉都是由鲁迅替我代办的，所以更是平稳无事"①。许广平也曾回忆道，鲁迅为了能使全家人在北京团圆，到处去"奔忙看房子，最后找到八道湾，后又修理房子，隔天去监工，又接洽警局、议价、收契等等费了无数心血，又四处奔走借贷，甚至向银行纳短期高利借款……到诸事略备了的时候，周作人才回到北京，全家逛完农事试验场园之余，才坐马车来看新屋"②。无论是周作人还是许广平，他们都不否定鲁迅对维护家庭亲情所付出的努力。然而，兄弟二人最终还是"失和"了，1923年7月18日，周作人给鲁迅送来一封断交信：

> 鲁迅先生：
>   我昨日才知道，——但过去的事不必再说了。我不是基督徒，却幸而尚能担受得起，也不想责谁，——大家都是可怜的人间，我以前的蔷薇的梦原来都是虚幻，现在所见的或者才是真的人生。我想订正我的思想，重新入新的生活。以后请不要再到后边院子里来，没有别的话。愿你安心，自重。七月十八日，作人。③

---

① 周作人：《知堂回想录》（上），北京：北京十月文艺出版社2013年，第241页。
② 许广平：《鲁迅回忆录》，武汉：长江文艺出版社2010年，第65页。
③《周作人致鲁迅信》，载《鲁迅研究动态》1985年第5期，第2页。

而鲁迅对此却感到有些莫名其妙,他在 1923 年 7 月 19 日的日记里,曾这样记载:"上午启孟自持信来,后邀欲问之,不至。"① 周作人说他"昨日才知道",而鲁迅则想"邀欲问之",两兄弟之间到底发生了些什么,他们自己都不说别人则更是无法知道了。周作人自己说,"关于那个事件,我一向没有公开的说过,过去如此,将来也是如此。"② 鲁迅又何尝不是如此呢?我们同样查不到鲁迅对此事件有过任何只言片语。然而,兄弟二人这场令人匪夷所思的矛盾冲突,竟然导致鲁迅于 8 月 2 日携朱安迁居到了砖塔胡同 61 号。房子是鲁迅购买的,户主也写着鲁迅,③ 可为什么鲁迅自己却搬了出去,而把房子让给了周作人呢?我们不妨将其视为是做兄长的大气,以及鲁迅对兄弟情谊的看重罢了。到了 1924 年 6 月 11 日,鲁迅回去拿自己的遗留物品,两兄弟之间再次发生冲突,据《鲁迅日记》记载:"下午往八道湾宅取书及什器,比进西厢,启孟及其妻突出骂詈殴打,又以电话招重九及张凤举、徐耀辰来,其妻向之述我罪状,多秽语,凡捏造未圆处,则启孟救正之,然终取书、器而出。"④ 从此以后,两兄弟就彻底恩断义绝了。学界历来都相信许广平的片面之词,将罪名强加于羽太信子的头上,既然两兄弟对谁都不说,许广平又怎么会知道的呢?这种说法过于勉强,是很难服众的。但对于注重亲情和家庭的鲁迅而言,这次兄弟"失和"对他精神打击和身体伤害都非常大,我们从《兄弟》和《风筝》中,都能够清晰地感受到鲁迅对于他和周作人那种剪不断、理还乱的兄弟之情的深切怀念。

其次,疾病缠身是导致鲁迅精神颓唐的重要原因。兄弟"失和"之后不久,鲁迅便大病了一场,据鲁迅 1923 年 11 月 8 日日记记载,"夜饮汾酒,始废粥进饭,距始病时三十九日矣。"⑤ 众所周知,鲁迅死于肺结核,从许寿裳那里我们得知,"这样可怕的病,当初并不以为意,其实是伏根很早,从少年时已然,至少曾发过两次……但当初竟并不医治"⑥。许广平也说,"鲁迅自以为身体是健康的(其实不然),从不加以照顾。

---

① 《鲁迅全集》第 14 卷,北京:人民文学出版社 1981 年,第 460 页。
② 周作人:《知堂回想录》(下),北京:北京十月文艺出版社 2013 年,第 533 页。
③ 许广平:《鲁迅回忆录》,武汉:长江文艺出版社 2010 年,第 65 页。
④ 《鲁迅全集》第 14 卷,北京:人民文学出版社 1981 年,第 501 页。
⑤ 《鲁迅全集》第 14 卷,北京:人民文学出版社 1981 年,第 471 页。
⑥ 许寿裳:《亡友鲁迅印象记》,长沙:岳麓书社 2011 年,第 89 页。

他有几种随身法宝的药：阿司匹林、海儿普、奎宁片，无论什么病都先用它"①。作为鲁迅的夫人，许广平对鲁迅的身体状况应该说是比较了解的，但我却存有一个很大的疑问：在《鲁迅回忆录》里，她谈论鲁迅的病痛，只涉及1912至1913年，但对1923至1926年间鲁迅的多次发病，几乎是一字未提。1924年她与鲁迅相识，1925年开始热恋，按理说她应该非常清楚鲁迅当时的身体情况，可她为什么视而不见呢？很是令人费解。查1923年9月至1926年8月的鲁迅日记，出现频率最多的词汇，是北平的"山本医院"，共有72次之多。其中比较集中的几个月份更是引起了我的注意：1923年10月和11月，也就是兄弟"失和"的三个多月后，鲁迅出现了"大发热""泻利加剧""浣肠"等身体不适之症状，10月份去了7次，11月份去了6次，可见兄弟"失和"对其身体的伤害有多么严重。1924年5月去了4次，6月（即同周作人夫妇发生冲突的那个月）去了6次，9月去了3次，且多注明为"晚往山本医院"，这说明鲁迅是实在忍受不了疼痛才去的医院。1925年8月去了3次，10月更是去了8次，11月和12月则分别去了3次。通过以上数字统计我们不难发现：兄弟"失和"仅三个月，鲁迅的肺病（当时被诊断为肋膜炎）被诱发且十分严重；鲁迅兄弟再次发生冲突的1924年6月，鲁迅的病况又明显地加重；到了1925年10月，鲁迅竟不得不在一周内去两次医院。鲁迅自己是学医出身的，他对自己的身体情况不可能不了解，比如1936年他在《死》一文里，便曾写下这样一段大有深意的话：

> 大约实在是日子太久，病象太险了的缘故罢，几个朋友暗自协商定局，请了美国的D医师来诊察了。他是在上海的唯一的欧洲的肺病专家，经过打诊、听诊之后，虽然誉我为最能抵抗疾病的典型的中国人，然而也宣告了我的就要灭亡；并且说，倘是欧洲人，则在五年前已经死掉。这判决使善感的朋友们下泪。我也没有请他开方，因为我想，他的医学从欧洲学来，一定没有学过给死了五年的病人开方的法子。然而D医师的诊断却实在是极准确的，后来我照了一张用X光透视的胸像，所见的景象，竟大抵和他的诊断相同。②

这段话虽然诙谐幽默，但却说明鲁迅早已知道自己病情的严重性，他

---

① 许广平：《鲁迅回忆录》，武汉：长江文艺出版社2010年，第21页。
②《鲁迅全集》第6卷，北京：人民文学出版社1981年，第611页。

说自己是个已经"死了"五年的病人,其实何止是"死了"五年?只要我们读一下1924年9月24日他写给李秉中的信,也许我们就可以从中嗅到一些死亡的气息:"我自己总觉得我的灵魂里有毒气和鬼气,我极憎恶他,想除去他,而不能。我虽然竭力地遮蔽着,总还恐怕传染别人,我之所以对于和我往来较多的人有时不免觉到悲哀者以此。"① 鲁迅话中的"毒气"和"鬼气",我们固然可以理解为是他思想中的传统毒素,同时也是一种对自己身体缺乏信心的绝望姿态。至于"传染"一词,更是暗示着他不想把肺病传染给别人但又不能直说的无奈心情。也正是在鲁迅重病缠身之际,他编辑了自己的第一本杂文集,并直接为其取名为"坟",他非常坦诚且有些沮丧地告诉读者:"惟愿偏爱我的作品的读者也不过将这当作一种纪念,知道这小小的丘陇中,无非埋着曾经活过的躯壳。"② 特别是《写在〈坟〉后面》的结束语,鲁迅用了陆士衡吊曹孟德的那首五言诗,其中"览遗籍以慷慨,献兹文而凄伤"两句,怎么看都像是鲁迅为自己所撰写的一篇祭文。还有,1927年1月2日,鲁迅坐在厦门的一处乱坟冢中,悠然自得地照相一张,据俞念远先生回忆说,鲁迅不仅非常喜欢这张照片,还要把"这张照片要寄上海去,赶印在那本《坟》上"③。以"坟"去命名杂文集,与坟茔合影并希望印在书上,鲁迅这种令人不可思议的奇怪做法,其实都是在强烈地暗示着他精神颓唐的绝望心境。

再者,钞古碑也是导致鲁迅精神颓唐的次要原因。鲁迅喜好收藏古物和钞古碑,这是一个人所共知的公开秘密。我粗略浏览了一下鲁迅日记,从1917年到1926年(缺1922年日记),他平均每月前往留黎厂或厂甸两三次,去淘寻各种他所喜欢的古物宝贝,花费大洋也有2 300多元。如果说鲁迅购买八道湾的四合院才花了4 000大洋,那么他购买古物(当然也有少量现代书籍)就用去了半个多四合院的价钱,如此舍得投入经费,其痴迷程度可见一斑。长期以来,学界一直都认为,鲁迅是在对辛亥革命表示失望以后才转向收集古物以逃避现实的,可是在新文化运动高呼猛进的五四时代,鲁迅不也同样是如此吗?比如1924年8月24日的日记里,就记载着"夜录碑。雷电,无雨"。又9月10日记载,"夜雨而雷电且风。校杂书。"我一再强调鲁迅对古物的热爱程度,绝非意指鲁迅的玩物丧志,而是要去探讨那些充满着"死气"的东西,与鲁迅身上"毒气"

---

① 《鲁迅全集》第11卷,北京:人民文学出版社1981年,第431页。
② 《鲁迅全集》第1卷,北京:人民文学出版社1981年,第287页。
③ 俞念远:《我所记得的鲁迅先生》,载《西北风》1936年第2期。

与"鬼气"的生成关系。鲁迅曾在《〈呐喊〉自序》中这样写道:"S会馆里有三间屋,相传是往昔曾在院子里的槐树上缢死过一个女人的,现在槐树已经高不可攀了,而这屋还没有人住;许多年,我便寓在这屋里钞古碑。客中少有人来,古碑中也遇不到什么问题和主义,而我的生命却居然暗暗的消去了,这也就是我惟一的愿望。"①鲁迅自己所说的这段话,很带有点《聊斋》故事里的恐怖味道,但又是在明确地告诉读者,这就是当时他最真实的自我——住在缢死过女人的"鬼屋"里,钞着为死人所写的古碑,在这种生与死的对话过程中,"我的生命却居然暗暗的消去了"。后来搬到八道湾或砖塔胡同,鲁迅继续着这种生与死的阴阳对话——我一直都在揣摩,黑夜里"雷""电""风"交加,在电力不足的昏暗灯光下"录碑",那将是一种什么样的心理感觉?又是什么样的人,才会具有如此的胆识和定力?假如我们将这种情景与《野草》的冰冷世界相对照,还会形而上地去大谈鲁迅的反抗绝望吗?答案无疑是否定性的了。钞古碑固然可以了解历史,增长文物知识,但我们也不要忘了中国有句老话叫做"近朱者赤,近墨者黑",说的即是人接触什么多了,必会不同程度地受到其指染。用心理学的术语来表达,则是情绪记忆的内在影响。情绪记忆以一种强烈刺激的脑电波,形成了经意识加工过的某种意象,这些"意象被存入头脑之后,随着时间的推移,受遗忘的剥蚀,某些细节越来越淡化,代表性的特点越来越突出,最后成为一种反映与主体某种关系的意识存在,以朦胧的意象形式储在记忆之中"②。心理学研究还证明,并不是所有记忆都永恒存在,"陈述性记忆指知识、语义、事实、事件等,通常陈述性记忆容易发生遗忘;非陈述性记忆是指技能、嗜好、习惯化、敏感化等,相比之下,非陈述性记忆难以发生遗忘。"③鲁迅钞古碑自然是一种"嗜好",理应属于"难以发生遗忘"的非陈述性记忆。这种难以遗忘的记忆,时常会干扰人的大脑神经系统,并且还会对人的精神世界产生不可估量的决定性作用。1924年9月,也就是鲁迅因兄弟"失和"和疾病折磨而倍感痛苦的时候,他在写给李秉中的信中还说:

---

① 《鲁迅全集》第1卷,北京:人民文学出版社1981年,第418页。
② 白洁:《记忆重构与意象表征》,载《自然辩证法研究》2014年第30卷第6期,第116页。
③ 周启心等:《令人烦恼的记忆》,载《生命科学》2014年第26卷第6期,第610-619页。

"我也常常想到自杀,也常想杀人,然而都不实行,我大约不是一个勇士。"①"自杀"与"杀人"的念头在鲁迅心绪极坏之际出现,并不值得人们为之大惊小怪,因为这是记忆中那个模糊的死亡意象在隐隐地作祟。当然了,鲁迅最终没有"自杀"也没有"杀人",但"不是一个勇士"的他,却将自己内心世界的全部阴影都投射到了《野草》里面,进而形成了一种生死对话的自我博弈。

二、《野草》:孤独世界的冰冷色调

我们现在可以去重读《野草》了,但必须是形而下的生命体验,而非形而上的理论阐释,否则,我们同样会远离一个真实鲁迅的精神世界。

《秋夜》是《野草》的首篇,也一直都被选入中学语文教材。编选者们似乎受学界主流观点的影响太深,误将鲁迅这篇色调凄凉的孤独自语当作是鲁迅斗士形象的精神象征,去让那些涉世不深的孩子们学习。我真替那些没有人生阅历的孩子们担心,他们能够从《秋夜》中理解些什么,果真能够提升他们的坚强人格或战斗意志吗?我个人对此是充满怀疑的。"秋"本身就是万物凋零的开始,而"夜"则更是增加了这种凋零的冷酷气氛。文章开篇写道:"在我的后园,可以看见墙外有两株树,一株是枣树,还有一株也是枣树。"鲁迅所交代的两株枣树,不是枝繁叶茂果实累累的枣树,而是"落尽了叶子,单剩干子"且还带着"皮伤"的枣树,完全没有丝毫的诗意之感。枣树孤独而凄然地矗立在那里,终于摆脱了果实之累"欠伸得很舒服",仿佛已经丢掉了任何的牵挂,尽可痛痛快快地去冬眠与安息。"他知道小粉红花的梦,秋后要有春;他也知道落叶的梦,春后还是秋。"鲁迅特意以这样一种植物生长的周期寓意,去暗示生命轮回的不可抗拒性。至于那个闪着"鬼䀹眼"的"天空",虽然"自以为大有深意",将繁霜洒在那些瑟瑟发抖的小花草上,但是早已明白生命轮回道理的枣树,却无所畏惧地对其表示了极大的蔑视。现在学界普遍认为,枣树是鲁迅反抗绝望的精神象征;可是叙事者鲁迅为什么又会吃吃地发"笑"呢?究竟是对"生"的期盼,还是对"死"的欢呼?既然生死轮回是大自然的法规,故与"天"抗争又有何意义?所以,鲁迅"赶紧砍断我的心绪",默默地向那些追求光明的"小青虫"表示敬意,因为它

---

① 《鲁迅全集》第 11 卷,北京:人民文学出版社 1981 年,第 430-431 页。

们有"光"的引导,而"我"却同那两株枯干的枣树一样,在孤独中咀嚼着死亡迫近的悲壮与凄凉。《求乞者》与《复仇》,更是一种孤独与绝望的叙事结构。《求乞者》的艺术画面,是"我"在"微风起来,四面都是灰土"中茫然地奔走着,遇到两个小孩子为了"求乞","近乎儿戏"般地追着"我"哀呼,"我不布施,我无布施心,我但居布施者之上,给与烦腻,疑心,憎恶。"对于这样一种艺术画面,有诠释者便从尼采那里找到了根据,认为鲁迅与尼采都强调"'怜悯具有消沉的影响',它让人把希望和力量寄于身外,从而'导致生命与活力的丧失','背弃自我'。"① 我非常佩服言说者的聪明智慧,他把鲁迅与尼采捆绑在一起,一下子便从形而上的哲学高度人为地消解了鲁迅本人的生命体验。其实《求乞者》写得没有那么复杂,鲁迅把世界比喻成一个布满灰土的昏暗世界,无非就是他孤独与绝望情绪的自然流露。至于"我"为什么不愿意去布施,与"导致生命与活力的丧失"的"背弃自我"无关,而是因为"我"除了"虚无",早已变得一无所有。"我"与"孩子"之间的那段对白,是走向死亡与求生本能的错位对话,"孩子"可以乞求到生之希望,可"我"眼前却永远是一片"灰土"——不仅看见的是一片"灰土","我"自己也终将化为尘埃。《复仇》则是描写两个赤裸全身的人,手捏利刃"对立于广漠的旷野上",那些从四面八方涌来的看客们,拼命地伸长脖子准备欣赏这场杀戮。然而,两人"也不拥抱,也不杀戮,而且也不见有拥抱或杀戮之意"。就这样旷日持久地对峙着,"圆活的身体,已将干枯"。《复仇》显然是在暗示兄弟"失和"一事,兄弟二人就是那样默默地冷战,从不互相攻击也从不主动言和,只有那些无事生非者希望看到一场兄弟之间的血腥杀戮,可到头来却终难如愿以偿。阅读《复仇》的最深印象,就是鲁迅内心的无言痛苦。

孤独与绝望的凄凉心境,使《野草》呈现出一种"冷"色调;而这种"冷"色调的叙事氛围,无疑又强化了鲁迅精神世界的孤独与绝望。在这里,我想以《雪》和《死火》为例,尝试着去接近一个真实鲁迅的生命感受。《雪》是另一篇被选进中学语文教材的经典之作,也是被学界公认为鲁迅写得最美的一篇散文诗。笔者早在 20 世纪 80 年代读研究生时,老师就曾告诉我们说,《雪》的创作主题,是表现鲁迅对于南方革命圣地的无限向往。我想现在已经不会有人这样去诠释了。不过,意识形态诠释

---

① 王乾坤:《盛满黑暗的光明》(下),载《鲁迅研究月刊》1998 年第 10 期,第 24 页。

法过时以后,思想启蒙的"立人"说又时髦了起来,比如将《雪》定性为"批判依附性"和"弘扬独立性",进而以北方之雪的"决不粘连",去礼赞"主体的主动选择。"① 我真不知道这些话语如果进入中学课堂,同学们会有什么样的反应。《雪》果真是那么高深莫测,需要我们动用哲学理论才能加以解读吗?我个人阅读《雪》的感觉,就是一个"冷"字——请注意,是心"冷"而不是身"冷"。《雪》写于1925年1月18日,我查了一下鲁迅日记,前十天和后十天基本上都是晴天,根本就没有下过雪,不下雪而去写《雪》,这其中肯定是大有文章的。《雪》开篇即写江南之雪,它"滋润美艳"有如"极壮健的处子的皮肤""雪下面还有冷翠的杂草",以及忙碌纷飞的"许多蜜蜂"。最关键的地方,是孩子们玩"雪"的场景:

> 孩子们呵着冻得通红,像紫芽姜一般的小手,七八个一齐来塑雪罗汉。因为不成功,谁的父亲也来帮忙了。罗汉就塑得比孩子们高得多,虽然不过是上小下大的一堆,终于分不清是壶卢还是罗汉;然而很洁白,很明艳,以自身的滋润相粘结,整个地闪闪地生光。孩子们用龙眼核给他做眼珠,又从谁的母亲的脂粉奁中偷得胭脂来涂在嘴唇上。这回确是一个大阿罗汉了。他也就目光炯炯地嘴唇通红地坐在雪地里。

这段并不复杂的场景描写,没有什么太多的微言大义,鲁迅就是在告诉读者,马上要过大年了,大人与孩子们都其乐融融。据查,1月18日是1925年的农历腊月二十四,即人们刚刚过完小年正准备迎接大年的喜庆日子(况且,1月16日还是周作人的生日)。对于兄弟"失和"之后的鲁迅而言,这个日子却是哀叹和感伤的。因为尽管第二天雪罗汉会融化,可是别人家的亲情却依旧存在;但是现在北方的雪已不再粘连了,它"如粉,如沙"漫空飞舞旋转升腾。故鲁迅万分感慨地说:"是的,那是孤独的雪,是死掉的雨,是雨的精魂。"毫无疑问,《雪》是一篇追忆亲情之作,如果说"孤独的雪"是鲁迅的自喻,那么"粘连"就是至爱亲情的一种隐喻。年关将至而手足分离,尽管"我"是情丝之"雨"的"精灵",也只能是独自在空中"旋转而且升腾"了,这与《兄弟》和《风筝》的创作立意是完全一致的。《死火》是《野草》中写得最恐怖的

---

① 朱崇科:《〈野草〉中的"立人"维度及其诗学》,《学术研究》2015年第5期,第135-139页。

作品之一，鲁迅刻意为我们营造了一个冰点世界，没有一丝热度也没有一丝生气，只能从"冰山"和"冰树林"里，去感受"一切冰冷，一切青白"的死亡气息。我很惊奇于钱理群先生的一种论断，他认为《死火》虽然有"死亡的色彩与死亡的感觉"，但是它所反映的却是鲁迅反抗绝望的"积极有为的人生态度"，是"鲁迅对生命存在本质的独特发现"。① 在兄弟"失和"与重病缠身的双重打击下，鲁迅空前绝望地从古碑文里发现了死亡的诱惑，我们不能否定鲁迅作为一个正常人本应具有的生命情感，更没必要让他永远活在哲学里失去了自我的本真。《死火》就是鲁迅绝望之际的死亡想象，那个"死火"虽然"有炎炎的形，但毫不动摇，全体冰结，像珊瑚枝"，却没有任何生命迹象，鲁迅称它是"死的火焰"。"死的火焰"是没有生命的冰状物体，"我"不是最终也坠入冰谷成为冰体，同"死的火焰"一样失去了生命的热度，又何来"对生命存在本质的独特发现"呢？

　　《野草》写得实在是太过于阴森恐怖了，不要说我们读者的精神难以承受，就连作者本人也都感到了强烈的窒息，所以他不太主张青年人读《野草》。也许正是因为鲁迅意识到了自己过于悲观，所以他也希望在《野草》中增加一点热度，用些鲜活的人气去冲淡一下冰冷的死气，于是就有了《风筝》这篇貌似风格迥异的抒情文章。"故乡的风筝时节，是春二月，倘听到沙沙的风轮声，仰头便能看见一个淡墨色的蟹风筝或嫩蓝色的蜈蚣风筝。……但我是向来不爱放风筝的，不但不爱，并且嫌恶他，因为我以为这是没有出息孩子所做的玩艺。"这是《风筝》开篇所设定的叙事基调，放风筝之美与我不喜欢放风筝，构成了一种二律背反的矛盾情结。我们注意到《风筝》是"我"和"弟弟"的对话过程，他同"我"正好相反，喜爱放风筝，于是作为大哥的"我"，便很有威严地破坏了他所做的风筝。学界对于《风筝》的解读，有两种倾向，一是说鲁迅写《风筝》是要表达他主张尊重孩童趣味的现代信念，一是说鲁迅写《风筝》是暗示"与弟弟重建和睦的亲情关系"②。我总觉得无论是哪种见解，都没有真正读懂鲁迅内心的悲伤情绪。《风筝》写于1925年1月24日，这天正是中国春节的大年初一。查看鲁迅日记，此日鲁迅没有出访也没有

---

① 钱理群：《对宇宙基本元素的个性化想象——读鲁迅〈死火〉、〈雪〉、〈腊叶〉》，载《苏州科技学院学报》2003年第1期，第80—84、144页。

② 赵小琪：《互文性：鲁迅的〈野草〉与〈苦闷的象征〉的译介》，载《社会科学辑刊》2007年第4期，第188—193页。

来访，只是一个人在家"夜译《出了象牙之塔》两篇"，然后就是寂寞地独饮过年。别人家鞭炮齐鸣欢天喜地，而鲁迅却只能靠翻译厨川白村的《出了象牙之塔》以排解苦闷，兄弟"失和"使他没有了"家"的感觉和"家"的温暖，故写《风筝》除了哀叹还能传达出什么其他信息呢？我个人认为，不要把《风筝》理解成鲁迅自己的忏悔意识，更不要认为鲁迅是渴望修复兄弟之间的感情裂痕；《风筝》最令人感到震撼的地方，是鲁迅一再表示他要"补过"，但弟弟却一直都没有给他一个"补过"的机会——"我"在"等他说，'我可是毫不怪你呵'"。然而，成年以后的弟弟却忘记了那件事，"'有过这样的事么？'他惊异地笑着说，就像旁听着别人的故事一样。他什么都不记得了。"弟弟的"忘却"是《风筝》叙事的核心之处，因为"忘却"意味着两人之间的感情生疏，而"忘却"又与"失和"构成直接的因果关系，鲁迅对此是充满抱怨而非忏悔的。所以，《风筝》才会在结尾处这样写道：

> 现在，故乡的春天又在这异地的空中了，既给我久经逝去的儿时的回忆，而一并也带着无可把握的悲哀。我倒不如躲到肃杀的严冬中去罢，——但是，四面又明明是严冬，正给我非常的寒威和冷气。

"异地"固然是指北平，"儿时的回忆"无疑是代表着亲情，而"无可把握的悲哀"则是暗示着兄弟"失和"，"寒威和冷气"更是传达着鲁迅的绝望情绪——试想一下：在举国上下阖家团圆的大喜日子里，鲁迅却一个人呆在昏暗的小屋里，除了回忆便是孤独，他会是一种什么样的冷漠心情呢？原本想用《风筝》为《野草》增加一点暖色，可到头来仍旧没有摆脱"肃杀的严冬"。俗话说"抽刀断水水更流，借酒浇愁愁更愁"，依靠回忆去寻找家庭的幸福和温暖，最终只能是使自己陷入更深的精神痛苦。故《风筝》写得虽然抒情，却并没有遮掩住它内在的冷色调，这就使《野草》的整体风格，自始至终都保持了一种高度的统一。

三、《野草》：死亡体验的复杂心理

绝望与孤独作为《野草》创作的冷色调，与它所营造的虚无世界有着密不可分的逻辑关系。《野草》隔绝了与现实社会的一切来往，呈现给读者的就是一个没有生命热度的梦幻空间，作者让自己的意识在黑暗中四处漂浮漫游，并且不间断地与死亡进行直接对话。如果我们用一个词汇去概括《野草》的创作主题，毫无疑问就是死亡意识——它包括死亡想象与死亡体验，集中体现着鲁迅本人哀莫大于心死的绝望心理。

解读《野草》，我们绕不过死亡意象，这个意象就像一个幽灵，一直困扰着鲁迅的大脑神经。《影的告别》写于他刚从山本医院看病回来，鲁迅似乎对自己的身体和病情并不乐观，所以才会产生出一种极为悲观的死亡想象："我不愿彷徨于明暗之间，我不如在黑暗里沉没""我姑且举灰黑色的手装作喝干一杯酒，我将在不知道时候的时候独自远行""朋友，时候近了""我独自远行，不但没有你，并且再没有别的影在黑暗里。只有我被黑暗沉没，那世界全属于我自己"。从这些令人毛骨悚然的词句当中，我们可以感受到鲁迅当时的沮丧心态，没有阳光也没有温暖，仿佛就是在悄悄地等待着死亡的降临。至于这篇文章为什么会叫作《影的告别》？我们已经无法从鲁迅本人那里去加以考证了；但我们却可以用民间的一种说法，去求解这一谜面：民间流传区别人与鬼的唯一办法，就是看他有没有"影子"，有"影子"的是人，而没有"影子"的则是鬼。这使得我们豁然开朗，"影子"向"我"告别，无疑是暗示着"我"将死去，故《影的告别》其实就是死亡告别。再回到《死火》中的第一句话，"我梦见自己在冰山间奔驰"，这也是一种死亡想象或死亡暗示——鲁迅将自己置放于一个昏暗冰冷的阴间世界，孤寂地去感受着没有体温的死亡色调，冰与白都失去了它们原有的纯洁意义，成为一种生命静止的死亡象征。《野草》中的死亡想象几乎通篇都是，比如在《失掉的好地狱》里，"我梦见自己躺在床上，在荒寒的野外，地狱的旁边。"（地狱就是生命的归宿）。又如在《颓败线的颤动》里，"我梦见自己在做梦。自身不知所在，眼前却有一间在深夜中紧闭的小屋的内部，但也看见屋上瓦松的茂密的森林"（屋上长着树和草那是坟）。《野草》中死亡想象写得最具有诗意的一篇，应属《腊叶》。这天鲁迅同样是从山本医院看病归来，心绪也是极其糟糕，他看着那片作为书签的"腊叶"，一下子就联想到了自己的身体：

> 这使我记起去年的深秋。繁霜夜降，木叶多半凋零，庭前的一株小小的枫树也变成红色了。……一片独有一点蛀孔，镶着乌黑的花边，在红，黄和绿的斑驳中，明眸似的向人凝视。我自念：这是病叶呵！便将他摘了下来，夹在刚才买来的《雁门集》里。大概是愿使这将坠的被蚀而斑斓的颜色，暂得保存，不即与群叶一同飘散罢。

这段描写的关键之处，是我与"腊叶"的潜在对话：在千百片落叶里，由于心境关系"我"只选择了一片"病叶"，用不着多做解释，那就是同病相怜；因为病叶那圈"乌黑的花边"，与"我"肺病的状态十分相似，看到它就像看到了"我"自己的现在与未来，是故才将其采摘下来以示纪念。众所周知，鲁迅写《野草》期间，为了逃避兄弟"失和"的精神打击以及身体上的病痛折磨，他除了钞古碑就是翻译厨川白村的《苦闷的象征》，据日记记载此书译出之后，凡有朋友来访他都赠送此书。我个人所感兴趣的一点，鲁迅为什么会特别钟情于《苦闷的象征》？难道仅仅是因为创作的需求吗？答案恐怕并非如此。因为《苦闷的象征》令鲁迅意识到，人从一出生便开始在痛苦中挣扎，"苦痛就已成为难免的事了。和出世同时呱的啼泣的那声音，不正是人间苦的叫唤的第一声么？"[①]绝望的鲁迅读着《苦闷的象征》，再加之亲情失落与重病缠身，以及古碑文所散发出的"毒气"与"死气"，其死亡冲动我们也就不难理解了——他渴望以死亡去解脱现实的苦恼和困境。尤其是《死后》中有一个场景，写"古斋旧书铺"的那个小伙计，在"我"死了以后，仍拿着明嘉靖版黑口本的《公羊传》给我送来，并认为"我"死了也不妨继续去看，所以"我即刻闭上眼睛，因为对他很烦厌"。这段对白还是鲁迅第一次透露出收集古物对于自己思想的负面影响。

死亡想象与死亡体验作为一对孪生兄弟，也是一种《野草》叙事的常态现象。所谓死亡体验，在心理学研究方面，往往被视为人类生命不可缺少的组成部分，它从主体"内心情感出发主动积极去体验生命的最高价值及其意义，首先表现出强烈的主体性特征，即自主、主动、能动的特征，表现出自由活动和创造活动。它知道生命是自我否定过程，知道回归自然是不可抗拒的历史规律，作为生命存在的最后展开和亮相，它不是感官知觉，也不是理性思维，而是一种高度澄明的心灵境界"[②]。毋庸置疑，《野草》中的死亡体验，恰恰正是这种"高度澄明的心灵境界"。我们注意到《野草》中的死亡体验，基本上都呈现为这样三种奇特方式：一是生与死的直接对话。比如《墓碣文》，"我梦见自己正和墓碣对立，读着上面的刻辞。"墓碑上没有名字，也没有生平记载，只有"于浩歌狂热之

---

① ［日］厨川白村：《苦闷的象征》，鲁迅译，北京：人民文学出版社 1988 年，第 25 页。

② 王卫平：《死亡体验的哲学思考》，载《南京医科大学学报（社会科学版）》2004 年第 1 期，第 55–57 页。

际中寒；于天上看见深渊。于一切眼中看见无所有；于无所希望中得救"等晦涩的诗句。"我"感到无比好奇，于是"绕到碣后，才见孤坟，上无草木，且已颓坏。即从大阙口中，窥见死尸，胸腹俱破，中无心肝。而脸上却绝不显哀乐之状，但蒙蒙如烟然"。此时，面对"抉心自食"的残缺碑文，"我"无法回答死尸的疑问；本想尽快逃避死尸的纠缠，不料他却"口唇不动"地发出了一种可怕的声音："待我成尘时，你将见我的微笑！"在这个毛骨悚然的噩梦当中，死之坦然与"我"之恐惧，以一种反讽自嘲式的鲜明对比，直白地表达了作者对于生命自我否定过程的深刻认知：死者是谁并不重要，人都会难免一死；今日之我就是明日之你，因为死是生命的最后归宿。二是灵魂悬浮的濒死体验。濒死体验是一种医学术语"near death experience"，又简称为"NDE"，是指那些已经被判断为临床死亡的人被救活后所报告的他们死亡时的主观体验。濒死体验的医学研究成果告诉我们，所有研究对象都强调他们在"濒死"之时，会呈现出灵魂出窍在空中漫游的强烈幻觉，并进入一个陌生世界看到许多神奇怪像[①]。学医出身的鲁迅，虽然没有濒死体验的真实经历，但这并不妨碍他以自我感知的艺术想象去营造一种濒死体验的艺术空间。《野草》中的《好的故事》，就是一个非常典型的文本范例："我"在朦胧中，灵魂脱离了肉体前去远行，通过山阴道"我"来到了另外一个世界——"茅屋，狗，塔，村女，云，……也都浮动着。大红花一朵朵全被拉长了，这时是泼刺奔进的红锦带。带织入狗中，狗织入云中，白云织入村女中……。在一瞬间，他们又将退缩了。但斑红花影也已碎散，伸长，就要织进塔，村女，狗，茅屋，云里去。"如果说医学研究中的濒死体验表明，死亡是人自我解脱后的最轻松状态，那么鲁迅"在昏沉的夜"里，明显感受到了自己灵魂升空的极度自由与极度放纵。这种艺术化的濒死体验，既暂时消解了鲁迅在现实世界中的种种苦痛，又在很大程度上强化了他对死亡的认识与憧憬，其正反两方面的作用和意义都是不可小觑的。三是以死观生的荒诞叙事。卡夫卡有一篇小说《变形记》，是写一个名叫格里高尔·萨姆沙的人，一天早晨起床，发现自己已经变成了一个巨大的甲虫，从此他便以昆虫的眼光，去反观人之世界的各种闹剧。我不知道鲁迅是否读过这篇现代主义的小说名作，但是我们却能从《野草》中发现卡夫卡式的荒诞

---

① 王云岭，等：《濒死体验研究及其现实意义》，载《医学与哲学》2005年第26卷第8期，第20－21、27页。

与幽默。比如在《死后》里，"我梦见自己死在道路上""我想睁开眼睛来，他却丝毫也不动，简直不像是我的眼睛；于是想抬手，也一样"（这与《变形记》的开篇非常相似）。无数的脚步从"我"身边走过，无数的车轮从"我"头边推过，人们除了在那里悄悄地议论着"我"，没有一点略带同情的声音。"怎么要死在这里？"人们讨厌"我"死的不是地方，便草草地将"我"埋了；于是人们忘记了"我"的存在，只有那个古斋旧书铺的小伙计，还不厌其烦地用古书来诱惑"我"。"我"从死亡中，已看到了死后社会的世态炎凉，所以既不想朋友"祝我安乐"，更不想"几个仇敌祝我灭亡"（这与《变形记》的主题也近乎一致）。难怪他后来会在《死》一文中，立下如此冷漠的另类遗嘱："赶快收敛，埋掉，拉倒。"① 其实《死》作为《死后》的续篇，只不过是鲁迅以即将来临的死亡，去回应他曾经虚拟过的死亡；这种看似淡定的平静心态，其内心世界的剧烈冲突，一般人是很难去想象或揣摩的。

既然死亡意识是《野草》的重要内容，而《野草》又是鲁迅思想不可分割的组成部分，那么以什么样的切入视角去阅读《野草》，也就直接决定着我们对于鲁迅思想的认识深度。精神分析学派认为，文学创作就是"白日梦"，梦所使用的象征性语言，"是一种代表感觉经验的语言……是我们灵魂与心灵象征的语言。"② 《野草》当然也不能例外。问题在于鲁迅的死亡想象和死亡体验，究竟是一种超越死亡的哲学境界，还是一种畏惧死亡的生命脆弱？我们不能将鲁迅去除了人的情感因素，让其像神一般超然物外地发出感叹："过去的一切已经过去了，它的存在如白驹过隙，仿佛不曾有过似的"，人间的"一切东西都会化为虚无"。③ 鲁迅对于死亡的想象与体验，与哲学认识论上的超越死亡无关，完全是由种种主客观原因所造成的自身无奈，《野草》对此早已做出了非常形象的艺术描述。研究《野草》，人们自然都会提到《立论》与《过客》这两篇作品；但究竟又有多少人理解了鲁迅写这两篇作品的真实用意？那就不得而知了。《立论》文字简洁，表达清楚，一家人的孩子满月，有人恭维"这孩子将来要发财的"，也有人恭维"这孩子将来要做官的"；只有一个人说了真话，"这孩子将来是要死的"，结果说真话这个人，被人合力痛打了一顿。于是，研究者便从中找到了鲁迅对于死亡哲学思考的理论依据。鲁迅将死亡

---

① 《鲁迅全集》第 6 卷，北京：人民文学出版社 1981 年，第 612 页。
② ［德］弗洛姆：《梦的精神分析》，北京：光明日报出版社 1988 年，第 8 页。
③ ［德］叔本华：《叔本华论说文集》，北京：商务印书馆 2004 年，第 431 页。

视为是个体生命的最后归宿,这并不是什么高妙玄乎的哲学思考,而是他从进化论那里得到的基本常识,因为世界上没有永恒不灭的物种。说真话的人之所以挨打,关键不在于他说了真话,而是他直接用结论否定了生命自身的完整过程。尽管生命的结局必然是死亡,然而它必须有一个生命感知的认识过程,鲁迅自己对此是非常清楚的,所以他才会去写《过客》。《过客》是对《立论》命运归宿论的全面展开,"过客"与"老翁""女孩"的对话,不仅暗示着鲁迅认同生命的最终形态就是死亡,同时更暗示着鲁迅理解人在走向死亡过程时的无奈与绝望。"老翁"是生命即将完结的象征,"女孩"是生命刚刚开始的象征,而"过客"则是生命中间状态的象征,三者对于生命意义的不同感受,包含了鲁迅全部的人生体验:对于"老翁"而言,他即将走到生命的尽头,所以他眼中看到的是人生之旅的最后终点——坟墓;对于"女孩"而言,她还处在生命的起步阶段,所以她眼中看到的是,人生之旅的绚丽色彩——野百合与野蔷薇。但最值得引起我们注意的,还是那个中年人"过客",他既留恋现实世界,又停不下向前迈动的脚步,因为"有声音常在前面催促我,叫唤我,使我息不下"。"老翁"告诉他不要去理会那个声音,"他似乎曾经也叫过我",可"过客"却身心疲惫地回应道:"我还是走的好。我息不下"。"过客"永不停顿地走向死亡,只不过是鲁迅想通过这一形象去告诉读者,无论是听命也好还是反抗也罢,人从一生下来就开始了他的死亡之旅。生命的本质到底是什么?《过客》所给出的回答,无非就是痛苦人生的自我体验!如果我们不带有任何主观偏见,很容易便发现鲁迅将生命过程的全部价值,都理解为毫无意义的自我挣扎,这种精神资源其实就是源自于厨川白村的《苦闷的象征》。还有,研究《过客》,人们都会提到鲁迅在写给赵其文信中所说过的那段话:"虽然明知前路是坟而偏要走,就是反抗绝望,因为我以为绝望而反抗者难,比因希望而战斗者更勇猛,更悲壮。但这种反抗,每容易蹉跌在'爱'——感激也在内——里,所以那过客得了小女孩的一片破布的布施也几乎不能前进了。"[①] 这就是学界认定为鲁迅反抗绝望的理论依据。其实,在现代汉语的转折词里,"但是"之前的话语虽然具有某种肯定性因素;然而,"但是"以后所表达的意思,才是言说者的真实意图——尽管反抗绝望"猛进"而"悲壮",可"爱"却是人所无法彻底摆脱的情感寄托,失去了"爱"也就失去了人的

[①]《鲁迅全集》第 11 卷,北京:人民文学出版社 1981 年,第 442 页。

本质属性。故鲁迅无非是在暗示读者，他还是希望自己的情感能有所依附，除非像庄子所说的那样："哀莫大于心死，而人死亦次之。"（《庄子·田子方》）只有了解了这一切，我们才能回到《野草》中的《题辞》，去重新阅读那段充满着思想矛盾的心灵独语：

> 当我沉默着的时候，我觉得充实；我将开口，同时感到空虚。
>
> 过去的生命已经死亡。我对于这死亡有大欢喜，因为我借此知道它曾经存活。死亡的生命已经朽腐。我对于这朽腐有大欢喜，因为我借此知道它还非空虚。

"沉默"与"开口"，象征着生与死两种境界，死的"充实"与活的"空虚"，是那一特定时期鲁迅精神状态的真实写照；所以他才会说"过去的生命已经死亡"。虽然"死亡的生命已经朽腐，我对于这朽腐有大欢喜"，因为只有死亡才能真正使人获得自由与解脱。看破了死亡，不一定就意味着超越了死亡，所以当鲁迅意识到"绝望"与"希望"都是"虚妄"时心如死灰，还谈什么反抗绝望。故那种提升《野草》哲学意义的学界神说，完全是言说鲁迅者自己的主观想象；而鲁迅所赋予《野草》的生命活力，就在于它真实地展现了自己精神颓唐的内心世界。

孔子曰："己所不欲，勿施于人。"（《论语·颜渊》）我真希望学界能将鲁迅还原为一个活生生的人，而不是将其奉为心灵祭坛的泥塑神像！

《朝花夕拾》与鲁迅的精神返乡

众所周知,《朝花夕拾》写于1926年,其中所收录的10篇散文,也都是鲁迅童年时代的故乡记忆。至于鲁迅为什么会在"纷扰中寻出一点闲静来",去"旧事重提"讲述往事,[①] 学界同仁也都从各自不同的认知角度给出了答案。比如有人说《朝花夕拾》是鲁迅"从自我生命的底蕴里,寻找光明的力量,以抵御由外到内的漫漫黑暗"[②];也有人说《朝花夕拾》是鲁迅在"战斗"的间歇期,以一种特殊的"休息"方式,去"更深刻地思考"人生的问题;[③] 更有人说"鲁迅的《朝花夕拾》是言志与载道的结合,将中国现代散文的写作拓展进一个新的境界"[④]。纵观近些年来学界对于《朝花夕拾》的种种见解,其实都没有超越当年王瑶先生所做出的权威论断:即《朝花夕拾》虽然是散文,但它追忆"往事"却不忘现实,丝毫没有减少其昂扬斗志,同样是鲁迅用来抨击社会黑暗势力的工具利器。[⑤]

我个人对于《朝花夕拾》的阅读感受,恐怕要与学界正统的论点大相径庭。如果说杂文是鲁迅"听将令"的启蒙"呐喊",小说是鲁迅感悟现实人生的思想"彷徨",那么《朝花夕拾》中的"旧事重提",则隐喻

[①]《鲁迅全集》第2卷,北京:人民文学出版社1981年,第228页。
[②] 钱理群:《文本阅读:从〈朝花夕拾〉到〈野草〉》,载《江苏社会科学》2003年第4期,第103–109页。
[③] 李怡:《〈朝花夕拾〉:鲁迅的"休息"与"沟通"》,载《首都师范大学学报》2009年第1期,第103–108页。
[④] 杨剑龙:《"从纷扰中寻出一点闲静来"——论鲁迅的〈朝花夕拾〉》,载《鲁迅研究月刊》2001年第4期,第40–46页。
[⑤] 王瑶:《论鲁迅的〈朝花夕拾〉》,载《北京大学学报》1984年第1期,第2–15页。

性地表达了鲁迅精神还乡的一种姿态。毫无疑问,《朝花夕拾》"小引"中的第一句话,即"在纷扰中寻出一点闲静来",有两个关键词值得我们注意,首先必须去回答什么是"纷扰",然后我们才能理解"闲静"的含义。钱理群先生曾说"纷扰"来自于"当局"与"文人学者"两种因素[①],这种观点最早始于王瑶等老一代中国现代文学研究者。不过疑问也恰恰正在于此,"当局"系指张作霖进京主政时,曾对精英知识分子采取过政治上的高压姿态,不仅鲁迅本人受到了"通缉",他的所谓"论敌"也纷纷逃难,例如徐志摩去上海躲避,顾颉刚则到了厦门大学,就连胡适也绕道苏联远赴欧洲,可见受到"纷扰"是当时启蒙精英的共同困境。"文人学者"系指"现代评论派"的"正人君子",鲁迅与他们围绕着"三一八惨案"所发生的激烈论战,也绝不是什么"进步"与"反动"、"正义"与"邪恶"的殊死较量,而只是中国现代文化界里的个人恩怨;如果我们简单地视其为一种意识形态的政治对立,或者视其为一种不同文化阵营的思想交锋,显然是有悖于历史事实且难以令人信服的。因为无论是鲁迅本人还是"现代评论派"的"正人君子",他们都是中国现代思想启蒙运动的中坚力量,如果我们人为地提升他们之间的矛盾性质,势必会将我们自己陷入一种无法自圆其说的境地。说完"纷扰"我们再来说说"闲静"。谈及"闲静",我们自然会联想到鲁迅思想的疲惫状态。在小说《彷徨》当中,鲁迅已对思想启蒙倍感困惑,涓生与魏连殳等人的精神颓废,其实多少都有些鲁迅自己的影子。早在1925年,鲁迅就曾对文化激进主义有所反思,比如他在写给许广平的信中便一再叮嘱说,"小鬼不要变成狂人,也不要发脾气了。人一发狂……自己吃亏,因为现在的中国,总是阴柔人物得胜。"同时他也表示"决不肯使自己发狂"。[②] 拒绝"发狂"而趋于理性,这使得鲁迅在厦门的"孤立海滨"与"社会隔离"[③],但却有了深度思考的"闲静"环境;故"旧事重提"的《朝花夕拾》,不仅写出了鲁迅难得一见的思乡之情,同时更是生动地展示了一个真实鲁迅的精神世界。

[①] 钱理群:《文本阅读:从〈朝花夕拾〉到〈野草〉》,载《江苏社会科学》2003年第4期,第103-109页。

[②][③] 见《鲁迅全集》第11卷,北京:人民文学出版社1981年,第88-89、483页。

一、"百草园":故乡寻梦与成长记忆

研究《朝花夕拾》,"百草园"无疑是第一个重要意象。然而,当人们把"百草园"仅仅视为鲁迅童年快乐的情绪记忆时,其精神返乡的深刻内涵则往往被人为地忽略了。王德威曾将中国现代作家的乡土叙事用"想象的乡愁"一词来加以概括和表述①,并受到了许多人不加思辨的盲目赞同,实际上这是一个缺乏理论支撑的严重误判。因为对于中国现代作家而言,他们笔下的"乡思"或者是"乡愁"并不是一种抽象空洞的虚拟想象,而是他们切切实实的生活经验。除了记忆与时间存有差异之外,"故乡"一直都存在于他们的精神生活当中。

从这一角度去阅读"百草园"的艺术复述,我们发现鲁迅思想的一些微妙变化。虽然都是以"故乡"为题材,但明眼人一看便知道,《呐喊》与《彷徨》中"故乡"那种灰色与破败的情景写意,全都是"听将令"式的否定性叙事,根本就没有任何亲近故乡的眷恋之意。小说《故乡》的开篇,就是一个最典型的例子:

> 时候既然是深冬;渐进故乡时,天气又阴晦了,冷风吹进船舱中,呜呜的响,从篷隙向外一望,苍黄的天底下,远近横着几个萧索的荒村,没有一些活气。我的心禁不住悲凉起来了。
>
> 啊!这不是我二十年来时时记得的故乡?

鲁迅在这里用了"阴晦""苍黄""萧索""悲凉"等词汇去描写他回到故乡的真实感受,显然是在表达他对故乡破败现实的一种绝望情绪。我们完全理解鲁迅以现代都市文明的眼光去对比偏远落后的乡村所产生的心理落差,同时也正是由于这种心理落差直接导致了他对故乡的否定与诀别。在启蒙"呐喊"的激情时代,鲁迅无疑是把对故乡的否定,作为他追求思想现代性的主观诉求;可是到了《朝花夕拾》当中,这种否定性的激情却逐渐地被消解,而思乡之情则变得越来越浓厚。我个人认为,"百草园"并非是个单一意象,它应是个"乡思"意象的艺术符号。如果我们仔细阅读便会发现,在"小引"里鲁迅本人就已经为这一意象的后续展开,隐而不宣且十分巧妙地埋下了一个伏笔:

---

① 王德威在其《写实主义小说的虚构:茅盾、老舍、沈从文》一书(复旦大学出版社2011年版)的第7章,用"想象的乡愁"为题去阐释沈从文的小说。

> 我有一时，曾经屡次忆起儿时在故乡所吃的蔬果：菱角，罗汉豆，茭白，香瓜。凡这些，都是极其鲜美可口的；都曾是使我思乡的蛊惑。后来，我在久别之后尝到了，也不过如此；惟独在记忆上，还有旧来的意味留存。他们也许要哄骗我一生，使我时时反顾。

鲁迅这里所提到的那些美味"蔬果"，自然都是产自于"百草园"中那块"碧绿的菜畦"。故鲁迅也就不经意地从对美味"蔬果"的回忆开始，拉开了他对"百草园"（思念故乡）的叙事帷幕。鲁迅在此以"鲜美""蛊惑""留存""反顾"等词汇，深深地表达了他对故乡绍兴的留恋之情，小说《故乡》中那种令人压抑的阴霾氛围，早已烟消云散荡然无存了。"小引"中这段故乡描写，与周作人较早所写的《故乡的野菜》，有着异曲同工之妙：妻子在菜市场看到有荠菜在卖，立刻便使他联想到故乡吃野菜的习惯，以及野菜制作的古老习俗，仿佛满屋子里都飘散着故乡野菜的浓浓味道，这种用精神去品尝故乡野菜的生动描述，同样也反映了他对故乡挥之不去的永恒记忆。人们都说周氏兄弟的思想观念完全不同，然而在"思乡"与"怀旧"方面，他们却表现出了惊人的一致性。

《从百草园到三味书屋》一文，是鲁迅内心童心世界的情感再现，在这里没有成人社会的各种"纷扰"，只有恬静安宁的大自然环境，它表面上成了鲁迅逃避一切是非的理想家园，实际上却寓意着鲁迅重新认识自己故乡的理性思考。

> 我家的后面有一个很大的园，相传叫做百草园。现在是早已并屋子一起卖给朱文公的子孙了，连那最末次的相见也已经隔了七八年，其中似乎确凿只有一些野草；但那时却是我的乐园。
>
> 不必说碧绿的菜畦，光滑的石井栏，高大的皂荚树，紫红的桑葚；也不必说蝉鸣在树叶里长吟，肥胖的黄蜂伏在菜花上，轻捷的叫，天子（云雀）忽然从草间直窜向云霄里去了。单是周围的短短的泥墙根一带，就有无限趣味。油蛉在这里低唱，蟋蟀们在这里弹琴……

如果我们只去关注作者描写"百草园"的字面意义，所得出的结论至多不过是鲁迅难忘童年时代的精神"乐园"，但这绝不是鲁迅撰写该文的原初本义。其实，鲁迅在他叙述"百草园"的过程当中，更注意去阐释他个人成长的经验获得——比如在"百草园"里，他听"长妈妈"讲

"美女蛇"的故事,最早懂得了与人交往不能轻信花言巧语,更不能被对方的假象迷惑;又如在冬天"百草园"的雪地里,他跟随闰土的父亲学"捕鸟",进而明白了万事都需要有耐心,急于求成就会欲速则不达。与"百草园"相对应的是"三味书屋",而学界也一直都认为"三味书屋"是鲁迅本人的否定对象。我个人完全同意李怡教授的最新看法,不能简单地把"三味书屋"看作是"封建教育对于儿童的压抑与摧残",持这种见解的人"大概是没有完全读懂鲁迅在文中那无所不在的趣味来"。[1] 鲁迅在讲述"三味书屋"的故事时,不仅是表达了他的"另外一番体验"的趣味,同时也于"有趣"的回忆中,暗含着自己对于那位先生深深的歉意:"他是一个高而瘦的老人,须发都发白了,还戴着大眼镜。"虽然他博学正直远近闻名,迫使"我对他很恭敬",但是儿童顽皮的自然天性,没有少给他制造麻烦:"我"会用"'怪哉'这虫",去刁难那位老先生;"我"会经常逃课去捉苍蝇和蚂蚁,惹得那位老先生大发脾气;"我"会趁先生不注意,偷偷地去画通俗小说的"绣像"。总而言之,"三味书屋"的故事叙事,仿佛是在讲童年鲁迅的叛逆情绪,可实际上却是对他逆反心理的自我检讨——那些"绣像"画"卖给一个有钱的同窗",用鲁迅自己的话讲"这东西早已没有了罢",况且鲁迅本人也并没有成为一个画家。但在那位老先生的严管之下,"我读的书逐渐加多,对课也渐渐地加上字去,从三言到五言,终于到七言。"读书的渐多与认字的增多,无疑使鲁迅得益匪浅受用终身,人们都知道鲁迅的国学功底甚为丰厚,殊不知这正是"三味书屋"的正面价值。中国现代著名作家差不多都有过同鲁迅一样的"塾学"训练,因此他们才会博古通今,令我们这些后人望尘莫及。

说到鲁迅对于"百草园"的情绪记忆,《狗·猫·鼠》是最令学界困惑的一篇文章。在许多研究者看来,该文"可以说是在现实问题直接激发下的近似杂文的作品""这篇文章有明确的针对性,论战性很浓"[2];"真正回忆童年旧事的文字并不多,充其量不过是文章的后一半"[3],而作者的用意也只是将"仇猫"作为一个"引子",以表达他"对所谓正人君

---

[1] 李怡:《〈朝花夕拾〉:鲁迅的"休息"与"沟通"》,载《首都师范大学学报》2009年第1期,第103-108页。

[2] 王瑶:《论鲁迅的〈朝花夕拾〉》,载《北京大学学报》1984年第1期,第2-15页。

[3] 顾农:《〈朝花夕拾〉分组研究》,载《山东师大学报》1985年第1期,第79-85页。

子的厌恶与仇恨"①。我个人认为，把《狗·猫·鼠》一文排除在故乡经验的记忆之外，显然不符合鲁迅本人"旧事重提"的真实用意。《狗·猫·鼠》开篇的确用了大段的辛辣文字，去调侃与讥讽正人君子的"党同伐异"；但文章真正的看点则是童年时代的成长"经验"，以及他本人在自然环境中逐渐成熟的人性意识。

  那是一个我的幼时的夏夜，我躺在一株大桂树下的小板桌上乘凉，祖母摇着芭蕉扇坐在桌旁，给我猜谜，讲故事。忽然，桂树上沙沙地有趾爪的爬搔声，一对闪闪的眼睛在暗中随声而下，使我吃惊，也将祖母讲着的话打断了，另讲猫的故事了——

  "你知道么？猫是老虎的先生。"她说。"小孩子怎么会知道呢，猫是老虎的师父。老虎本来什么也不会的，就投到猫的门下来。猫就教给它扑的方法，捉的方法，吃的方法，像自己的捉老鼠一样。这些教完了；老虎想，本领都学到了，谁也比不过它了，只有老师的猫还比它强，要是杀掉猫，自己便是最强的脚色了。它打定主意，就上前去扑猫。猫是早知道它的来意的，一跳，便上了树，老虎却只能眼睁睁地在树下蹲着。它还没有将一切本领传授完，还没有教给它上树。"

这段颇为论者所赞美的抒情文字，有两点值得我们去认真地思考：其一，"猫"与"老虎"的故事，是一种非常典型的经验叙事，鲁迅无非是想借此告诉读者，"害人之心不可有，防人之心不可无"，这是中国人坚信不疑的文化古训。其二，人们都说鲁迅"仇猫"，但从这个故事的复述当中，鲁迅明显是把猫描写成了一个受害者，猫的智慧不仅没有被贬低，反而受到了鲁迅充分的肯定，对此我们绝不能视而不见。所以猫的狡黠与猫的聪颖，同时传达着鲁迅对其恨与爱的两种情绪，主观而武断地去认定鲁迅"仇猫"，恐怕那只是"维护"鲁迅尊严者的一厢情愿。"鼠"之意象更是大有深意，在《狗·猫·鼠》中，"鼠"被作者描写成了一种可爱之物，尤其是"老鼠成亲"的热闹场面，那些"红衫绿裤"的小老鼠们，几乎令鲁迅过目不忘且"极其神往"。"老鼠的大敌其实并不是猫"，而是"蛇"这个阴森恐怖的冷血"屠伯"，故小"隐鼠"的故事，明显是在替猫开脱罪责。鲁迅从蛇的口中救下小"隐鼠"，并与它朝夕相处形影不

---

① 殷国明：《鲁迅与〈朝花夕拾〉》，载《海南大学学报》1987年第4期，第60-66页。

离,成了最亲密的陪读伙伴。综观整个叙事过程,始终都充满着作者同情弱者的人文情怀,这与后来鲁迅关爱与保护青年的一贯行为,应该说是有着密不可分的因果关系。"取来给躺在一个纸盒子里,大半天,竟醒过来了,渐渐地能够饮食,行走……也时时跑到人面前来,而且缘腿而上,一直爬到膝髁。给放在饭桌上,便检吃些菜渣,舐舐碗沿;放在我的书桌上,则从容地游行,看见砚台便舐吃了研着的墨汁。这使我非常惊喜了。"小"隐鼠"的故事,其潜台词是在讲述鲁迅童年时代的人格修炼——童年时代与小"隐鼠"之间的这段情缘,恰恰孕育了鲁迅爱憎分明的刚直性格。而小"隐鼠"却突然地失踪了,"长妈妈"告诉"我"是"被猫吃了",但后来"我"知道是被"长妈妈"无意中"踩死"的,"这确是先前所没有料想到的"。"我"虽然同猫的感情并没有因此而"融和",甚至于还以猫的偷吃性去影射正人君子的卑劣人格,然而"我"对"猫"性与"鼠"性的基本判断,都是源自于童年时代的经验记忆,这不正说明了"百草园"的生活经验对于鲁迅思想的成长有着深刻的影响吗?

"百草园"作为鲁迅精神还乡的艺术符号,它虽然也包含有某些批判性的尖刻言辞,但更多的却是柔情追忆的温和色调。它与小说"故乡"那种灰色的描写相比较,真可谓是完全不同的两个天地。毋庸置疑,从否定故乡到眷恋故乡,既预示着鲁迅的观念转变,也预示着鲁迅的自我反省——因为鲁迅终于从他自己所发明的"染缸"理论中,得出了一个令他倍感沮丧同时又纠结无限的逻辑推论,那就是:"皮之不存,毛将焉附?"所以,阅读《朝花夕拾》我们不难发现,一个挥之不去的故乡记忆,一个精神家园的自觉坚守,这是鲁迅同他那一代精英知识分子从自身经验中所体悟出来的一个人生哲理。

二、"长妈妈":亲情意象与往事抒怀

"长妈妈"是《阿长与〈山海经〉》里的主人公,但我个人却宁愿视其为是一种亲情意象,她与藤野先生以及范爱农一道,在鲁迅孤独与寂寞的内心深处,构筑起了一个足以疗伤的温情世界。如果说"百草园"是鲁迅的精神家园,那么"长妈妈"就是鲁迅的母爱记忆。因为不知道什么原因,鲁迅一生非常敬重他的母亲,但是却很少去描写自己的母亲,《朝花夕拾》中虽然偶尔也会有所提及,但大多都是寥寥数语一笔带过,很难给读者留下深刻的印象。至于鲁迅为什么不写自己的母亲,我们无法

考证也没有必要去求证，其实读完《阿长与〈山海经〉》我们便能发现，鲁迅在"长妈妈"身上所投影的，恰恰是一种崇高伟大的母爱。"长妈妈"作为鲁迅讴歌母爱的抒情对象，被作者赋予了最真挚的情感因素，她不仅是鲁迅倾诉母爱的客体对象，更是鲁迅精神返乡的动力源泉。只可惜学界对此一直都重视不够，这不能不令人感到有些遗憾。

《阿长与〈山海经〉》中的"长妈妈，已经说过，是一个一向带领着我的女工，说得阔气一点，就是我的保姆。"尽管她与"我"并没有血缘关系，但"我"平时却亲切地叫她"阿妈"。"长妈妈"既不高大也不漂亮，在"我"的印象里，她总是爱管闲事，指手画脚"切切察察"。"但是她懂得许多规矩；这些规矩，也大概是我所不耐烦的"，比如过新年，一再叮嘱"我"要对她说"阿妈，恭喜恭喜！"然后她将一瓣冰冷的福橘，硬塞到"我"的嘴里，这才算完成了一个新年祝福的隆重仪式。"她教给我的道理还很多，例如说人死了，不该说死掉，必须说'老掉了'；死了人，生了孩子的屋子里，不应该走进去；饭粒落在地上，必须捡起来，最好是吃下去；晒裤子用的竹竿底下，是万不可钻过去的……。此外，现在大抵忘却了，只有元旦的古怪仪式记得最清楚。""长妈妈"还经常给"我"讲"长毛"的故事，说什么"长毛"要将小孩子虏了去做"小长毛"，而"我们也要被虏去。城外有兵来攻的时候，长毛就叫我们脱下裤子，一排一排地站在城墙上，外面的大炮就放不出来；再要放，就炸了！"长期以来，学界一直都认为，鲁迅描写"长妈妈"的思想愚昧，是在用儿童的眼光去揭示她的"落后、守旧、糊涂"，[1]并真实地再现"中国几千年封建思想"对于国民的"压抑和毒害"。[2]我个人认为这种结论并不符合作品文本的叙事语境。鲁迅之所以去描写"长妈妈"的"迂"，其实是在突现其人格的"善"，"长妈妈"像所有母亲那样不厌其烦地唠唠叨叨，无非是为了关爱自己可爱的孩子；而"我"所表现出的逆反心理，也是一切孩子都曾有过的青春特征。童心与母性之间那种柔情摩擦，则更是增添了家庭生活中的无穷乐趣。"长妈妈"不但对我爱护备至，而且还尽量满足"我"的兴趣爱好，当她知道"我"喜欢《山海经》的连环画时，便牢记在心并专门告假去把它买了回来——

---

[1] 顾农：《〈朝花夕拾〉分组研究》，载《山东师范大学学报》1985年第1期，第79-85页。

[2] 殷国明：《鲁迅与〈朝花夕拾〉》，载《海南大学学报》1987年第4期，第60-66页。

"哥儿,有画儿的'三哼经',我给你买来了!"

我似乎遇着了一个霹雳,全体都震悚起来;赶紧去接过来,打开纸包,是四本小小的书,略略一翻,人面的兽,九头的蛇,……果然都在内。

这又使我发生了新的敬意了,别人不肯做,或不能做的事,她确能够做成功。她确有伟大的神力。

这段描写最令人感动的地方,是"长妈妈"连什么是《山海经》都不知道,可只要是"我"所喜欢的东西,她都想方设法地去给予满足。这不是浓浓的母爱又是什么呢?正是由于鲁迅感受到了这是一种伟大的母爱,所以他才会在文章结尾处满含激情地呼唤道:"仁厚黑暗的地母呵,愿在你怀里永安她的魂灵!"鲁迅一生极少去写这种煽情的文字,恐怕也只有母爱才能触发他内心深处的灵魂呐喊。有意思的是钱理群在解读这段文字时,却说这是鲁迅本人"在受到外部的种种伤害以后所发出的生命呼唤,他要回到这个'仁厚黑暗的地母'的怀里,永安他的灵魂"[①],这种观点完全消解了鲁迅本人对于伟大母爱的颂扬与追忆,无疑是一种超越文本而主观想象的自我意识。另外我们还注意到:鲁迅在描写"长妈妈"的人格时,已不再像描写阿Q或闰土那样,单纯地去突出其愚昧和落后的思想状态;而是将"迂"与"善"视为对立统一的有机整体,让"迂"与"善"在同一个意义层面上,去仔细品味儒家"中庸"文化的独特性。这种重新审视"国民性"的构成因素,辩证性地看待历史文化现象的科学态度,应是鲁迅告别"激进"不再"发狂"的一个信号。

《藤野先生》一文在《朝花夕拾》当中,可以说是脱离"故乡"叙事的另类文字,虽然它也是属于追忆"亲情"或"友情"之作,但将其置放于"故乡"序列里,还是值得我们去认真推敲的。我个人的阅读感觉,有这样一种强烈的印象:如果说"长妈妈"是母爱意象的一种投影,那么"藤野先生"则是父爱意象的一种折射,只有将两者结合起来去考察,才能还原"精神家园"的完整构图。尽管鲁迅在文中说"我很爱我的父亲",而《朝花夕拾》里也的确有不少描写父亲的文字,不过仔细阅读之后我们多少都会感到有些诧异:因为父亲的形象被表现得是那样地苍白,除了被病痛折磨得艰难喘息之外,读者根本就感受不到有丝毫的父爱情

---

① 钱理群:《文本阅读:从〈朝花夕拾〉到〈野草〉》,载《江苏社会科学》2003年第4期,第103–109页。

怀。"藤野先生"的形象却大不相同,作者从外到内都有着十分详细的具体描写,比如他穿着随意不修边幅,八字须,戴一副近视眼镜,"据说是穿衣服太模胡了,有时竟会忘记带领结;冬天是一件旧外套,寒颤颤的,有一回上火车去,致使管车的疑心他是扒手,叫车里的客人大家小心些。"正是这样一位外表邋遢的大学教授,却有着极其美好而善良的人格品性,他对"我"不仅没有任何歧视性的种族偏见,相反还对"我"表现出了巨大的善意和关爱——他帮"我"补齐不完整的"讲义",对"我"单独进行专业辅导,"藤野先生"那如父亲般的爱心与耐心,令"我"这个独处异邦的留学生,在周围一片排华的叫嚣声中感受到了一丝"家"的温馨。"考试事件"既侮辱了"我"的人格,又严重伤害了"我"的民族自尊心,"中国是弱国,所以中国人当然是低能儿,分数在六十分以上,便不是自己的能力了"。于是"到第二学年的终结,我便去寻藤野先生,告诉他我将不学医学,并且离开这仙台。他的脸色仿佛有些悲哀,似乎想说话,但竟没有说"。最后他留给"我"一张照片,郑重地写上两个字"惜别"。鲁迅追述他与"藤野先生"之间的关系交往,情感是如此的细腻而且充满着感恩的心,这种叙事手法实际上早已经超越了一般的师生情谊,而升华为只有歌颂父爱时才会具有的那种虔诚与凝重:"在我所认为我师的之中,他是最使我感激,给我鼓励的一个。有时我常常想:他的对于我的热心的希望,不倦的教诲,小而言之,是为中国,就是希望中国有新的医学;大而言之,是为学术,就是希望新的医学传到中国去。他的性格,在我的眼里和心里是伟大的,虽然他的姓名并不为许多人所知道。"在中国的传统文化当中,"师"与"父"之间的关系十分密切,常言道在家从"父",在外从"师",便是对"师父"一词词义的精确说明。《藤野先生》一文的结尾之处,鲁迅更是人为地强化了"藤野先生"的父亲意象:"每当夜间疲倦,正想偷懒时,仰面在灯光中瞥见他黑瘦的面貌,似乎正要说出抑扬顿挫的话来,便使我忽又良心发现,而且增加勇气了,于是点上一枝烟,再继续写些为'正人君子'之流所深恶痛疾的文字。"这段结尾文字颇耐人寻味,按照中国人的正常习惯,房间里应该是悬挂父亲的照片或画像,以之作为鞭策自己的力量源泉,而鲁迅却换成了"藤野先生"。所以我个人认为,这是一种寻找父爱的隐喻表达,是一种"精神返乡"的情感诉求,只有从这一角度去加以理解,我们才能读懂《藤野先生》与《朝花夕拾》之间的和谐关系——如果"父爱"缺席,那么"故乡"也就不再是一个完整的"故乡"了。

《范爱农》是一篇追忆友情的经典之作。鲁迅以他留学期间所结识的同乡范爱农为表现对象，既讲述了两人之间从"敌视"到"挚交"的传奇经历，又表达了他对中国现代社会变革的忧患意识，字里行间都充斥着一种感时伤事的悲凉情调。"我"与范爱农的结识，是在一次同乡会上，当"我"提议为徐锡麟之死发抗议电时，范爱农却在那里用钝滞的声音冷冷地说："杀的杀掉了，死的死掉了，还发什么屁电报呢。"于是"我非常愤怒了，觉得他简直不是人，自己的先生被杀了，连打一个电报还害怕""从此我总觉得这范爱农离奇，而且很可恶。天下可恶的人，当初以为是满人，这时才知道还在其次；第一倒是范爱农。中国不革命则已，要革命，首先就必须将范爱农除去"。然而回国以后，"我"对范爱农才有了重新的认识。因没有了学费，范爱农不得不辍学，"回到故乡之后，又受着轻蔑，排斥，迫害，几乎无地可容。"年纪轻轻的头上已有了白发，穿着很旧的马褂和破布鞋，只能躲在乡下，靠"教着几个小学生糊口"。辛亥革命取得了成功，这为范爱农带来了人生的转机，他进入师范学校"做监学，还是那件布袍子，但不大喝酒了，也很少有工夫谈闲天。他办事，兼教书，实在勤快得可以"。但是好景不长，后来督军王金发变脸，"我"辞去了校长的职务前往北京，而范爱农却被革职又沦为穷困潦倒。"我想为他在北京寻一点小事做，这是他非常希望的，然而没有机会。"在百无聊赖中，范爱农死了，人们都说他是因醉酒落水而死的，可"我"却一直都怀疑他是"自杀"。《范爱农》这篇散文，最具有看点的地方，绝不是它所提供的历史信息，而是"我"对范爱农的追怀。后来"我"才知道，在那次同乡会上，范爱农之所以与"我"做对，原来是因为一个小小的"误会"，范爱农这种疾恶如仇表里如一的刚直性格，给"我"留下了难以忘怀的深刻印象。辛亥革命给了范爱农以新生活的希望，但又破灭了他对新生活的幻想，从"我"对他那率直性格的了解来推断，范爱农应该是不愿与那些权贵们为伍，选择了一种自我了结生命的极端方式，以保持自己思想的正直与人格的纯洁——他的尸体"直立"于"菱荡"之中，便是支撑"我"推断的最好证据。鲁迅刻意去表现范爱农的思想与人格，其实有两个含义并没有被学界所悟透：其一，"我"和范爱农是同乡，"故乡"赋予了"我们"两人非常相像的人格秉性，所以感恩"故乡"与怀念"故乡"，才具有了"精神家园"的实际意义；其二，范爱农作为中国现代知识分子，其外在思想与内在人格的高度统一，恰恰构成了他与"正人君子"言行不一的巨大反差，这说明鲁迅追求做人要表里如一，是他现代性思想诉求的重要内涵。

从"长妈妈"那里感受到了慈祥的母爱，从"藤野先生"那里感受到了父爱的温暖，从"范爱农"那里又体悟到了做人的道理，这一切绝不仅仅是激发起了鲁迅去继续"战斗"的莫大勇气，更是拉近了他与"故乡"之间的亲密距离。因此亲情意象与往事抒怀的客观效果，就直接导致了鲁迅本人的文化寻根。

三、"五猖会"：重识乡俗与文化寻根

《朝花夕拾》中的《父亲的病》《二十四孝图》《五猖会》《无常》以及"后记"，都是鲁迅描写故乡民风民俗的记事作品。学界以往在研究这些作品时，往往都是从反"礼教"的切入角度，去发掘其主题思想的深刻含义，这无疑是一种误读鲁迅的肤浅之见。从五四新文化运动开始，"国民性"批判便是鲁迅所去自觉承载的历史使命，无论是"对于扶乩，静坐，打拳而发的"，还是对"所谓'保存国粹'而发的"，①鲁迅关于"国民性"的矛头所指，本应是由"庸俗"所培养出来的"庸众"意识，与儒家"礼教"却没有什么太大的关系。孔子及其门徒之所以要创建"礼教"，是意在改变中国社会生活中的"庸俗"习惯，《汉书》卷22《礼乐志》中就明确指出："安上治民，莫善于礼；移风易俗，莫善于乐。"可见"礼教"之意在于"移风易俗"，虽然它也曾对民俗文化产生过一定的影响，但归根结底"礼教"与"庸俗"毕竟是截然对立的矛盾两极，所以《礼记》才会强调说"礼也者，理也"（即"礼教"所讲求的是做人的道理）。②民俗文化是传统文化当中最重要的构成因素，千百年来它以一种约定俗成的认同方式而不是法律制度去影响着一个民族评判是非的人生态度与道德标准，用荣格的观点来说，这种"道德态度是生活的实在要素"③。五四初期，出于对《新青年》启蒙阵营的"听将令"，鲁迅杂文对于中国社会的"旧习"与"时弊"，展开了无所顾忌的猛烈攻击和全盘否定，几乎表现出了一种文化虚无主义的偏执倾向。比如他把中国文化比喻为一个"大染缸"，就是这种思想偏执的明显例证。不过到了后来，也就是在厦门写作《朝花夕拾》的时候，鲁迅思想明显有了很大

---

① 《鲁迅全集》第1卷，北京：人民文学出版社1981年，第291页。
② 《礼记译注》（下册），上海：上海古籍出版社2004年，第666页。
③ ［瑞士］荣格：《心理学与文学》，北京：三联书店1987年，第50页。

的变化:他意识到自己身在"染缸"之中,"积习当然也不能顿然荡除";甚至还一反他对"庸众"的思想偏见,认为这"世界却正由愚人造成"的。① 鲁迅思想的微妙变化,在《朝花夕拾》中得到了很好的验证,尤其是在对待民俗文化方面,他已不再是单一性地给予否定,而是更趋于持一种理性思辨的科学态度。

　　《父亲的病》和《二十四孝图》这两篇文章,都是鲁迅以其童年时代的亲身经历,对中国民间庸俗旧习的理性批判。《父亲的病》表面上是在质疑中医的科学性,但实际上却是在述说国人思想的愚昧性,他以"医者,意也"之中国古训为开题,深刻地揭示了中国人"生死由命"的宿命意识。恐怕鲁迅未必把那位"庸医"陈莲河当作是真正的中医世家来加以对待,不要说"蟋蟀一对"还要"原配"多么荒唐,就连"平地木"到底是个什么东西,"问药店,问乡下人,问卖草药的,问老年人,问读书人,问木匠,都只是摇头,"没人能够回答。陈莲河所开的"神药",固然无法拯救父亲的病,不过他却神态安详正襟危坐,说出一套自我开脱的绝妙言辞:"医能医病,不能医命,对不对?自然,这也许是前世的事……。"鲁迅由为父求医这件事情,联系到了中国人的一种习惯——医者与巫术为伍,病者则听天由命,千百年来中国人就是这样地活着,没有人去怀疑这种活法究竟合不合理,因此鲁迅十分绝望地哀叹道,"这就是中国人的'命'!"注重感性而非注重理性,应是中国文化的一大特点,鲁迅在《二十四孝图》一文里,对此更是做了形象生动的文字说明。在鲁迅本人看来,中国老百姓对于"孝"之理解,绝不是源自于孔子思想的道德说教,而是源自于民间流行的神话传说;尽管他们没有文化且对儒学是什么也全然无知,但是只要看一看那本"二十四孝图",就连那个大字不识的"长妈妈",也能"滔滔不绝地讲出一段的事迹。"《二十四孝图》原本为元人郭居敬所辑录的二十四个孝子故事,后来不知道是什么人根据这一辑录做成了"二十四孝图",它不仅在中国民间广为流传,同时还变成了中国蒙学教育的经典读本。令我个人称奇之处则是,如果说"二十四孝图"是儒学经典,可为什么历朝历代的儒学精英都对该图的意义避而不谈呢?其实理由非常简单,因为"二十四孝图"中的那些故事范例,都是民间乡绅根据前人史书中所记载的传奇神话,无师自通地总结出来的"礼教"要义,与儒家"礼教"的基本原则相去甚远,故难以得到儒学传人的首肯与认同。比如"哭竹生笋"最早是见于《三国志》:"孟宗后母

---

① 《鲁迅全集》第1卷,北京:人民文学出版社1981年,第286页。

好笋,令宗冬月求之,宗入竹林恸哭,笋为之出。""卧冰求鲤"最早是见于《晋书·王祥传》:祥之后母"常欲生鱼,时天寒冰冻,祥解衣将剖冰求之,冰忽自解,双鲤跃出,持之而归。""老莱娱亲"和"郭巨埋儿",则分别见于《艺文类聚》与《太平御览》,前者讲一个七十多岁的老头为了讨父母的欢心,躺在地上故意放泼耍娇装小扮嫩;后者讲郭巨因家境贫寒无力同时赡养母亲和抚育儿子,出于孝心他准备将自己的儿子活埋以专养母亲。鲁迅认为"二十四孝图"中所讲的故事都是些人为虚构的"老玩意,本来谁也不实行"。特别是"郭巨埋儿"那种不近情理的荒谬说教,他指出就连古人都觉得过于夸张而嗤之以鼻。他在"后记"里就以清光绪年间胡文炳对该图的删改为例,来说明对于"二十四孝图"所持怀疑者,中国自古就"不乏其人,而且由来已久的"。鲁迅自己在文中还不无自嘲地调侃说,他没有按照"二十四孝图"的要求去做,这不免会使绘"二十四孝图"的"儒者"感到失望;我相信鲁迅在这里所说的"儒者",绝不是指以弘扬儒家文化为己任的至圣先贤,而是指那些断章取义的乡间"伪儒"。鲁迅从"二十四孝图"谈到后来的"百孝图",这正说明"二十四孝图"产生于民间而又流传于民间,它与民间传奇故事的生长过程极为相似,都是在以动态发展的民间思维去诠释"礼教"文化的深刻内涵;只不过是由于诠释者理论修养的先天不足,这种诠释也逐渐地脱"雅"变"俗",远离了儒学"礼教"的固有本义,进而演变成了"礼教"文化的对立面,即变成了营造"国民性"的"旧习"或"庸俗"。

我说《朝花夕拾》预示着鲁迅五四时期的思想转变,这与他对民俗文化所表现出的理性态度有着直接的关系,虽然《父亲的病》与《二十四孝图》具有反"庸俗"的批判意识,但《五猖会》与《无常》则又充分肯定了民俗文化的存在价值,这说明鲁迅已开始告别文化虚无主义的历史观,进而在精神返乡的过程中呈现出他文化寻根的心灵轨迹。"孩子们所盼望的,过年过节之外,大概要数迎神赛会的时候了"。这是《五猖会》开篇的第一段话,我们注意到鲁迅与以往的写法有所不同,并非落笔便是一通含沙射影的率性调侃,而是充满着他对故乡民俗民风的柔情记忆;到东关去看"五猖会","这是我儿时所罕逢的一件盛事""开首是一个孩子骑马先来,称为'塘报';过了许久,'高照'到了,长竹竿揭起一条很长的旗,一个汗流浃背的胖大汉用两手托着;他高兴的时候,就肯将竿头放在头顶或牙齿上,甚而至于鼻尖。其次是所谓'高跷','抬阁','马头'了;还有扮犯人的,红衣枷锁,内中也有孩子。我那时觉得这些都是有光荣的事业,与闻其事的即全是大有运气的人,——大概羡慕他们的出风头罢。我想,我为什么不生一场重病,使我的母亲也好到庙里去许下个'扮犯人'的心愿呢?……然而我到现在终于没有和赛会发生关系过"。鲁迅之所以会对民间的迎神赛会心驰神往,除了孩童那种爱看热闹的天性之外,更是因为从中可以了解到许多民俗文化知识,这要比父亲逼着"我"去背《鉴略》或《千字文》有趣多了。迎神赛会自然少不了"活无常","他不但活泼而诙谐,单是那浑身雪白这一点,在红红绿绿中就有'鹤立鸡群'之概。只要望见一顶白纸的高帽子和他手里的破芭蕉扇的影子,大家都有些紧张,而且高兴起来了。"鲁迅说在他的记忆里,"活无常"腰间系着草绳,脚上穿着乡间的草鞋,帽子上写着"一见有喜"四个大字,走在大街上插科打诨很是有趣。但是我们注意到鲁迅在谈"活无常"的印象时,并不仅仅是在追忆他童年时代难以忘怀的快乐时光,同时还对乡民崇拜迎神赛会的复杂心境,给予了他此前所未曾有过的同情和理解:

> 这些"下等人",要他们发什么"我们现在走的是一条狭窄险阻的小路,左面是一片广漠无际的泥潭,右面也是一片广漠无际的浮砂,前面是遥遥茫茫荫在薄雾的里面的目的地",那样热昏似的妙语,是办不到的,可是在无意中,看得往这"荫在薄雾的里面的目的地"的道路很明白:求婚,结婚,养孩子,死亡。但这自然是专就我的故乡而言,若是"模范县"里的人民,那当然又作别论。他们——蔽同乡"下等人"——的许多,活着,苦着,被流言,被反噬,因了积久的经验,知道阳间维持"公理"的只有一个会,而且这会的本身就是"遥遥茫茫",于是乎势不得不发生对于阴间的神往。人是大抵自以为衔些怨抑的;活的"正人君子"们只能骗鸟,若问愚民,他就可以不假思索地回答你:公正的裁判是在阴间!

毫无疑问,在这段文字描述当中,有两层意思还是比较清楚的:首先,鲁迅认为乡间民俗的迎神赛会是一种由来已久的文化现象,它虽然煞有介事地装神扮鬼,但却生动地表达着乡民渴望公平与公正的美好愿望。在一个并不平等的现实世界里,人们对于阴曹地府的隆重祭拜,恰恰反映了他们对于阳间社会的强烈不满,故在鲁迅看来,民俗文化虽有其糟粕部分,但终归是民间意志的形象表达。其次,鲁迅再次将"下等人"与"正人君子"相提并论,用"下等"乡民的务实人生,去否定"正人君子"的虚伪人格,这显然是一种文化寻根的思想表现。与那些夸夸其谈人生大道理的"正人君子"相比较,"我们的活无常先生便见得可亲爱了",他一方面负载着广大百姓的情感寄托,另一方面也丰富了"下等人"的精神生活,所以鲁迅才会说"至于我们——我相信:我和许多人——所最愿意看的,却在活无常"。《五猖会》与《无常》两文都写得生动活泼细致入微,字里行间都浸透着鲁迅眷恋故乡的浓浓思绪。"记忆"既赋予了鲁迅以追忆往事的思乡资源,同时也是照亮鲁迅精神返乡的指路明灯,这正如法国人类学家哈布瓦赫所说的那样,"只有把记忆定位在相应的群体思想中时,我们才能理解发生在个体思想中的每一段记忆。"① 鲁迅不再盲目地将自己排除出文化母体,而是自觉地去认同"群体思想"的故乡经验,所以发生于他个人人身上的"每一段记忆",都暗含着他精神返乡与文化寻根的情感诉求——当然了,这种文化"还乡"不是无条件的盲目接受,而是一种批判理性的重新选择。

　　研究鲁迅者一般都这样认为,1926 年是鲁迅思想发展的一个分水岭,不过他们都只注意到了鲁迅思想的激进"左转",却忽视了鲁迅对于中国传统文化的态度变化,这不能不说是件令人匪夷所思的遗憾之事。1926 年之前,鲁迅的杂文主要是攻击民俗文化的"旧习";而 1926 年以后,鲁迅的杂文则主要是攻击现实社会的"时弊"。从"旧习"到"时弊",表面观之是批判对象发生了转移,其实则是鲁迅的思维方式发生了转变。比如五四时期,他就曾在《青年必读书》一文中,主张青年"要少——或者竟不——看中国书,多看外国书"②,文化虚无主义的情绪十分明显。可是到了写《拿来主义》时,他对传统文化的看法却要客观得多,他以一座祖传老宅子做比喻说,"放一把火烧光"那是"昏蛋","大吸剩下的鸦片"那是"废物",因此他强调对于民族文化遗产,必须在先"占有"的基础上再去认真地"挑选",③ 这显然是他对前期思想的一种自我修正。尤其是《中国人失去了自信力了吗》一文,鲁迅对中国"筋骨"与"脊梁"式人物的热情讴歌,更是彰显着他对民族文化的认同感与自豪感——我个人认为,鲁迅这种前后不同的思想变化,正是始于《朝花夕拾》的精神返乡。

---

①［法］莫里斯·哈布瓦赫:《论集体记忆》,上海:上海人民出版社 2002 年,第 93 页。

②《鲁迅全集》第 3 卷,上海:人民文学出版社 1981 年,第 12 页。

③《鲁迅全集》第 6 卷,上海:人民文学出版社 1981 年,第 39 页。

下篇 文本研究

 # 《狂人日记》的反讽叙事与文本释义

作为中国现代文学的开掘源头，学界对于《狂人日记》的深度阐释，其实早已超越了作品自身的文本意义，而变成了启蒙精英的思想立场。在过去几十年的鲁迅研究当中，一篇仅有六千余字的《狂人日记》，几乎被赋予了千倍字数的考证解读：从"现实主义"到"象征主义"，从精神界"战士"到病理学"疯子"，从生物学"食人"到社会学"吃人"，历史积累起来的各种论点重复叠加，不仅严重脱离了鲁迅自身的创作意图，同时也极大地遮蔽了《狂人日记》的真实主题。

鲁迅对于《狂人日记》曾有过两次明确释义：1918年8月20日在给许寿裳的信中，他第一次说道："偶阅《通鉴》，乃悟中国人尚是食人民族，因成此篇。此种发见，关系亦甚大，而知者尚寥寥也。"① 1935年3月2日在《〈中国新文学大系〉小说二集序》中，他第二次说道："但后起的《狂人日记》意在暴露家族制度和礼教的弊害，却比果戈理的忧愤深广，也不如尼采的超人的渺茫。"② 毫无疑问，无论是前期还是后期，鲁迅对于"食人"现象的强烈关注，都集中体现了他对中国文化的深刻反思。因此，学界习惯性地将《狂人日记》的创作主题，理解为是先驱者们反抗呐喊的"启蒙主义"，似乎也就顺理成章、言之有据了。然而，重新阅读《狂人日记》，我发现学界以往的研究成果却并没有真正解决鲁迅为我们主观设计的四大难题：一是"狂人"究竟是"谁"或象征"谁"？二是"狂人"为什么会被陷入启蒙绝境？三是"狂人"为什么会从"反叛"走向"归依"？四是"狂人"想救"孩子"而"孩子"可救

---

① 《鲁迅全集》第11卷，北京：人民文学出版社1981年，第353页。
② 《鲁迅全集》第6卷，北京：人民文学出版社1981年，第239页。

否？正是带着这种强烈的问题意识，我也谈点与众不同的个人看法。

如何去理解"狂人"形象的真实寓意性？对于这一人物符号的密码破解，是任何人都无法回避的核心命题。长期以来，学界基本上是围绕"战士"与"疯子"的附加概念，去展开喋喋不休的无聊争论；而正是由于这种作茧自缚的僵化思维，严重束缚了"鲁学"研究的理性意识。值得庆幸的是李今女士最近在其论文中终于有了与众不同的全新看法，她明确指出："'狂人'之'狂'无论在古代还是现代，都并不单指丧失了理智，病态的疯狂之'狂'，还有'狂大''狂狷''狂妄''狂放''狂怒''狂热''狂言''狂想'之'狂'，纵情任性或放荡骄恣之态。而且这后一层意义更是中国士人一个传统的表征。"① 李今女士的大胆论断，充满着科学思辨精神，应该说更符合于"狂人"形象的真实状态。然而也有不足之处，她虽然注意到了"狂"字的多义性和异义性，却有意去回避"狂"字的具指性或暗示性，这又多少使人感到有点遗憾。我个人认为，鲁迅笔下的"狂人"之"狂"，与"战士"或"疯子"并无必然联系，它只是作者对于"人"的浮躁情绪或偏执思想，以自身生命体验所给予的强烈反讽而已。我们可以举一个例子：鲁迅曾在"女师大风波"中警告许广平说："小鬼不要变成狂人，也不要发脾气了。人一发狂……自己吃亏，因为现在的中国，总是阴柔人物得胜。"同时他也表示"决不肯使自己发狂"②。鲁迅告诫许广平千万别做"狂人"，显然不是把她视为"战士"或"疯子"，而是劝她节制自己的年轻气盛；因为在中国"得胜"的"总是阴柔人物"，单凭感情用事根本解决不了任何实际问题，故他主张对于中国传统文化应去进行"韧战"。头脑非常清醒的鲁迅"决不肯使自己发狂"，这就使得我们必须面对这样一种"悖论"逻辑的怪异现象——五四初期鲁迅的"沉默"与"狂人"的"癫狂"——其二元对立的思想矛盾，我们究竟该做如何解释？

用"沉默"二字去概括五四初期鲁迅的思想状态，我相信肯定会遭到学界中人的普遍质疑："旗手"鲁迅一直都在反抗"呐喊"，怎么会说他是消极"沉默"呢？但非常不幸，这却是千真万确的客观事实。鲁迅本人曾直言不讳地说："五四运动之后，我没有写什么文字"③，此言绝非

---

① 李今：《文本·历史与主题——〈狂人日记〉再细读》，载《文学评论》2008年第3期，第94-99页。

② 《鲁迅全集》第11卷，北京：人民文学出版社1981年，第88页。

③ 《鲁迅全集》第1卷，北京：人民文学出版社1981年，第291页。

一种自谦之词。仔细查阅一下《鲁迅全集》,从1917年到1922年(新文学的初创期),五年时间所写文字,主要有杂文集《热风》和小说集《呐喊》,总共只占鲁迅著述的不到二十分之一。至于人们所理解与接受的"弃医从文",以及崇尚思想启蒙的精神诉求,那是鲁迅留日期间的人文理想(以其四篇文言论文为证),与"文学革命"中鲁迅"麻木"与"冷漠"的情感维度恰好构成了截然相反的鲜明对照。这就是学界一直想要加以解决而又未能彻底解决的一大疑问:为什么在中国文化与文学历史转型的关键时刻,鲁迅却无动于衷且"回到古代去"呢?无论学界如何加以"遮蔽"或"辩解",鲁迅自己的回答则是"我太痛苦"!① 在后来回忆往事的历史追述中,鲁迅并不掩饰自己当年的绝望情绪:"我那时对于'文学革命',其实并没有怎样的热情。见过辛亥革命,见过二次革命,见过袁世凯称帝,张勋复辟,看来看去,就看得怀疑起来,于是失望,颓唐得很了。"② 其实,鲁迅因"绝望"而"颓唐"的低迷情绪,我们完全可以从《〈呐喊〉自序》中得到验证——一篇仅有三千余字的叙事短文,竟出现有"寂寞"九次、"悲哀"五次,由此可见鲁迅当年的确是"颓唐得很了"。失去了"青年时候的慷慨激昂"③,使鲁迅由"狂热"变得更加成熟与稳重,他一方面意识到"文学革命"在"表面上却颇有些成功",④ 另一方面也感到了先驱者的孤独与寂寞;他坦言自己完全是以同情与怜悯的"被动"姿态,在"金心异"的劝说下才加入了新文学阵营,"于是我终于答应他也做文章了,这便是最初的一篇《狂人日记》"⑤。在"没有怎样的热情"中,"被动"地创作《狂人日记》,那么"狂人"的浮躁与偏执应被视为一种"贬义",它强烈暗示着作者对于文化变革的怀疑态度——因为在鲁迅看来,"中国太难改变了,即使搬动一张桌子,改装一个火炉,几乎也要血;而且即使有了血,也未必一定能搬动,能改装。"⑥ 鲁迅曾反复强调说,"我决不是一个振臂一呼应者云集的英雄"⑦"自己却正苦于背了这些古老的鬼魂,摆脱不开,时常感到一种使人气闷

---

① 《鲁迅全集》第1卷,北京:人民文学出版社1981年,第418页。
② 《鲁迅全集》第4卷,北京:人民文学出版社1981年,第455页。
③ 《鲁迅全集》第1卷,北京:人民文学出版社1981年,第418页。
④ 《鲁迅全集》第1卷,北京:人民文学出版社1981年,第292页。
⑤ 《鲁迅全集》第1卷,北京:人民文学出版社1981年,第419页。
⑥ 《鲁迅全集》第1卷,北京:人民文学出版社1981年,第164页。
⑦ 《鲁迅全集》第1卷,北京:人民文学出版社1981年,第417页。

的沉重"①。我们既可以将其看作是鲁迅本人的沮丧心情，也可以将其看作是对先驱者的逆耳忠告；鲁迅对"新文学家所鼓吹之新式"，甚至带有些不屑一顾的讥讽意思——1920年他在写给青年学生的回信中，曾有过这样一段肺腑之言："仆以为一无根柢学问，爱国之类，俱是空谈；现在要图，实只在熬苦求学，惜此又非今之学者所乐闻也。"②反对"空谈"而主张"苦读"，这种观点过去常常被人们用来批判胡适的改良思想，而出现在鲁迅的文字里则多少带有点反讽意味。在高呼猛进的五四时代，鲁迅却强调青年学子寒窗"苦读"，未免显得有些背离思想启蒙的环境氛围；但当五四新文化运动退潮之后，先驱者们"高升"或"退隐"③的思想分化，不正是对鲁迅当年启蒙忧虑的最好验证吗？

所以我认为，《狂人日记》是一篇思想启蒙的反讽之作，同时也是一篇振聋发聩的警世之作；鲁迅是以"自喻"和"他喻"的叙事策略，使"狂人"呐喊同五四启蒙发生了直接关系，进而深刻地反映了鲁迅本人对于文化历史变革的强烈忧患意识。

众所周知，"反讽"是20世纪西方诗学的重要范畴，它既是一种修辞方法，更是一种人生状态，其美学特征主要体现为"否定性"与"悖论性"，故克尔凯郭尔认为："根本意义上的反讽的矛头不是指向这个或那个单个的存在物，而是指向某个时代或某种状态下的整个现实。"④《狂人日记》这篇作品恰恰是运用反讽叙事的矛盾法则，"对他之前的发展过程是否定性的，对他之后的发展也是否定性的"⑤，并透过"狂人"自身所处的生存困境，生动地表达了鲁迅本人"启蒙无效论"的绝望情绪。细读《狂人日记》的十三个章节，我个人感觉第一章节尤为重要，因为作者在其行文伊始，就已经为叛逆者"狂人"设计了一个难以自拔的启蒙陷阱：

今天晚上，很好的月光。

我不见他，已是三十多年；今天见了，精神分外爽快。才知

---

①《鲁迅全集》第1卷，北京：人民文学出版社1981年，第285页。
②《鲁迅全集》第11卷，北京：人民文学出版社1981年，第370页。
③《鲁迅全集》第4卷，北京：人民文学出版社1981年，第456页。
④［丹麦］索伦－奥碧－克尔凯郭尔：《论反讽概念》（汤晨溪译），北京：中国社会科学出版社2005年，第218页。
⑤［丹麦］索伦－奥碧－克尔凯郭尔：《论反讽概念》（汤晨溪译），北京：中国社会科学出版社2005年，第186页。

道以前的三十多年,全是发昏;然而须十分小心。不然,那赵家的狗,何以看我两眼呢?

我怕得有理。

这段看似有些混乱的语言描述,其实却为我们提供了准确破解《狂人日记》的四个明确意象——"月光""我""三十多年"以及"赵家的狗"。"月光"是外部影响,"我"是启蒙主体,"三十多年"是时间泛指,"赵家的狗"是无意识生命体。这无疑是一个极具反讽意味的荒诞组合:"月光"使发昏了"三十多年"的"我"幡然醒悟,但"觉醒"了的"我"虽然"精神分外爽快",却只能去面对无意识生命体的"狗"。学界对于"月光"释义颇多,尽管人们赋予它各种假定性,但月亮本身却并不是光源(启蒙思想),它只能是去折射太阳之"光"(外在因素);况且在那茫茫长夜中的微弱"月光",也绝不可能给黑暗带来温暖与光明,"月光"同"黑夜"相对抗的情境写意,显然是一种作者人为设定的否定结构。学界对于"赵家的狗"也充满着猜疑,其实它的象征寓意性是非常明确的:"狗"是"驯化"的产物,而"人"是"进化"的产物;"驯化"之"狗"成为忠实于主人的驯良"奴仆","进化"之"人"则成为忠诚于传统的坚定"卫士"。鲁迅显然是在以"狗"喻"人",有意将"狗"的"愚忠"同"人"的"愚昧"意义同构,并以此去真实再现"死魂灵"般国民群体"无药可救"的精神状态(在第七章节中,"狂人"将"赵家的狗"视为"吃人"的同谋,这种拟"人"化的大胆写法,便是鲁迅以"狗"喻"人"的直接证据)。所以,"狂人"还没有去开始他的启蒙言说,便发现这种"言说"早已变成了一种毫无价值的"对牛弹琴"[①]。正是由于"狂人"突然意识到了自己所处的尴尬境地——试图以淡淡之"月光"(启蒙思想),去照亮漫漫之"黑暗"(传统文化);仍旧是"昏昏"的"我",能否使他人变得"昭昭"呢?——故他从一开始就因"怕得有理"而变得"十分小心"。无论学界如何去加以解说或辩白,"怕"与"小心"的谨慎心理,都不是"战士"所应具有的内

[①] 鲁迅后来在解释五四时期启蒙失败的根本原因,曾经心情十分沉重地这样写道:"那时觉醒起来的智识青年的心情,是大抵热烈,然而悲凉的。即使寻到一点光明,'径一周三',却更分明的看见了周围的无涯际的黑暗。……他们是要歌唱的,而听者却有的睡眠,有的槁死,有的流散,眼前只剩下一片茫茫白地,于是也只好在风尘澒洞中,悲哀孤寂地放下了他们的箜篌了。"《鲁迅全集》第6卷,北京:人民文学出版社1981年,第243-244页。

在气质;相反"狂人"一出场就忐忑不安的恐惧情绪,则是鲁迅看淡思想启蒙的强烈暗示。《狂人日记》开端的一个"怕"字,既奠定了作品文本的叙事主调,同时也揭示了作品文本的象征主题。如果我们能够对其"怕得有理"做出合理解释,那么其他诸问题也就变得没有那么复杂了。

"狂人"究竟是在"怕"谁或"怕"什么?《狂人日记》从第二章节开始,是作者对于"狂人"所"怕"对象的展开描述。细读作品文本我们不无惊奇地发现,作者首先有意将"狼子村"中两个最具有代表性的"吃人"形象——"赵贵翁"(社会势力)和"大哥"(家族势力)都完全排除在了"狂人"所"怕"的范围之外——虽然"赵贵翁的眼色便怪",但是"他"怕"我"而不是"我"怕"他";尽管大哥"满眼凶光",同样因其"怕我"而"只是低头向着地"。既然"狂人"不怕"赵贵翁"和"大哥",那么他之所"怕"必另有其原因。随着故事情节的逐步深入,我们终于意识到了"狂人"的所"怕",竟然是来自于"孩子"的"眼色"、"女人"的"眼睛"、"老头"的"鬼眼"、"佃户"的"怪眼"、"青年"的"怒眼",概而言之就是"狼子村"那些下层村民,他们对于"狂人"反抗呐喊所持的冷漠神情与敌视态度。"赵贵翁"与"大哥"作为社会与家族势力的象征人物,他们之所以会"怕我",是因为"我"的叛逆将是对传统的颠覆,故他们"怕得有理"符合逻辑,且完全在"我"的意料之中;但"我"怕"狼子村"村民却多少令人感到有点不可思议,因为他们同"我"的现实生存处境并无两样,都是被封建传统文化所"吃"的直接对象,可是为什么他们对"我"会比对"赵贵翁"与"大哥"还要"凶"呢?

> 晚上总是睡不着。凡事须得研究,才会明白。
>
> 他们——也有给知县打枷过的,也有给绅士掌过嘴的,也有衙役占了他妻子的,也有老子娘被债主逼死的;他们那时候的脸色,全没有昨天这么怕,也没有这么凶。

"狂人"百思不解的自我烦恼,曲折而巧妙地表达了鲁迅本人对于中国传统文化历史结构的清醒认识:民众虽然是社会与家族的被压迫者,同时也是社会与家族的牢固基础;民众与传统所自觉形成的强大联盟,为一切革新者编织好了一张巨大而无形的死亡之网(鲁迅称它为"无物之阵")。"狂人"看到了这张死亡之网的客观存在,并且悲哀凄凉地意识到了自己思想启蒙的命运归宿——"他们岂但不肯改,而且早已布置;预备下一个疯子的名目罩上我。将来吃了,不但太平无事,怕还会有人见情"。因此"狂人"突然感到"我怕得有理"！不怕"赵贵翁"与"大哥"而惧怕"狼子村"的愚昧"民众"，"狂人"之"怕"使其从一出场就面临不可回避的两难选择：一是固执己见坚守信仰，继续进行徒劳无益的启蒙言说，最后落得个被"吃"的悲惨下场；二是回心转意悬崖勒马，自我麻痹并逐渐依附于传统文化的守旧势力，成为无聊的"看客"或"吃人"的帮凶。鲁迅让"狂人"选择了"病愈"且"候补"，这就意味着鲁迅明确表达了他对思想启蒙的绝望态度；如果我们人为忽略这种情节设计的原有程序，那么必然会远离作品文本而走向主观臆断。

如果说"狼子村"中的群体愚民是"我怕得有理"的第一层因素，那么"狂人"本人的"自我"发现则是"我怕得有理"的第二层因素。"狂人"之"狂"的主要表现是"二十年以前，把古久先生的陈年流水簿子踹了一脚，古久先生很不高兴"。按照鲁迅自己的说法，"史书本来是过去的陈帐簿"①；所以"古久先生"的"流水簿子"，明显也是泛指中华文明的悠久历史："我翻开历史一查，这历史没有年代，歪歪斜斜的每叶上都写着'仁义道德'几个字。我横竖睡不着，仔细看了半夜，才从字缝里看出字来，满本都写着两个字是'吃人'！"这段历来被学界大力推崇的攻击性文字，是"狂人"获得反封建"战士"光荣称号的主要事实依据，同时也是"狂人"艺术形象被历史误读的主观臆说之源。我个人并不否认《狂人日记》所揭示的"吃人"本质具有从"肉体"被"吃"到"精神"虐杀的内在关联性，它的确反映了作者试图借助于"狂人"特有的语言风格，去深刻反思传统文化的理性批判意识。然而，我们更应该注意到作品文本所提供的具体细节，似乎并不支持人们所持有的反封建"战士"说——"狂人"被推向反抗叛逆的偏执之至，又被抛入孤立无援的冷漠之谷，足以见得作者塑造这一人物的价值取向，不是肯定其"反"而是否定其"狂"。比如，"狂人"越是发力去攻击传统，越是感到自己被传统重重包围；"狂人"越是猛烈抨击"吃人"，越是感到自己与"吃人"摆脱不了干系。《狂人日记》最具反讽意味的叙事情节，是"狂人"因其对愚民失望转而去启蒙"大哥"，这种化"敌"为"友"的反常举措，实在让所有论者大跌眼镜。

    大哥，大约当初野蛮的人，都吃过一点人。后来因为心思不同，有的不吃人了，一味要好，便变了人，变了真的人。有的却

---

①《鲁迅全集》第3卷，北京：人民文学出版社1981年，第139页。

还吃，——也同虫子一样，有的变了鱼鸟猴子，一直变到人。有的不要好，至今还是虫子。这吃人的人比不吃人的人，何等惭愧。怕比虫子的惭愧猴子，还差得很远很远。（第十章节）

"狂人"极力劝说"大哥"摆脱"野蛮"而成为"真人"，表面看来无疑是一种"与虎谋皮"的幼稚行为；但仔细分析一下"狂人"潜在的思想动机，我们便可以发现"狂人"的"劝说"却另有隐情。"狂人"早在第四章节就已知道"大哥"是"吃我"的真正主谋；而"我"与"大哥"之间无法割断的血缘关系，又势必会直接导致这样荒谬的逻辑推论：

吃人的是我哥哥！
我是吃人的人的兄弟！
我自己被人吃了，可仍然是吃人的人的兄弟！

"这一件大发见"，使"狂人"立刻陷入了内心世界的巨大恐惧："我"究竟是"谁"？"我"与"狼子村"究竟是何关系？"我"究竟又在反抗些"什么"？"狂人"对此既不能回答也不敢回答，因为对他而言无论回答与否，都将走向生命难以承受的痛苦深渊。故长期以来，有关"狂人"反封建"战士"形象的各种说法，其实都是学界人为设定的主观想象或附加意义，而与《狂人日记》的文本故事相去甚远。

"狂人"劝说"大哥"要做"真人"，并希望整个"狼子村"都由"野蛮人"变成"真人"，这固然是"狂人"进化论思想的一种体现；但是"狂人"所讲的"真人"与"野蛮人"，分明是指"域外文明"和"传统文明"之间的文化差异性，所以"狂人"必然会遭遇到前所未有过的思想困境：首先，如果说"狼子村"文化是"吃人"文化，那么"我"作为"狼子村"的一分子，自然也属于"吃人"文化哺育出来的"野蛮人"之列，那么"我"还有什么资格对其他"吃人"者进行启蒙教育？其次，假如"吃人"就是几千年来"狼子村"赖以生存的真实历史，况且"吃人"早已成为全体村民不可或缺的民族习性，那么让其放弃"吃人"传统而获取"真人"形态，不就意味着是对民族历史文化的自我否定吗？再者，"狂人"肆无忌惮地攻击传统文化，毫不留情地消解传统文化，可他却万万没有想到传统文化无论是其优点或弊端，都是造就"狼子村"那些"野蛮人"的精神食粮，如果不假思索随心所欲地将其全部摧毁，试问："皮之不存，毛将焉附"呢？如果说"狂人"用"吃人"二字去形容中国传统文化，已经表现出了他以偏概全的思想狂妄；而其用

"真人"文化去取代"野蛮人"文化的天真幻想，则更是暴露出了他民族文化的虚无主义。"狂人"终于意识到他"不可为而为之"的盲目"反抗"，几乎如同"用自己的手拔着头发，想要离开地球一样"① 难以实现。于是"狂人"大彻大悟：

> 不能想了。
>
> 四千年来时时吃人的地方，今天才明白，我也在其中混了多年；大哥正管着家务，妹子恰恰死了，他未必不和在饭菜里，暗暗给我们吃。
>
> 我未必无意之中，不吃了我妹子的几片肉，现在也轮到我自己……
>
> 有了四千年吃人履历的我，当初虽然不知道，现在明白，难见真的人！（第十二章节）

这是"狂人"因良心发现而表示的深深忏悔，也是"狂人"对自我文化身份的重新确认。"四千年""狼子村"和"狂人"，构成了一个意义完整的精神联络，它使"有了四千年吃人履历的我"，无论在情感上是否愿意接受，都必须承担起"吃人"文化的象征符号。"当初虽然不知道"这其中的血缘联系，但"现在明白"了在"狼子村"里"难见真的人"；既然"我"与其他"吃人"者并无本质区别，那么"我"的反抗也就变得徒劳无益，失去了任何价值。所以，"我怕得有理"且"不能想了"，只有赶快"病愈"并去"候补"，否则"我"将面临被逐出文化种群的巨大危险。《狂人日记》如此结局，足以表明鲁迅本人对于中国传统文化具有比常人更加深刻的理性认识；而"狂人"由"张狂"到"理智"的思想转变，则或多或少又是鲁迅本人从留日期间到五四之前，精神状态由"热"变"冷"的真实写照。

《狂人日记》的最后一个章节，总共只有两句话；文字虽然不多，却再次以疑问方式传达了"我怕得有理"的内心忧虑：

> 没有吃过人的孩子，或者还有？
> 救救孩子……

对于"救救孩子"，学界早有定论："孩子"象征着中华民族的未来希望，他们应是思想启蒙的接受主体。由于"孩子"心灵的纯洁无瑕，

---

① 《鲁迅全集》第4卷，北京：人民文学出版社1981年，第440页。

具有极大的现实可塑性；故他们的被"救"也就意味着民族的被"救","启蒙"说也因"救救孩子"而得以成立。我个人对此说法表示强烈的质疑。凡是有点语言学常识的人一看便知道，这两句话用的分别是"问号"和"省略号"，"问号"代表着作者的疑问，而"省略号"同样也代表着作者的疑问。"疑问"与"疑问"的重复叠加，其实是在暗示作者对于自己所提问题的不自信态度。如果说"没有吃过人的孩子，或者还有？"那么"孩子"自然具有其可"救"之意义；如果从反向推论"或者没有"，那么"孩子"究竟还具有什么可"救"之价值？况且最大的理论难点，是由"谁"去"救救孩子"？"赵贵翁"与"大哥"他们不行，难道"吃"过人的"我"便行吗？综观《狂人日记》的整体故事结构，"救救孩子"的结束语，其内涵深刻的潜台词应是"孩子不可救"！我在这里提供三个证据——第一个是直接证据，即作者本人在第二章节中的一段交代："前面一伙小孩子，也在那里议论我；眼色也同赵贵翁一样，脸色也都铁青。我想我同小孩子有什么仇，他也这样。"这说明"狂人"已经清醒地意识到，"小孩子"是"赵贵翁"与"大哥"的"吃人"同伙，而"他们娘老子教的"那些"吃人"法宝，恰恰又反证了"吃人"文化无法终止的历史连续性。因此"救救孩子……"后面被省略掉的残缺话语，应该是"究竟有无可能"？第二个是间接证据，即鲁迅在其小说创作当中，有关"孩子"命运归宿的相似性描写：《药》中华老栓的"孩子"死了，《明天》中单四嫂的"孩子"也死了，《故乡》中的"孩子"变得麻木了，《长明灯》里的"孩子"更是孺子不可教也——如果说鲁迅将"孩子"视为民族"拯救"的最后希望，那么这些"孩子"最终都归于肉体或精神的彻底毁灭，无疑是作者对于自己脆弱"希望"的无情否定。第三个是推导证据，即民族文化独特性因素所导致的"孩子不可救"："孩子"既然是"吃人"者的嫡系后代，那么"吃人"文化早在他们生命的孕育过程中就已通过其母体血缘被赋予了先天"吃人"的遗传基因，"没有吃过人的孩子"在"狼子村"里，过去不存在、现在不存在、将来也不会存在！"孩子们在瞪眼睛中长大了，又向别的孩子们瞪眼"[1]，这种循环往复的历史规律，才是"狂人""我怕得有理"的根本原因。"赵贵翁"反不了，"大哥"劝不了，"孩子"更是救不了；好在"狂人"并没有执迷不悟，他必须赶快清醒且"病愈"，否则他将会真被"狼子村"的全体

---

[1]《鲁迅全集》第3卷，北京：人民文学出版社1981年，第49页。

村民"吃"掉。

将"救救孩子"理解为"孩子不可救",似乎与"幼者本位"或"解放幼者"的鲁迅思想有些背离,其实这却是五四初期鲁迅情感矛盾的真实体现。鲁迅并不回避自己的思想困顿,他曾坦言"我的意见原也一时不容易了然,因为其中本含有许多矛盾,教我自己说,或者是人道主义与个人主义这两种思想的消长起伏罢"①。从人道主义出发,他强调父母应"自己背着因袭的重担,肩住了黑暗的闸门,放他们到宽阔光明的地方去",以便使"孩子"能够"幸福的度日,合理的做人"②。从个人主义出发,他又看见"穷人的孩子蓬头垢面的在街上转,阔人的孩子妖形妖势娇声娇气的在家里转。转得大了,都昏天黑地的在社会上转,同他们的父亲一样,或者还不如"③。这两种截然相反的矛盾态度,我个人认为是鲁迅本人"听将令"与真实"自我"双重声音的集中体现——人道主义是一种社会责任,"那时的主将是不主张消极的",故只能"不恤用了曲笔",去"寂寞"地发出几声"救救孩子"的凄凉"呐喊","以敷衍朋友们的嘱托";而个人主义是一种生命体验,"独有叫喊于生人"中的"我","如置身于毫无边际的荒原",而由传统文化所铸就的"铁屋子"又"万难破毁",于是"这寂寞……如大毒蛇,缠住了我的灵魂"!④鲁迅本人常说:"人生最苦痛的是梦醒了无路可以走",他还反复告诫青年"万不可做将来的梦"⑤。既然鲁迅劝诫别人不去做"将来的梦",那么他自己当然也不会去做"救救孩子"的虚妄之"梦"。鲁迅甚至有些灰色地认为:"所谓'希望将来',不过是自慰——或者简直是自欺——之法。"⑥因为在他看来"中国大约太老了,社会上事无大小,都恶劣不堪,像一只黑色的染缸,无论加进什么新东西去,都变成漆黑"⑦。"染缸"理论作为鲁迅反思中国传统文化的一个重大发现,既强化了他本人的绝望情绪,又反映着他自己的悲观态度——"反抗绝望"是否能反抗得了呢?《狂人日记》已经对此做出了态度明确的正面回答。

---

① 《鲁迅全集》第11卷,北京:人民文学出版社1981年,第79页。
② 《鲁迅全集》第1卷,北京:人民文学出版社1981年,第130页。
③ 《鲁迅全集》第1卷,北京:人民文学出版社1981年,第295页。
④ 《鲁迅全集》第1卷,北京:人民文学出版社1981年,第417–419页。
⑤ 《鲁迅全集》第1卷,北京:人民文学出版社1981年,第159–160页。
⑥ 《鲁迅全集》第11卷,北京:人民文学出版社1981年,第25页。
⑦ 《鲁迅全集》第11卷,北京:人民文学出版社1981年,第20页。

围城中的巨人
理解鲁迅的"寂寞"与"悲哀"

　　《狂人日记》是鲁迅的第一篇小说，同时也是中国现代文学的开山之作，正是由于它客观所处的特殊地位，所以学界始终都在关注它反封建或思想启蒙的社会意义，而人为地忽略其作者自身所赋予的个性意义，这不能不说是一种脱离历史语境与背离作品实际的非学术态度。《狂人日记》创作于1918年4月，那时的鲁迅，思想状态十分低迷，并对日渐兴起的新文学运动也没有什么特别好感。周作人曾回忆道："那年四月我到北京，鲁迅就拿几本《新青年》给我看，说这是许寿裳告诉的，近来有这么一种杂志，颇多谬论，大可一驳，所以买了来的。"① 周作人的回忆与鲁迅的《〈呐喊〉自序》，可以构成历史资料的相互印证性，所以也就具有了不容质疑的真实可靠性。从《〈呐喊〉自序》当中我们得知，《新青年》所发动的文学革命正热火朝天，而鲁迅则"寓在这屋里钞古碑"，明显与变革时代的社会氛围背道而驰。如果不是"金心异"（钱玄同）的苦口劝说，鲁迅是根本不会自觉走入新文学阵营的。这是因为鲁迅从自身所曾经"革命"过的实践经验中，深深感受到了由上层社会与下层社会共同构成的传统文化堡垒，不仅力量异常强大而且基础还十分牢固。他不相信单凭知识分子的满腔热情就能使中国脱离"野蛮"成为"真人"，"狂人"在启蒙陷阱中盲目奔突四处碰壁的现实遭遇，恰恰暗示着鲁迅对"秀才造反十年不成"历史古训的深刻认同。另外，"愚民"不可"救"而"孩子"又难"救"，社会上下的整体堕落，使鲁迅从一开始便意识到了启蒙本身就是一场悲剧或闹剧，他自己就曾不无惊悚地追述说："我先前的攻击社会，其实也是无聊的。社会没有知道我在攻击，倘一知道，我早已死无葬身之所了。……因为他们大多数不识字，……否则，几条杂感，就可以送命的。民众的罚恶之心，并不下于学者和军阀。"② 由此可见，"狼子村"村民同"赵贵翁"与"大哥"对于"狂人"的联合诛杀，与社会各方面守旧势力对于《新青年》的联合封杀，实际上构成了一种不可排除的"他喻"意义和反讽效果。长期以来，学界一直都在煞费苦心地解读鲁迅"反抗绝望"这句至理名言，但我认为这是一句没有答案的动态词组，其本身包含有两层可以破解之意：一是"反抗"了，因此不再"绝望"；二是"反抗"了，所以濒于"绝望"。我个人宁愿选择后一层意思。鲁迅之所以要"反抗绝望"，恰恰说明他的确感到了"绝望"；

---

① 鲁迅博物馆等：《鲁迅回忆录》（中册），北京：北京出版社1981年，第1067页。
②《鲁迅全集》第3卷，北京：人民文学出版社1981年，第457页。

鲁迅让"狂人"由"发狂"到"病愈",其实就是他对思想启蒙的绝望情绪与悲剧预言。

  阅读《狂人日记》,我始终存有这样一个疑问:"狂人"的"病愈"与鲁迅的"弃文"(1926年以后,鲁迅基本上已告别了文坛),两者之间究竟有无内在必然的联动关系?"狂人"的"候补"与鲁迅的"尚武"(1925年以后,"尚武"精神是鲁迅思想的真正主体),两者之间是否都体现为一种务实态度?这诸多疑点一直都没有得到学界同人的正面回答,在"神化"鲁迅与鲁迅"神话"的历史大趋势之下,似乎人们也难以鼓起勇气去加以解答。

  然而,"狂人"毕竟"病愈"了,他回归现实并去"候补",这对所有"狂人"的崇拜者来说,无疑是难以接受的心灵重创。但是,鲁迅之所以思想伟大与人格高尚,却并不是因为他攻击传统并"唤醒国民"[①]的启蒙呐喊,而是在于他比任何人都清醒地意识到了自己与传统无法割舍的血缘联系。当鲁迅表示要使自己的"文字须与时弊同时灭亡"[②]时,这种超乎常人的莫大勇气,有如基督耶稣将自己钉在十字架上拯救了芸芸众生,鲁迅同样也是以其和黑暗俱亡的献身精神深深震撼了全体国人的麻木灵魂。"绝望之为虚妄,正与希望相同!"[③]这是鲁迅所留下的至理名言,虽然过于凄凉且过于悲壮,不过其话语内涵的深刻性,足以令后人反复咀嚼难以企及。

---

  ① 鲁迅在《无题》一文中,就曾明确说过他"不很喜欢去'唤醒国民'",参见《鲁迅全集》第8卷,北京:人民文学出版社1981年,第101页。
  ②《鲁迅全集》第1卷,北京:人民文学出版社1981年,第292页。
  ③《鲁迅全集》第2卷,北京:人民文学出版社1981年,第178页。

 启蒙无效与鲁迅《药》的文本释义

在鲁迅早期的小说创作当中,《药》是一篇值得反复咀嚼的作品文本。我之所以特别看重《药》的思想价值,是因为它既包含有《狂人日记》的文化反思,又包含有《阿Q正传》的批判理性,更有超越两者启蒙话语的生命体验。但令人深感遗憾的是长期以来,学界习惯性地将"革命者和群众的关系问题"①,自觉纳入"启蒙意识形态"②的叙事模式,深刻揭示了"延亘了几千年的封建愚民专制制度的恶果"③。甚至还有人得出这样的奇妙怪论:无政府主义对"我"之外的一切否定,"是鲁迅创作的基本主题"④。从启蒙主义的切入角度去主观提炼《药》的微言大义,其本身就是一种"神化鲁迅"的历史弊端。所以,我认为重新回归《药》的故事情节,客观分析《药》的文本结构,应是走向真实鲁迅的有益尝试。

在对《药》展开重新释义之前,我同样也面临一个历史"背景"的考察问题。鲁迅作品之所以被学界赋予"启蒙主义"的思想解读,其根本原因就在于一个作家鲁迅,被人为地提升为"反封建的一面旗帜",并将其因"无地彷徨"而"反抗绝望"的战斗精神,视为中国现代文学的光荣传统。这种形而上学与教条主义的主观阐释,使以往鲁迅研究的具体实践,产生了背景大于文本、文化大于文学的怪异现象,不仅极大地强化

---

① 曾华鹏、范伯群:《论〈药〉》,载《文学评论》1978年第4期,第78-86页。
② 旷新年:《〈狂人日记〉、〈药〉及鲁迅小说的潜结构》,载《社会科学辑刊》1996年第1期,第129-133页。
③ 钱虹:《"享用牺牲"的悲剧》,载《名作欣赏》1985年第1期,第41-44页。
④ 方尤瑜:《试论无政府主义对鲁迅早期小说创作的影响——以〈药〉为中心展开》,载《广东外语外贸大学学报》2008年第1期,第55-59页。

了"鲁迅方向"的历史真实性,而且也极大地强化了鲁迅小说的思想超越性——根深蒂固的"鲁迅神话",几乎使人们丧失了正确言说鲁迅的任何可能。我并非要对鲁迅研究的"背景"考察表示异议,而是只对"为我所用"的主观取舍颇有反感。如果"背景"资料的确是鲁迅研究的必要前提,那么我们就应该去充分注意"即时"性文献而非"事后"性追忆。正是基于严肃认真的科学态度,我本人也对鲁迅步入文坛的原初动机,谈一点与众不同的粗浅看法。鲁迅曾在《我怎么做起小说来》一文中讲道:

> 说到"为什么"做小说罢,我仍抱着十多年前的"启蒙主义",以为必须是"为人生",而且要改良这人生。我深恶先前的称小说为"闲书",而且将"为艺术的艺术",看作不过是"消闲"的新式的别号。所以我的取材,多采自病态社会的不幸的人们中,意思是在揭出病苦,引起疗救的注意。①

这是鲁迅于1932年写下的一段有关自己文学人生的经典文字,也是人们常常用来诠释鲁迅启蒙思想的重要依据。然而在撰写《〈呐喊〉自序》的1922年,鲁迅的精神状态却似乎并非如此超然与洒脱。他反复强调:从"学医救国"到"弃医从文"的两次思想幻灭,有"如置身毫无边际的荒原,无可措手的了,这是怎样的悲哀呵,我于是以为我所感到者为寂寞"。正当"独有叫喊于生人中"而倍感"无聊"与"寂寞"之际,是"老朋友金心异"来邀请"我"为《新青年》写点文章。"我懂得他的意思""决不能以我之必无的证明,来折服了他之所谓可有"。由于"那时的主将是不主张消极的",而自己"也不愿将自以为苦的寂寞,再来传染给也如我那年青时候似的正做着好梦的青年""所以有时候仍不免呐喊几声,聊以慰籍那在寂寞里奔驰的猛士,使他不惮于前驱"。②出于时间关系的审慎考虑,我宁愿相信《〈呐喊〉自序》里鲁迅本人的客观自述,因为它通篇都充斥着一种特定时代的苦闷情绪(在这篇仅约三千字的短文当中,"寂寞"一词出现过九次、"悲哀"一词出现过五次)——一方面"我""再没有青年时候的慷慨激昂的意思了",想用"回到古代"的办法(训诂)去"麻醉"自己;另一方面"我"虽然已不再"年青",

---

① 《鲁迅全集》第4卷,北京:人民文学出版社1981年,第512页。
② 《鲁迅全集》第1卷,北京:人民文学出版社1981年,第417-420页。

却又不能抹杀年轻人的"做梦"希望。① 其实,鲁迅这种由思想矛盾而产生的精神绝望,在《鲁迅全集》前两卷中都得到了充分体现。尽管鲁迅自己说"五四运动之后,我没有写什么文字,现在已经说不清是不做,还是散失消灭的了"②(此话值得我们去深思:五四新文学最热闹的时期,鲁迅所写的杂文与小说,只占鲁迅一生所写文字的不到十五分之一),不过只要我们对于这些"不多"的"文字"稍加分析便可以发现,《坟》与《热风》的价值取向,是对各种社会文化现象的理性批判:"有的是对于扶乩,静坐,打拳而发的;有的是对于所谓'保存国粹'而发的;有的是对于那时旧官僚的以经验自豪而发的;有的是对于上海《时报》的讽刺画而发的。"思想启蒙意图十分明显。而《呐喊》与《彷徨》的价值取向,则又是以象征或反讽的艺术手法,真实地再现了启蒙精英的人格悲剧:"狂人"一开始就堕入了启蒙"陷阱"(无物之阵),连"自救"都非常困难,更何言去"拯救"他者?其病愈而"赴某地候补"的"务实"心态,应是鲁迅"启蒙无效论"思想的最早传达。"涓生"与"子君"固然勇敢无畏,但他们同"传统"的对抗仅仅持续了几个月,便难以生存自我妥协抑郁成疾狼狈而返,草草结束了现代革新者踌躇满志的叛逆壮举。"杂文"与"小说"之间的立意冲突性,实际上深刻反映着鲁迅本人"听将令"与表现"自我"的思想矛盾性。由于鲁迅自己认为"作品大抵是作者借别人以叙自己,或以自己推测别人"③的缘故,我个人深信"小说"更能曲折而准确地表达出鲁迅精神的真实原貌——"倘说为别人引路,那就更不容易了,因为连我自己还不明白应当怎么走"④。《药》中启蒙者"肉体"的被"杀"与"精神"的被"吃",恰恰是鲁迅以其艺术形象的叙说方式,对于学界"启蒙说"的辛辣嘲讽与无情否定。

---

① 鲁迅在《娜拉走后怎样》一文中指出:"人生最苦痛的是梦醒了无路可以走。做梦的人是幸福的;倘没有看出可走的路,最要紧的是不要去惊醒他。"鲁迅还严肃告诫人们:"万不可做将来的梦"(见《鲁迅全集》第 1 卷 159 - 160 页,人民文学出版社 1981 年版)。鲁迅本人拒斥"梦"的虚幻性,其理由十分简单:"我那时对于'文学革命',其实并没有怎样的热情。见过辛亥革命,见过二次革命,见过袁世凯称帝,张勋复辟,看来看去,就看得怀疑起来,于是失望,颓唐得很了。"(见《鲁迅全集》第 4 卷第 455 页,人民文学出版社 1981 年)实际上鲁迅在这段话里说得非常明白:五四时期他对思想启蒙不仅没有"热情",甚至于还产生了一种十分"颓唐"的绝望情绪。

②《鲁迅全集》第 1 卷,北京:人民文学出版社 1981 年,第 291 页。
③《鲁迅全集》第 4 卷,北京:人民文学出版社 1981 年,第 23 页。
④《鲁迅全集》第 1 卷,北京:人民文学出版社 1981 年,第 284 页。

《药》写于1919年4月,此时正值新文化运动如火如荼地在全国展开。鲁迅创作《药》的主观目的,显然是要表达他个人对于思想启蒙的不同看法,其悲凉的心境与悲愤的情绪,毫不掩饰地贯彻于作品的始终。《药》共约六千字,故事情节也并不复杂("复杂"是历史"诠释"所积累起来的外在附加因素),它围绕着"药"这一象征符号,构成四个逻辑缜密的叙事单元:第一叙事单元是买"药",作者以主人公华老栓为描述对象,集中表现他为儿子治病去买"人血馒头"时的亢奋心情:

  天气比屋子里冷得多了;老栓倒觉爽快,仿佛一旦变了少年,得了神通,有给人生命的本领似的,跨步格外高远。……
  他的精神,现在只在一个包上,仿佛抱着一个十世单传的婴儿,别的事情,都已置之度外了。他现在要将这包里的新的生命,移植到他家里,收获许多幸福。

围绕着华老栓,作者还对"看客"群体有所描写,那"三三两两的人,也忽然合作一堆,潮一般向前赶"的艺术画面,无疑是对"国民性"历史积淀过程的形象再现,其思想寓意性是非常深刻的。第二叙事单元是吃"药",讲述华老栓将"人血馒头"拿回家后,"把一个碧绿的包,一个红红白白的破灯笼,一同塞在灶里;一阵红黑的火焰过去时,店屋里散满了一种奇怪的香味。"作者通过华小栓的观察视角,生动地展示了华老栓夫妇的期盼心理:"他的旁边,一面立着他的父亲,一面立着他的母亲,两人的眼光,都仿佛要在他身里注进什么又要取出什么似的;便禁不住心跳起来,按着胸膛,又是一阵咳嗽。"这一单元中"人血馒头"由"红"变"黑"值得注意,如果我们一定要去提炼些什么"微言大义"的话,那么我个人认为"灶"的意象颇耐人寻味:它不仅暗示着广大国民并不相信革命者的"天下为公",同时也象征着愚民意识对启蒙意识的化解作用,这与鲁迅本人的文化"染缸"理论又不谋而合。夏瑜的被"吃"则意味着鲁迅的绝望——启蒙者被启蒙对象的肉体消灭与精神虐杀,思想启蒙的意义究竟何在?更不用去谈有什么实际效应了。第三叙事单元是说"药",作者将各种身份的市井乡民都聚在华老栓的茶店里,纷纷表达着他们对华小栓的"祝福"和对夏老太太儿子的"义愤"。在康大叔"包好,包好"的吆喝声中,人们谈起刚刚被杀的启蒙者夏瑜,没有任何同情也没有一丝惋惜,花白胡子老头认为他"简直是发了疯了",二十多岁的青年跟着说"发了疯了",驼背五少爷也点着头说"疯了"。每一个人都从夏瑜之死中,得到了他们各自所需的东西——管牢的阿义拿走了衣服,夏三爷得了二十五两银子,华小栓吃了"人血馒头",茶客们分享了嗜血欲望的精神大餐,只有夏瑜不光被"吃",还要落得个"疯子"的骂名。第四叙事单元是"药"效,华大妈与夏大妈坟场相逢,虽说是乡里乡亲却互不相识。华小栓终因痨病而死,固然是"人血馒头"之"药"无效;但夏瑜鼓动民众觉醒而死,同样体现着"思想启蒙"之"药"失效。深秋气氛枯草直立,乌鸦秃树凄凉万分。华大妈劝慰夏大妈:"你这位老奶奶不要伤心了,——我们还是回去罢。"而夏大妈则怨气未平:"瑜儿,可怜他们坑了你,他们将来总有报应,天都知道;你闭了眼睛就是了。"两个丧失了儿子的母亲之间,客观上形成了一种非理性的逻辑关系:华家之子"吃掉"了夏家之子,两家矛盾应该是不共戴天;但作者却以"陌生化"的处理方法,使其能够完全隔阂地相处于同一空间。母亲与母亲无意识间的尴尬对话,大大强化了《药》的悲剧深刻性——死者的"无辜"与生者的"无知",是无"药"可救的"国民性"痼疾。如果说《狂人日记》中反叛者"狂人",是因其"病愈"而逃过了被"吃"的劫难;那么《药》中的启蒙者夏瑜,却是因其"固执"而被真真"吃掉"了。两者加以比较,不需人们苦苦思索,内中含义其实一目了然。

对于《药》的故事情节的阐释与解读,学界内部的思想分歧并不是很大;但怎样认识和破译《药》的符号密码,人们却众说纷纭难以统一。的确,《药》与《狂人日记》属于同一艺术结构,两者都是寓意深刻的象征小说。既然《药》与象征主义发生联系,那么我们在研读这部作品时,首先是要准确判断象征符号的具体类型,科学区分这些象征符号的艺术价值,然后才能对其承载的作者思想进行释义。从这样的认知立场出发,我个人认为《药》的象征体系,直接体现为"人物符号""人血馒头"和"枯草意象"之间的辩证关系。如果我们能够按照历史逻辑去合理重现这三组象征符号的真实内涵,鲁迅本人的"启蒙无效论"思想也就自然而然地变得清晰起来。而像那些诸如"花环"或"乌鸦"之类的枝节意象,则因其文本意义不大而并没有进入我的关注视野。

《药》的"人物符号"化特征是十分明显的,韦勒克在《文学理论》一书中曾指出:"塑造人物最简单的方式是给人物命名,每一个'称呼'都可以使人物变得生动活泼、栩栩如生和个性化。"[①] 韦勒克充分意识到

---

① [美] 韦勒克:《文学理论》,南京:江苏教育出版社2005年,第256页。

了叙事文学中的人物名称，其本身就是作者想要表达的一种概念符号；倘若我们不能准确地破译这些概念符号的语义密码，那么就很难真正走进作者本人的灵魂世界。《药》中的"人物符号"化，集中体现着作家鲁迅的五四情绪，其立意之明确与思想之深刻，几乎空前绝后无人可比。

人物的"符号"化倾向，是《药》中所普遍使用的一种叙事策略；尤其是"华老栓""夏瑜"和"康大叔"这三个主要人物的不同冠名，深刻地反映了鲁迅早期"呐喊"与"彷徨"的思想困惑。我个人反对将《药》的人物名称去做背离鲁迅原意的复杂联想；其实作为一种词意明确的艺术符号，三个主要人物分别代表着三种社会力量："华"＝"中华"，"老"＝"长久"，"栓"＝"束缚"，"华老栓"三个字连接起来的完整释义，便是"中华民族长久被束缚"的意义象征；"夏"＝"夏天"，"瑜"＝"雨"（谐音），"夏瑜"二字连接起来的完整释义，便是"夏天的雨"——来得快去得也快的意义象征；"康"＝"健康"，"大"＝"强大"，"叔"＝"长辈"，"康大叔"三字连接起来的完整释义，便是传统守旧势力依然顽固强大的意义象征。三种不同社会力量的博弈与角逐，既反映出了鲁迅高于他者的清醒理性意识，也表现出了他对中国文化变革的消极失望情绪。每一个研究者都无法回避《药》所主观设置的尴尬局面：夏瑜与康大叔之间的关系，是"革新者"同"守旧者"之间的关系，夏瑜之死实属必然；夏瑜与华老栓之间的关系，是"启蒙者"同"被启蒙者"之间的关系，夏瑜之死则又实属非命。我之所以认为《药》是一出振聋发聩的启蒙悲剧，其关键原因就在于启蒙者夏瑜至死也不明白这样一个简单道理：他有所"希望"并有所"依赖"的那些"国民"，其本身正是封建守旧势力的社会基础与思想温床；而两者自觉形成的强大联盟，无疑又是思想"启蒙"的天然屏障。①《药》所描绘的一幅幅充满着非理性因素的艺术画面，足以颠覆以往学界信誓旦旦的"启蒙"之说——无论是华老栓夫妇还是花白胡子老头，无论是驼背五少爷还是二十多岁青年，他们虽然都对夏瑜深恶痛绝骂语连篇，但对康大叔却亲热贴己有如故交："老栓一手提了茶壶，一手恭恭敬敬的垂着；笑嘻嘻的听。满

---

① 鲁迅自己曾经说过这样的话："我先前的攻击社会，其实也是无聊的。社会没有知道我在攻击，倘一知道，我早已死无葬身之所了。……因为他们大多数不识字……否则，几条杂感，就可以送命的。民众的罚恶之心，并不下于学者和军阀。"由此可见，鲁迅本人是非常清楚愚昧民众与传统势力之间，客观存在着一种天然结盟的血缘联系。参见《鲁迅全集》第3卷，北京：人民文学出版社1981年，第457页。

座的人,也都恭恭敬敬的听。华大妈也黑着眼眶,笑嘻嘻的送出茶碗茶叶来,加上一个橄榄,老栓便去冲了水。"我们姑且不论康大叔是否是官府势力的当然代表,也姑且不论民众的"恭恭敬敬"是否是一种"畏"官心理;作者让康大叔出现于华老栓的茶馆里并使他与"看客"思想互动,夏瑜之死的悲壮性与无谓性便被一览无余地凸现了出来——"牺牲为群众祈福,祀了神道之后,群众就分了他的肉,散胙。"①《药》中最能表现鲁迅"启蒙无效论"思想的艺术景观,是他对国民形象的群体雕塑——华老栓人格卑劣、"花白胡子老头"老态龙钟、"驼背五少爷"身体残疾、"二十多岁青年"冷漠无情,面对这些精神与肉体都呈现出病态的广大国民,鲁迅万般无奈地感叹道:"群众不过如此,由来久矣,将来恐怕也不过如此。"② 甚至他还极度悲观地将民众比作是"鸡肋","弃之不甘,食之无味,就要这样地牵缠下去。五十一百年后能否就有出路,是毫无把握的。"③ 而我个人倍感诧异和震惊的一个细节,是鲁迅曾经幻想拯救的"孩子"——华小栓死了。既然推崇进化论的鲁迅一直都把"孩子"看成是民族振兴的未来"希望",那么"孩子"死了,是否也就意味着鲁迅"希望"的彻底破灭呢?

"人血馒头"是一个争议最大的象征符号,曾经它被作为是资产阶级革命者的思想缺陷,受到了学界批判式的"同情"或有条件的"肯定"。现在人们虽已纠正了这种政治偏见,但对"人血馒头"启蒙"药效"的人为想象,却仍然阻碍着我们对鲁迅的认识走向深化。"人血馒头"的词义重心,是"人血"而非"馒头";"人血"固然是指革命者夏瑜之血,启蒙价值论之说便由此而生。众所周知,"血"乃人之"精气"也;故夏瑜之血象征着启蒙精神,也就顺理成章无可非议。当人们倾力去诠释"人血馒头"被"吃"与鲁迅"国民性"思想批判之间的必然联系时,我个人却对《药》的如此艺术设计与鲁迅的启蒙悲剧意识产生了一种与众不同的浓厚兴趣。重读《药》的作品文本,我深深地感到无论是所谓的"明线"或所谓的"暗线",其真正意图都是在"悖论"逻辑当中,去生动展示"启蒙"与"民众"的非理性关系,并以启蒙者悲壮而无谓的个体"牺牲",客观否定了思想启蒙的任何实际效用。启蒙者夏瑜的肉体为康大叔所"杀",假定康大叔是守旧势力的象征符号,那么夏瑜之死也就

---

① 《鲁迅全集》第11卷,北京:人民文学出版社1981年,第75页。
② 《鲁迅全集》第11卷,北京:人民文学出版社1981年,第74页。
③ 《鲁迅全集》第4卷,北京:人民文学出版社1981年,第103页。

完全符合理性逻辑——因为"启蒙"本身就意味着"革命","革命"又"是一个阶级推翻一个阶级的暴烈的行动",① 那么不是守旧者残杀革命者,便是革命者消灭守旧者,此乃是天经地义的自然法则。而启蒙者夏瑜的精神为愚昧群众所"吃",则完全是"出人意料"的非理性行为——因为"革命者为愚昧的群众奋斗而牺牲了,愚昧的群众并不知道这牺牲为的是谁,却还要因了愚昧的见解,以为这牺牲可以享用,增加群众中的某一私人的福利"②。《药》固然生动地反映出了"中国人向来就没有争到过'人'的价格,至多不过是奴隶"③ 的人格特征;但夏瑜启蒙悲剧的现实意义,则更符合于悲剧艺术的美学理论:"知其不可为而为之"的命运抗争。应该说对于夏瑜之死,鲁迅既表示了他的由衷敬意,也表达他的无限悲哀:一方面他清醒地意识到"中国太难改变了,即使搬动一张桌子,改装一个火炉,几乎也要血;而且即使有了血,也未必一定能搬动,能改装";另一方面他又告诫人们"对于这样的群众没有法,只好使他们无戏可看倒是疗救,正无需乎震骇一时的牺牲,不如深沉的韧性的战斗"④。鲁迅这段语言表白,实际上强烈暗示着他五四时期的真实想法:因群众愚顽而造成"中国太难改变"的严酷现实,使他反对"震骇一时的牺牲";以"韧性的战斗"去另辟蹊径,或许还能寻找出"设法加以疗治的希望"⑤。夏瑜之死没能唤起普通民众的一丁点觉悟,启蒙精神更是难以撼动根深蒂固的传统痼疾。这就使"人血馒头"的象征符号意义,除了艺术再现"人血"入"药"的迷信陋习之外,更反映出了作者对于夏瑜"震骇一时"的无谓"牺牲",是抱着一种怀疑和反对的否定态度——流血牺牲固然慷慨悲壮可歌可泣,但如果启蒙者死了,那么将由谁再去进行启蒙呢?作品文本所客观存在的这种潜在诘问,就有如"狂人"的"病愈"必然会使鲁迅陷入"斗士"的困惑,而夏瑜之死则必然会使鲁迅陷入"启蒙"的绝望。关于"启蒙"究竟有无"希望"或有无"可能"的认识问题,五四时期鲁迅本人所做出的回答与解释,不仅闪烁其词甚至还颇为灰色——它就像"叫起灵魂来目睹他自己的腐烂的尸骸""惟有说谎

---

① 毛泽东:《湖南农民运动考察报告》,载《毛泽东选集》第一卷,北京:人民出版社1991年,第17页。
② 孙伏园:《鲁迅先生二三事·〈药〉》,长沙:湖南人民出版社1980年,第9页。
③《鲁迅全集》第1卷,北京:人民文学出版社1981年,第212页。
④《鲁迅全集》第1卷,北京:人民文学出版社1981年,第164页。
⑤《鲁迅全集》第4卷,北京:人民文学出版社1981年,第455页。

和做梦"①。

"枯草意象"原本是个十分重要的象征意象，它不仅体现着《药》的悲剧主题，同时也隐喻着鲁迅的复杂情感。但是长期以来，人们把时间与精力都浪费在了对"花环"与"乌鸦"等枝节物象的意义考证上，而"枯草意象"的巨大审美价值几乎被人为地忽略掉了，其结果是造成了我们对于《药》的解读和释义，都出现了严重偏离作品文本的主观"误读"性。"枯草意象"出现在故事叙事的第四单元，即对"坟地"自然景象的描述之中。作者这样写道：

> 微风早已停息了；枯草支支直立，有如钢丝。一丝发抖的声音，在空气中愈颤愈细，细到没有，周围便都是死一般静。

我之所以将"枯草意象"单列出来，特别强调它所包含的象征意义，是因为在整篇小说当中只有这一景物意象最能体现夏瑜之死的悲剧内涵与鲁迅写《药》的创作动机。"微风早已停息了"，是作者在暗示夏瑜"启蒙"的短暂性与无效性；"枯草支支直立，有如钢丝"，是寓意作者对于启蒙者坚强意志与不屈精神的高度赞扬；"一丝发抖的声音，在空气中愈颤愈细，细到没有，周围便都是死一般静"，是意指启蒙者悲壮凄凉的孤独呐喊，不仅没有引起民众的任何反响，而且很快便被他们的冷漠稀释掉了。尤其值得引起我们注意的是启蒙者（枯草），被作者置放于"坟地"意象的启蒙空间，让其以"一丝发抖的声音"与"死一般静"的环境，形成动态与静态的巨大反差——在这里，"坟地"既是自然物象又是象征意象——"枯草"虽坚硬如钢丝，却难以抵御"看客"灵魂的"冷漠"与"死气"；"周围"环境的一片"死寂"，则又直接显现着思想"启蒙"的失败与无效。这种匠心独具的艺术构思，无疑将鲁迅对于"国民性"的绝望情绪，宣泄到了淋漓尽致无以复加的惊人地步。"枯草意象"绝不是我个人穿凿附会的主观臆说，而是"鲁迅精神"的一种原质状态。五四时期鲁迅对于思想启蒙的严肃思考，要远比学界的种种推测深刻得多。从孤立的"狂人"到孤独的"枯草"，从孤立的"疯子"到孤独的"枣树"，每一次启蒙与反启蒙的力量对比，都在加重着鲁迅本人的精神痛苦。在《太平歌诀》一文中，鲁迅针对中山陵竣工市面上流行的两句民谣，震惊之余感慨万千："叫人叫不着，自己顶石坟。"他不无悲凉地指

---

① 《鲁迅全集》第 1 卷，北京：人民文学出版社 1981 年，第 160 页。

出，两句民谣"则竟包括了许多革命者的传记和一部中国革命的历史。"①其实夏瑜在监狱中劝说"牢头"造反，②并去宣传"这大清的天下是我们大家的"启蒙思想，却在人们一片"这是人话么"的讥笑挖苦中，同样也落得了个"叫人叫不着，自己顶石坟"的悲惨结局。"枯草意象"象征着革命力量的单薄与弱小，所以鲁迅在总结辛亥革命失败的原因时，便语气铮铮地强调说："当时和袁世凯妥协，种下病根，其实却还是党人实力没有充实之故。所以鉴于前车，则此后的第一要图，还在充足实力，此外各种言动，只能稍作辅佐而已。"③鲁迅主张摒弃"言动"而崇尚"实力"，即是对夏瑜悲剧的经验总结，也是对思想启蒙的自我反省。实际上《药》对"启蒙无效性"的艺术述说，昭示着我们对鲁迅研究的正确方向。

在以往的鲁迅研究当中，"弃医从文"是人们认定其从事思想启蒙的关键证据。但是，有两个疑问点值得我们认真分析：其一，鲁迅自己有关"弃医从文"的文字阐述，基本上都是出现于1925年以后的《藤野先生》《〈自选集〉自序》《我怎么样做起小说来》等文章中，其"追忆"性质难以准确反映五四时期的真实鲁迅；其二是"弃医从文"的时间效应，主要是指鲁迅留学日本至辛亥革命期间的情感热度，我们可以从《人之历史》《科学史教篇》《文化偏至论》与《摩罗诗力说》等文言文章中得以印证。到了五四新文化运动蓬勃展开，"弃医从文"似乎已无法与鲁迅思想完全吻合，"被动"加入而非"主动"参与的客观事实，便是对他当时精神状态的最好说明。出于对中国文化结构的理性认识与悲观情绪，鲁迅并不相信思想启蒙是变革现实的推动力量，《呐喊》是绝望的，而《彷徨》却是本质的，所以我们应该充分注意到，当鲁迅将启蒙者统统都推向"死路"时，其内心世界中正在汇聚着另外一种强大动能——从1925年开始，否定文学启蒙的现实可行性，提倡"弃文尚武"的"暴力"意识，几乎成了鲁迅思考中国前途命运的最主要想法。他不无轻蔑地认为

---

① 《鲁迅全集》第4卷，北京：人民文学出版社1981年，第103页。

② 这里我需要特别强调一下：在康大叔复述中所提到的"造反"二字，是指夏瑜思想的"反动"，而非夏瑜行为的"暴力"（作品文本并没有给我们提供任何有关这方面的证据支持）。从夏瑜和阿义的"攀谈"中，我们了解到"这大清的天下是我们大家的"思想"造反"，才是导致夏瑜被杀的真正罪名——"启蒙"与"杀头"，形成了直接的证据链条与因果关系。其实，我在本书第162页中所引用的鲁迅原文，也足以从正面来说明"启蒙"即"造反"的概念同一性问题。

③ 《鲁迅全集》第11卷，北京：人民文学出版社1981年，第46页。

"文学家除了诌几句所谓诗文之外,实在毫无用处"①,在他看来"改革最快的还是火与剑"②。毋庸置疑,鲁迅推崇"弃文尚武"的暴力革命,与他《药》《阿Q正传》等作品文本的创作体验不无关系。他说:"民元革命时,对于任何人都宽容(那时称为'文明'),但待到二次革命失败,许多旧党对于革命党却不'文明'了:杀。假使那时(元年)的新党不'文明',则许多东西早已灭亡,那里会来发挥他们的老手段?"③所以他坚决主张暴力"复仇",即使是文人写文章,也应"在黑暗中,时见匕首的闪光"④。到了1927年,鲁迅鄙视"启蒙"而崇尚"暴力"的思想偏执,实际上已达到了登峰造极的狂热地步。当他意气风发走上黄埔军校讲台,面对那些渴望聆听新文学"旗手"来讲述"文学与革命"之间辩证关系的青年军人,鲁迅长期被压抑的苦闷情绪顿时爆发了出来:

> 我想:文学文学,是最不中用的,没有力量的人讲的;有实力的人并不开口,就杀人,被压迫的人讲几句话,写几个字,就要被杀;即使幸而不被杀,但天天呐喊,叫苦,鸣不平,而有实力的人仍然压迫,虐待,杀戮,没有方法对付他们,这文学于人们又有什么益处呢?……中国现在的社会情状,止有实地的革命战争,一首诗吓不走孙传芳,一炮就把孙传芳轰走了。

我们现在已无从去查证当时军校学生是如何反响,但鲁迅本人的思想热度却是十分地高涨:"我一向只会做几篇文章,自己也做得厌了,而捏枪的诸君,却又要听讲文学。我呢,自然倒愿意听听大炮的声音,仿佛觉得大炮的声音或者比文学的声音要好听得多似的。"⑤

现在学界提倡学术研究要回归历史"原场",我个人表示非常赞同。但如果真正从历史"原场"出发,那么东洋"尚武"文化对于鲁迅思想的深刻影响,就必须引起我们理论研究者的高度重视。"尚武"意识作为近代中国精英知识分子"救亡图存"的人文理想,其对中国现代文学主观战斗精神的历史形成,无疑具有极大的推动作用。而鲁迅留学日本并接受"尚武"文化的客观事实,也使我对《药》的题目寓意,有了一番同

---

① 《鲁迅全集》第3卷,北京:人民文学出版社1981年,第93页。
② 《鲁迅全集》第11卷,北京:人民文学出版社1981年,第39页。
③ 《鲁迅全集》第11卷,北京:人民文学出版社1981年,第102页。
④ 《鲁迅全集》第3卷,北京:人民文学出版社1981年,第24页。
⑤ 《鲁迅全集》第3卷,北京:人民文学出版社1981年,第417-423页。

学界定论截然相反的全新理解：《药》之所以为"药"，就是要"救治"社会精英的启蒙幻想，进而去寻找解决问题的其他途径。这既符合于作品文本的故事情节以及鲁迅思想的真实原意，也符合于当时"东洋派"与"西洋派"留学生的言论之争与观念分歧。对此，人们可以怀疑却难以否认。

《阿Q正传》中的个体与群体之关系

　　自从1922年,周作人以"仲密"署名在《晨报副刊》发表文章评论《阿Q正传》开始,鲁迅的这部小说至今已有了九十多年的研究历史。在这九十多年当中,研究者究竟发表过多少文章去解读《阿Q正传》,其数量之庞大恐怕没有人能够准确地统计,仅中国知网就收录有1 204篇。我们不妨就以中国知网的检索信息为例,去做这样一种简单的数字换算:假如一篇研究论文平均为一万字,我们最起码知道已有一千二百万字。数量如此惊人的研究文字,足以将《阿Q正传》阐释得淋漓尽致不留余地,然而事实上却并非如此,学界几乎一直都是在从事着两种话语模式的简单重复:一种是"革命话语"模式,即以阿Q的苦难遭遇为论述对象,去批判辛亥革命的"不彻底性";另一种是"启蒙话语"模式,则以阿Q的愚昧人格为分析范本,去暴露中国人的"国民劣根性"。当然了,人们也一直都在尝试着对此研究格局有所突破,比如汪晖便将这两种话语模式进行了巧妙的组合,他认为"《阿Q正传》对于辛亥革命和农民或雇工阶级的探索是一个重要的方面,没有理由用国民性问题加以否定,而应该分析两者之间是什么关系"①。汪晖想要超越前人的思想局限,这种想法固然不错,但他却仍旧被"革命"与"启蒙"两种话语模式束缚,因此技巧性的调和与简单化的重复,也就没有什么本质上的区别了。

　　促使我去重读《阿Q正传》的一个重要原因,是罗岗近来发表的一篇文章:《阿Q的"解放"与启蒙的"颠倒"》②。我之所以会对这篇论文感兴趣,是因为罗文提出一个乡民个体与乡村共同体的关系问题,这个提

---

① 汪晖:《阿Q生命中的六个瞬间——纪念作为开端的辛亥革命》,载《现代中文学刊》2011年第3期,第9页。

② 该文刊于《华东师范大学学报》(哲学社会科学版)2013年第1期,第67–73页。

法很新颖也很有见地。毫无疑问在我阅读过的研究文章里，这是最接近《阿Q正传》故事本身的一种诠释。罗文注意到了"未庄"难容"阿Q"的客观事实，并提出了一个乡民个体与乡村共同体怎样共生共存的关键性命题，可以说在"鲁研"界对《阿Q正传》研究已经趋于思想僵化时，罗文则提出了一个极有学术价值和学术前景的理论观点。然而，罗文在展开论述乡民个体与乡村共同体的相互关系时，也暴露出了一种立论正确但结论却走偏的思想缺陷，比如它把"未庄"对于"阿Q"的强烈排斥，看作是赵老太爷"以'一己之私'凌驾于'公共性'之上，当然是对'乡村共同体'的破坏"；且由此推论"仅仅因为他'穷'，就认为他'不配'，更是对'乡村共同体'伦理习俗和秩序彻底的背叛和破坏"。换言之，罗文也没有摆脱"阿Q"是个贫苦农民的传统思维，他仍将"阿Q"视为"未庄"社会的一分子，故才会得出"阿Q"想要革命的根本原因，"正是因为赵老太爷把他从'乡里空间'中驱逐出来"的必然缘故。对此，我个人感到有些惋惜，因为这是一个非常具有突破性的研究命题，最终却又回到了它的历史原点；所以，我很想将这一研究思路进行下去，并通过对《阿Q正传》的重新解读，尽可能地还原鲁迅创作这部作品的真实意图。

一、"阿Q"作为个体文化符号的象征意义

"阿Q"究竟是何许人也？这既是所有研究者都必须正面回答的问题，同时也是一个长期困扰着学界思维的论争焦点。在"革命话语"中，人们早已习惯于运用意识形态的分析法，从"阿Q"一贫如洗的经济状态方面将其判定为是一个被压迫的"农民"；而在"启蒙话语"中，人们也早已习惯于运用反封建的方程式，从"阿Q"浑身上下的人格弱点方面将其看作是中国人国民"劣根性"的概括与总结。更有意思者，一些外国学者还别出心裁，比如日本学者丸尾常喜就专门写了一本书，名叫《"人"与"鬼"的纠葛》，他通过考证"Q"字的绍兴发音，最终得出了"阿Q"就是"鬼"的结论①。汪晖似乎很赞赏这种观点，他认为"你可以说这句话就是指阿Q的鬼进入了我的思想，也可以像周作人说的那样，阿Q

---

① 该书2006年由人民出版社出版，其中在"第三章"中，丸尾常喜就明确地提出了"阿Q='阿鬼'"说。

的存在理由就是像鬼一样存在在那里的中国人的'谱'"①。原本一个非常简单的艺术符号，被附加上了越来越多的外在因素，这到底是《阿Q正传》的不幸，还是我们学界本身的悲哀？我不禁想起叔本华对批评家的一句嘲讽：一部伟大的文学作品一经问世，"嘈杂喧嚣声会将它淹没，使人既听不到它，也看不见它，它只能在谦卑的痛苦中悄然无声地离去。"②其实，鲁迅的《阿Q正传》已在学界的一片"嘈杂喧嚣声"中悄然离去，延续至今的《阿Q正传》只不过是研究者对其故事内涵的人为重构罢了。

我个人认为，阿Q其实就是一个文化符号，鲁迅创造这一寓意文化符号的深刻用意，无非是想去探讨文化个体与文化共同体之间的辩证关系。文学是要以艺术形象去表情达意的，故作者必须要给阿Q赋予一种实体身份，否则故事叙事也就不可能在艺术空间里形象地展开。如此一来，阿Q便被置放于"未庄"这一文化场域中，同时又披蒙着一层色彩鲜明的"农民"外衣，进而迷惑和干扰了许多研究者的视觉思维。人们为了证实阿Q就是一个实实在在的"农民"，往往都把鲁迅《阿Q正传》"序"里那段关于写"传"目的的寓意言说，做了充满主观想象力的放大性处理，比如汪晖就曾非常自信地指出："对于鲁迅来说，这个序很关键。没有这个序，作品的反讽解构就很难呈现。"按照汪晖的理解，鲁迅用"'正传'这个词不但表达了那些被排除在正史图谱之外的谱系，而且'正'整个字也反讽地将正史的谱系给颠覆了"③。这种论证过程云山雾罩很绕弯子，还不如直接说鲁迅敢于打破文人做"传"的历史常规，义正词严地为那些名不见经传的小人物写"传"，以讽喻那些只有"贵人"才能入"传"的传统偏见，干嘛要煞有介事故作高深地兜圈子呢？细读《阿Q正传》的"序"，鲁迅已经十分明确地交代了他为阿Q做"传"的两层意思：第一，鲁迅强调阿Q既不是一个历史人物，也不是一个现实人物，他无名无姓无家无业难以考证，故用传统做"传"的方式显然不合适；因此，鲁迅特别用了一句说书人"闲话休提言归正传"的口头禅，来暗示性地告诉广大读者，阿Q无非就是一个文学创作的虚构性人物，他的存在与历史和现实都没有逻辑上的必然性联系。第二，也是最为关键

---

① 汪晖：《阿Q生命中的六个瞬间——纪念作为开端的辛亥革命》，载《现代中文学刊》2011年第3期，第7页。

② [德] 叔本华：《叔本华论说文集》，北京：商务印书馆2004年，第367页。

③ 汪晖：《阿Q生命中的六个瞬间——纪念作为开端的辛亥革命》，载《现代中文学刊》2011年第3期，第13页。

的一点，鲁迅告诉读者"我并不知道阿Q姓什么"，"他活着的时候，人都叫他阿Quei，死了以后，便没有一个人再叫阿Quei了"。鲁迅在"序"里，一再强调阿Q并不是"未庄人"，"他虽然多住未庄，然而也常常宿在别处，不能说是未庄人"。我们应该充分地注意到，鲁迅显然是有意在澄清"阿Q"与"未庄"之间并没有任何文化血缘关系，所以"阿Quei"死后，"未庄"才会"没有一个人再叫阿Quei了"！因为在鲁迅本人看来，"阿Q"就是一个外来因素，有他无他都不会影响"未庄"的固有秩序。也许鲁迅早已预测到了后世必将会对《阿Q正传》争论不休，故他非常睿智地调侃我们这些现代知识精英说："只希望有'历史癖与考据癖'的胡适之先生的门人们，将来或者能够寻出许多新端绪来，但是我这《阿Q正传》到那时却又怕早经消灭了。"

《阿Q正传》的故事本体，具有非常清晰的逻辑思路，就是在讲"阿Q"这一文化个体想要融入"未庄"文化秩序的艰难过程。第二章和第三章都是以"优胜纪略"，去描写"阿Q"的生存状态和个性特征。在这两章里，我们首先知道了"阿Q"的"无"的身份特性，即"无名无姓""无家无业"和"无从考证"，这也是学界认定其为贫苦雇农的重要依据。"阿Q没有家，住在未庄的土谷祠里"。这句话透露出了一个重要信息："土谷祠"也就是人们常说的"土地庙"，它往往是建在乡村的村外而不是村里，"阿Q"住在"土谷祠里"，恰恰说明了他没有进入"未庄"的生活圈内。"土谷祠"是什么地方？当然是供奉神灵的地方，故把那种"阿Q"理解为"阿鬼"的荒谬说法也就不攻自破了。没有人会认为"鬼""神"同类，他们可以和谐共居相安无事。在鲁迅的小说里，只有两个人会住在"神庙"里，一个当然是"阿Q"，另一个则是《长明灯》里的那个"疯子"。"吉光屯"里的那个"疯子"，因为他难以同村民正常交流所以被人们强行关进了"神庙"里；既然你不能同正常人对话，那就去和"神"直接对话好了。以此推论，"阿Q"也是一个难以同常人进行对话的"神人"，在作品文本当中，他与"未庄人"没有共同的生活语言，只能在"土谷祠"自言自语同"神"交流，鲁迅这种主观用意是很值得我们去深究的。"优胜记略"还有一个重要信息，即广为研究者所津津乐道的"精神胜利法"。其实，这是《阿Q正传》研究史上的最大误区。我并不否认"阿Q"身上有着许多中国人"国民劣根性"的共性特征，但仅仅将研究视角停留在这一着眼点上，既不符合鲁迅本人的创作意图，也不符合作品所讲述的故事原意。人们一般都认为"阿Q"的思想迂腐，城里人"用三尺长三寸宽的木板做成的凳子，未庄叫'长凳'，他也叫'长凳'，城里人却叫'条凳'，他想：这是错的，可笑！油煎大头鱼，未庄都加上半寸长的葱叶，城里却加上切细的葱丝，他想：这也是错的，可笑！"这里我注意到鲁迅用一个隐喻性的叙事策略，"阿Q"的思想行为无疑是都在仿效"未庄人"，而仿效又恰恰证明了他根本就不是"未庄人"，只不过是表现他想要融入"未庄"的一种主观意愿罢了。为了能够被"未庄人"接纳，"阿Q"自有其十分独特的生存法则，也就是学界屡屡提及的"精神胜利法"。"闲人"看不起"阿Q"，调侃他头上的"癞疮疤"，"阿Q"不服与其理论，结果被"闲人"狂揍一番，然而"阿Q"不是感到痛苦，相反却"心满意足的得胜的走了，他觉得他是第一个能够自轻自贱的人，除了'自轻自贱'不算外，余下的就是'第一个'。状元不也是'第一个'么？"还有，戏台前"阿Q"被抢走了赢来的"大洋"，他能够用打自己嘴巴却又记在别人账上的神奇做法，去调节他本人难以平愤的沮丧心绪；他骂"假洋鬼子"是"秃驴"，结果挨了一顿"哭丧棒"，可"'忘却'这一件祖传的宝贝也发生了效力"。鲁迅之所以要在这两章中如此塑造"阿Q"的卑怯人格，绝不仅仅是揭示或暴露中国人的"国民劣根性"那么简单；实际上，鲁迅是在告诉读者，"阿Q"若想在"未庄"站住脚，他就必须学会毫无条件地服从与忍耐。如果他一旦违反了这种生存法则，那么"阿Q"的悲剧也就真正开始了。

"阿Q"的命运悲剧是从第四章"恋爱悲剧"开始的。小尼姑"断子绝孙"的一句骂语，激发起了"阿Q"对"留后"的强烈欲望。至于"阿Q"究竟是从哪里知晓的"不孝有三、无后为大"这句圣贤之言，鲁迅却并没有明确地交代，我们也用不着加以考证，反正像幽灵一般飘忽不定的"阿Q"，按照鲁迅的调侃语气来说，他"本来也是正人，我们虽然不知道他曾蒙什么明师指授过，但他对于'男女之大防'却历来非常严；也很有排斥异端——如小尼姑及假洋鬼子之类——的正气。他的学说：凡尼姑，一定与和尚私通；一个女人在外面走，一定想引诱野男人；一男一女在那里说话，一定要有勾当了"。从鲁迅这段诙谐幽默的描写中，我们可以十分清楚地感觉到，鲁迅把"阿Q"说成是"正人"，固然是一种讽刺语气；而所谓的"明师指授过"，也绝非是指孔子等儒家哲人，而是讥讽"阿Q"之迂，显然是受"未庄"庸俗的深刻影响。这使我们一下子明白过来，如果我们把"阿Q"想同吴妈"困觉"简单地看作是他受儒家"礼教"的思想熏陶，目的是为了要去娶妻"立后"，恐怕那就大错特错了。"阿Q"要比诠释者聪明得多,他想同吴妈"困觉",其潜藏的意图有二:一是想借娶妻生子之名,能够以倒插门的方式在"未庄"安身立命;二是倘若果真有了后代,那么他就更是理所当然地成了"未庄人"。只可惜,"阿Q"的如意算盘没能实现,吴妈不仅不同意和他"困觉",反倒惹得一身麻烦,被赵秀才爷俩拿着竹杠撵着追打。"阿Q"的"恋爱悲剧"使他失去了在"未庄"继续生存的任何可能,因为他不再是一味地"容忍",莫名其妙的情绪冲动(而非学界所理解的那样是人的正常欲望)导致他成了"未庄"稳定秩序的不安定因素,所以接下来他便面临"生计问题":"其一,酒店不肯赊欠了;其二,管土谷祠的老头子说些废话,似乎叫他走;其三,他虽然记不清多少日,但确乎有许多日,没有一个人来叫他做短工。"于是,我们的"阿Q"便翻墙进入尼姑庵(不知这时他那满脑子的"男女之大防"思想跑到哪里去了)去偷萝卜,结果遭到了老尼姑的一通谴责。我个人不大看重"阿Q"本人此时此刻的"油滑"表现,倒是老尼姑的态度使我大感惊讶——出家人本应以慈悲为怀,对饥肠辘辘的"阿Q"网开一面,可是老尼姑却没有丝毫的怜悯之心,可见"未庄"的宗教机构也只保护"未庄人",像"阿Q"这样的外来者当然不在其"慈悲"之列。"阿Q"的"中兴"与"革命",更是加重了"未庄人"对他的排斥力度,赵老太爷嘱咐家人"夜里警醒点",而所有"未庄人"则对他"敬而远之"。"阿Q"因"革命"在"未庄"闹得是满城风雨,学界对于他的"革命"动机,也从阶级压迫必然会引起阶级斗争的认知立场出发,给予了极其廉价的人文关怀。殊不知"阿Q"要"造反",是鲁迅为"阿Q"所设计的命运归宿:"阿Q"越是不安分,他对"未庄"固有生活秩序的威胁也就越大。因此当"阿Q"被枪毙时,"在未庄是无异议的,自然都说阿Q坏",没有一个"未庄人"对他表示同情,因为"阿Q"本来就与"未庄"无关,一个外在破坏因素的被剿灭,反倒是"未庄人"所希望看到的故事结局。故在作品最后的"大团圆"一章里,我们看到的不仅是"知县大老爷还是原官……带兵的也还是先前的老把总";即便是赵老太爷又何尝不是先前的赵老太爷,"未庄人"又何尝不是先前的"未庄人"呢?这充分说明了一个问题,伴随着"阿Q"闹剧的曲终人散,"未庄"又恢复到了原有的生活秩序,只有"阿Q"那句"过了二十年又是一个"的谶语在空中回荡,给人留下无穷的遐想。

通过对《阿Q正传》的重新阅读,我发现鲁迅在写这部作品时,明显有着一种思路清晰的创作意图:"阿Q"作为"未庄"文化的外来因素,如果他能够用"精神胜利法"进行自我调节,那么他就有可能在"未庄"相安无事地生存下去,就像同他一样处于社会下层的王胡或小D一样;可是一旦当他变得不安分起来,去调戏妇女(吴妈和小尼姑)、偷盗钱财乃至张扬着要去"造反",那就超出了"未庄"文化的忍耐程度,因此他必然会受到彻底的排斥。所以"阿Q"之死,无疑就是一个游离了文化共同体的个体细胞之死,无论学界以何种方式去诠释"阿Q"的艺术形象,都不可能背离《阿Q正传》的这种叙事结构。

二、"未庄"作为集体文化符号象征的意义

研究《阿Q正传》,第二个难点就是对"未庄"概念的准确释义。人们似乎已经惯于将"未庄"认定为就是浙东一带的乡村背景,并从江南文化所特有的风土人情角度诠释这部作品的思想意义。《阿Q正传》中的确存在着许多绍兴方言,把它看作是鲁迅对自己故乡的乡土叙事也绝无大错。但我们必须注意到这样一个无法回避的客观事实:"未庄"之"未"的无具指性,则是鲁迅明显在提醒读者,不要刻意纠缠"未庄"究竟是在写什么地方,文学创作一切均属于作家个人的艺术虚构。然而,学界对于"未庄"的繁琐考证由来已久,各种解读也是五花八门令人应接不暇。我发现日本学者似乎要比中国学者更加"聪明",除了丸尾常喜把"未庄"等同于"鬼庄"外,松冈俊裕又提出了一个"羊头狗肉村"的神奇说法,他甚至认为"《阿Q正传》的用意之一是在于说明阿Q所生活的'未庄'——清末民初时的中国农村,就是'羊头狗肉村',而中华民国本身就是徒有虚名,实际是跟清末君主立宪制完全一样的'羊头狗肉国'"[1]。我个人非常"敬佩"日本学者的过人"智慧",仿佛他们的汉语知识水平比中国人还要高明;我更诧异中国学者的冷漠态度,竟然能够容忍这种"神论"的畅通无阻。"未庄"就是"未庄",一个虚拟的艺术空间,它所负载的全部意义,无非就是故事叙事的展开环境——既然是叙事环境,那么它就必然又是一种文化场域,故从文化场域去理解"未庄"的命名价值,所有的疑问也都会迎刃而解了。

---

[1] [日]松冈俊裕:《〈阿Q正传〉浅释——"未庄"命名考及其他》,载《绍兴文理学院学报》1996年第16卷第3期,第14-21页。

若要科学地诠释"未庄"这一文化场域,我们首先应该了解文化与传统这两个概念。所谓"文化"者,无非就是一个民族在其历史发展过程当中积累形成的思维方式与生活习惯。而所谓"传统"者,钱穆先生曾有过一个很好的说明:"何为传统?须有头有序,有组织,合成一体,谓之体统,亦称系统。……而此一个统,则又贵能世代相传,永久存在,此则为传统。中国史之悠久与广大,则正在此能一传之'统'上。"① 钱穆已经说得十分清楚,"文化"既是"统",它具有世代相传性。由于不同民族具有不同的"统",因此"每一种文化有它自己的式样,其组成的力量有它自己独特的安排"②。由于鲁迅是中国人,那么他所塑造出来的"未庄"文化场域,理所当然是对中国文化的那个"统"在现实生活层面上的合理阐释。"未庄"作为乡土中国的一个缩影,它集中体现着文化共同体的强大凝聚力。从文化人类学的角度去分析,生存在这一场域里的"未庄人",其实"从他出生之时起,他生于其中的风俗就在塑造着他的经验与行为"③。所以,他们都自觉地遵守着由历史所形成的行为规范,虽然人与人之间客观上存在贫富差别,却没有人想要超越共同体的利益,去改变这种相对稳定的社会秩序。吴妈可以津津乐道地讲述赵太爷家中的逸闻趣事,自己却心甘情愿地持操守节人格清白;王胡与阿 Q 一样地位低下一贫如洗,却宁愿以捉虱子为乐趣也不敢有丝毫不安分的古怪想法。人们往往把"未庄人"的这种守成思想,理解为是中国农民的愚昧落后与目光短浅,其实"未庄人"之所以能够安分守己地平安度日,恰恰正是因为他们都在自觉地遵守着"未庄"文化约定俗成的生活秩序——而这种历来被启蒙精英批判的"庸俗"现象,无论人们恨它也好爱它也罢,它依然是中国传统文化的一个重要组成部分,凡是想改变"未庄"秩序的任何念头,都必然会遭到"未庄人"的群体攻击。研究者在谈论《阿Q正传》时,无一例外都会提到赵老太爷不许"阿Q"姓"赵"的那段描述,他们几乎都认为鲁迅是在借助此事去抨击封建统治阶级或封建家族势力剥夺一个贫苦农民"姓氏"的权利。我个人的看法却完全不同。

  有一回,他似乎是姓赵,但第二日便模糊了。那是赵太爷的儿子进了秀才的时候,锣鼓镗镗的报到村里来,阿 Q 正喝了两

---

① 《中国史学发微》,台北:台北东大图书股份有限公司1989年,第101页。
② [美]杜威:《自由与文化》,北京:商务印书馆1964年,第16页。
③ [美]露丝·本尼迪克:《文化模式》,北京:华夏出版社1987年,第2页。

碗黄酒，便手舞足蹈的说，这于他也很光采，因为他和赵太爷原来是本家，细细的排起来他还比秀才长三辈呢。其时几个旁听人倒也肃然的有些起敬了。那知道第二天，地保便叫阿Q到赵太爷家里去；太爷一见，满脸溅朱，喝道：

"阿Q，你这混小子！你说我是你的本家么？"

阿Q不开口。

赵太爷愈看愈生气，抢进几步说："你敢胡说！我怎么会有你这样的本家？你姓赵吗？"

阿Q不开口，想往后退了；赵太爷跳过去，给了他一个嘴巴。

"你怎么会姓赵！——你那里配姓赵！"

对于鲁迅这段文字描写，我们大可不必用意识形态的有色眼光去看问题，阿Q本来就无名无姓"神人"一个，却借着酒劲在那里胡吹乱说他也"姓赵"，无非是想沾点赵家的喜气以改变"未庄人"对他不友好的现实态度；然而，你阿Q吹牛就吹牛呗，干吗非要说比"秀才长三辈"呢？那你不就成了赵太爷的"爹"了吗？因此阿Q挨揍和赔酒钱，完全是他自己无事生非的结果。对于赵太爷而言，情况则大不相同了，赵太爷的身份是"乡绅"，而"乡绅"又是乡土中国的精神主体。在"未庄"的社会里，赵太爷等人无疑就是乡民的精神领袖。然而你阿Q一个外来者，不安分守己地去做好你的"短工"，却想把自己凌驾于赵太爷的头上，这当然是一种颠覆"未庄"秩序的忤逆之举。难怪赵太爷会说"你那里配姓赵"？即便是所有的"未庄人"，也都对阿Q嗤之以鼻。"赵太爷钱太爷大受居民的尊重，除有钱之外，就因为都是文童的爹爹，而阿Q在精神上独不表格外崇拜，他想：我的儿子会阔得多啦！"阿Q不尊重赵太爷的原因有两个：其一，他不是"未庄人"，所以用不着照搬"未庄人"的传统习俗；其二，他认为自己可以超越或取代赵太爷，故凭什么要去尊重他？从某种意义上来讲，阿Q与赵太爷为敌，就是与全体"未庄人"为敌；因为受文化共同体利益的驱使，"未庄人"绝不可能去容忍阿Q的胡作非为。

如果阿Q仅仅是与赵太爷为敌，阿Q在"未庄"的处境恐怕也未必会那样艰难；关键是"未庄"所有的居民都与阿Q为敌，这才是阿Q悲剧的根本原因。在"未庄"里，阿Q的社会身份是"短工"，没有一家愿把他雇为"长工"，可见"未庄人"对于阿Q始终都抱有一种排斥性的偏见。至于"未庄人"为什么看不上阿Q？鲁迅并没有给出特别的理由；但我们从作品文本的故事叙事中却可以发现，无外乎就是他们对于阿Q这个外来者看着不顺眼。比如"未庄"的那些"闲人们"成天拿阿Q头上的"癞疮疤"取乐；"闲人们"当然不是指赵太爷或白举人等名流之辈，而是指"未庄"里的普通百姓。"闲人们"与阿Q无冤无仇，可他们就是对阿Q看不顺眼：

> 阿Q采用怒目主义之后，未庄的闲人们便愈喜欢玩笑他。
> 一见面，他们便假作吃惊的说：
> "哙，亮起来了。"
> 阿Q照例的发了怒，他怒目而视了。
> "原来有保险灯在这里！"他们并不怕。
> 阿Q没有法，只得另外想出报复的话来：
> "你还不配……"

按理说阿Q金刚怒目式的反抗，完全是一种维护自己人格尊严的正义之举，可"闲人们"哪里会去管阿Q高不高兴，看到阿Q敢于反抗，于是乎便一拥而上，揪住他的"黄辫子，在壁上碰了四五个响头，闲人这才心满意足的得胜的走了"。鲁迅使用这样的叙事结构，其实并无高深莫测的思想寓意，无非就是要告诉读者，"未庄人"都不待见阿Q而已。这种不待见自从阿Q说自己也姓"赵"以后，便渐渐地由隐性而变为显性了：他先是抱怨小D抢了他的饭碗，把原本属于他的"短工"生意都夺了去，故导致他与小D之间的一场打斗，结果"阿Q却仍然没有人来叫他做短工"。恐怕阿Q至死都不会明白，自己的生计问题与小D插足无关，而是"未庄人"的自我选择——他们宁愿去选择同是"未庄人"的小D，也不会去选择一个外来者的阿Q，因为小D的顺从与阿Q的躁动，无疑给"未庄人"排斥阿Q提供了充足的理由。"未庄人"对于阿Q的不待见，同样体现在假洋鬼子等人不让阿Q"革命"的问题上。阿Q觉得自己一人"革命"很是不妥，故他便前去投奔假洋鬼子等人的"柿油党"，结果假洋鬼子举着哭丧棒大喝一声"滚出去"，彻底打破了阿Q立足"未庄"的最后一丝希望。长期以来，学界一直都认为鲁迅的这段描写，是在揭示假洋鬼子之流不允许贫苦农民革命，进而间接地讽刺了辛亥革命脱离人民大众的思想局限性，这真是一种政治意识形态式的天方夜谭。假洋鬼子不许阿Q"革命"的理由非常简单，在他们看来"革命"本是"未庄人"自己的事，与你个外来者有何干系？因此，把这一故事情节无限放大，那只能是诠释者的主观臆断，而绝非鲁迅本人的意思表达。

谈到"未庄"的文化场域，我们不能不注意到阿Q与"未庄人"对于"革命"的两种态度。对于阿Q而言，反正"未庄"容纳不下他，故他必须去寻找一种方式来改变目前所处的生活窘境。恰逢此时，辛亥革命爆发了，阿Q根本就不知道什么是"革命"，但他却明白"革命"与"造反"并无什么区别，与其被"未庄人"打压和排挤，还不如"造反"。造一次反也许能使"未庄人"刮目相看。阿Q所想象的"革命"内容，无非是"好……我要什么就是什么，我欢喜谁就是谁"。阿Q的这种想法，其实"未庄人"心里都非常明白，阿Q无非是要借"革命"之名，去颠覆"未庄"的社会秩序，去侵占"未庄"的私有财产，去宣泄他对"未庄人"的所有仇恨："第一个该死的是小D和赵太爷，还有赵秀才，还有假洋鬼子……留几条么？王胡本来还可留，但也不要了。"因此，"未庄人"对于阿Q始终都保持着高度警惕的防范心理。我们无须探讨鲁迅为什么要让阿Q"革命"，因为阿Q自己已经说得清清楚楚了，他以为革命人便是造反，造反便是与他人为难。而这个"他人"，无疑又是指"未庄"的那些"仇家"；他就是要通过"造反"，去改变"未庄人"对他的偏见。鲁迅在《再论雷峰塔的倒掉》一文里，曾把没有建设性理想的"破坏"称为是一种"奴才式的破坏"，①阿Q对于"未庄"那种破坏性欲望，难道不正是一种"奴才式的破坏"吗？而假洋鬼子和赵秀才之流则完全不同。假设"革命"的真实目的是要变革社会生活的固有秩序；那么他们本来就是这种固有秩序的维护者，干吗非要去自己毁灭自己的既得利益呢？细读《阿Q正传》的故事情节，我们发现无论是假洋鬼子还是白举人，他们恰恰与阿Q的"革命"意图截然相反，他们是想通过参与"革命"，保护"未庄"这一文化场域不受外来"造反"者的肆意侵害。学界经常用"投机革命"解释假洋鬼子之流的"革命"行为，甚至于还将他们与阿Q联系起来，将他们视为沆瀣一气的"阿Q式的革命党"，我对这种意识形态的理论话语深感痛心。阿Q与假洋鬼子他们的所谓"革命"与辛亥革命没有必然的逻辑联系；文学评论家也没有必要去扮演政治革命家的社会角色，一定要超越自己的职责范畴去指点江山激扬文字。假洋鬼子等人作为"未庄"文化共同体的形象代言人，他们是在

---

① 《鲁迅全集》第1卷，北京：人民文学出版社1981年，第193页。

以"未庄"式的"革命"巧妙地化解外来者的"造反",最终达到维持文化共同体利益的真实目的。我们一定要先搞清楚,假洋鬼子等人并不孤立,在他们身后站着所有的"未庄人",只有如此理解,我们才能读懂"大团圆"的故事结局:"'好!!!'从人丛里,便发出豺狼的嗥叫一般的声音来。"你尽可以说这是一种愚昧无知的看客心理,但谁又能说它不是"未庄人"所吐出的一口恶气呢?

所以,阿Q"死了以后,便没有一个人再叫阿Quei了,那里还会有'著之竹帛'的事。"因为,外来者阿Q早已被"未庄人"忘却,"未庄"也恢复了它没有"阿Q"时代的平静生活;所以,"阿Q"最终被排挤出了"未庄",这才是"未庄"故事的"大团圆"!

三、《阿Q正传》与鲁迅早期思想的一致性

《阿Q正传》的创作主题,与鲁迅对五四新文化运动的基本态度是完全一致的。人到中年的他,显然要比《新青年》阵营的思想狂热更具有高度自觉的批判理性精神。因为每天流连忘返于同古碑墓志的灵魂对话中,使他对中国传统文化的历史厚重感体会深刻,所以他才会感叹中国的确是太老了,其经历了几千年磨砺而形成的民族文化共同体坚不可摧。鲁迅曾把中国传统文化比作是个"大染缸",研究者也都对这种比喻做了他们所能诠释的各自理解。但我个人并不赞同有些人将鲁迅的"染缸"理论看作是他对中国传统文化彻底绝望的无奈表现,相反却是鲁迅在以自己惯用的表述方式去表达他对中国传统文化特性的自我认识。他在《热风·四十三》里写道:"可怜外国事物,一到中国,便如落在黑色染缸里似的,无不失了颜色。"① 在《两地书》里他又说:"中国大约太老了,社会上事无大小,都恶劣不堪,像一只黑色的染缸,无论加进什么新东西去,都变成漆黑。"② 仅看这两段引文,"听将令"的鲁迅虽然对中国传统文化有所攻击,然而"自我"的鲁迅其实却是在告诉人们,中国传统文化具有坚不可摧的强大同化力;由这种同化力所构筑起来的民族文化共同体,单纯地依靠外部因素去促使它发生质变,这几乎是一件不可能的事情。鲁迅甚至于还用"鬼打墙"的形象化说法,再次表达了他对民族文

---

① 《鲁迅全集》第1卷,北京:人民文学出版社1981年,第330页。
② 《鲁迅全集》第11卷,北京:人民文学出版社1981年,第20页。

化共同体隐性力量的敬畏心理:"中国各处是壁,然而无形,像'鬼打墙'一般,使你随时能'碰'。"①鲁迅对于中国传统文化的深度了解,令其在《新青年》阵营的启蒙呐喊中,始终都保持着一种"寂寞"与"悲哀"的游离姿态:"寂寞"体现为他的决不从众,而"悲哀"则应理解为他对《新青年》狂热情绪的潜在否定。鲁迅曾经说他自己"决不肯发狂"②,原因就在于他知道中国文化的阴柔性,任凭你怎样发"狂"也奈何它不得。

前几年我曾写过一篇文章,对鲁迅的小说《狂人日记》做了专门分析,在那篇文章里,我已明确地指出,鲁迅是在以对"狂人"的反讽叙事,向《新青年》阵营发出着善意的忠告③。其实,无论人们如何去解读《狂人日记》,它所呈现出的叙事结构都是一种否定性的逻辑推论:"我"作为"狼子村"文化共同体的一个细胞,在"月光"(我们不妨把它看作是外来文化因素)的刺激之下,突然躁动不安起来,试图从"狼子村"这一有着"吃人"传统的文化共同体中突围,进而想成为一个不再"吃人"的"新的人"。这部作品最大的思想亮点,是个体细胞对文化母体的内部攻击;而学界也似乎更热衷于把"狂人"与反传统联系起来,去赋予他思想启蒙的时代意义。我个人认为这绝不是鲁迅本人的意思表达,因为小说的故事叙事并不给这种说法提供文本细节的有力支持。"狂人"无师自通地从中国历史中"读"出了它的"吃人"本质,且不厌其烦地去劝说"狼子村"村民们放弃"吃人"的恶习,这种让中华民族洗心革面重新做人的良好愿望,的确很有五四启蒙先驱者那种大无畏的勇者气势。可鲁迅却为"狂人"设计了一种令他无法想象的现实困境,使他刚一张口去进行启蒙言说,立刻便遭到了"狼子村"村民的各种冷眼——"孩子"的"眼色"、"女人"的"眼睛"、"老头"的"鬼眼"、"佃户"的"怪眼"、"青年"的"怒眼",概而言之就是"狼子村"那些下层村民,他们都对"狂人"的启蒙呐喊持仇恨与敌视的冷漠态度。这无疑会促使"狂人"进行自我反思,他终于知道自己也曾"吃"过妹妹的"肉",那么自己本身就是一个"吃人"者,他还有什么理由教训别人不要"吃人"呢?《狂人日记》的创作主题,是要揭示文化个体与文化共同体之间荣辱

---

① 《鲁迅全集》第 3 卷,北京:人民文学出版社 1981 年,第 72 页。
② 《鲁迅全集》第 11 卷,北京:人民文学出版社 1981 年,第 88 页。
③ 拙作以《人的"病愈"与鲁迅的"绝望"——〈狂人日记〉的反讽叙事与文本释义》,刊于《学术月刊》2008 年第 10 期,第 99 - 105 页。

与共的辩证关系，如果一个文化细胞游离了它的文化母体，那么它就必然会失去自己的生存基础，即"皮之不存毛将焉附"？故"狂人"幡然觉醒，赶快"病愈"且前去"候补"，草草结束了他那颇为荒诞的启蒙之旅。小说《长明灯》继续了《狂人日记》的创作思路，同样是写一个"疯子"反抗"吉光屯"的固有秩序，结果遭到了全屯人的强烈反对。"疯子"原本也是"吉光屯"文化共同体的生命细胞，但由于他发生了变异要脱离这个文化共同体，从内部去破坏"吉光屯"的文化氛围，故激起群体对他的排斥也就自不待言了。我个人更关注"疯子"与"狂人"的不同结局："狂人"能够幡然醒悟，不再执意地疯狂呐喊，故才避免了被"狼子村"文化共同体剿灭的悲剧命运；可"疯子"却要一意孤行，所以"吉光屯"的村民只好将他关进"庙里"，让其远离文化共同体自生自灭。毫无疑问，鲁迅是在用两个不同"疯子"的形象举例，来暗示民族文化共同体的结构稳定性，任何企图从内部破坏其稳定结构的主观努力，都是徒劳无益的非分之想。

如果说《狂人日记》与《长明灯》这两部作品，是表现文化个体从内部攻击文化共同体的失败结局；那么《阿Q正传》则是通过寓意性的故事叙事，表现文化共同体对于外部文化因素入侵的强烈抵制。我在前面已经提到，《阿Q正传》的叙事结构，就是以阿Q这一个体向"未庄"文化共同体进行渗透的全部过程。在具体分析作品文本的过程中，我们可以清晰地发现，"未庄"对于"阿Q"的排斥，并非是无条件的"排斥"，而是有条件的"接纳"——只要你阿Q能够严格遵守"未庄"的文化秩序，他们是可以让你"进来"做"短工"的。可是做"短工"并不是阿Q想要的结果，他是想成为一个真正的"未庄人"；正是阿Q这种幼稚的想法，使他与"未庄人"的矛盾冲突显现了出来。调戏"吴妈"和小尼姑，还不至于从根本上挑战"未庄人"的根本利益；"偷东西"与"打架"，也不会真正动摇"未庄"文化共同体的牢固基石。尽管此时的"未庄人"已流露出了想要赶走"阿Q"的不满情绪，比如赵秀才就打算吩咐地保，"不许他住在未庄"。可阿Q的"犯过"还没有达到无法忍受的地步，故赵太爷权衡利弊劝阻了儿子的激烈行为。后来"阿Q"不再安分守己想要"造反"，才使得"未庄人"对于"阿Q"的现实存在感到了无比恐惧，因为"革命"与"造反"将完全改变"未庄"文化共同体的生态环境，所以故事叙述到了"不准革命"一章，便出现了一种戏剧性的变化：本来不该起来"革命"的假洋鬼子之流，竟然以"革命者"的身份排斥"阿Q"的"革命"诉求。其实只要我们分析一下他们两种对"革命"的不同理解,也就很容易搞清楚"未庄人"突然决定"革命"的充足理由了——

"东西,……直走进去打开箱子来:元宝,洋钱,洋纱衫,……秀才娘子的一张宁式床先搬到土谷祠,此外便摆了钱家的桌椅,——或者也就用赵家的罢。自己是不动手的了,叫小D来搬,要搬得快,搬得不快打嘴巴。……""赵司晨的妹子真丑。邹七嫂的女儿过几年再说。假洋鬼子的老婆会和没有辫子的男人睡觉,吓,不是好东西!秀才的老婆是眼胞上有疤的。……吴妈长久不见了,不知道在那里,——可惜脚太大。"

鲁迅这段文字描写寥寥数笔,就把阿Q的"革命"理想表达得淋漓尽致,作者毫不隐晦"阿Q"就是要通过"造反",去取代赵太爷成为"未庄"文化共同体的新代表性人物。而假洋鬼子之流的"革命"想象,究竟是一幅什么样的宏图远景呢?鲁迅却并没有直接向读者交代,只是说他们一伙人在那里"白着眼睛讲得正起劲"。其实我们用不着过多地主观猜测,他们肯定不会是在谈论怎样在"未庄"里抢班夺权,因为他们本身就是那里的精神领袖与权力象征,"革命"显然是对"阿Q"之辈有利却对他们自己不利。我个人认为,假洋鬼子之流在那里讨论的"革命",理应与"阿Q"的想法相反,不是怎样去夺取权力,而是怎样去保护权力。因为在假洋鬼子之流看来,只有彻底剿灭像"阿Q"那样的造反者,尽量排挤掉与"未庄"文化不和谐的负面因素,他们才会安安稳稳地过日子。这恐怕并不仅仅是他们这些有钱人的自私心理,同时更是所有"未庄人"潜藏于心的共同愿望。鲁迅曾在《灯下漫笔》一文里写道:中国历史始终徘徊在这样两个时代:"一,想做奴隶而不得的时代;二,暂时做稳了奴隶的时代。"[①] 鲁迅关于中国历史的这种妙论,无疑是一种典型的经验之谈。鲁迅要比那些启蒙精英的头脑更加清醒,他从来不把中国人尤其是农民看得是那么愚昧无知;在他自己的视野里,中国农民是非常聪明睿智的,他们并不相信文弱书生的革命言说。学界历来都认为鲁迅对中国人尤其是农民,"恨其不幸、怒其不争",不仅对革命无动于衷,甚至还百般刁难误解重重。在小说《药》里,革命者夏瑜劝牢头阿义"造反",并宣传"这大清的天下是我们大家的"革命道理;可是他哪里知

---

①《鲁迅全集》第1卷,北京:人民文学出版社1981年,第213页。

道，中国农民早已经对"造反"见惯不惊，他们当然明白"这大清的天下"不是"我们大家的"，不过他们同时更明白"革命"以后的天下同样也不是属于"我们大家的"！故无论是"鲁镇"也好"未庄"也罢，人们都甘愿守着"暂时做稳了奴隶的时代"，起码还有一个居家度日安身立命的稳定环境；因为他们从来就不相信，有一个不做奴隶的时代在等着他们，"造反者"的允诺也从来没有真正地兑现过。这既是"未庄人"文化共同体的真实心理，同时也是鲁迅本人内心世界的真实想法。

《阿Q正传》作为一部具有跨时代意义的伟大作品，所留给后人最宝贵的精神财富，就是对中国传统文化厚重感的深刻认知，以及对五四新文化运动那种激进情绪的批判性态度。鲁迅用"Q"这一洋文符号去为人物命名，这其中所要表达的意思也很耐人寻味："阿Q"难以融入"未庄"，实际上也寓意着西方文化很难完整地融入中国；如果它不能适合于中国文化这片土壤，那么它必将会受到强烈的排斥而无法生存。这不仅是鲁迅对于《新青年》阵营的一种讽喻，同时也是他本人"染缸"文化理论的思想核心。悠着点，慢慢来，这才是鲁迅本人文化变革思想的本质所在。

 # 《祝福》的创作主题并非是反"礼教"

　　小说《祝福》是《彷徨》中的篇首之作，同时也是"鲁研"领域的关注重点。在长达几十年的阐释过程中，人们几乎绞尽了脑汁用尽了全力，都试图去得出自己独特的研究心得，但结论却大同小异惊人地相似——即"礼教吃人"。用一位著名"鲁研"学者的话来说，小说《祝福》就是"儒道释'吃人'的寓言"①。毫无疑问，祥林嫂惨死于人情冷漠的社会悲剧，为学界谴责"礼教吃人"提供了充分的理由；如果仅就作品文本层面的故事情节而言，"礼教吃人说"似乎也没有什么过分之处。然而，问题恐怕并不是如此简单。因为五四新文化运动以后，出于反封建思想启蒙的客观需要，知识精英对于民族传统文化的认知态度，往往都持有一种非理性且虚无主义的敌视情绪；仿佛近代中国积弱落后被动挨打的全部罪责，都是由那个以儒学为基础的文化传统所造成的，他们却从未去想过养育中华民族生生不息的精神资源，恰恰也正是那个频遭启蒙精英强烈诅咒的儒家文化！对于每一个中国人而言，儒家文化就是其文化之根，无论是"恨"是"爱"，都同它撇不开干系。否则"皮之不存，毛将焉附"呢？所以，将《祝福》说成是反封建"礼教"之作，表面观之是在讴歌鲁迅的斗士形象，其实这不仅违背了鲁迅本人的主观意志，且多少都有点离题千里随心所欲之嫌。

　　鲁迅为什么要写《祝福》？尽管他本人并没有说明，但周作人后来却曾追忆说，鲁迅自己最喜欢的小说是《孔乙己》，因为它"写得从容不迫。一般人推荐《祝福》，却正是'气急海颓'，不一定为鲁迅所最喜爱

---

① 高远东：《〈祝福〉：儒道释"吃人"的寓言》，载《鲁迅研究动态》1989年第2期，第18—24页。

的"①。鲁迅究竟喜不喜欢《祝福》，我们姑且不论，不过写这部作品时鲁迅"气急海颓"的复杂情绪倒是比较符合他当时"荷戟独彷徨"的真实心态。我个人认为解读小说《祝福》，其首要条件还不是什么思想启蒙的时代语境，而是要准确地判断环境与人物的意义指向；只有彻底摆脱长期以来僵化教条的学术思维，且透过祥林嫂之死去厘清各种人物形象之间的逻辑关系，我们才能真正地读懂《祝福》与鲁迅思想的深刻内涵。所以，回到作品文本的故事情节，以文本叙事求证作品主题，而不是以先入之见的观念预设，我们才会更加接近一个真实的鲁迅。

一、鲁四老爷社会身份的重新确定

鲁四老爷在小说《祝福》当中，原本只是个笔墨不多的次要人物，但是出于维护反传统思想启蒙的主观意志，学界便直接将其认定为鲁镇精神生活的实际主宰，因此他也就变成了虐杀祥林嫂的首恶元凶，一直都受到学界精英的强烈诟病。他们认为鲁四老爷在鲁镇一手遮天，用儒学礼教去奴役着乡下人的思想与灵魂，"作为鲁镇的头面人物、主政者"，鲁四老爷心胸狭隘自私自利，"他的身心中毫无自知地隐藏着人性的极恶与极腐"。②鲁四老爷本性残忍巧取豪夺，榨干了祥林嫂的血汗又将其逐出家门，令其惨死于冰天雪地而无人过问，小说《祝福》"深刻地揭示了鲁四老爷极端自私虚伪的阶级本质"③。更有甚者还将鲁四老爷归入"地主阶级知识分子"一类，在他那里"封建思想和封建伦理道德的观念实际上并非产生于他们的自觉的社会意识，而是利用这种社会意识攫取个人的、实利的东西"④。正是在这一片义正词严的讨伐声中，鲁四老爷也从一个配角上升为中心人物，不仅要孤独寂寞地忍受着人们的口诛笔伐，更要去为祥林嫂之死承担儒学礼教难以负重的道德责任。

鲁四老爷究竟怎么了？为什么人们要对其耿耿于怀？回答这一关键性

---

① 曹聚仁：《曹聚仁谈鲁迅小说》，载《鲁迅研究月刊》1994年第10期，第68页。
② 彭小燕：《"虚无"四重奏——重读〈祝福〉》，载《中国现代文学研究丛刊》2012年第1期，第185-198页。
③ 朱德发：《从鲁四老爷看封建理学的反动性——读〈祝福〉札记》，载《山东师院》1975年第1期，第104-106页。
④ 王富仁：《〈呐喊〉〈彷徨〉中地主阶级知识分子形象的塑造》，载《鲁迅研究动态》1985年第6期，第10-23页。

的敏感问题,我们首先应去准确地判断其社会身份。将鲁四老爷定性为"大地主"或鲁镇的"主政者",也就是学界所习惯称谓的封建统治阶级,恐怕作品文本并不为这种论点提供细节支持,我们更不能凭空想象去为其罗织罪名。《祝福》开篇对于鲁四老爷的家庭境况并没有做什么意图明确的特别交代,只是写"虽说故乡,然而已没有家,所以只得暂寓在鲁四老爷的宅子里"。其他则是一笔带过,我们很难以此为依据去判断鲁四老爷的经济状态。"宅子"的大小自然具有伸缩性,你可以说它豪华奢侈,也可以说它普普通通,总而言之仅以"宅子"一词,再加上通篇"老爷"的尊称,便判定他是"大地主"或鲁镇的"主政者",显然有些牵强附会且令人难以信服。其实早有学者注意到了该问题,比如顾农先生就曾比较公允地一语道出:"鲁四老爷家并不算很阔,他的书房相当朴素。"[1] 一个并不十分阔绰的鲁四老爷,他有什么资格与实力去主政鲁镇?所以将鲁四老爷视为"大地主"或"统治者",只不过是学界赋予他的社会身份,而不是他自己本身所固有的真实身份。从作品文本所提供的信息来看,鲁四老爷无非是个极其普通的中国"乡绅"。而所谓"乡绅"者,则是指"乡里中的官吏或读书人"[2]。在几千年中国封建社会的发展史上,"乡绅"是一种既独特又不可忽视的文化现象:他们集文化身份与土地身份为一体,以弘扬儒家道德伦理观念为己任;他们既是乡土中国的知识分子,同时又是帝制统治的维稳基础;他们没有任何皇权任命的行政官职,却能保一方平安实现"对乡村的控制"[3];他们不是以政治"权力"去征服民心,而是以"声誉"或"威信"去赢得民意。用学界所认同的观点来说,他们就是一群中国封建社会中的"所特具的一群人物"[4],虽然身并"不在其位",却能自觉地"谋其政"。换言之,他们上传草民心声下达皇权圣意,扮演着一种"沟通官府与民间"[5] 关系的重要角色。但是长期以来,中国现代文学的启蒙叙事,在"乡绅"这一概念的理解方面,往往只注重其"绅"的一面,而人为地忽略其"乡"的一面,因此"乡绅"就是"农

---

[1] 顾农:《闲话〈祝福〉》,载《书屋》2010年第11期,第71页。
[2]《大辞典》第4 841页,台北三民书局"中华民国"74年版。
[3] 张鸣:《乡村社会权力和文化结构的变迁(1903-1953)》,西安:陕西人民出版社2013年,第20页。
[4] 费孝通:《论绅士》,载《费孝通全集》第6卷,呼和浩特:内蒙古人民出版社2009年,第232页。
[5] 金观涛、刘青峰:《开放中的变迁——再论中国社会超稳定结构》,香港:香港中文大学出版社1993年,第30页。

民"的基本属性，根本就没有得到学界的高度重视。鲁迅比我们高明与深刻之处，就在于他把鲁四老爷去"绅"还"民"，客观还原了他的农民身份，进而揭示"国民性"的普遍意义。既然鲁四老爷也是农民属于"庸众"，那么他必然会有一切农民的思想习性：比如他视两次丧夫的祥林嫂为不祥之人，禁止她参与年关的祭祀活动；又如他视寡妇再嫁为"败坏风俗"，大骂祥林嫂是个"谬种"，等等。鲁四老爷这些所作所为，与鲁镇人所信奉的传统习俗有着千丝万缕的渊源关系，而与儒学礼教有何牵连？礼教乃是儒家为了提升中国人的人格修养所特意设计出来的一套为人处事的礼仪规范，孔子从未说过丧夫之妇不能祭祀，儒家也从未规定寡妇之女不能再嫁。可见鲁四老爷与鲁镇居民的那些"说道"，完全属于应被礼教所节制与约束的民间陋习。故刻意将鲁四老爷对于祥林嫂的心理"忌讳"上升到礼教层面去毫无根据地大批特批，无论言说者如何巧言善辩，都是违反历史知识与生活经验的主观臆想。学界似乎也意识到了对于鲁四老爷的评价不公，所以有人开始尝试着去纠正以往教条主义的认知错误，他们认为"《祝福》中的鲁四老爷绝非大奸大恶之人……也像我们时常说到的那样平庸和普通"[1]。的的确确，意识到鲁四老爷的"平庸和普通"，这无疑是学界的一大进步。因为鲁四老爷原本就像"阿Q"等人一样，骨子里俗气守旧而又让人同情与可怜，因为他们都是地地道道的中国农民，是农民就不能按照精英文化去严格地要求他。

鲁四老爷既然是个"乡绅"，那么说完了他的"乡"性，我们再去说说他的"绅"性。按照学界约定俗成的一致说法，鲁四老爷就是个典型的"伪道学"，他不仅不学无术装腔作势，而且还陈腐不堪泥古不化。"绅"自然是指有文化之人，可鲁四老爷却偏偏例外，一个"伪"字的附加之意，无非是将其剔除文化人之列。几乎所有的研究者都格外关注作品文本中的那个"书房"，仿佛"书房"写意暗藏玄机，强烈暗示着鲁迅本人的批判指向。"我回到四叔的书房里时，瓦楞上已经雪白，房里也映得较光明，极分明的显出壁上挂着的朱拓的大'寿'字，陈抟老祖写的；一边的对联已经脱落，松松的卷了放在长桌上，一边的还在，道是'事理通达心气平和'。我又无聊赖的到窗下的案头去一翻，只见一堆似乎未必完全的《康熙字典》，一部《近思录集注》和一部《四村衬》。"正是

---

[1] 彭小燕：《"虚无"四重奏——重读〈祝福〉》，载《中国现代文学研究丛刊》2012年第1期，第185－198页。

这样一段极其平常的场景描写,却引发了学界浮想联翩的索隐兴趣。他们认为对于追求完美的鲁迅而言,每一字句都必然会大有深意,作品之所以会将"儒道释"集于一间书房,目的就是要去揭示"无论儒,无论道,鲁四老爷其实都是无所用其真心的"①。滥竽充数而不用其"真心",这是鲁四老爷学问之"伪"的第一证据。那"堆"不全的《康熙字典》,则"说明他读古书的能力有限且很少翻阅";而《近思录集注》仅是理学的入门之书,这又"足以说明鲁四老爷对'国学'经典的根底之浅和用功不勤"②。"很少翻阅"与"用功不勤",这是鲁四老爷学问之"伪"的第二证据。"鲁四老爷的座右铭虽然是'事理通达心气平和'",可是他却一再大骂康有为等"新党",大骂祥林嫂是个"谬种"死得不是时候,"此真所谓无一贬词,而情伪毕露。"③ 这是鲁四老爷学问之"伪"的第三证据。我个人深感诧异之处,是学界众人的逻辑混乱:为什么要去批判鲁四老爷呢?自然把他当作是个讲礼教之人!问题恰恰就出在了这里。我们可以从正反两个方面去看看学界论点的自身破绽:第一,假定鲁四老爷的确是"伪道学",他以各种国学书籍去充装门面,那么结论则应是鲁四老爷不懂装懂,完全是在亵渎孔子及其门徒的儒学思想。换言之,礼教自身本无过错,错就错在鲁四老爷之辈,他们无非是打着圣贤的旗号推行自己的主观意志。恐怕这种逻辑推导的最终结论并非是学界同仁的原始初衷。第二,假定儒学礼教本身就是违背人伦,千百年来残害了无数中国人的生命,那么结论又应是鲁四老爷的漫不经心完全是一种蔑视儒学的叛逆行为。换言之,鲁四老爷自身无错,错就错在孔子及其门徒,鲁四老爷并不敬重什么先贤,人们应将其视为反传统的英雄。恐怕这种事与愿违的必然结果,更会令学界同仁们大跌眼镜。其实一个十分简单的学理问题倒是被学界自己弄得复杂化了。小说《祝福》里关于鲁四老爷"书房"的场景描写,毫无疑问是鲁迅本人的有意为之,因为鲁迅在其许多作品文本的故事叙事中,都不同程度地表达了他对"乡绅"阶层日渐衰落的忧患意识。如果说"乡绅"曾经是乡土中国的文化栋梁,他们笃信儒学并以自身之尊去维护着一方区域的社会秩序;那么到了近代中国,"乡绅"却逐渐远

---

① 彭小燕:《"虚无"四重奏——重读〈祝福〉》,载《中国现代文学研究丛刊》2012年第1期,第185-198页。
② 逄增玉:《鲁四老爷论》,载《江汉论坛》2012年第11期,第79-83页。
③ 王先明:《近代绅士——一个封建阶层的历史命运》,天津:天津人民出版社1997年,第409页。

离了儒家学说的思想体系，进而极大地加剧了中国农村社会内部的各种矛盾。其实何止是一个鲁四老爷，像赵太爷的飞扬跋扈（《阿Q正传》）、丁举人的为富不仁（《孔乙己》）、郭老娃的老朽之态（《长明灯》）、七大人的愚昧无知（《离婚》）等，在鲁迅看来他们都不是真正的孔孟之徒，至多不过是些欺男霸女的泼皮无赖而已。小说《祝福》没有把鲁四老爷与儒家文化相提并论，而是把他直接归类为"庸众"并加以否定，这不仅是鲁迅本人反"庸众"思想的一贯态度，同时更是体现了他对乡土中国国情的透彻了解。不错，鲁迅的确曾把中国文化比喻为"大染缸"，但这个"大染缸"究竟是由儒学礼教造成的，还是由积重难返的民间习俗造成的呢？冷静而理智地对此做出实事求是的科学解释，这才是我们学界应共同去面对的焦点问题。

另外，我们还可以从叙述主人公"我"与鲁四老爷之间的亲属关系中，再次推导出鲁四老爷是"庸众"而非"精英"的客观结论。至于"我"究竟是不是鲁迅本人，其实这并不十分重要。在作品文本里，"我"已提供了明确的信息，"他是我的本家，比我长一辈，应该称之曰'四叔'"。然而，学界都注意到了这样一个现象："我"与鲁四老爷绝不是同类人，"我"与他的守旧思想完全不同。但"我"为什么要鄙视鲁四老爷？恐怕鲁迅与学界是存有分歧的。首先，学界众人花费了那么多时间，甚至连"陈抟老祖写的"大"寿"字，以及"未必完全的《康熙字典》"，都做了详细考证认真分析，难道他们就没有意识到一个问题——"我"能一眼看出"寿"字为陈抟老祖所写，则表明"我"之鉴赏水准极高；"我"能发现《康熙字典》"未必完全"，则表明"我"不仅读过且还烂熟于心；"我"知道《近思录集注》和《四书衬》是"理学"的入门之书，则又表明"我"的儒学功底远在鲁四老爷之上。正是基于以上种种原因，"我"才会对其不屑一顾。故"我"才是真正的儒学精英，而鲁四老爷只不过是"庸众"。正是由于"我"所理解的礼教文化与鲁四老爷及鲁镇的习俗大相径庭，因此"我们"之间难以沟通和对话，也就变得合情合理了。其次，"我"是城里人而鲁四老爷是乡下人，大都市生活使城里人的思想发生了变迁，而农村生活使乡下人的思想依然是守旧如故，所以鲁四老爷当着"我"的面大骂康有为等"新党"，可是他却并不知道城里人早已在大骂康有为的"保皇"行为。"我"对鲁四老爷的信息闭塞感到无比愕然，于是除了"寒暄"之外两人总是话不投机。学界可能并未注意到，"我"与鲁四老爷的思想对立，深刻地反映着鲁迅内心的情感焦虑，即：大量有识之士从农村流向了城市，虽然造就了现代都市的精神文明，可是农村自身的文化生态却变得越来越糟糕且惨不忍睹。到了20世纪末期，国内社会学界通过严肃认真的实地考察，终于总结出了乡土中国走向衰败的一个重要原因——大量"高素质优秀人才抛离农村，乡村传统精英日益稀少和劣质化，一些处在社会边缘的人物如地痞、土棍走上前台"[①]。那些"高素质优秀人才抛离农村"，意味着"儒学"阵地的城市化转移；而留下来的那些空有"乡绅"名号者，无非是些素质低下的"劣绅"而已。鲁迅先生早在20世纪之初，便敏感地注意到了乡土中国的文化变迁，并以鲁四老爷为叙述对象形象化地表达了他的思想焦虑。这种超越常人的前瞻性眼光，恰恰是我辈之人所难以企及的。

二、卫老婆子艺术形象的符号意义

小说《祝福》中的卫老婆子，以往学界关注得并不太多，仿佛她并不是一个重要角色，即使偶尔提及一下，也是无关痛痒模棱两可。其实卫老婆子这一艺术形象，虽然其身份极为普通但却大有深意，她不仅是祥林嫂悲剧的参与者，同时也是国民"劣根性"的负载者。因此我个人认为，卫老婆子具有概括性的符号意义：一方面她是个农民，另一方面她又是个女人；因此她与四婶和柳妈一道，全面强化了"庸众"社会的"无物之阵"。

作为一个生长于乡土中国文化环境中的地道农民，卫老婆子与阿Q和闰土等人的精神气质，其实根本就没有什么本质上的巨大差别，他们身上都集中体现着小农意识的各种习性。比如自私与热心、节俭与小气、愚昧与忠厚、狭隘与善良，几乎所有农民身上的优缺点，都无法分割地凝聚在了一个点上，这无疑是中国封建文化的一大特色。鲁迅非常了解乡土中国的基本性质，更了解中国农民因循守旧的思想状态，用他自己那种近乎绝情的话来说，无非就"是眼光不远，加以'卑怯'与'贪婪'"[②]。所以他对冷漠与隔阂的社会风气经常感到无可奈何且又痛心不已："中国的社会，虽说'道德好'，实际却太缺乏相爱相助的心思。"[③] 众所周知，"国民性"是鲁迅思想的核心因素，无论是卫老婆子还是杨二嫂，实际上

[①] 顾农：《闲话〈祝福〉》，载《书屋》2010年第11期。
[②]《鲁迅全集》第11卷，北京：人民文学出版社1981年，第40页。
[③]《鲁迅全集》第1卷，北京：人民文学出版社1981年，第137页。

都是他探讨"国民性"的客体对象，并形成了一种内涵丰富的理论体系。有意思的是鲁迅虽然不是一个马克思主义者，但他对于小农意识落后性的艺术写真，却绝不亚于马克思对小农经济落后性的深度揭秘。马克思是以生活经验为依据，认为"小农人数众多，他们的生活条件相同，但是彼此间并没有发生多种多样的关系，他们的生产方式不是使他们互相交往，而是使他们互相隔离"①。而鲁迅则是以生命体验为前提，形象化地表达了他对小农意识的沮丧心理。马克思理性而鲁迅则感性，尽管两者观察农民的切入点不同，但他们所得出的结论却几近一致，即：以小农意识为基础的乡土文化，具有阻碍人类进步的历史局限性。

卫老婆子之所以应被纳入"国民性"中思考，是因为在她身上表现出了一种十分典型的小农人格。阅读《祝福》我有一个强烈的感受，即对卫老婆子这一复杂形象，很难用"好"或"坏"的道德标准去评价其社会行为的功过得失。祥林嫂走进鲁镇社会，获得了新生又走向了死亡，卫老婆子对于她的命运转换明显具有不可推卸的重大责任。祥林嫂本不是鲁镇人，"有一年的冬初，四叔家里要换女工，做中人的卫老婆子带她进来了"。卫老婆子为什么要热心地帮助不幸的祥林嫂，起因则是"中人是卫家山人，既说是邻居，那大概也就姓卫了"。从鲁迅本人的描述当中，我们可以得到这样一种印象：卫老婆子姓卫，祥林嫂也姓卫，她们恐怕还不止是邻里关系，多少还有点沾亲带故，故卫老婆子帮祥林嫂，也就有了名正言顺的理由。作品文本有一细节值得我们注意，作者一再交代祥林嫂是自己"逃"出来的，那么卫老婆子应该是个知情者，因此她敢于帮着祥林嫂离家"私逃"，其正义感多少都会使人肃然起敬。祥林嫂来到鲁镇之后才十几天，便"口角边渐渐的有了笑影，脸上也白胖了"。由此可见，卫老婆子助人为乐的侠肝义胆，的确值得人们对其大表敬意。然而，我一直都在琢磨"中人"一词的潜在含义，它究竟包含着鲁迅本人的如何用意；仅就卫老婆子后来的表现而言，她更像是中国古代社会贩卖人口的"牙婆"。"牙婆"不同于"媒婆"，"牙婆"在中国古代文献记载中，通常是指贩卖胭脂花粉的老年妇人，同时也兼做一些贩卖人口的灰色营生。"牙婆"乃是"牙人"之妻，古籍中曾这样记载道："牙人"其"性甚狡慧，词喙辩给"②，可见古人对于"牙人"或"牙婆"都嗤之以鼻绝

---

① 《马克思恩格斯选集》第1卷，北京：人民出版社1972年，第693页。
② 《太平广记》卷86《赵燕奴》，北京：中华书局1961年。

无好感的。鲁迅描写卫老婆子，当然也是冷嘲热讽，她先是热心帮助祥林嫂"私逃"，可是不久又立刻转变了角色："此后大约十几天，大家正已渐渐忘却了先前的事，卫老婆子忽而带了一个三十多岁的女人进来了，说那是祥林嫂的婆婆。那女人虽是山里人模样，然而应酬很从容，说话也能干，寒暄之后，就赔罪，说她特来叫她的儿媳回家去，因为开春事务忙，而家中只有老的和小的，人手不够了。"祥林嫂的婆婆很有心计，经过一番鼓唇弄舌，便说服鲁家同意，让她"带"走了祥林嫂。当年祥林嫂是由卫老婆子"带她进来"的，而如今又是由卫老婆子一马当先将其绑架走的。卫老婆子为什么会出尔反尔两面三刀，这其中自然有祥林嫂婆婆所施加的外界压力，可是同样也反映出她"卑怯"与"贪婪"的卑劣人格。卫老婆子收没收祥林嫂婆婆或者贺老六家的钱财打点，作品文本并没有向读者做出任何交代。不过从卫老婆子亲自参与绑架祥林嫂，且随船一同将其送往贺家坳的贺老六家，足以表明她不但参与了祥林嫂再嫁的阴谋设计，而且一定是从中得到了某些物资利益方面的好处——否则没有任何利益所得，"牙婆"也就不是"牙婆"之人了。最能揭示卫老婆子的"小人"嘴脸，当属她与四婶那段精彩的对话。四婶对于卫老婆子的人格问题心存疑虑并强烈不满地斥责说："你自己荐她来，又合伙劫她去，闹得沸反盈天的，大家看了成个什么样子？你拿我们家里开玩笑么？"可卫老婆子却巧妙地应答道："阿呀阿呀，我真上当。我这回，就是为此特地来说说清楚的。她来求我荐地方，我那里料得到是瞒着她婆婆的呢。对不起，四老爷，四太太。总是我老发昏不小心，对不起主顾。幸而府上是向来宽洪大量，不肯和小人计较的。这回我一定荐一个好的来折罪……。"此番辩白之词，令人感到可笑之极。既然同为"邻居"，卫老婆子带祥林嫂出走，理所当然应跟其家人打招呼，否则就是私自"拐带"的罪名！对于那么精明的卫老婆子来说，焉能不知道这其中的利害关系。卫老婆子的"小人"心态，与阿Q"革命"前后的嘴脸一样，于其有利就去为之，于其不利则又反之——鲁迅在他的小说里一再如此地描写农民，可见他对小农意识危害性的深恶痛绝。

　　卫老婆子除了"农民"的社会身份，她还有一个性别身份那就是"女人"。而作为一个"女人"，卫老婆子的艺术形象也早已不再是单一的个体存在，而是成了一种性别群体的意义符号。鲁迅固然曾写过《娜拉走后怎样》和《我之节烈观》等文章，对于中国妇女解放问题表达过他自己的思想看法；但是我们同时也必须注意到这样一个事实，鲁迅小说中的女性写意却并不是那么地简单。女人之所以为女人,就因为她是女人。女人的天性,不仅有其阳光的一面,而且也有其阴暗的一面;所以孔老夫子曰:"唯女子与小人为难养也,近之则不逊,远之则怨。"(《论语·阳货》)长期以来,人们一直都在曲解孔子之意,仿佛这位超凡脱俗的至圣先师,天生就对女性存有偏见似的。其实孔子是在说女性群体对于男性依赖的心理特点——"近之则不逊"是指过于亲近女人,她们就会放泼耍娇蛮横无理;"远之则怨"是指过于疏远女人,她们又会心生怨气楚楚可怜。因此"难养"也就是难以"改变",便成了孔老夫子对于女人天性的一种看法。无独有偶,西方哲学大师叔本华也曾对女性心理的过分依赖性发表过一番颇有争议的著名论述,他说"女人本身是幼稚而不成熟的,她们轻佻琐碎、缺乏远见",她们习惯于牵着男性的衣襟走路,而同性之间却"往往充满着敌对情绪",因此他认为"女性的缺陷是没有正义感"[①]。无论是孔夫子还是叔本华,他们对于女性自身的人格特性,都表达了基本相同的个人看法。其实小说《祝福》中的卫老婆子、四婶以及柳妈,她们虽然和祥林嫂同为"女人",可是彼此之间却相互敌视与冷漠,鲁迅对于女性社会这种同性相斥的奇怪现象,不仅感到痛心更是感到了困惑。

四婶对于祥林嫂的到来显然是持欢迎态度的,尽管鲁四老爷嫌她是个寡妇,可四婶仍自作主张将她留下。四婶之所以会收留祥林嫂,绝不是出于什么同情之心,而是家中正缺少人手干活,"看她模样还周正,手脚都壮大,又只是顺着眼,不开一句口,很像一个安分耐劳的人,便不管四叔的皱眉,将她留下了。试工期间,她整天的做,似乎闲着就无聊,又有力,简直抵得过一个男子,所以第三天就定局,每月工钱五百文"。这说明四婶收留祥林嫂是有条件的,老实能干体格健壮且价格又十分便宜,四婶颇为自己的慧眼与精明而感到得意,因此她才会对卫老婆子的节外生枝大表不满。祥林嫂被其婆婆绑走再嫁以后,四婶也经常会想起这个女人,前提自然不是可怜她的不幸遭遇,而是"因为后来雇佣的女工,大抵非懒即馋,或者馋而且懒,左右不如意,所以也还提起祥林嫂。每当这些时候,她往往自言自语的说,'她现在不知道怎么样了?'意思是希望她再来。但到第二年的新正,她也就绝了望"。祥林嫂第二次由卫老婆子重新

[①]《论女人》,载《叔本华论说文集》,西安:陕西师范大学出版社2002年,第180-183页。

带回鲁家，四婶虽然对于她的丧夫失子眼圈发红，但其早已大不如从前的精神与体能，"四婶的口气上，已颇有些不满了"。她甚至于还不无牢骚地抱怨说，"祥林嫂怎么这样了？倒不如那时不留她。"四婶前后截然不同的两种态度，无非就是祥林嫂的"有用"和"无用"，一切皆是出于小农意识的实用之心，毫无半点人道主义的怜悯之情。柳妈更是祥林嫂悲剧的"看客"与"帮凶"，她对祥林嫂二次被嫁的过程与细节，表现出了一种"偷窥"般的好奇心理："我问你：你那时怎么后来竟依了呢？""我想：这总是你自己愿意了，不然……""你后来一定是自己肯了"。在祥林嫂正处于丧夫失子之痛时，柳妈却完全不顾她的切身感受，只想去套问婚房密事的种种乐趣，以满足其早已消失了的激情欲望。可柳妈并没有得到自己想要得到的东西，她立刻又变得落井下石幸灾乐祸，"祥林嫂，你实在不合算……你想，你将来到阴司去，那两个死鬼的男人还要争，你给了谁好呢？阎罗大王只好把你锯开来，分给他们"。柳妈这段恐吓之言，不仅直接导致了祥林嫂的精神崩溃，同时更是在为自己的"忠贞"而自豪——因为正是有祥林嫂的"失节"之比，才能显示其坚守气节的道德荣耀！还有鲁镇上那些女人们，她们对于祥林嫂的态度也都表现得极为复杂：她们鄙视寡妇再嫁，不给祥林嫂以任何好脸；但听她讲阿毛被狼叼走了的悲剧故事，又一个个泪流满面地感同身受。"有些老女人没有在街头听到她的话，便特意寻来，要听她这一段悲惨的故事"。女人们为什么爱听阿毛的故事？难道真是出于天性善良的心灵通感吗？当然不是。鲁迅在文中刻意用"满足的去了"一语，来表达他对乡下人以消遣他者为娱乐的愤懑之情。果不其然，"不久，大家也都听得纯熟了，便是最慈悲的念佛的老太太们，眼里也再不见有一点泪的痕迹。后来全镇的人们几乎都能背诵她的话，一听到就厌烦得头痛。"毫无疑问，当悲剧故事已经失去了它的娱乐价值，那么"看客"也就自然会散场而去，由于她们都是抱着事不关己的旁观态度，所以"故事"之外的一切均与她们无关。祥林嫂死于鲁镇忙于祭祀"祝福"的庄严时刻，人们不但没有半点同情心，反而一致发泄着他们的怨怒之情，恐怕骂其"谬种"，认为她死得不是时候，应该是道出了所有鲁镇人的共鸣心声。

小说《祝福》把女性置放于表现中心，并通过艺术形象化的故事叙事去深刻地揭示小农意识的文化弊端，这是一个很值得我们认真对待的有趣现象。常言道"妇人之心"，然而"妇人之心"究竟又是在指什么呢？这固然与女性的生理与心理结构有着密不可分的必然联系。女性因其是弱者身份而趋于自私和保守，这与小农人格之间又形成了同构关系；因此《祝福》通过女性去揭秘"国民性"的阴柔特征，也就具有了反"庸众"而非反"礼教"的特殊意义。中华民族讲究"家"文化，"家"文化包含有两层意思，"家"之外当然是由男性主政，而"家"之内则是由女性主事。鲁四老爷虽然不满雇佣祥林嫂，不是也只能屈从四婶的主观意志吗？可见中国"家"文化内部的复杂性因素，鲁迅要比我们理解得更透彻也更深刻。

三、祥林嫂的死与"庸俗"之关系

小说《祝福》最令人动容之处，无疑是女主人公祥林嫂之死。鲁镇上家家户户都在忙于祭祀祝福，没人去关心那个沿街乞讨的可怜女人，以至于祥林嫂饥寒交迫惨死街头，成了被鲁镇人所放逐了的孤魂野鬼。对于祥林嫂之死的社会原因，学界早已达成了基本共识，即"封建礼教的反动教条"是残害中国妇女的罪魁祸首[①]。那么在作品文本当中，"礼教"究竟又表现为哪些方面呢？人们几乎众口一词地回答曰：就是禁止寡妇再嫁的圣人古训。对于普通的大众读者而言，他们这样认为也许可以理解，因为毕竟程颐说过"饿死事极小，失节事极大"；但是对于学界的知识精英来说，如果同样抱有这种肤浅之见，那可就有点滑天下之大稽了。"饿死事极小，失节事极大"见诸《程氏遗书》卷二十二，是泛指男女应具有忠贞爱情的道德节操。有人问程颐寡妇之人可否迎娶？他答曰："若取（娶）失节者以配身，是己失节也。"又问："或有孤孀贫穷无托者，可再嫁否？"再答曰："只是后世怕寒饿死，故有是说。然饿死事极小，失节事极大。"[②] 程颐这番话明显是针对男女双方而言，可后人却偏偏将其用来专门针对寡妇。由此可见，阻挠寡妇再嫁者是"伪儒"，而绝不是大儒程颐本人。

鲁镇作为"伪儒"文化影响的一个缩影，他们那种不辨是非一味盲从的荒谬之举，自然使其成了"恶俗杀人"的社会主体，同时也更显示出了"礼教"对于"民习"的约束失效。《礼记》就曾明确地指出过：

---

① 刘增杰：《漫谈祥林嫂艺术形象的塑造》，载《开封师院学报》1978年第3期，第28页。

②《二程遗书》，上海：上海古籍出版社2000年，第356页。

围城中的巨人
理解鲁迅的"寂寞"与"悲哀"

"是故圣人作,为礼以教人,使人有礼,知自别于禽兽。"① 说的就是"礼教"之目的是要让国人懂得做人之道理,即"礼也者,理也"②。可是中国人"中了旧习惯旧思想的毒太深了""竟与这道理完全相反"③。祥林嫂自己并不情愿的二次再嫁,是鲁镇人讨厌与躲避她的直接原因,四婶与柳妈都对"祥林嫂竟肯依"了充满着疑惑,这充分表明"失节事极大"的毒害之深。然而重读《祝福》我们会发现,有几个细节还是值得斟酌的:第一,祥林嫂本人就是"伪儒"文化的受害者,她坚守节操誓死不嫁,即使"两个男人和她的小叔子使劲的擒住她也还拜不成天地。他们一不小心,一松手,阿呀,阿弥陀佛,她就一头撞到香案角上,头上碰了一个大窟窿,鲜血直流,用了两把香灰,包上两块红布还止不住血呢"。祥林嫂之所以会激烈反抗,是因为她笃信"失节事极大",这种保全自己名声的悲壮之举,既愚蠢却又值得人们去同情。试问祥林嫂如果不是悲剧里的主人公,而只不过是鲁镇上一位家庭完整的旁观者,她会不会也对寡妇再嫁心存鄙视呢?答案自然是肯定的了。由于祥林嫂也是在"伪儒"即"恶俗"环境下成长起来的乡下人,她判断是非的标准绝不可能超越世俗眼光而高人一等。第二,祥林嫂被夫家以私有财产强行卖给贺老六,人们往往认为这是"夫权"思想在从中作祟;问题是将"夫权"思想归结为"礼教"之罪,究竟又有何令人信服的理论依据呢?对于祥林嫂被其婆婆卖掉,就连四婶都颇感震惊,可见推崇"礼教"的鲁镇人也并不赞成这种野蛮行为。而卫老婆子的一番解释,却道出了这其中的原委:"阿呀,我的太太!你真是大户人家的太太的话。我们山里人,小户人家,这算得什么?她有小叔子,也得娶老婆。不嫁了她,那有这一注钱来做聘礼?"四婶与卫老婆子的精妙对白,似乎表现着一种思想对立,仿佛"大户人家"主张"守节",而"小户人家"则主张"再嫁"。其实无论是四婶还是卫老婆子,她们都没有把女人当作是"人",这种既"庸俗"又"丑陋"的扭曲心态无非是"五十步笑一百步"罢了。第三,祥林嫂再嫁以后获得了新生,应引起我们研究者的足够重视:"她到年底就生了一个孩子,男的,新年就两岁了……母亲也胖,儿子也胖;上头又没有婆婆;男人所有的是力气,会做活;房子是自家的。——唉唉,她真是交了好运了。"我个人认为,鲁迅让祥林嫂通过再嫁,成为一个融入社会的正常女

---

① 《礼记译注》(上册),上海:上海古籍出版社2004年,第3页。
② 《礼记译注》(下册),上海:上海古籍出版社2004年,第666页。
③ 《鲁迅全集》第1卷,北京:人民文学出版社1981年,第130–131页。

人，这种情节设计显然不是针对"礼教"，而是针对人世间不可捉摸的命运。因为小说《祝福》已经写得够清楚了，造成祥林嫂悲剧的真正原因，是她两次丧夫的坎坷人生，故才会被鲁镇人视为是"谬种"。由此我们再去诠释"祝福"——"祝福"原本是一种源远流长的民俗文化，它的喜庆气氛自然要求人们躲避"晦气"，故"晦气"之人祥林嫂受到了鲁镇的强烈排斥，这恰好反映了小说《祝福》的创作意图——逼死祥林嫂的是"世俗"而不是"礼教"。

五四新文化运动以后，人们习惯于将"礼教"问题提升到民族兴亡的思想高度，去认识它危害社会的历史弊端。这是因为在启蒙精英的主观意识里，他们都无一例外地误解了两个基本事实：一是女子"守节"的传统陋习，是封建统治者依据孔儒学说制定的法律规范；二是女子"殉情"的惨烈状况，是封建社会中女性群体经常会发生的普遍现象。其实这些缺乏依据的想当然之说，与历史本身之间还是存有巨大偏差的。仅就寡妇"守节"来说，历朝历代的法律条文都没有明文规定，甚至还鼓励寡妇再嫁。比如理学开始兴盛的大宋王朝，《宋刑统·户婚律》就明明白白地写着寡妇可以再嫁，当然执政者也附加有一定的前提条件，即："夫丧百日外""贫苦不能存者"以及"不能更占前夫屋业"等。最令人称奇之处，宋朝不但允许寡妇再嫁，而且还可以带走前夫之子，由此可见作为知识精英的上层统治者，他们的思想要比我们想象的更加开明。[①] 我们再来看看中国古代"节妇""烈女"的真实情况，有学者曾对此问题做过专门的数字统计，即使是"节妇""烈女"数量最多的明朝时期，统计数字也不过就是35 829人。众所周知，明代人口均值为1亿多人（依据葛剑雄主编的《中国人口史》），朝代延续时间为276年；若按女性占人口比例一半，成年女性又占女性人口三分之二来计算，"节妇""烈女"每年出现的实际次数，也只占成年女性人口的百万分之二。换言之，明朝是理学的鼎盛时代，每年一百万个成年女性当中，才会发生两个"节妇""烈女"现象，根本就达不到普遍性的认定标准。更何况在这35 829名"节妇""烈女"里面，有一半又是发生在李自成进京期间。[②] 所以将女子"节烈"归罪于儒学"礼教"，并把它视为中国古代社会的一种常态，进而再去推导出祥林嫂悲剧的历史原因，这多少都有点是为了启蒙而牺牲礼

----

① 张希坡：《中国婚姻立法史》，北京：人民出版社2004年，第58－65页。
② 董家遵：《历代节妇烈女的统计》，载鲍家麟主编《中国妇女史论集》，台北：台北牧童出版社1979年，第112页。

教的刻意之举。

　　探讨祥林嫂之死与民间"庸俗"之关系，封建迷信思想自然也是学界关注的一个重点。但是我个人感到好奇的则是，人们几乎都把这种鬼神之说等同于西方社会的宗教"神权"，并以此去诠释奴役中国人的精神枷锁。几十年来，学界已经习惯于用"政权、族权、神权、夫权"的衡量标准，去阐释小说《祝福》的创作主题和祥林嫂的人生悲剧；但"政权""族权"和"夫权"都是被意识形态放大了的理论教条，而鬼神之说的迷信思想则更是与"神权"无关。众所周知，中国是个没有宗教信仰的文化体系，多神论与泛神论又直接导致了无神论，因此"中国儒家学者是最彻底的不可知论者和无神论者，在地球上没有任何一批学者能与他们相比。"[①] 对于崇尚实用功利主义的中国人来讲，"神"绝不是灵魂的拯救者而只是情感的慰藉者，他们"完全不遵守对神的信仰"，信与不信则取决于神"能不能赋予他们所要求的东西"[②]。实际上佛教的禅宗化过程就是一个最为典型的具体实例。"祝福"本身既是一种祈福也是一种迷信，人们都希望通过这种"敬鬼神而远之"的隆重仪式，去获得来年全家人的幸福安康与大吉大利，临时抱佛脚的功利心态非常地明显。鲁迅在小说《祝福》中，用他自己的生命体验把鲁镇人的信仰与功利揭示得可谓是淋漓尽致。祥林嫂第一次到鲁四老爷家，"头上扎着白头绳"说明她仍居丧期，故四叔颇嫌晦气地"皱了皱眉"，以表示他对祥林嫂的强烈不满。可四婶却觉得她身强力壮，"简直抵得过一个男子"，所以便不顾鲁四老爷的厌恶情绪，自作主张地将她留了下来。四叔与四婶构成了一对矛盾组合，四叔象征着中国人的迷信思想，四婶则象征着中国人的功利意识；鲁迅正是通过这样一种对立冲突，含蓄地表达了他对"国民性"的清醒认识，在信仰与功利发生矛盾之际，获胜者往往是功利而不是信仰。祥林嫂第二次进到鲁家，"她仍然头上扎着白头绳"，这回四婶竟与四叔结成了同盟，原因是祥林嫂的身体与精神都大不如从前了。"忌讳"与"禁忌"是一种人的心理常态，鲁迅对此并不感到有什么惊诧之处；然而过于功利最终却丧失了人性之本真，这才会使鲁迅感到不可理喻耿耿于怀。作为这场悲剧的主人公，祥林嫂的表现也是如此。祥林嫂并没有什么精神信仰，一句"一个人死了之后，究竟有没有灵魂"的苦苦追问，已经表明了她

　　[①] [美] 亚瑟·亨·史密斯：《中国人气质》，兰州：敦煌文艺出版社1995年，第218页。

　　[②] [法] 谢和耐：《中国与基督教》，上海：上海古籍出版社1991年，第122页。

无所寄托的精神空虚。自知"罪孽深重"的祥林嫂，平时既不进寺庙也不信鬼神；可是她却听从柳妈的劝告，赶紧去庙里捐了一条门槛："不到一顿饭时候，她便回来，神气很舒畅，眼光也分外有神，高兴似的对四婶说，自己已经在土地庙捐了门槛了。"可是祥林嫂这种功利主义的"赎罪"行为，并没有得到全体鲁镇人的理解和认同：不仅四婶将其排除于祭祀祝福的活动之外，就连那个"庙祝"也嫌弃祥林嫂是个"晦气"之人——"起初执意不允许，直到她急得流泪，才勉强答应了。"故小说《祝福》以中国民间的"庸俗"文化建构起了一个张力强大的"无物之阵"，无论人们怎样去做徒劳无益的殊死挣扎，至死都不知道自己为什么会死的真正原因。在作品文本当中，第一人称叙事主人公"我"和祥林嫂的那段对话，学界虽然曾做过了各种方式的详细解读，但我却总觉得与鲁迅的本意相去甚远。"我"与祥林嫂均为鲁镇文化的局外人，都只是那里祭祀盛典的旁观者；尽管"我"是自愿离开而祥林嫂则是被"踢出来"的，可给人的感觉就是一种"同是天涯沦落人"的叙事结构。"我"作为鲁镇人，对于鲁镇文化自然是刻骨铭心，不过读过圣贤之书又接受过现代教育的"我"，已经同这种世俗文化产生了严重的隔阂。"我"与四叔"谈话是总不投机的"，意味着"我"反感这种"庸俗"文化，所以"无论如何，我明天决计要走了"。而祥林嫂既没有文化又是外乡人，她渴望自己能够被鲁镇文化接纳，却受到了鲁镇所有人的强烈排斥，结果也凄凉地离开了鲁四老爷家。祥林嫂是个"谬种"而"我"也是个"谬种"，他们两人都变成了鲁镇俗文化的驱赶对象，故小说《祝福》对于"庸俗"文化的猛烈攻击，根本就不涉及什么儒学礼教的思想精髓。

阅读小说《祝福》，有几句独白一直萦绕在我的脑海中："我从他（四叔）俨然的脸上，又忽而疑他正以为我不早不迟，偏要在这时候来打搅他，也是一个谬种，便立刻告诉他明天要离开鲁镇，进城去，趁早放宽了他的心。"这充分说明"我"对以鲁四老爷为代表的鲁镇俗文化，同祥林嫂一样感到无比恐惧且又无所适从。因为这个"我"无论是不是鲁迅本人，他都不是一个"振臂一呼应者云集的英雄"[1]；所以"我"也必须"背了这些古老的鬼魂"，只能"时常感到一种使人气闷的沉重"罢了[2]——因为"我"就是土生土长的鲁镇人，尽管"我"憎恶这里俗不可耐

---

[1]《鲁迅全集》第1卷，北京：人民文学出版社1981年，第417-418页。
[2]《鲁迅全集》第1卷，北京：人民文学出版社1981年，第285页。

的压抑气氛，但是它毕竟是生"我"养"我"的故乡。也许我们现在可以理解，为什么周作人说鲁迅写《祝福》时"气急海颓"，原因就在于鲁迅对以俗文化为底蕴的"国民性"表现出了要比一般人更为焦虑、更为沉重的忧患意识。故我个人始终认为，反"庸俗"而非反"礼教"，既是小说《祝福》的精神指向，也是鲁迅思想的一贯性原则。我们对此不应存有任何质疑。

《伤逝》对五四思想启蒙的自我反思

《伤逝》是鲁迅1925年创作的一篇小说,它以一对新潮青年男女的爱情悲剧,深刻表达了鲁迅对于思想启蒙的忧患意识。然而,在《伤逝》问世的八十多年时间里,评论家们不是从作品文本而是从抽象理论,将其赋予了"社会黑暗说""知识分子软弱说""子君新女性说""涓生肯定说""兄弟失和说""鲁迅婚姻说"等穿凿附会的主观诠释,进而使《伤逝》完全脱离了它自身所固有的审美意义,成为学界精英发挥其自由想象的言说对象。我们认为《伤逝》的创作动机,与鲁迅其他小说的价值取向是高度一致的,仍旧保持着作者对现代思想启蒙运动的困惑与反省。如果我们能够重新回归文本并去精读文本,便可以发现《伤逝》与《狂人日记》《药》《阿Q正传》等小说作品一样,都深刻地反映出鲁迅在启蒙狂热时代清醒而孤独的批判理性。

一、理想与虚无:"启蒙者"涓生形象的文本释义

《伤逝》故事情节的最大特色,就是涓生本人的自我叙事。全文以追忆形式的艺术手法,叙述了男主人公自我忏悔的复杂心理;因此准确把握涓生内心世界的真实情感,也就成了我们破译《伤逝》密码的关键所在。对于涓生这一人物形象,学界给予了褒贬不一的两种评价:或将其视为现代意识的"先觉者",或将其视为始乱终弃的"负心汉";但无论学界赋予其社会政治学还是道德伦理学的思想意义,实际上都严重背离了作者创作的原始初衷与作品文本的表现意图。《伤逝》故事文本所交代的第一句话值得引起我们研究者的充分注意:"如果我能够,我要写下我的悔恨和悲哀,为子君,为自己。"非常明显,作者开篇便以"悔恨和悲哀"的忏

悔意识，让男主人公涓生去承载难以解脱的良心自责。"为子君"是因为子君为了爱"我"而凄惨亡去，"为自己"是因为"我"对子君之死深感内疚。如果说自由恋爱是五四时期思想启蒙的象征符号，那么鲁迅显然是在通过涓生本人的真诚"悔恨"，去生动地传达他对现代思想启蒙陷阱的巨大"悲哀"。受西方人文主义思潮影响而率先"觉醒"了的涓生，其"觉醒"后给人的第一直观印象不是亢奋与喜悦，而是陷入了迷失方向且无路可走的孤独与苦闷；正是出于一种解脱与逃遁的情感需求，他才道白"我爱子君，仗着她逃出这寂静和空虚，已经满一年了"。这一叙述语言旨在强调"我"并非是真"爱"子君，而只是借其来逃避内心世界的"寂静"和"空虚"。所以，涓生尽管主观上想借助他与子君之间的缠绵"爱情"来转移自己心灵深处躁动不安的思想矛盾；但客观上却使他无法真正摆脱"呐喊"与"彷徨"的两难境地，故"寂静"与"空虚"便构成了涓生本人的性格特征。这才是《伤逝》所赋予涓生形象的真实意义！

  实际上，鲁迅是在以涓生这一艺术形象生动地向人们阐明一个深刻的道理：作为新文化运动的思想启蒙者，其极度混乱的思想状态注定了他们从反抗叛逆的一开始便陷入一种寻找"虚无"的尴尬境地。"五四"虽然唤起了精英知识分子救亡图存的爱国热情，但是他们却对扑面而来的现代文明知之甚少，更谈不上对西方人文精神有任何本质认识，就连"不惮于前驱"的"主将"鲁迅，都在黑暗冰冷的"铁屋"里找不到自我解脱的人生方向，更何况像涓生之辈的热血青年，又怎么能够不在混乱的社会局面中变得颓唐呢？在作品文本的第三自然段，作者意图明确地告诉读者，女主人公子君的登场出现，使涓生暂时摆脱了寂寞与空虚，并于"焦躁"之中"常常含着期待"。细读这段词义畅达的叙述，我们发现它并不涉及与"爱"有关的任何信息，相反却清晰地揭示了涓生精神世界的真实状态："我"与子君的结合不是为了"爱"，而是为了转嫁"我"正在遭遇的思想危机！可以说涓生自始至终都没有把子君当成共同寻路的理想同志或爱情伴侣，他们之间客观存在的情感隔膜，使《伤逝》以错位对话的表现方式演绎出了一场无"爱"而"爱"的人为悲剧。毫无疑问，子君是在一个错误的时间，选择了一个错误的对象，她根本就不可能从一个灵魂逃遁者那里真正寻求到可以托付终身的永恒幸福。所以，子君走入涓生的现实生活，只是充当了一个"我"苦闷述说的忠实听众：于是"破屋里渐渐充满了我的语声"，涓生向她"谈家庭专制，谈打破旧习惯，谈男女平等，谈伊孛生，谈泰戈尔，谈雪莱……"我们发现作者如此进行艺术构思，完全是在有意识地强化两种思想意义：一是五四时期国人对于西方现代人文精神的全部理解，几乎就是处于这样一种通过文学肤浅获知的幼稚状态；二是启蒙者（涓生）与被启蒙者（子君）之间的思想交流，也无非是在鼓吹一些"诺拉"式的叛逆言说。敢于追求个人爱情婚姻的自由权力，并非仅仅始于易卜生《玩偶之家》的外来影响；司马相如与卓文君为情私奔的动人故事，早就对此有过意义相似的艺术铺垫。这种"以其昏昏使人昭昭"① 的"西化"言说，显然寓意着鲁迅本人对于五四启蒙的深切焦虑。接受了涓生思想"启蒙"的子君，终于勇敢地喊出了"我是我自己的，谁也没有干涉我的权利！"而涓生也从这声颇被人们所误读了的反抗话语中，"看见辉煌的曙色"并抓住了自我慰藉的救命稻草！

> 我已经记不清那时怎样地将我的纯真热烈的爱表示给她。岂但现在，那时的事后便已模胡，夜间回想，早只剩了一些断片了；同居以后一两月，便连这些断片也化作无可追踪的梦影。我只记得那时以前的十几天，曾经很仔细地研究过表示的态度，排列过措辞的先后，以及倘或遭了拒绝以后的情形。可是临时似乎都无用，在慌张中，身不由己地竟用了在电影上见过的方法了。后来一想到，就使我很愧恧，但在记忆上却偏只有这一点永远留遗，至今还如暗室的孤灯一般，照见我含泪握着她的手，一条腿跪了下去……。

涓生如此去追述当时他对子君的求"爱"过程，再一次将其最真实的内心世界暴露在了读者的面前——除了一个很西式的求爱仪式，他曾经说过些什么"爱情"誓言，全都"模糊"甚至"无可追踪"了！众所周知，爱是不能忘记的。对于涓生本人而言，他之所以会忘记了"爱"，其真正原因是他根本就没有爱过子君！在茫然与虚无的人生漂泊之中，涓生渴望从子君那里得到解脱；但是当他一旦醒悟到两个孤独与寂寞的生命个体相加组合后的结果是更大的孤独与寂寞时，从同居中拼命突围便成了涓生最虚伪又最真实的人格表现。

人们常说热恋中的情侣是执著而坚强的，但我们从作品文本中却惊奇地发现，涓生与子君对于"爱"的认知方式，明显表现出截然不同的情感态度：面对路上"探索，讥笑，猥亵和轻蔑的眼光"，原本羞涩的子君

---

① 孟子：《孟子译注》，上海：上海古籍出版社2004年，第303页。

"镇静地缓缓前行",为了争取自由恋爱的神圣权利,也"和她的叔子,她早经闹开";而作为子君的启蒙老师的涓生,则是"全身有些瑟缩"。虽然他也"陆续"同几个要好的朋友"绝了交",可是却丝毫没有因"爱"而生的刚毅和勇敢。不仅如此,当他们两人合置家具时,涓生默许给"她加入一点股份去",表面看来这是启蒙者尊重新女性经济独立的平等意识,实际上则是涓生从起始便做好了随时撤离的心理准备。终于,"我"开始对几个月的同居生活产生了厌倦,理由似乎简单得不能再简单了,子君成天忙碌着琐碎家务并乐此不疲,"我"还要"帮她生有炉子,煮饭,蒸馒头",甚至"没有一间静室"可供读书。涓生对平淡而杂乱生活的抱怨,与《幸福的家庭》中那个作家对妻子大发牢骚一样,他们都将自己一事无成的落魄结局,归结为不幸婚姻的人为拖累,进而以神圣且崇高的庄严谎言,去遮蔽他们心灵世界的精神空虚!希求借助于爱情去驱逐"孤独",可是结果却依旧被"寂寞"笼罩;所以涓生必须要为自己迅速逃离情感危机编织出一个能够自圆其说的堂皇借口,即"爱情必须时时更新,生长,创造。"他认为"我一个人,是容易生活的",将眼下失业与窘迫的生存状态归咎于子君的存在与拖累。因此他经常逃到"图书馆"里"孤身枯坐",痛心疾首地反省着"盲目的爱",使"别的人生的要义全盘疏忽了"。冷漠而自私的涓生于是便开始主动地疏远子君,他天真地幻想着子君能够"决然"出走,甚至还不由自主地想到她的"死去":

> 我觉得新的希望就只在我们的分离;她应该决然舍去,——我也突然想到她的死,然而立刻自责,忏悔了。幸而是早晨,时间正多,我可以说我的真实。我们的新的道路的开辟,便在这一遭。
>
> 我和她闲谈,故意地引起我们的往事,提到文艺,于是涉及外国的文人,文人的作品:《诺拉》,《海的女人》。称扬诺拉的果决……。也还是去年在会馆的破屋里讲过的那些话,但现在已经变成空虚,从我的嘴传入自己的耳中,时时疑心有一个隐形的坏孩子,在背后恶意地刻毒地学舌。

这段描写自然是作者对于涓生人格的主观否定,但我们注意到"诺拉"效应在作品文本中两度出现,它本身就蕴涵着鲁迅本人的严肃思考:涓生希望子君能像"诺拉"一样,再次决然地离他而去,既"解放"自己又"解放"子君,这样他就不必去承担任何道德责任和舆论压力——

这无疑是鲁迅对五四"启蒙"话语的反讽与质疑!因为"启蒙者"涓生"恋爱自由"的随意性,其本身就表现为时代意识的盲目性;如果说"启蒙者"只是在被启蒙者的"恋爱"中去寻求自己思想苦闷的灵魂逃避,那么被启蒙者则必然会因"启蒙者"的绝对"自由",使自己原本就不堪一击的脆弱情感再受重创!因"爱"而变得思维愚钝了的子君,根本就意识不到自己即将被抛弃的残酷命运,涓生在多次暗示失效之后,也只好无奈地说出了他的真实想法:"是的,人是不该虚伪的。我老实说罢:因为,因为我已经不爱你了!"此话不仅道出了涓生极度虚伪的人格本性,同时也是戳破了"自由恋爱"的启蒙神话。

子君潸然地离开了涓生,回归到过去的生存状态;相信"生活的路还很多,我也还没有忘却翅子的扇动"的涓生,是否就真如他想象的那样获得了解脱呢?作者十分坦诚地告诉读者,自从子君离去之后,涓生"比先前已经不大出门,只坐卧在广大的空虚里,一任这死的寂静侵蚀着我的灵魂"。涓生比以前感到更加"寂寞",就像《在酒楼上》的吕纬甫一样,"蜂子或蝇子停在一个地方,给什么来一吓,即刻飞去了,但是飞了一个小圈子,便又回来停在原地点"[1]。五四启蒙者"呐喊"后又回到了起步"原点"的思想悲剧,并非是旨在说明"资产阶级"知识分子的人格弱点;因为对于西方现代人文精神的知之甚少,是那一时代启蒙精英狂热情绪的共同特征。《伤逝》只不过是真实地反映了一个具有代表性的社会问题,这恰恰是鲁迅比其同辈人具有警醒意识的思想表现。

二、追求与幻灭:"新女性"子君形象的文本释义

《伤逝》中的女主人公子君,其勇敢追求"恋爱自由"的"叛逆"行为,往往被学界从"五四"思想启蒙的理论高度视为"一个追求个性解放的新女性"[2]。也有论者仅仅局限于涓生个人的叙述视角,去质疑"子君的思想、性格到言行、做派,在与男主人公涓生同居前后都出现了反差巨大、截然不同、判若两人的断裂与不统一"[3]。对于这些脱离作品文本的责难言辞,我们除了表示无奈还能说些什么呢?作家从事文学创作的重

---

[1]《鲁迅全集》第2卷,北京:人民文学出版社2005年,第27页。
[2] 李怡:《〈伤逝〉与现代世界的悲哀》,载《名作欣赏》1988年2期,第54页。
[3] 林丹娅:《"私奔"套中的鲁迅:〈伤逝〉之辨疑》,载《厦门大学学报》(哲学社会科学版)2007年第2期,第54-60页。

要目的，就是要用文本故事去阐释思想；故立足于文本故事所提供的文字信息，无疑才是我们解读作品的真正依据。批评者之所以将子君看作是"新女性"，其原因无外乎有两点：一是她受过新式教育，二是她大胆追求个人幸福。然而"新女性"的真正含义，则应是现代女性对自我价值的绝对认同，并在各个方面都表现出自强不息的独立人格。鲁迅在《伤逝》中显然没有赋予子君这种思想品性，目前学界对于子君形象的意义评判，多是批评者自身的主观诠释，而非鲁迅本人的初衷！子君接受过现代教育，敢于自主决定终身大事，不顾社会上的世俗偏见，毅然选择与涓生同居，如果我们仅从表面观之，似乎很有点"新女性"的思想气质；但只要我们把子君同居前的"决绝"与"叛逆"，和她同居后的"满足"与"怯懦"进行对比分析，就不难发现其截然不同的两种表现，绝非是子君人格的"二元对立"，而是子君思想的内在统一。为"爱"而"叛逆"和"决绝"，是女性群体的情感本能，在子君身上我们所看到的更多是杜丽娘（《牡丹亭》）或崔莺莺（《西厢记》）式的对爱情的执著，而不是《玩偶之家》中"诺拉"那种女性独立意识的猛然觉醒。子君同居后的"满足"与"怯懦"，也是女性寻找到家庭归宿感后的正常表现，鲁迅之所以要如此去交代和描写，其真实意图就是要告诉读者：子君只不过是一个传统女性，在她身上承载着一切传统女性的本质特征。

阅读《伤逝》故事我们可以发现，在与涓生"交际了半年"时间后，子君"分明地""坚决地""沉静地"喊出了"我是我自己的，他们谁也没有干涉我的权利"的响亮口号。这一振聋发聩令人鼓舞的叛逆呐喊，历来都被学界理解为"'五四'新女性最典型的呼声，甚至可以把它作为个性解放的宣言来看待的"[①]。当然，子君也就因此成为妇女解放的象征符号。学界对于子君形象意义的主观"误读"，是他们都人为忽视了"还未脱尽旧思想的束缚的子君"奋起反抗和大胆叛逆之举，有个十分重要的前提条件——涓生"启蒙"式的宣传与蛊惑。就在涓生陷入人生最"寂寞"、最"虚空"的关键时刻，他碰到了"脸上带着微笑酒窝"的子君。为了宣泄心中难以言说的抑郁苦闷，他以先觉者的说教姿态，以一些外国文学里的爱情故事为载体，去对子君进行着所谓西方现代价值理念的思想说教——涓生在那里侃侃而谈，子君则在一旁静静而听，面对涓生激情澎湃的煽动演讲，"她总是微笑点头，两眼里弥漫着稚气的好奇的光

[①] 田本相：《伤逝漫议》，载《名作欣赏》1987年第3期，第54—58页。

泽"。子君在一次次倾听涓生神采飞扬的讲述当中，伴随着爱情的滋润而渐渐地思想成长。终于，涓生的"启蒙"引起了子君的积极回应——她被涓生吸引并深深地爱上了他——"我是我自己的，他们谁也没有干涉我的权利！"子君为了"爱"（仅仅是为了"爱"）而挣脱了传统道德观念的束缚，她那"新女性"身份只不过是涓生（包括学界）所赋予她的人为想象。因为使子君倍受感动并毅然"出走"与"同居"的关键因素，并非是西方现代人文精神中的个性解放思想，而是西方文学中那些凄婉哀艳的动人爱情故事！

子君那几句惊世之语"震动"了涓生的"灵魂"，他仿佛从子君身上看到了中国"新女性"的"辉煌的曙色"。望着"目不邪视地骄傲地走了"的子君背影，启蒙者涓生不仅为自己的启蒙效应暗自窃喜，并且突然意识到了子君的反抗与叛逆，"这彻底的思想就在她的脑里，比我还透澈，坚强得多。"其实，鲁迅反复强调子君在涓生眼里的错觉印象，其目的就是还原子君"新女性"的真实面目——"爱"是女人的本质，"家"是女人的归宿，沉湎于爱情甜蜜中的子君，自然也不能例外。所以作品文本在塑造子君这一人物形象时，几乎闭口不提子君接受涓生思想启蒙的精神变化，而是竭力去表现涓生早已淡忘但她却依然执著的爱情记忆：

> 她却是什么都记得：我的言辞，竟至于读熟了的一般，能够滔滔背诵；我的举动，就如有一张我所看不见的影片挂在眼下，叙述得如生，很细微，自然连那使我不愿再想的浅薄的电影的一闪。

"启蒙者"涓生曾经讲述的那些爱情故事，几乎成了子君不断"温习"且烂熟于心的人生教科书，不仅使她具有了未来奋斗的明确目标，同时还给她以直面现实的莫大勇气——原先那个经常"低着头"不敢看人的腼腆女孩，现在已经不再是羞涩胆怯的文静小姐——面对路上行人"讥笑"和"轻蔑"的嘲讽"眼光"，她不仅能够"坦然"而"镇静"地沉着应对，并且还大胆地同涓生亲昵挽手"缓缓前行"。为了"爱情"与"家庭"，"子君还卖掉了她唯一的金戒指和耳环"。这一举动并非是在说明子君追求人格平等的独立意识，相反却是从她身上揭示出所谓"新女性"的传统品质——子君把她同涓生所组建的二人之家，看成一个不分彼此的完整肌体；这种"在天愿作比翼鸟，在地愿为连理枝"[1]的价值观

---

[1] 白居易：《白居易选集》，上海：上海古籍出版社1980年，第17页。

念，恰恰是中国人传统爱情理想的现代翻版。与此同时，子君主观意识中的爱情不分你我，同涓生主观意识里的爱情戒备心理，也正好形成了泾渭分明的对比关系。

同居后的子君寻找到了自己人生的避风港湾，她在爱情雨露的沐浴之下"也逐日活泼起来""竟胖了起来，脸色也红活了"。沉浸于婚后幸福生活的子君失去了女性特有的敏感，她丝毫也没有察觉到涓生情感的悄然变化。"她爱动物，也许是从官太太那里传染的罢""管了家务便连谈天的工夫也没有，何况读书和散步"。子君从"新女性"到家庭主妇的角色转换，自然是涓生对其疏远冷落的重要原因，但是他们二者之间究竟是谁在发生着变化？答案自然应是涓生而不是子君。女人之所以为女人，就因为她是女人；即便是知识女性，也无法抹去她的性别特征。长期以来，学界往往将现代女性与传统女性人为对峙，好像"现代"对于"传统"的时间超越，已经彻底改变了女性群体的共性心理。子君之所以会受到涓生与学界的一致指责，原因就在于他们都用"知识"遮蔽了"性别"。其实理解子君首先要理解她是一个女人，是女人自然就会有"小儿女"的特殊情怀：养"油鸡"，买"叭儿狗"，和"小官太太"明争暗斗，这无疑都是女性群体共性心理的真实体现。鲁迅本人对于子君"倾注着全力"去操持家务，并没有给予她道德说教式的价值评判，而是着力去表现她"日夜的操心"为涓生改善伙食，调剂他那原本没有规律的饮食生活。子君已从恋爱时期养尊处优的清纯少女，变成了"终日汗流满面，短发都粘在脑额上；两只手又只是这样地粗糙起来"的家庭主妇，在爱情力量的支配之下，完成了她人生旅途的角色蜕变——环绕于她身上的"新女性"光环，也还原为了传统女性的固有人格。涓生的失业意味着家庭经济来源的断绝，在涓生一味地乐观憧憬光明前景时，"那么一个无畏的子君也变了色""她近来实在变得很怯弱了"。涓生只是肤浅地看到了子君由"无畏"变得"怯弱"，却根本就没有明白这种变化背后的深层含义：子君量入为出辛辛苦苦地操持着家务，她比涓生更能体会到生活拮据的经济压力；因为"人必须生活着，爱才有所附丽"。已无经济来源的家庭让子君身心劳累，"她的功业，仿佛就完全建立在这吃饭中"，但她却用女性特有的韧性艰难地维持着生计，竭力去避免与涓生发生任何不愉快的情感冲突。可是她所做的一切努力，全都失去了感化爱人的实际效应——涓生抛弃"阿随"的举动让子君"神色""凄惨"，不光"是为阿随"更是为这个濒临解体的人生归宿；因为子君显然意识到了涓生抛弃"阿随"，也意味着自己即将被抛弃的噩梦开始。尽管子君面对涓生的厌倦情绪也"时时露出疑虑的神色",但她却"并不相信"自己已经成了"揪着"涓生"衣角"的生活累赘。然而命运似乎过于残酷,子君终于凄惨地离开了涓生——临走之前她默默把两人的生活资料全部留在了会馆那间破旧的老屋里;这说明品行贤淑心地善良的子君仍旧希望涓生好好地活下去。子君把生的希望留给负情忘义的涓生,而把死的结局留给了并无过错的自己。从这一切入角度去加以分析,我们才能真正读懂涓生的灵魂忏悔。

所以我们认为《伤逝》所讲述的,就是一个现代版"始乱终弃"的悲情故事。子君离家出走并与涓生同居,与其说是五四个性解放思想启蒙的必然结果,还不如说是"有女怀春,吉士诱之"① 古典爱情的现代演绎。子君是一个典型的中国传统女性,她在作品文本中的所有表现,自始至终都是涓生主观意志的顺从者,鲁迅多次以"我的声音""我和子君说""我要告诉她""我和她闲谈"等描写语汇,来表达他对子君完全处于被动状态的深切同情,这种丧失言说权力毫无自主意识的"从夫"思想,难道不是儒家伦理"夫为妻纲"的历史再现吗?如果我们把子君与刘兰芝、杜十娘等中国古代女性加以比较,则发现她甚至比这些传统女子更为传统——刘兰芝为了爱情"揽裙脱丝履,举身赴清池"②,杜十娘为了爱情"抱持宝匣,向江心一跳"③,她们虽然都壮烈而死却都死得很有尊严;而惟独子君却默默无语独自归去,面对父亲"烈日一般的威严",以及旁人"赛过冰霜的冷眼",最终只能抑郁而死。由此可见,将子君视为一个具有现代意识的"新女性",那只是批评家们的主观臆断,而不是鲁迅本人的真实想法!

三、呐喊与彷徨:"先驱者"鲁迅本人的思想困惑

我们认为,仅就鲁迅本人的思想而言,1925 年这一特殊的时间窗口对于正确理解《伤逝》的创作主题,具有着极为重要的背景意义。鲁迅自己曾说:"作品大抵是作者借别人以叙自己,或以自己推测别人的东

---

① 孔丘编订:《诗经图文本》,长沙:岳麓书社2006 年,第17 页。
② 徐陵:《玉台新咏》,北京:中华书局1985 年,第53 页。
③ 冯梦龙:《警世通言》,上海:上海古籍出版社1992 年,第326 页。

西，便不至于感到幻灭，即使有时不合事实，然而还是真实。"① 我们深信鲁迅此说是有感而发，甚至就是他本人文学创作的经验之谈。现已收集整理的大量史料已经证明，1925 年对于鲁迅来说，是一个多事之秋。首先，由于他同情北京女师大的学生运动，与教育总长章士钊发生了激烈冲突，并被免去了他在教育部担任已久的佥事之职，由此而引起了一场他与章士钊之间的笔墨官司。同时以陈源为首的"现代评论派"文人，也将鲁迅视为"女师大风波"的背后主谋，轮番上阵对其展开冷嘲热讽的人身攻击；其次，许广平开始介入鲁迅的情感生活，两人在通信中不断加深相互了解，进而由师生关系发展为恋人关系。女师大学生许广平的主动示爱，使"爱情是什么东西？我也不知道"②的鲁迅，重新燃起了冬眠已久的澎湃激情，并彻底打乱了他原本想陪伴朱安"做一世的牺牲"的消沉计划，这又将鲁迅推向了道德评判的风口浪尖；再者，1925 年是鲁迅思想转型的关键时刻，启蒙运动迅速退潮，社会现状一切如旧，思想界与新文学热情锐减锋芒顿失趋于宁静，鲁迅本人也由亢奋的"呐喊"陷入苦闷的"彷徨"。应该说鲁迅此时此刻的思想矛盾，恰恰与《伤逝》中涓生的思想矛盾形成了密切相关意义同构的内在联系：涓生对于思想启蒙的茫然性认识，是鲁迅对于启蒙效应不确信的思想表现（这一点在其早期小说如《狂人日记》《药》等作品中都有所反映③）；而涓生精神状态上的消沉与空虚，也是鲁迅本人孤独与寂寞的真实写照。孤独与寂寞是鲁迅始终如一的思想本质，如果我们仔细分析 1923 年《呐喊·自序》中的语言表达，就不难发现在那篇仅有三千多字的短文里面，"寂寞"一词就出现过 9 次，"孤独"一词则出现过 5 次，这足以说明鲁迅对于现代思想启蒙的悲观态度。1925 年《彷徨》结集出版时，鲁迅在其扉页上又作了"寂寞新文苑，平安旧战场。两间馀一卒，荷戟独彷徨"的文字题词。毫无疑问，这里所说的"彷徨"与先前所说的"寂寞"，始终都保持着高度统一不可分割的思想完整性，它们都明确地暗示着一个民族文化的历史巨人对于中国社会现代转型的复杂性与艰难性的清醒认识。《伤逝》是《彷徨》中的代表性文本，同时也是鲁迅最为珍惜的一篇作品。为何鲁迅对此题材

---

① 《鲁迅全集》第 4 卷，北京：人民文学出版社 2005 年，第 23 页。
② 《鲁迅全集》第 1 卷，北京：人民文学出版社 2005 年，第 322 页。
③ 有关这一问题的论述，可参见宋剑华：《人的"病愈"与鲁迅的"绝望"——论〈狂人日记〉的反讽叙事与文本释义》（载《学术月刊》2008 年第 11 期）和《启蒙无效论与鲁迅〈药〉的文本释义》（载《天津社会科学》2008 年第 5 期）。

独特的言情小说如此关爱呢？无非是因为他倾其心力巧妙构思，把最真实的自我融入其中。因此涓生"寂静"与"空虚"的情感体验，实际上正是鲁迅孤独与寂寞的情绪投射，他们都感到"梦醒了"无路可走。诚如鲁迅所说的那样，思想启蒙之路令人迷茫，"自己也正站在歧路上，——或者，说得较有希望些：站在十字路上。"① 不知道该往何处去，是鲁迅与涓生的思想共性，因为鲁迅也同涓生一样，"不知道怎样跨出那第一步"。涓生与子君的爱情纠葛，同样也影射着鲁迅自身的爱情纠葛——子君"新"与"旧"的思想特征，应是许广平与朱安两种人格品性的双重组合；故涓生对子君"爱"与不"爱"的矛盾冲突，则集中展现了鲁迅追求解放与恪守义务的内心痛苦。所以，涓生最后所发出的忏悔之声，也深深蕴涵着鲁迅本人的强烈自责。

我们必须注意到五四时期"先驱者"鲁迅内心的苦闷与迷茫："听将令"并没有使他摆脱"寂寞"与"悲哀"的消极情绪，"呐喊几声"则是不愿将"自以为苦的寂寞，再来传染给也如我那年青时候似的正做着好梦的青年"。② 觉醒之后无路可走的悲观情绪是从《狂人日记》开始一路延续下来的，它集中反映了鲁迅本人对于五四新文化运动的思想启蒙"希望"与"绝望"二者并存的矛盾心态。从这一认知基点出发，我们认为鲁迅对于涓生心灵世界的大胆揭秘，应是对五四精英"寻找"与"虚无"的深刻反省——精英知识分子历来都被看作是承载民族使命拯救国家命运的中坚力量，好像他们真是具有无穷智慧、高尚人格、关键时刻能够力挽狂澜的神性"超人"；而鲁迅却通过涓生这一艺术形象告诉读者，无论自己或者涓生都是凡人一个，面对突然而至的时代变革，他们同样会难以适应倍感困惑。以知识精英的思想困顿去拯救社会民众的思想迷茫，这显然是"以其昏昏使人昭昭"的荒谬之举。于是鲁迅便借助于解剖涓生人格的内在缺陷，向社会去述说："我决不是一个振臂一呼应者云集的英雄"③ "倘说为别人引路，那就更不容易了，因为连我自己还不明白应当怎么走。"④ 故他告诫那些寻路的"青年又何须寻那挂着金字招牌的导师呢？"⑤ 应该说鲁迅对于包括自己在内的启蒙精英有着超乎常人般的理

---

① 《鲁迅全集》，第3卷，北京：人民文学出版社2005年，第51页。
② 《鲁迅全集》，第1卷，北京：人民文学出版社2005年，第441、442页。
③ 《鲁迅全集》，第1卷，北京：人民文学出版社2005年，第439、440页。
④ 《鲁迅全集》，第1卷，北京：人民文学出版社2005年，第300页。
⑤ 《鲁迅全集》，第3卷，北京：人民文学出版社2005年，第59页。

性认识，他们其实都像涓生那样"梦醒了无路可以走"，原因就在于他们根本就没有找到明确的前进方向，所以才会精神痛苦、灵魂呻吟、意志消沉、情绪低下。即使是对于那些新进的知识青年，鲁迅也没有抱有任何乐观希望，他说："我早就很希望中国的青年站出来，对于中国的社会，文明，都毫无忌惮地加以批判，因此曾编印《莽原周刊》，作为发言之地，可惜来说话的竟很少。"① 这就是鲁迅为什么要以一系列反映知识分子灰色灵魂的小说创作去深刻揭示五四新文化运动启蒙无效必然结局的重要原因！鲁迅的小说从来就不给读者以"希望"，而是只给他们以心灵震撼的思想"警醒"——中国传统文化的"染缸"理论，是鲁迅批评理性的至理名言。

如果说涓生的人格悲剧是鲁迅解剖自己与解剖别人的艺术表现；那么子君的爱情悲剧则更是寓意着鲁迅对于五四"个性解放"思潮的忧患意识。女性解放、婚姻自主、恋爱自由作为五四新文化运动的时代旗帜，一直都被学界视为鲁迅同所有启蒙先驱者的思想共识，这显然是有悖于鲁迅本人主观意愿的他者之说。鲁迅曾在《娜拉走后怎样》中指出："娜拉或者也实在只有两条路：不是堕落，就是回来。"② 胡适《终身大事》中的田亚梅出走了，其最终结局作者也没有明确地给出；可《伤逝》中的子君出走，却堕入了一个"连墓碑也没有的坟墓"。《伤逝》比《终身大事》思想内涵的深刻之处，就在于胡适是对"个性意识"的大力提倡，而鲁迅却是对"个性意识"的清醒反思——子君（女性）在涓生（男性）的启蒙之下，步入了一个由男权话语设置下的社会陷阱——女人要"恋爱"，但男人却要"自由"，一旦男人感到"自由"遭遇了危机，那么女人的"恋爱"梦想也就随之而破灭。比如，涓生对子君大谈理想和文学，这些内容在当时的历史条件下，几乎就是"五四"启蒙话语的表现形式。爱情知识对启蒙话语的巧妙遮蔽，牢牢地主宰了现代女性的情感世界。女性从"五四"启蒙中觉醒了"爱情"，可"爱情"又被启蒙者人为地加以伤害。这就像《海滨故人》里的女主人公宗莹悲痛欲绝地发出"岂不是知识误我"的质疑之声！毫无疑问，鲁迅对子君爱情悲剧的思想写意，是对男权启蒙话语的调侃与否定——它从一个侧面揭示了男权启蒙话语的虚伪本质——"自由"是男性世界的专属权力，而女性只能是男性精神

---

① 《鲁迅全集》，第3卷，北京：人民文学出版社2005年，第4页。
② 《鲁迅全集》，第1卷，北京：人民文学出版社2005年，第159页。

狂欢的欲望对象！这也是《伤逝》历来被研究者人为忽视了的重大命题！

　　《伤逝》是一部现代知识青年的爱情悲剧，既包含有启蒙者"寻找"与"虚无"的思想茫然，又包含有被启蒙者"希望"与"绝望"的精神幻想，正如《伤逝》小说的标题一样：伤是哀伤，逝是过去的往事；而往事不堪回首，留下的只能是惨痛的记忆！鲁迅正是以这样高度清晰的表达意图，来讲述自己对于现代思想启蒙的不同理解。因此我们认为：对于并不复杂化的《伤逝》文本，学界完全没有必要去做复杂化的人为曲解！

参 考 文 献

[1] 美国不列颠百科全书公司编著，中国大百科全书出版社不列颠百科全书编辑部编译. 不列颠百科全书：国际中文版［M］. 北京：中国大百科全书出版社，1999.

[2] 白居易. 白居易选集［M］. 上海：上海古籍出版社，1980.

[3] 鲍家麟. 中国妇女史论集［M］. 台北：牧童出版社，1979.

[4] ［俄］巴赫金. 文本　对话与人文［M］. 石家庄：河北教育出版社，1998.

[5] ［日］厨川白村. 苦闷的象征［M］. 鲁迅译. 北京：人民文学出版社，1988.

[6] 大辞典［M］. 台北：三民书局，1985.

[7] ［丹麦］索伦－奥碧－克尔凯郭尔. 论反讽概念［M］. 北京：中国社会科学出版社，2005.

[8] ［德］康德. 回复这个问题："什么是启蒙运动？"［M］//历史理性批判文集. 北京：商务印书馆，1990.

[9] ［德］弗洛姆. 梦的精神分析［M］. 北京：光明日报出版社，1988.

[10] ［德］叔本华：叔本华论说文集［M］. 北京：商务印书馆，2004.

[11] ［德］费希特. 论学者的使命、人的使命［M］. 北京：商务印书馆，1984.

[12] 程颢，程颐. 二程遗书［M］. 上海：上海古籍出版社 2000.

[13] 冯梦龙. 警世通言［M］. 上海：上海古籍出版社，1992.

[14] 费孝通. 费孝通全集［M］. 呼和浩特：内蒙古人民出版社，2009.

[15] ［法］谢和耐. 中国和基督教［M］. 上海：上海古籍出版社，1991.

[16] ［法］莫里斯·哈布瓦赫. 论集体记忆［M］. 上海：上海人民出版社，2002.

[17] ［法］萨特. 存在与虚无［M］. 北京：生活·读书·新知三联书店，1987.

[18] ［法］萨特. 存在主义是一种人道主义［M］. 上海：上海译文出版社，1988.

[19] ［法］卢梭. 卢梭民主哲学［M］. 北京：九州出版社，2004.

[20] 罗竹风. 汉语大词典［M］. 上海：汉语大词典出版社，1991.

[21] 欧阳哲生. 胡适文集［M］. 北京：北京大学出版社，1998.

[22] 耿云志，欧阳哲生. 胡适书信集［M］. 北京：北京大学出版社，1996.

[23] 金观涛，刘青峰. 开放中的变迁——再论中国社会超稳定结构［M］. 香港：

香港中文大学出版社，1993.

[24] 孔丘. 诗经图文本［M］. 长沙：岳麓书社，2006.

[25] 杨天宇. 礼记译注［M］. 上海：上海古籍出版社，2004.

[26] 鲁迅. 鲁迅全集［M］. 北京：人民文学出版社，1981.

[27] 鲁迅博物馆，等. 鲁迅回忆录［M］. 北京：北京出版社，1999.

[28] 梁实秋，徐静波. 梁实秋批评文集［M］. 珠海：珠海出版社，1998.

[29] 林毓生. 中国意识的危机［M］. 贵阳：贵州人民出版社，1986.

[30] 李泽厚. 中国现代思想史论［M］. 合肥：安徽文艺出版社，1994.

[31] 金良年. 孟子译注［M］. 上海：上海古籍出版社，2004.

[32] 毛泽东. 毛泽东选集（1-4卷）［M］. 北京：人民出版社，1991.

[33] 马会芹. 挚友的怀念——许寿裳忆鲁迅［M］. 石家庄：河北教育出版社，2000.

[34] ［美］杜威. 自由与文化［M］. 北京：商务印书馆，1964.

[35] ［美］露丝·本尼迪克. 文化模式［M］. 北京：华夏出版社，1987.

[36] ［美］哈里·G. 法兰克福. 论真实［M］. 南京：译林出版社，2009.

[37] ［美］亚瑟·亨·史密斯. 中国人气质［M］. 兰州：敦煌文艺出版社，1995.

[38] ［美］韦勒克. 文学理论［M］. 南京：江苏教育出版社，2005.

[39] 瞿秋白. 瞿秋白文集［M］. 北京：人民文学出版社，1989.

[40] 钱穆. 中国史学发微［M］. 台北：台北东大图书股份有限公司，1989.

[41] 张鸣. 乡村社会权力和文化结构的变迁（1903—1953）［M］. 西安：陕西人民出版社，2013.

[42] ［瑞士］荣格. 心理学与文学［M］. 北京：生活·读书·新知三联书店，1987.

[43] 孙伏园. 鲁迅先生二三事［M］. 长沙：湖南人民出版社，1980.

[44] 李昉，扈蒙，徐铉，等. 太平广记［M］. 北京：中华书局，1961.

[45] 吴虞. 吴虞文录［M］. 合肥：黄山书社，2008.

[46] 王富仁. 中国反封建思想革命的一面镜子［M］. 北京：北京师范大学出版社，1986.

[47] 汪晖. 反抗绝望：鲁迅及其文学世界［M］. 石家庄：河北教育出版社，2000.

[48] 王德威. 写实主义小说的虚构：茅盾，老舍，沈从文［M］. 上海：复旦大学出版社，2011.

[49] 王先明. 近代绅士——一个封建阶层的历史命运［M］. 天津：天津人民出版社，1997.

[50] 徐陵. 玉台新咏［M］. 北京：中华书局，1985.

[51] 许广平著，海婴编. 许广平文集［M］. 南京：江苏文艺出版社，1998.

[52] 薛华. 自由意识的发展［M］. 北京：中国社会科学出版社，1983.

[53] 梁启超. 饮冰室文集［M］. 北京：中华书局，1989.

[54] 郁达夫. 郁达夫文集［M］. 广州：花城出版社，1982.

[55] 杨义. 杨义文存 [M]. 北京：人民出版社，1998.

[56] 玉昆. 广州近郊的生活 [M] //农村生活丛谈. 上海：申报馆，1937.

[57] 周作人著，鲍耀明编. 周作人与鲍耀明通信集 [M]. 开封：河南大学出版社，2004.

[58] 周遐寿. 鲁迅小说里的人物 [M]. 北京：人民文学出版社，1957.

[59] 张希坡. 中国婚姻立法史 [M]. 北京：人民出版社，2004.

[60] 张世英. 康德的《纯粹理性批判》[M]. 北京：北京大学出版社，1987.

[61] 张世英. 论黑格尔的精神哲学 [M]. 上海：上海人民出版社，1986.

[62] 白洁. 记忆重构与意象表征 [J]. 自然辩证法研究，2014；30 (6).

[63] 曹聚仁. 曹聚仁谈鲁迅小说 [J]. 鲁迅研究月刊，1994 (10)：68.

[64] 陈漱渝. 群策群力，精益求精——对修订《鲁迅全集》的几点意见 [J]. 鲁迅研究月刊，2001 (7)：32 – 37.

[65] 陈思和. 现代知识分子觉醒期的呐喊：《狂人日记》[J]. 杭州师范学院学报，2003 (4)：26 – 38，57.

[66] 杜圣修. 鲁迅、周作人"失和"原委探微 [J]. 中国现代文学研究丛刊，1993 (3)：41 – 54.

[67] 冯友兰. 怎样办现在中国的大学？[J]. 现代评论，1925，1 (23).

[68] 方尤瑜. 试论无政府主义对鲁迅早期小说创作的影响——以《药》为中心展开 [J]. 广东外语外贸大学学报，2008 (1)：55 – 59.

[69] 顾农.《朝花夕拾》分组研究 [J]. 山东师大学报，1985 (1)：79 – 85.

[70] 顾农. 闲话《祝福》[J]. 书屋，2010 (11)：68 – 7.

[71] 高远东.《祝福》：儒道释"吃人"的寓言 [J]. 鲁迅研究动态，1989 (2)：18 – 24.

[72] 旷新年.《狂人日记》、《药》及鲁迅小说的潜结构 [J]. 社会科学辑刊，1996 (1)：129 – 133.

[73] 李希凡. "五四"文学革命的战斗檄文——从《狂人日记》看鲁迅小说"呐喊"的主题 [J]. 江淮论坛，1979 (2)：91 – 99.

[74] 李泽厚，刘再复. 彷徨无地后又站立于大地——鲁迅为什么无与伦比 [J]. 鲁迅研究月刊，2011 (2)：90 – 96.

[75] 李今. 文本·历史与主题：《狂人日记》再细读 [J]. 文学评论，2008 (3)：94 – 99.

[76] 李新宇. 鲁迅：启蒙路上的艰难持守 [J]. 齐鲁学刊，2001 (3)：47 – 55.

[77] 李怡.《朝花夕拾》：鲁迅的"休息"与"沟通" [J]. 首都师范大学学报（社会科学版），2009 (1)：103 – 108.

[78] 李林荣. 穿越"新文化运动"：鲁迅杂文前期形态的内在嬗变及其历史情境 [J]. 海南师范学院学报（社会科学版），2003 (6)：40 – 47.

[79] 李志瑾. 鲁迅杂文战斗意识的表现形态及历史成因 [J]. 文艺理论与批评，2013 (2)：92 – 94.

[80] 李玉明. 论鲁迅的"历史中间物"意识 [J]. 江汉论坛, 2005 (1): 133-135.

[81] 林毓生. 鲁迅"国民性"论述的深刻性、困境与实际后果 [J]. 扬子江评论, 2009 (1): 27-34.

[82] 林丹娅. "私奔"套中的鲁迅:《伤逝》之辨疑 [J]. 厦门大学学报（哲学社会科学版）, 2007 (2): 54-60.

[83] 刘增杰. 漫谈祥林嫂艺术形象的塑造 [J]. 开封师院学报（社会科学版）, 1978 (3): 26-31.

[84] 逄增玉. 鲁四老爷论 [J]. 江汉论坛, 2012 (11): 79-83.

[85] 彭小燕. "虚无"四重奏——重读《祝福》[J]. 中国现代文学研究丛刊, 2012 (1): 185-198.

[86] 钱理群. 文本阅读:从《朝花夕拾》到《野草》[J]. 江苏社会科学, 2003 (4): 103-109.

[87] 钱理群. 对宇宙基本元素的个性化想象——读鲁迅的《死火》《雪》《腊叶》[J]. 苏州科技学院学报（社会科学版）, 2003 (1): 80-84, 144.

[88] 钱理群, 王乾坤. 作为思想家的鲁迅 [J]. 鲁迅研究月刊, 1993 (6): 4-14.

[89] 钱虹. "享用牺牲"的悲剧——谈鲁迅的《药》与屠格涅夫的《工人和白手的人》[J]. 名作欣赏, 1985 (1): 41-44.

[90] 邵祖平. 论新旧道德与文艺 [J]. 学衡, 1922 (7).

[91] 孙郁. 对鲁迅的传播进入了一个误区 [N]. 羊城晚报, 2011-04-17.

[92] [日] 松冈俊裕.《阿Q正传》浅释——"未庄"命名考及其它 [J]. 绍兴文理学院学报（哲学社会科学版）, 1996: 16 (3): 14-21.

[93] 田本相.《伤逝》漫议 [J]. 名作欣赏, 1987 (3): 54-58.

[94] 王世杰. 时局之关键 [J]. 现代评论, 1924: 1 (1).

[95] 王世杰. 学校与政治 [J]. 现代评论, 1920: 4 (81).

[96] 王瑶. 论鲁迅的《朝花夕拾》[J]. 北京大学学报（哲学社会科学版）, 1984 (1): 2-15.

[97] 王富仁.《呐喊》《彷徨》综论 [J]. 文学评论, 1985 (3): 3-14.

[98] 王富仁.《呐喊》《彷徨》中地主阶级知识分子形象的塑造 [J]. 鲁迅研究动态, 1985 (6): 10-23.

[99] 王乾坤. 盛满黑暗的光明（上）——读野草 [J]. 鲁迅研究月刊, 1998 (9): 29-38.

[100] 王卫平. 死亡体验的哲学思考 [J]. 南京医科大学学报（社会科学版）, 2004 (1): 55-57.

[101] 王云岭, 等. 濒死体验研究及其现实意义 [J]. 医学与哲学, 2005: 26 (8): 20-21, 27.

[102] 汪晖. 论《野草》的人生哲学 [J]. 福建论坛（文史哲版）, 1987 (3): 62-73.

[103] 汪晖. 鲁迅的精神结构与《呐喊》《彷徨》[J]. 社会科学辑刊, 1989（5）: 119－124.

[104] 汪卫东.《野草》的"诗心"[J]. 文学评论, 2010（1）: 141－149.

[105] 阎真. 鲁迅: 不同历史现场的价值错位[J]. 天津社会科学, 2010（3）: 98－105.

[106] 殷国明. 鲁迅与《朝花夕拾》[J]. 海南大学学报（社会科学版）, 1987（4）: 60－66.

[107] 杨剑龙. "从纷扰中寻出一点闲静来"——论鲁迅的《朝花夕拾》[J]. 鲁迅研究月刊, 2001（4）: 40－46.

[108] 俞念远. 我所记得的鲁迅先生[J]. 西北风, 1936（2）.

[109] 朱德发. 从鲁四老爷看封建理学的反动性——读《祝福》札记[J]. 山东师院, 1975（1）: 104－106.

[110] 朱崇科.《野草》中的"立人"维度及其诗学[J]. 学术研究, 2015（5）: 135－139.

[111] 曾华鹏, 范伯群. 论《药》——鲁迅小说研究之一[J]. 文学评论, 1978（4）: 78－86.

[112] 周启心, 等. 令人烦恼的记忆[J]. 生命科学, 2014, 26（6）: 610－619.

[113] 赵小琪. 互文性: 鲁迅的《野草》与《苦闷的象征》的译介[J]. 社会科学辑刊, 2007（4）: 188－193.

[114] 张梦阳. 鲁迅与当代中国[J]. 兰州大学学报, 2003（5）: 1－7.

附录一 《鲁迅回忆录》中的几个疑问

近来，因写《野草》与鲁迅生命体验的文章①，我重读了许广平的《鲁迅回忆录》（长江文艺出版社2010年版，以下引文均出自该版本）。按照正常思维来说，许广平作为鲁迅的夫人，她与鲁迅曾经"十年携手共艰危"，无疑应做到"此中甘苦两心知"，②可实际情况却并非如此。《鲁迅回忆录》不仅充满着作者个人的主观想象，同时对于许多历史问题都缺乏严肃态度。由于早在30多年前，朱正先生就已经对《鲁迅回忆录》中的史料错讹做了订正③，故在此我仅对几个重要的史实问题也发表一点自己的看法。

一、对于鲁迅家庭矛盾的主观臆想

《鲁迅回忆录》中专门用了一节（即"所谓兄弟"），去暗示性地追述鲁迅与周作人之间的兄弟"失和"。由于许广平是鲁迅的夫人，她在书中又是转述"鲁迅说"，所以这种不容置疑的语言表达，也就具有了历史真实性的合法依据。那么《鲁迅回忆录》里，究竟是怎样去描述周氏兄弟的"失和"原因呢？许广平所给出的答案，无非就是经济问题：

> 有时茶余饭后鲁迅还会很随便，很自然地感叹出自己所遭遇的经过。他很凄凉地描绘了他的心情，说："我总以为人不要钱

---

① 可参见拙文：《哀莫大于心死：重读〈野草〉》，载《文艺研究》2016年第5期。
②《题〈芥子园画谱三集〉赠许广平》，《鲁迅全集》第8卷，北京：人民文学出版社1981年，第379页。
③ 朱正：《鲁迅回忆录正误》，北京：人民文学出版社1986年。

> 总该可以家庭和睦了罢,在八道湾住的时候,我的工资收入,全行交给二太太(周作人之妇,名信子),连周作人的,不下六百元,而每月还总是不够用,要四处向朋友借债,有时借到手连忙回家。又看到汽车从家里开出,我就想:我用黄包车运来,怎敌得过用汽车带走呢?"原来家内人不断的大小轻重的生病,都常常要请医生到来,鲁迅就忙着应付这些差事。从没有计算自己的时间和精力。那么他们每月收入有六百上下(鲁迅三百,周作人二百四十),稿费在外,都哪里去了呢?鲁迅说:"她们一有钱又往日本商店去买东西去了,不管是否急需,都买它一大批,食的、用的、玩的,从腌萝卜到玩具,所以很快就花光了。又诉说没有钱用了,又得借债度日了。"……有时借款是辗转托之他人,向银行纳高利贷来的。(第61—63页)

从许广平的叙述中我们不难发现,鲁迅曾经"告诉"她为什么兄弟会"失和",原来是周作人的妻子羽太信子,因"花钱"一事在他们中间挑拨是非,尽管鲁迅一再妥协,还是不能挽救悲剧的发生。情况果真如许广平所转述的那样吗?答案自然是否定性的。

细查史料,许广平之言,有很多地方都是站不住脚的,只要我们稍加分析,就能发现疑点重重。首先,许广平说鲁迅每月的工资收入三百元,全部都交给了周作人的夫人羽太信子掌管,这肯定不符合历史事实。据《鲁迅日记》记载,从1919年到1923年,他每周都去"留黎厂"一两次,而每次都会花去很多大洋购买古物,比如1920年6月29日就记有:"往留黎厂买元懿、元恩、元顼、李元姜墓志各一枚,计泉五元。"[①] 又1921年12月21日记有:"在德古斋买《伯望刻石》共四枚,五元。又《广武将军碑》并阴、侧、额共五枚,六元。"[②] 此外,鲁迅还经常邀请朋友吃饭饮酒,如"午邀孙伏园饭,惠迪亦来"[③] 等。如果鲁迅真把工资全部上缴了,他购买古物和请客吃饭的钱,又是从哪里来的呢?其次,许广平说由于羽太信子挥霍无度,每月六百大洋也不够她乱花,且还不断地用汽车运走,进而导致了周家每月的生活费用都入不敷出。试问,鲁迅购买八道湾那套大四合院,总共才用去了四千大洋,难道民国初期的生活费

---

① 《鲁迅全集》第14卷,北京:人民文学出版社1981年,第389页。
② 《鲁迅全集》第14卷,北京:人民文学出版社1981年,第436页。
③ 《鲁迅全集》第14卷,北京:人民文学出版社1981年,第457页。

用，要比房屋的价钱高出许多，像"腌萝卜"和"玩具"等一个月的生活用品，就要花去七分之一的房屋购置费用？恐怕稍有点经济头脑的人，都不会相信这种幼稚的说法。因为据史料记载，1931年在广州，一块大洋可买25斤大米，① 那么1921年能够买多少？"腌萝卜"总不会比大米贵吧！再者，许广平说鲁迅为了满足羽太信子的奢侈欲望，维持入不敷出的家庭开支，经常去向外人借钱甚至于高利贷，这也不是客观事实。在1919年至1923年的《鲁迅日记》里，确有鲁迅借钱与还钱的事实记载，比如1920年10月27日"上午从齐寿山假泉二百"，11月16日"还齐寿山二百"，② 完全是熟人间的友情借贷，根本就没有什么利息，更何来高利贷之说呢？另外，鲁迅究竟为何借钱？绝不是为了满足羽太信子，而是因为自己与家人的看病之需。尤其是1920年，周建人的儿子得了重病，5月去医院12次，6月更是看病或住院达18天之多。住院治病肯定要花大笔钱的，鲁迅作为一家之主，自然要担当起责任，故才会有6月22号"在医院。托二弟从齐寿山假泉一百"的日记记载。③ 把鲁迅因侄子生病借钱，说成是为了满足羽太信子之需，显然大有欲加之罪何患无辞之嫌。

问题的关键还并不在此，鲁迅和周作人之间的兄弟"失和"，是一个除了他们二人之外，外界迄今仍一无所知的私密家事，那么许广平到底又是怎样知道的呢？这才是问题的症结所在。众所周知，1923年7月18日，周作人给鲁迅送来一封断交信：

鲁迅先生：
  我昨日才知道，——但过去的事不必再说了。我不是基督徒，却幸而尚能担受得起，也不想责谁，——大家都是可怜的人间，我以前的蔷薇的梦原来都是虚幻，现在所见的或者才是真人生。我想订正我的思想，重新入新的生活。以后请不要再到后边院子里来，没有别的话。愿你安心，自重。
七月十八日，作人。④

而鲁迅对此却感到有些莫名其妙，他在1923年7月19日的日记里，

---

① 玉昆：《广州近郊的生活》，载《农村生活丛谈》，申报馆1937年版。
②《鲁迅全集》第14卷，北京：人民文学出版社1981年，第398—400页。
③《鲁迅全集》第14卷，北京：人民文学出版社1981年，第388页。
④《周作人致鲁迅信》，载《鲁迅研究动态》1985年第5期，第2页。

曾这样记载:"上午启孟自持信来,后邀欲问之,不至。"① 周作人说他"昨日才知道",而鲁迅则想"邀欲问之",两兄弟之间到底发生了些什么,他们自己都不愿意讲,别人则更是无从得知了。周作人一再强调,"关于那个事件,我一向没有公开的说过,过去如此,将来也是如此"②。鲁迅又何尝不是如此呢?我们同样查不到鲁迅对此事件有过任何只言片语。然而,兄弟二人这场令人匪夷所思的矛盾冲突,竟然导致了鲁迅于8月2日,携朱安迁居到了砖塔胡同61号。到了1924年6月11日,鲁迅回去拿自己的遗留物品,两兄弟间再次发生冲突,据鲁迅日记记载:"下午往八道湾宅取书及什器,比进西厢,启孟及其妻突出骂詈殴打,又以电话招重久及张凤举、徐耀辰来,其妻向之述我罪状,多秽语,凡捏造未圆处,则启孟救正之,然终取书、器而出。"③ 从此以后,两兄弟就彻底恩断义绝了。鲁迅与周作人对外界一概不讲,对许广平也绝不可能例外。因为如果鲁迅真对许广平讲了,也就意味着鲁迅打破了沉默,周作人势必会从正面去作出回应。然而周作人却一直缄口不言,这足以证明他对许广平所说的一切,根本就是不屑一顾的。因此,许广平在《鲁迅回忆录》里,一再暗示兄弟"失和"是由羽太信子的贪婪所造成的,这种阐释过于勉强且很难服众,只能说是许广平自己的主观想象,并不能代表鲁迅本人的真实意愿。

二、对于鲁迅身体状况的不甚了解

作为鲁迅的夫人和知己,许广平在《鲁迅回忆录》中,对于鲁迅糟糕的身体状况,也做了比较详细的叙述,字里行间都流露着作者本人的关切和焦虑,读罢的确令人十分感动。比如:

> 鲁迅自以为身体是健康的(其实不然),从不加以照顾。他有几种随身法宝的药:阿司匹林、海尔普、奎宁片,无论什么病都先用它,轻泻、退热、抵抗力强的时候过几天就好了;抵抗力一弱,事情积累一多,休息不见好的时候就不行了,要请医生诊治。他长期患着牙痛、发热、肠胃病。……大约至多每隔三两个

---

① 《鲁迅全集》第14卷,北京:人民文学出版社1981年,第460页。
② 周作人:《知堂回想录》(下),北京:十月文艺出版社2013年,第533页。
③ 《鲁迅全集》第14卷,北京:人民文学出版社1981年,第500-501页。

月或者更短些日子,不是牙病就是胃病或疲劳就头痛发热……在"三一八"后的大病一场,仅仅是各种积劳成疾病况下看到的一个总爆发罢了。(第22页)

……

观其在1912年6月18日日记:"晨头痛,与齐寿山闲话良久,始愈。"1913年1月6日:"晚首重鼻窒似感冒,蒙被卧良久,顿愈,仍起阅书。"和10月29日的抱病办公:"在部,终日造三年度(辛亥革命后的第三年——作者)预算及议改组京师图书馆事,头脑岑岑然"的例证,以及平常有病不以为病,还是一样的办公、出外、接待客人、处理事务,到真个需要休息告假了,还是在寓装订旧书,或作抄写,鲁迅就是这样利用他一点一滴的精力,为群众贡献他的一切力量,甚至超过他体力所能负荷的。(第52页)

《鲁迅回忆录》中描写鲁迅身体状况的文字还有很多,而且作者本人写得也非常动情,从中我们不仅能够感受到许广平对于鲁迅的深切思念,同时更能够感受到他们之间相濡以沫的夫妻之情。但是有一点我还是不太明白,许广平1925年与鲁迅恋爱,1927年与鲁迅同居,为什么她不提自己所知道的鲁迅重病在身的真实情况,反倒要从《鲁迅日记》中去寻找线索呢?这说明许广平对于鲁迅,还是了解不深的,在此,我可以举出三个关键证据:

第一个证据,许广平说鲁迅自以为身体健康,其实"他长期患着牙痛、发热、肠胃病"。这明显与事实不符。鲁迅是学医出身的,他当然了解自己的身体状况。他从来没有觉得自己身体健康,更深知自己得的是什么病。据许寿裳回忆,鲁迅曾说自己很早就得了肺结核,"从少年时已然,至少曾发过两次……但当初竟并不医治"[1]。后来他在写《药》时,又那么精确地描写了华小栓的"痨病"症候,说实话这已经不是什么文学创作的艺术想象,而是鲁迅本人切身体验的生命感知了。肺结核的基本症状就是咳嗽、盗汗以及胸部疼痛,这些在《鲁迅日记》里也多有记载。鲁迅曾在杂文《死》里,说过这样一段话:

> 大约实在是日子太久,病象太险了的缘故罢,几个朋友暗自协商定局,请了美国的D医师来诊察了。他是上海的唯一的欧

---

[1] 许寿裳:《亡友鲁迅印象记》,长沙:岳麓书社2011年,第89页。

洲的肺病专家，经过打诊，听诊之后，虽然誉我为最能抵抗疾病的典型的中国人，然而也宣告了我的就要灭亡；并且说，倘是欧洲人，则在五年前已经死掉。这判决使善感的朋友们下泪。我也没有请他开方，因为我想，他的医学从欧洲学来，一定没有学过给死了五年的病人开方的法子。然而 D 医师的诊断却实在是极准确的，后来我照了一张用 X 光透视的胸像，所见的景象，竟大抵和他的诊断相同。①

　　这段话虽然诙谐幽默，但却说明鲁迅早已知道自己病情的严重性，他说自己是个已经"死了"五年的病人，其实何止是"死了"五年？肺结核在青霉素诞生以前，基本上属于不治之症；所以鲁迅从得了肺结核开始，就已经知道了它的严重性。故许广平说鲁迅"长期患着牙痛、发热、肠胃病"，同鲁迅自我感知的身体状况大相径庭。

　　第二个证据，许广平说鲁迅"在'三一八'后的大病一场，仅仅是各种积劳成疾病况下看到的一个总爆发罢了"，这话也无历史根据。查《鲁迅日记》，1926 年 3 月至 5 月，也就是"三一八"惨案发生后的两个月内，鲁迅总共去医院 7 次，其中 3 月 1 次，4 月和 5 月各 3 次，均未记载有什么"大病"。鲁迅真正出现"大病"，同"三一八"事件无关，而是因为兄弟"失和"；且这次精神打击之大，令鲁迅本人倍感绝望（《野草》就是一个例证），最终导致了他想要"自杀"和"杀人"的灰色念头。② 据《鲁迅日记》1923 年 11 月 8 日记载："夜饮汾酒，始废粥进饭，距始病时三十九日矣。"③ 这也就是说 7 月 18 日兄弟"失和"，两个月后鲁迅便生了一场大病，而且病得不轻，一直是靠流食维持生命，到了 11 月 8 日才开始进饭。我再查《鲁迅日记》则惊奇地发现，1923 年 9 月至 1926 年 8 月，出现频率最多的词汇之一，竟是北平的"山本医院"，共有 73 次之多。其中比较集中的几个月份，更是引起了我的注意：1923 年 10 月和 11 月，也就是兄弟"失和"仅三个月，鲁迅出现了"大发热""泻利加剧""浣肠"等身体不适之症状，10 月份去了 7 次，11 月份去了 6 次，可见兄弟"失和"对其身体的伤害有多么严重。1924 年 5 月去了 4 次，6 月（即鲁迅回去取自己的东西，再次与周作人夫妇发生肢体冲突的

---

① 《鲁迅全集》第 6 卷，北京：人民文学出版社 1981 年，第 611 页。
② 《鲁迅全集》第 11 卷，北京：人民文学出版社 1981 年，第 430－431 页。
③ 《鲁迅全集》第 14 卷，北京：人民文学出版社 1981 年，第 471 页。

那个月）去了6次，9月去了3次，且多注明为"晚往山本医院"，这表明鲁迅实在是忍受不了疼痛才去的医院。1925年9月去了5次，10月更是去了8次，11月、12月则分别去了3次和4次。通过以上数字统计我们不难发现：兄弟"失和"后不久，鲁迅的肺病（当时被诊断为肋膜炎）被诱发且十分严重；鲁迅兄弟再次发生冲突的1924年6月，鲁迅的病况又明显地加重；到了1925年10月，鲁迅竟不得不在一周内去两次医院。所以，许广平说鲁迅"三一八后"大病一场，完全是她个人的主观想象，是她虚构历史的无稽之谈。

第三个证据，同时也是非常关键的一点，许广平1924年认识鲁迅，1925年与鲁迅热恋，1927年与鲁迅同居，那么她对鲁迅这一期间的身体状况，是应该有所了解的，可回忆录中为什么却没有提及呢？从1925年4月以后，许广平曾多次到过陆续寓所，比如《鲁迅日记》1925年11月8日就记载有："上午得张凤举信。许广平、陆秀珍来。"而这个月鲁迅就去了3次山本医院，应该是病得不轻，满桌子的药物堆在那里，根本就不用鲁迅自己讲，来访者一眼就能够看得到。然而令人费解的是，许广平却根本就没有提及。热恋中的女性本应体贴细腻，对自己所爱之人更是精心呵护，从史料中我们只能查阅到许广平劝鲁迅戒酒，如《鲁迅回忆录》中写道："我们焦躁不安，向鲁迅进言，以保卫鲁迅的健康毅然肩负起来。"（第23页）鲁迅给许广平的回信，也可以证明这一点："第一，酒精中毒是能有的，但我并不中毒。即使中毒，也是自己的行为，与别人无干。且夫不佞年届半百，位居讲师，难道还会连喝酒多少的主见也没有，至于被小娃儿所激么!？这是决不会的。第二，我并不受有何'戒条'。我的母亲也并不禁止我喝酒。我到现在为止，真的醉止有一回半，决不会如此平和。"① 许广平劝鲁迅戒酒以免酒精伤身，这当然是关心鲁迅的一种表现；然而却对鲁迅的病情视而不见，则只能说明一个问题——许广平当时只是仰慕鲁迅，但却并不真正了解鲁迅。所以她在《鲁迅回忆录》中，对五四时期鲁迅身体状况的总体描述，基本上都是从《鲁迅日记》里得知的，且读得还不是那么认真和细致，否则也不会遗漏1923—1926年间的鲁迅病况。

---

① 《鲁迅全集》第11卷，北京：人民文学出版社1981年，第98页。

三、对于鲁迅思想状态的自我解读

许广平不仅无知鲁迅的身体状况,恐怕她对五四时期鲁迅的思想状态,也不一定是十分地了解。比如《鲁迅回忆录》中这样写道:

> 这时(指五四时期,引者注)的鲁迅在现实面前,已不是袁世凯称帝、张勋复辟时期的自感于个人力量微弱,莫谈国事的空气下,作三箴其口的消极态度,躲在一角抄抄古碑,写写字,钻到钻研碑帖方面上去了。我们并不否认,鲁迅在整理旧文学上,从碑帖、拓本、魏晋六朝墓志、石刻等里面可以发掘出许多有用的东西,为研究中国字体的变迁的,久久欲执笔的《中国字体变迁史》和为整理中国唐宋以来的文化、社会风俗习惯、生活进展,从这方面另辟途径是费了他积年累月的不少心血的。这心血一直没有着落,以后终他一生也对碑帖等再没有机会下手,至今对于这项研究工作可说还留空白,自是可惜。但有更急迫的需要,这早已被《新青年》时代取而代之的了,就是他不再沉浸于抄古碑而代以写《阿Q正传》……等等即是。但也不要忽略了,鲁迅晚年在上海,当白色恐怖达到了极点的时候,他又想起了那久蓄心中的工作,也还是断续地向河南等地托人找寻资料,来完成他计划已久而未实现的心愿:写《中国文学史》和《中国文字变迁史》。(第18—19页)
>
> ……
>
> 鲁迅从1925年起,就在通过北京的东亚公司大量购阅欧洲文学,尤其是苏联革命后的文学。(第58页)

细读这段文字,无非包含有四层意思:第一,五四以前鲁迅埋头去钞古碑,完全是因为他对时局倍感失望所致;第二,五四以后鲁迅积极参与思想启蒙运动,已不再留恋古碑古帖之类的古物收藏;第三,从1925年起,鲁迅开始大量阅读欧洲和苏联文学;第四,晚年因社会环境所迫,鲁迅又间或去收集古碑古帖。实际情况果真如此吗?我个人却不敢苟同。

首先,收集古碑古帖等古物,是鲁迅一生之爱好,不仅花费了大量精力,同时也花费了大量财力。从《鲁迅日记》中我们可以得知,仅1917年至1926年(日记缺1922年),鲁迅购买古碑古帖(当然也包括少量现代书籍),就花去了2 300左右大洋。2 300大洋是个什么数字?鲁迅购买八道湾的四合院才花了4 000大洋,也就是说鲁迅10年间购买古碑古帖,就花去了大半个四合院的价钱。如果细致查对一下,我们便可发现:鲁迅在为《新青年》写《狂人日记》的1918年,花费488大洋购买古碑古帖;在为《晨报》写《阿Q正传》的1921年,花费137大洋购买古碑古帖;在与"正人君子"展开激烈论战的1925年,花费159大洋购买古碑古帖。鲁迅如此舍得投入经费,其痴迷程度可见一斑。鲁迅一生收集古物5 100多种,共计6 200余件,且他走到哪里便随身带到哪里,《两地书》里就曾记载,1926年10月,鲁迅到了厦门大学后,林语堂想办一个展览会,"要将我的石刻拓片挂出。其实这些古董,此地人那里会要看,无非是胡里胡涂,忙碌一番而已"①。"开会之前,兼士要我的碑碣拓片去陈列,我答应了……孙伏园自告奋勇,同去陈列之外,没有第二个人帮忙,寻校役也寻不到。"鲁迅所提供的那些古物,整整摆满了一屋子,结果因为没有校役帮忙,还把沈兼士累得"大吐了一通"②。故说五四以后的鲁迅已经告别了古碑古帖,完全是有违历史的不实之词。

其次,许广平说五四思想启蒙时期,鲁迅"不再沉浸于抄古碑而代以写《阿Q正传》"等,这也并不符合历史事实。至于鲁迅为何加入《新青年》阵营,学界见仁见智说法不一,我个人也曾在多篇文章中表达了这样的思想见解:那就是"听将令"而已。③"听将令"与鲁迅的自觉意识还是具有很大差别的。至少有一点令我感到十分困惑,翻阅《鲁迅日记》,他那些享誉五四的战斗檄文,日记中几乎都没有记载。比如《狂人日记》这篇新文学的开山之作,明明白白写着是创作于1918年4月,可是翻遍4月的日记,却不见有记载。又如鲁迅的代表作《阿Q正传》,也明明白白写着是创作于1921年12月,可翻遍12月的日记,同样不见有记载。其他像《孔乙己》,仅记"录文稿一篇讫,约四千字,寄高一涵并函,由二弟持去"④。《药》则记为"夜成小说一篇,约三千字,抄讫"⑤。其他那些言辞犀利的杂文,更是不见有任何文字记载。然而,综观五四期

---

① 《鲁迅全集》第11卷,北京:人民文学出版社1981年,第141页。
② 《鲁迅全集》第11卷,北京:人民文学出版社1981年,第148页。
③ 可参见拙作《"悲哀"与"绝望":一个真实鲁迅的五四姿态》(《武汉大学学报》2011年第5期)、《"热风"与"寒气"——从杂文看鲁迅早期思想的复杂性与矛盾性》(《鲁迅研究月刊》2014年第4期)、《"呐喊"何须"彷徨"——论鲁迅小说对于思想启蒙的困惑与质疑》(《华中师范大学学报》2015年第1期)。
④ 《鲁迅全集》第14卷,北京:人民文学出版社1981年,第350页。
⑤ 《鲁迅全集》第14卷,北京:人民文学出版社1981年,第354页。

间的鲁迅日记，他所有购买的古碑古帖，全都详细记录在册。比如"买《涵芬楼秘笈》第六集一部八本，券三元五角"（1919年4月7日）。"至德古斋买《王谋（诵）墓志》一枚，券三元"（1920年2月20日）。"往留黎厂买《情史》一部十六本，二元"（1923年12月8日）。"买《匋斋臧石集》一部十六本，二元"（1923年12月8日）。买《师曾遗墨》第五、六集各一本，共三元二角"（1925年7月15日）。五四期间，鲁迅不仅大量购买古碑古帖，同时也并没有中断他的抄写和研究，比如1923年8月13日记载："夜校订《山野掇拾》毕。"1924年8月24日记载："夜录碑。雷电，无雨。"我粗略地统计了一下，五四时期（1918—1926年）鲁迅基本上是一边为《新青年》等杂志写文章，一边沉迷于自己的古物收藏和研究，他平均每月写小说或杂文一篇，却去留黎厂或厂甸2至3次，可见他为收集和研究古物所花费的时间要远大于他为思想启蒙写文章所花费的时间。所以，许广平之言是不可全信的。

再者，许广平说"鲁迅从1925年起，就在通过北京的东亚公司大量购阅欧洲文学，尤其是苏联革命后的文学"。这也不是客观事实。查阅《鲁迅日记》我们可以得知，1925年，鲁迅总共购买各种书籍73种，包括《圣经》在内的外国书籍仅有21种，且多为日文书籍，所谓欧洲和苏联的书籍，仅有三四种，其他均为古籍。1926年，鲁迅总共购书120种，包括《文学入门》《美学原论》在内的外国书籍只有31种，也是多为日文书籍，其他均为古籍。1927年，鲁迅总共购书143种，包括《欧罗巴的灭亡》《昆虫记》在内的外国书籍65种，也是多为日文书籍，且几乎没有苏联或俄罗斯的文学作品。由此可见，在1928年以前，鲁迅对西方或苏联文学的兴趣，还远不如他对古碑古帖的兴趣。从1928年开始，《鲁迅日记》中记载的外国书籍明显超越了古籍的数量，但书目繁杂，缺乏系统性，有医学也有生物学，有童话故事也有漫画集，有文学作品也有文学理论，有美术史也有日本裸体美术全集，可以说是五花八门应有尽有。但有一点是肯定的，鲁迅所购这些外国书籍，绝大多数都是日文版，且文学作品类比较少，而欧美或苏联的文学作品则更少。这无疑与鲁迅本人不懂俄文和英文有着直接的关系。至于鲁迅的德文水平究竟怎样，学界曾有人认为鲁迅可以用德文译书，但周作人却认为鲁迅德文水平一般，他说鲁迅在日本东京时，只不过是在"独逸语学协会办的学校里挂名学习德文",并没有认认真真学习过德语。① 关于这一点,鲁迅本人似乎并不否认。鲁迅在《小约翰》"引言"中曾说,在东京时他就买了德文版《小约翰》一书,"想译,没有这力"。直到1926年,再次想译,"还是没有这力"。故他不得不邀请有着留德背景的朋友齐寿山和他一起完成这本书的翻译工作。② 我举这个例子无非是要说明,鲁迅对西方和苏联文学的全部知识主要是通过日本这一窗口接受的,与其说鲁迅受过西方或苏联文学的直接影响,还不如说鲁迅受过日本思维的直接影响。许广平不仅有个时间上的认知错误,而且有一个概念上的认知错误。

回忆录作为一种非常珍贵的历史资料,它应本着实事求是的科学态度,真实而全面地向读者展示作者的历史见闻,绝不能抛弃历史去主观叙事。但作为鲁迅夫人的许广平,却以虚构的方式撰写了一部《鲁迅回忆录》,其中许多史实都是经不起考证的。对此,我只能发出这样的一声叹息:相濡以沫约十年,同床未必真相知。

---

① 周作人:《知堂回想录》(上),北京:十月文艺出版社2013年,第252页。
②《鲁迅全集》第10卷,北京:人民文学出版社1981年,第253页。

附录二 也谈周氏兄弟的"失和"原因

最近因写《野草》的文章，较为详细地阅读了有关周氏兄弟的历史资料。尤其是学界近几十年来对于鲁迅家事的种种推测，更是引起了我的高度重视。鲁迅与周作人之间的兄弟"失和"，原本属于他们两人的生活隐私，周作人一再强调："关于那个事件，我一向没有公开的说过，过去如此，将来也是如此。"① 而鲁迅本人也是同样态度，从来都不提只言片语。可为什么一件家庭的隐私会变成一件历史公案了呢？我个人感到有些匪夷所思。从郁达夫的《回忆鲁迅》、许寿裳的《亡友鲁迅印象记》，到俞芳的《鲁迅先生的母亲谈鲁迅》、许羡苏的《回忆鲁迅先生》，熟人的追述与学界的考证，产生了无数的学术八卦；而许广平与周海婴更是以其特殊身份，分别撰写了《鲁迅回忆录》和《我与鲁迅七十年》，最终将周氏兄弟的"失和"原因，定性为周作人夫妇的贪婪和奸诈——更准确地说，是归罪于周作人夫人羽太信子的秽言诬陷。试问，鲁迅与周作人二人至死都不说的"失和"原因，外界人士究竟是怎么知道的？许广平和周海婴又是怎么知道的？我认为，无知历史去言说历史，那不是对历史的一种尊重，而是对历史的一种亵渎。

综合学界的全部论述，鲁迅与周作人之间的兄弟"失和"，无非就是因羽太信子的挑拨离间，最终导致了影响鲁迅声望的恶劣后果。比如，章川岛就曾以当事人的身份叙述道："事情的起因可能是，周作人老婆造谣说鲁迅调戏她。周作人老婆对我还说过：鲁迅在他们的卧室窗下听窗。这

---

① 周作人：《不辩解说下》，载《知堂回想录》（下），北京：十月文艺出版社2013年，第533页。

是根本不可能的事,因为窗前种满了花木。"① 然而,羽太信子为何又要无事生非地造谣呢?学界则众口一词地回答曰:一是羽太信子生性好疑,且患有严重的"癔病",稍不随意就会发作,对此周作人是听之任之的。这一说法最早源自许寿裳:"作人的妻子羽太信子是有歇斯台里性的。她对于鲁迅,外貌恭顺,内怀忮忌。作人则心地糊涂,轻信妇人之言,不加体察。"② 二是羽太信子挥霍无度,因家庭内部经济问题,经常与鲁迅发生冲突,所以她才会故意制造事端将鲁迅扫地出门。比如,许广平就曾以转述"鲁迅说"的表达方式,去强化这一历史事实的真实性:"我的工资收入,全行交给二太太(周作人之妇,名信子),连周作人的,不下六百元,而每月还总是不够用……她们一有钱又往日本商店去买东西去了,不管是否急需,都买它一大批,食的、用的、玩的,从腌萝卜到玩具,所以很快就花光了。"③ 不仅如此,羽太信子的"真正目标是八道湾里只能容留她自己的一家人"④。其实,现在外界流传的这些说法,都是对郁达夫《回忆鲁迅》(1939年)一文的展开与发挥,而且还不是对郁达夫原话的忠实复述。郁达夫的原文如下:

> 在我与鲁迅相见不久之后,周氏兄弟反目的消息,从禄米仓的张、徐二位那里听到了。原因很复杂,而旁人终于也不明白是究竟为了什么。但终鲁迅的一生,他与周作人氏,竟没有和解的机会。
>
> ……
>
> 据凤举他们的推断,以为他们弟兄间的不睦,完全是两人的误解。周作人氏的那位日本夫人,甚至说鲁迅对她有不失之处。但鲁迅有时候对我说:"我对启明,总老规劝他的,教他用钱应该节省一点,我们不得不想想将来,但他对于经济,总是进一个花一个,尤其是他那一位夫人。"从这些地方,会合起来,大约他们反目的真因,也可以猜度到一二成了。不过凡是认识鲁迅,

---

① 陈漱渝:《东有启明 西有长庚——鲁迅与周作人失和前后》,载《鲁迅研究动态》1985年第5期,第4页。

② 许寿裳:《西三条胡同住屋》,载《亡友鲁迅印象记》,长沙:岳麓书社2011年,第53页。

③ 许广平:《所谓兄弟》,载《鲁迅回忆录》,武汉:长江文艺出版社2010年,第61-62页。

④ 周海婴:《鲁迅与我七十年》,海口:南海出版公司2001年,第72页。

认识启明及他的夫人的人,都晓得他们三个人,完全是好人;鲁迅虽则也痛骂过正人君子,但据我所知的他们三人来说,则只有他们才是真正的正人君子。[①]

郁达夫的这段回忆,有几句话非常值得我们去注意:一句是"旁人终于也不明白是究竟为了什么",一句是"据凤举他们的推断",还有一句就是"他们三人,完全是好人"。明眼人一看就清楚,郁达夫说羽太信子污蔑鲁迅对她不敬,以及她在经济方面挥霍无度,只不过是一种局外人的主观推测,并不是有据可查的客观事实。所以,许广平、周海婴包括学界众人都以此为凭,去对羽太信子进行大张旗鼓的口诛笔伐,这不是"红颜祸水"的传统偏见又是什么呢?就因为羽太信子是个日本人,同时又是一个日本女人,她就必须背负起莫须有的历史罪名?这种做法既不公平也很难令人信服。况且众多史料,对此谬论也并不提供支持。

正确判断周氏兄弟的"失和"原因,我们必须澄清以下几个关键事实。

首先,是鲁迅同羽太信子的关系。1907年9月,鲁迅奉母亲之命,回绍兴与朱安完婚,仅在家里住了三天,就带着周作人去了日本。1908年4月,鲁迅等5位中国留学生共同雇20岁的羽太信子为女佣,应该说鲁迅和周作人是同时认识羽太信子的。1909年,周作人同羽太信子在日本登记结婚,从此以后,她同鲁迅的接触和交往也因亲属关系而多了起来。查看1912—1919年的《鲁迅日记》,记载通信最多者,第一为周作人,第二为周建人,接下来便是"二弟妇"(羽太信子)以及羽太家人,几乎每月都有两三封(这些信件现已失传)。鲁迅与羽太信子的书信交往基本上为两种方式:一种是周作人夫妇联名写的,故鲁迅回信也是写给他们二人的,比如:"得二弟及二弟妇信""寄二弟及二弟妇信"[②];一种是羽太信子直接给鲁迅写信,故鲁迅也直接给她回信,比如:"晚得二弟妇信""下午寄二弟妇信"[③]。此外,鲁迅还同羽太信子的弟弟重久及妹妹芳子、福子,都保持有通信联系,同其父母也联系频繁:比如1913年1月

[①] 郁达夫:《回忆鲁迅》,载《郁达夫文集》第4卷,广州:花城出版社1982年,第207页。

[②]《鲁迅全集》第14卷,北京:人民文学出版社1981年,第104页。

[③]《鲁迅全集》第14卷,北京:人民文学出版社1981年,第291页。

17日"上午寄羽太家信"①,1917年3月5日"寄羽太宅信"②,1918年3月20日"午后寄羽太家信并泉卅"③,等等。与此同时,鲁迅对于羽太家人,还在经济上给予了力所能及的帮助。许广平曾说,"鲁迅除了负担八道湾绝大部分家用外,连日本人信子们的父亲羽太家:每月家用的接济,儿子重久三次到中国和在日本不时的需索以及军营的所需费用,及第三个女儿福子的学费也都是由鲁迅每月收到工资,即行汇出的。"④ 学界对许广平的说法不仅深信不疑,甚至还考证《鲁迅日记》并得出了这样的结论:"自从信子与周作人结婚后,鲁迅是按月资助羽太一家生活费用的。仅从鲁迅一九一二年七月至一九一八年八月日记看,总计汇款一千六百二十二元。"⑤ 这就是学界普遍认为鲁迅赡养羽太一家的理论依据。然而,事实真相却并非如此。我也详查了《鲁迅日记》,从1912年9月3日始有记载,到1918年12月31日为止,在大约6年半的时间里,鲁迅总共给羽太家人寄钱814元大洋,其中既有给羽太信子父母的零用钱,也有对其弟弟重久和妹妹福子的资助,比如1914年4月14日记:"赴日本邮局寄羽太家信并银十五元,为重久营中之用"⑥;又1915年6月16日记:"福子学费六元"⑦ 等。鲁迅为羽太家人寄钱,平均每月10元,相当于鲁迅工资的二十五分之一,我真不知道"一千六百二十二元"究竟是怎么算出来的。我想这位学者,大概是把鲁迅寄往绍兴家中,给母亲、朱安、周作人夫妇、周建人的一部分生活费也计算在里面了吧。况且,鲁迅也并非每月都寄,1912年2次,1913年5次,1914年5次,1915年6次,1916年6次,1917年4次,1918年5次,可见"按月资助"是不足为信的。从以上事实我们不难看出,鲁迅同羽太信子及其家人交往密切且关系非同一般,它体现着一位中国兄长的宅心仁厚。对此,羽太信子及其家人,也是怀抱感恩之心的。尽管羽太信子的信件缺失,但我们仍能从鲁迅与周作人兄弟"失和"以后,其弟羽太重久写给鲁迅的信中,感受到这一点:"长期以来,有劳兄长牵挂,真是无言可对。对您长年以来的深情厚意和

---

① 《鲁迅全集》第14卷,北京:人民文学出版社1981年,第40页。
② 《鲁迅全集》第14卷,北京:人民文学出版社1981年,第267页。
③ 《鲁迅全集》第14卷,北京:人民文学出版社1981年,第310页。
④ 许广平:《所谓兄弟》,载《鲁迅回忆录》,武汉:长江文艺出版社2010年,第64页。
⑤ 杜圣修:《鲁迅、周作人"失和"原委探微》,载《中国现代文学研究丛刊》1993年第3期,第44页。
⑥ 《鲁迅全集》第14卷,北京:人民文学出版社1981年,第109页。
⑦ 《鲁迅全集》第14卷,北京:人民文学出版社1981年,第168页。

物资援助，真不知说什么才好。"① 因此，不加辨析地将羽太信子视为忘恩负义的奸佞小人，是一个征服中国人家庭的"奴役者"②，这真有点欲加之罪何患无辞的味道。理由十分简单，郁达夫见过羽太信子，他称羽太信子为君子，那么君子绝不会有小人之为；如果我们将这些不实之词作为史料加以引证，无疑是蔑视学术尊严的荒谬之举。

其次，是兄弟"失和"背后的经济问题。目前学界对于周氏兄弟的"失和"原因，都倾向于由经济纠纷所导致的家庭矛盾，尤其是许广平、周海婴、周建人等都对此事有过详细的叙述。许广平说：

> 他（指鲁迅，引者注）很凄凉地描绘了他的心情，说："我总以为人不要钱总该可以家庭和睦了罢，在八道湾住的时候，我的工资收入，全行交给二太太（周作人之妇，名信子），连周作人的，不下六百元，而每月还总是不够用，要四处向朋友借，有时借到手连忙回家。又看到汽车从家里开出，我就想：我用黄包车运来，怎敌得过用汽车带走呢？"……鲁迅说："她们一有钱又往日本商店去买东西去了，不管是否急需，都买它一大批，食的、用的、玩的，从腌萝卜到玩具，所以很快就花光了。又诉说没有钱用了，又得借债度日。"③

周海婴说：

> 父亲自己除了留下香烟钱和零用花销，绝大部分薪水都交给羽太信子掌管。……没想到八道湾从此成为羽太信子称王享乐的一统天下。在生活上，她摆阔气讲排场，花钱如流水，毫无计划。饭菜不合口味，就撤回厨房重做。……钱的来源她不管，只图花钱舒服痛快。④

周建人说：

> 在绍兴，是由我母亲当家，到北京后，就由周作人之妻当家。

---

① 北京鲁迅博物馆鲁迅研究室编：《鲁迅研究资料》（12），天津：天津人民出版社1983年，第24页。
② 许广平：《所谓兄弟》，载《鲁迅回忆录》，武汉：长江文艺出版社2010年，第62页。
③ 许广平：《所谓兄弟》，载《鲁迅回忆录》，武汉：长江文艺出版社2010年，第61-62页。
④ 周海婴：《我与鲁迅七十年》，海口：南海出版公司2001年，第72页。

日本妇女素有温顺节俭的美称，却不料周作人碰到的却真是个例外。她并非出身富家，可是气派极阔，架子很大，挥金如土。家中有管家齐坤，还有王鹤拓及烧饭司务、东洋车夫、打杂采购的男仆数人，还有李妈、小李妈等收拾房间、洗衣、看孩子等女仆二三人。即使祖父在前清做京官，也没有这样众多的男女佣工。更奇怪的是，她经常心血来潮，有时饭菜烧好了，忽然想起要吃饺子，就把一桌饭菜退回厨房，厨房里赶紧另包饺子；被褥用了一、两年，还是新的，却不要了，赏给男女佣人，自己全部换过。这种种花样，层出不穷。鲁迅不仅把自己每月的全部收入交出，还把多年的积蓄赔了进去，有时还到处借贷，自己甚至弄得夜里写文章时没有钱买香烟和点心。鲁迅曾感叹地对我说，他从外面步行回家，只见汽车从八道湾出来或进去，急驰而过，溅起他一身泥浆，或扑上满面尘土，他只得在内心感叹一声，因为他知道，这是孩子有病，那怕是小病，请的外国医生，这一下又至少是十多块钱花掉了。①

如果我们把郁达夫、许广平、周海婴和周建人的叙述联系起来，很容易就能发现他们语义表述的因果关系：郁达夫原本只是推测，许广平与周海婴则深信不疑，而周建人则更是艺术加工，结果全都是些无中生有的杜撰之词。理由之一，许广平、周海婴、周建人均说，鲁迅每月把薪水都上缴给了羽太信子，由她来全权处理家庭内部的日常生活开销，自己甚至"没有钱买香烟和点心"，这绝不是事实。众所周知，鲁迅每月都要购买古物，平均花费大洋20元左右，同时还要抽烟喝酒请客吃饭，如果薪水全部上缴了，这些花销又是从哪里来的呢？只要我们翻翻《鲁迅日记》便可发现，鲁迅和周作人都没有把自己的薪水全部上缴，比如1921年10月5日记："往浙江兴业银行取泉十四。"同月19日又记："还二弟买书泉六元。"② 在《鲁迅日记》里，类似记载还有很多。这充分说明，不但鲁迅自己有个人存款，周作人的薪水也有保留，且兄弟二人的经济账目分得如此清楚，又何谈全家财务的统一管理呢？理由之二，许广平说鲁迅告诉她常见家中有"汽车"开出，到了周建人那里则变成了家里养了"东洋车夫"；"东洋车夫"无疑就是汽车司机，因为拉黄包车那是中国苦力

---

① 周建人：《鲁迅和周作人》，载《新文学史料》1983年第4期，第2页。
②《鲁迅全集》第14卷，北京：人民文学出版社1981年，第430–431页。

们（像骆驼祥子等）所干的活。所以周家人自己的叙事，便形成了这样一种荒谬逻辑：家有"东洋车夫"也就意味着鲁迅兄弟早在20世纪20年代初期便拥有了属于他们自己的私人汽车，否则养"东洋车夫"干什么用呢？总不会让一个日本人在北京大街上拉黄包车吧？此言不驳，恐将成为鲁迅研究史上最大的笑话之一。理由之三，许广平和周建人都说，由于羽太信子的挥霍无度，导致鲁迅不得不四处借债，以维持周家的日常生活，这更不是事实。据《鲁迅日记》记载，借钱之事确时有发生，不过多是借些小钱，主要用于购物（包括自己所喜欢的古物），但次数也并不是太多。凡借大钱，均事出有因，比如1920年，周建人的儿子得了重病，5、6两月看病或住院竟达30天之多，急需大笔治疗费用，故才会有6月22号"在医院。托二弟从齐寿山假泉一百"的日记记载。[①] 把鲁迅借钱给侄子看病，说成是为了满足羽太信子的贪婪欲望，许广平不了解实情倒也罢了，但周建人为什么不说真话呢？很是令人费解。

再者，是关于羽太信子的"癔病"问题。学界与鲁迅的亲人，一谈及周氏兄弟的"失和"原因，往往还会提到羽太信子有"癔病"，即精神上的歇斯底里症。这种说法始于许寿裳，后经俞芳、周建人、周海婴等人多次强调，也就变成研究者反复引用的历史依据了。医学对于"癔病"的解释是："癔病，又称歇斯底里，中医谓脏燥、郁症。……其特点：病程短，易发性，恢复性。"临床特征为运动障碍、痉挛性发作、癔病性失明或耳聋，精神上表现为神经质大哭或大笑且表情夸张。[②] 那么羽太信子究竟有没有"癔病"呢？许寿裳在《亡友鲁迅印象记》里说，"作人的妻子是有歇斯台里性的"，这是后人说羽太信子有"癔病"的历史源头。不过请注意：许寿裳所说的是"歇斯台里性"而非"歇斯底里症"，主要是指羽太信子对鲁迅阳奉阴违的双重人格，而并非说她有什么"癔病"。真正定性羽太信子有"癔病"的人，是那位不断撰写回忆文章的俞芳女士。她在《我所知道的芳子》一文里，曾借鲁迅母亲之口这样描述道：

> 就是一件事，使我感到不便，但再想，这是暂时的，过上几年，就会好的。什么事情不便呢？就是信子初到绍兴时，不懂我们的话，事事都得老二翻译，可是老二每天都要到学校去教书。每当老二不在家时，看到信子一个人孤孤单单，怪可怜的，但也

---

① 《鲁迅全集》第14卷，北京：人民文学出版社1981年，第388页。
② 米济生：《浅谈癔病与治验》，载《内蒙古中医药》2002年第5期，第35页。

没有办法为她解决困难。不料,这样过了一段时间,我们发现信子患有一种很奇怪的病:每当她身体不适,情绪不好或遇到不顺心的事,就要发作,先是大哭,接着就昏厥过去。我看到她发病,心理是又焦急又害怕,只得请医生来家诊治,医生也没有什么好办法,他说他也没有看到过这种病,只关照我们让她好好休息,开些安神定心的药给她吃。……

但是信子的"怪"病始终没有根除,产后不到两个月,有一次,不知是为什么,她又发病了,我们大家都很焦急,忙叫人去请医生。凑巧,重久从外面进来,看见信子在发病,又看到我们焦急的样子,他却毫不在意地说,不要紧的,过一会她自会好的。这种病她在日本家里时也常发的……听了重久这一番话,我的心才放宽了。①

俞芳童年时代曾是周家在北京的一位邻居,她多次以周老妇人的叙述口吻,去披露周家不为外界所知的私密事情,而研究者对此也从不怀疑且广泛引用。我个人不太相信俞芳回忆的历史真实性,一是没有人能对童年记忆中的他者事物过目不忘,记得如此清晰,二是周家内部所发生的不愉快之事,从不对外界透露任何信息,又怎么可能去对一个小孩子讲呢?只要读一读俞芳转述周老妇人那些文绉绉的书面语言,其人为虚构成分就自不待言了。另外,"癔病"中医称其为"脏燥"或"郁症",在中国古代是一种常见疾病,许多医书都记载有该病的特征和治疗方法,俞芳说周老妇人对她讲绍兴的医生没有见过这种病,周家所请的那位医生总不会又是庸医吧?还有,已经到绍兴两年的羽太信子都不懂中文,而她弟弟重久只是1912年陪羽太芳子来绍兴,立刻就能流利地用汉语同周家人对话,恐怕没人会去相信这种谎言。最能够证明羽太信子是否有"癔病"的人,应该是鲁迅的三弟周建人,五四以前,他一直同周作人夫妇在家照顾母亲,然而他对此事却呈现出截然不同的两种态度:1954年,周建人在《略讲关于鲁迅的事情》(人民文学出版社出版)一书中,根本就未提羽太信子有什么"癔病";可是到了1983年,他却在《鲁迅和周作人》一文里,谈到了羽太信子的"癔病":

早在辛亥革命前后,他携带家眷回国居住在绍兴时,他们夫妇间有过一次争吵,结果女方歇斯底里症大发作,周作人发愣,

---

① 俞芳:《我所知道的芳子》,载《鲁迅研究动态》1987年第7期,第28-30页。

而他的郎舅、小姨都指着他破口大骂，从此，他不敢再有丝毫的"得罪"。①

这段叙述与俞芳的回忆有着直接的关系，因为俞芳1981年出版的《我记忆中的鲁迅先生》（浙江人民出版社出版）一书，恰恰正是由周建人为其作序，他自然是通读过全文的。所以，周建人为了维护鲁迅的伟人形象，不但违心地顺从了俞芳的说法，同时还把某些叙事内容进行了改写，这恰恰证明"癔病"之说的人为虚构性。作为羽太信子的丈夫，周作人从未讲过她有"癔病"，尽管日记中也偶记羽太信子"发病""昏晕"，但"发病"与"昏晕"却并不一定代表"癔病"。因此，我个人宁可相信周作人自己的判断和言说，而绝不相信那些带有浓厚主观色彩的所谓回忆录。

再次，是关于羽太信子霸占房产的传言。研究周氏兄弟的"失和"原因，我们还应注意到另外一个敏感话题，即周家在八道湾那套房屋的产权争议。许广平早在《鲁迅回忆录》里就已经发泄了她的不满，认为周作人独自霸占了周家的那份房产，只不过她的矛头并没有公开指向羽太信子。到了周海婴的《我与鲁迅七十年》中，情况则发生了巨大变化，他把羽太信子说成周家矛盾的幕后主谋，先是在周家称王称霸夺取经济大权，"但这一切仍不能让羽太信子称心满意。她的真正目标是八道湾里只能容留她自己的一家人"。因此，她便开始在兄弟三人中间制造矛盾，"在建人叔叔被赶走十个月后，她向父亲下手了。也不知道她在枕边向周作人吹了什么耳边风，在父亲身上泼了什么污水毒涎……就这样，父亲也被周作人夫妇逐出了八道湾。祖母受不了这冷酷的环境，也从此住到了长子的新家。八道湾这所大宅终于称心如愿，为周作人夫妇所独占，成了羽太信子的一统天下"②。周海婴的言下之意，周建人与羽太芳子两人发生婚变，以及鲁迅和周作人之间的兄弟"失和"，都是由羽太信子精心策划的一场阴谋，这未免太有点言过其实了吧？若要解开历史真相，我们必须实事求是：其一，周建人不是被周作人夫妇"赶出"八道湾的，而是因到上海谋职自己离开八道湾的。周建人没有文凭，属于自学成才，虽然在北京大学听过课，但工作却一直没有着落，鲁迅和周作人都很着急，分别求人替他找事情做。比如周海婴谈到，鲁迅曾两次给蔡元培写信，都是为

---

① 周建人：《鲁迅和周作人》，载《新文学史料》，1983年第4期，第2页。
② 周海婴：《我与鲁迅七十年》，海口：南海出版公司2001年，第72页。

周建人找工作,这无疑是有据可查的。然而,他对周作人所做的努力,却视而不见一字不提,显然是在有意地回避。其实,周建人最后的工作落实,完全是周作人的功劳,是他多次写信给胡适,才使周建人去了上海商务编译所的。胡适在1921年8月18日写给周作人的信中,就已经向世人说明了真相:"你的兄弟建人的事,商务已答应请他来帮忙,但月薪只有六十元,不太少否?如他愿就此事,请他即来。来时可到宝山路商务编译所寻高梦旦先生与钱经宇先生(《东方》主任,此事之成,钱君之力为多)。"① 原本是周作人帮了弟弟周建人,现在却被说成周作人夫妇合谋将周建人"赶出"了八道湾,这真是一个令人惊叹的千古奇冤。其二,周建人的婚变与羽太信子无关,而是周建人自己的个人选择。周海婴在《我与鲁迅七十年》里,曾把羽太芳子到绍兴与周建人结婚,说成是羽太信子为了掌控周家的一大阴谋,目的就是为了安插自己的势力;所以羽太芳子受其姐姐指使,采取了极其卑鄙的方式,将周建人灌醉后强行送入洞房,进而埋下了两人婚姻悲剧的种子。1921年,周建人到了上海以后,多次写信让羽太芳子前去,可是芳子却听从信子的挑唆,不愿去上海过清贫的生活,因此才最终导致了两人婚姻的彻底破裂。② 我很佩服周海婴的艺术想象力,但艺术想象终究不能代替历史事实。1922年,羽太芳子刚刚生完老三,而周建人在上海的收入仅60元,他根本就没有能力养活一家五口人,是鲁迅和周作人两位兄长替他排忧解难承担责任,怎能罔顾事实信口胡说呢?周建人同羽太芳子是自由恋爱并结婚的,即便是俞芳"转述"周老妇人的话,也并没有否认这一点:"在日常生活接触中,老三和芳子这一对少男少女,逐渐产生了爱慕之情,老二和信子很有成全他们的意思,于是征得我和芳子家长的同意,老三和芳子于1914年春在绍兴结婚了。"③ 周建人与羽太芳子的婚变,无非是五四时期"个性解放"的历史产物,周建人与王蕴如相识相爱,不顾一切地离开了芳子,纯属他的个人行为,和羽太信子有何干系?其三,八道湾房契主人的变更,也与羽太信子没有任何关系。许广平和周海婴都说,鲁迅去世以后,周作人夫妇为了独占八道湾的房产,把产权偷偷地过户到了自己的名下,对于此事的历史真相,姚锡佩在《琐谈鲁迅家族风波——八道湾房产"议约"引

---

① 胡适:《书信》,载《胡适全集》第23卷,合肥:安徽教育出版社2003年,第378页。
② 周海婴:《我与鲁迅七十年》,海口:南海出版公司2001年,第82—88页。
③ 俞芳:《我所知道的芳子》,载《鲁迅研究动态》1987年第7期,第30页。

出的话题》一文中，早已做了翔实的考证与精辟的论述：1937年4月，周作人将八道湾的房契改为周作人、周建人和朱安三人的名字，他这样做自然是有其道理的，因为鲁迅已经不在了，他必须重新明确房产的权益归属。周作人仍旧把房产分为三份：鲁迅那一部分留给了"周朱氏"（朱安），周建人那一部分留给了"周芳子"（羽太芳子）。周作人之所以不通知许广平和周建人，是他根本就不承认他们两人后来的婚姻。尤其是周建人仍健在，由于他否认同羽太芳子以及三个子女的亲情关系，故周作人为了保护弟妹以及侄子和侄女的合法利益，才不得不采取如此下策。[①] 所以，说周作人囿于传统思想保守可以，但说周作人出于私心要独霸房产，那只不过是周海婴在泄私愤而已。

　　澄清了以上几个事实，现在我们可以略谈一下周氏兄弟的"失和"原因了。周作人为什么会同鲁迅绝交？现在学界较为认同的一种观点，就是因羽太信子诬陷鲁迅"偷窥"其"洗澡"；至于"偷窥"究竟发生在哪一天，却没有人能够给出一个比较靠谱的准确答案。我分别查阅了《鲁迅日记》和《周作人日记》，发现1923年7月13号这一天，两兄弟同时都记有"洗澡"一事，即：鲁迅记"晚浴"[②]，而周作人则记"入浴"[③]。这不禁引起了我的一种联想：很可能是7月13号晚上，周作人洗完澡后，羽太信子接着洗，而鲁迅不知澡房有人，结果推门遇到了尴尬。恐怕这就是事情的起因以及兄弟二人误解的开始。或许是鲁迅对于自己的无意之举感到十分地内疚与自责，故7月14日的日记写道："是夜始改在自室吃饭，自具一肴，此可记也。"[④] 自从全家搬到八道湾以后，鲁迅一直是与周作人夫妇一道用餐的，因此这天单独用餐才会"此可记也"。如果按照许广平的说法，鲁迅是被羽太信子"赶出来的"，那说明周作人已经知道了这件事，可他为何却发难于5天之后呢？比较合理的解释应该是，羽太信子一开始并没有对周作人讲，只是由于他一再追问为什么鲁迅单独吃饭，羽太信子才道出了实情。羽太信子究竟有没有添油加醋夸大其词，我们现在已经不得而知了，但周作人19号送来的"绝交信"，却彻底破裂了他们之间的兄弟情谊。周作人的"绝交信"里，有一句话很少有人去

---

① 此文刊于《鲁迅研究月刊》1997年第12期，第45-55页。
② 《鲁迅全集》第14卷，北京：人民文学出版社1981年，第460页。
③ 《周作人日记》（影印本）中册，郑州：大象出版社1996年版，第317页。
④ 《鲁迅全集》第14卷，北京：人民文学出版社1981年，第460页。

仔细辨析："我不是基督徒,却幸而尚能担受得起,也不想责谁。"① "谁"字显然不是单指鲁迅,而是指他们当事者二人。周作人后来说他自己的真实意思,只是想让鲁迅不要再到后院里来了,并非想把他赶出八道湾,这话应该是可信的,因为房契的主人是鲁迅,他凭什么赶鲁迅走呢?而鲁迅也感到莫名其妙,"邀欲问之,不至"②。他当时可能非常愤怒,故一气之下,主动搬出了八道湾。鲁迅自己的搬走行为,更是增强了周作人的怀疑;故1924年6月11日,鲁迅回八道湾去拿东西,兄弟二人又发生了一场更为激烈的肢体冲突,由于他们都不对外人讲,故也没有人知道真相。我个人猜测,他们可能是在各自辩解时,因一言不合便恶语相向拳脚相加,此后便断绝了来往形同路人。毫无疑问,鲁迅与羽太信子都不是这场冲突的关键人物,关键人物应是周作人自己。周海婴曾一再强调说,"日本的习俗,一般家庭沐浴,男子女子进进出出,相互都不回避。……再联系当时周氏兄弟同住一院,相互出入对方的住处原是寻常事,在这种情况之下,偶有所见什么还值得大惊小怪吗?"③ 周海婴此言,首先印证了我前面猜测的合理性,即鲁迅本想去洗澡,却无意碰见了羽太信子。但周海婴的全部推论,都建立在羽太信子是个日本人,可是用在周作人身上,情况就大不相同了。周作人受中国传统文化影响很深,虽然他留学日本多年,又在五四时期倡导新思想,但却丝毫未改其中国人的传统观念。④ 我们可以举两个例子:一是周作人在婚姻问题上,他与胡适一样都坚守婚约,从未以婚恋自由为口号,做出抛弃妻子的出格事情。尽管羽太信子长得不算漂亮,可周作人却爱其一生无怨无悔,在她临终之前还托友人购买日本食品,以了却其怀念故乡的最后愿望。我认为他们夫妻之间才真正做到了相濡以沫几十年。二是周作人在家庭问题上,更是主张和谐与稳定,他不满鲁迅对于朱安的冷漠,痛恨周建人的喜新厌旧,自作主张把鲁迅和周建人的房产,划归朱安和羽太芳子,就足见其传统得有点迂腐。特别是他始终都不承认许广平和王蕴如为其嫂子和弟媳,一生都不与她们交往,

---

① 《周作人致鲁迅信》,载《鲁迅研究动态》1985年第5期,第2页。
② 《鲁迅全集》第14卷,北京:人民文学出版社1981年,第460页。
③ 周海婴:《我与鲁迅七十年》,海口:南海出版公司2001年,第73页。
④ 周作人认为自己一生就是一个儒者,故当胡兰成说他受日本文化的影响时,周作人却颇不以为然地回答道:"他说我受日本的影响,大约只是皮相之词……我所受日本的影响,说起来最显著的可以算是兼好法师,不过说到底他乃是贯通儒释道的人物,所以或者不能说是日本的也未可知。"(见《周作人与鲍耀明通信集》,开封:河南大学出版社2004年,第395-396页。)

其爱恨情仇从不遮掩,虽然固执但却不失正直。儒家思想在周作人头脑里根深蒂固,这使其在兄弟"失和"事件里,形成了一种难以逾越的心理障碍——男女授受不亲,更何况是大伯与弟媳之间呢。所以尽管是一场误会,可周作人却心存芥蒂,故他的无法宽恕,才是导致这场悲剧发生的根因所在。

另外我还要强调一点,周氏兄弟虽然从不相互攻讦,可是他们后来都把自己的怨气撒向了两个不幸的女人。鲁迅说:"某太太(指朱安,引者注)于我们颇示好感,闻当初二太太曾来鼓动,劝其想得开些,多用些钱,但为老太太纠正。"① 而周作人则说:"只因内人好直言,而且帮助朱夫人,有些话是做二夫人的人所不爱听的,女人们的记仇恨也特别长久,所以得机会来发泄(指许广平写的《鲁迅回忆录》,引者注)是无怪的。"② 鲁迅认为羽太信子在挑拨朱安同他和许广平之间的关系,周作人则认为羽太信子因站在朱安一边而遭许广平记恨。其实,羽太信子侍奉婆婆关爱朱安抚养周建人的弃妻以及三个孩子,许广平不辞辛劳照顾鲁迅并且只身在逆境中把周海婴带大,她们都无怨无悔做得尽心尽责,何苦还要让她们再去遭受那些冷言冷语的历史非议呢?我个人对此是深感遗憾的。因此我认为,停止一切不必要的主观臆测,让逝者的灵魂得以安息,只有尊重历史事实,才是鲁迅研究的正确方向。

---

① 《鲁迅全集》第 12 卷,北京:人民文学出版社 1981 年,第 120 页。
② 《周作人与鲍耀明通信集》,开封:河南大学出版社 2004 年,第 154 页。

后 记

对于鲁迅研究，我一向抱有敬重之心。尽管《鲁迅全集》我读得很早、很熟，读研究生时所发表的第一篇文章，也是《鲁迅农民观新论》；但后来因为硕士论文转向了胡适研究，博士论文又转向了曹禺研究，故在长达 20 年的时间里，我几乎没有再写有关鲁迅的文章。这不能不说是一种遗憾。

2006 年，在一次有关鲁迅研究的学术会议上，有朋友开玩笑说我不是研究鲁迅的，完全是来"蹭会"。虽然是一句玩笑话，但却引起了我的重视，因为研究中国现当代文学，鲁迅始终都是一个不可跨越的研究对象。于是，我用了差不多一年的时间，把学界近几十年来研究鲁迅的重要著述都大致浏览了一遍。这次"补课"式的学习过程，既填补了我的思想空白，又发现了许多重大问题，因此便有了这本集子里的十余篇文章。

从 20 世纪 90 年代开始，学界就提出了一个"回归鲁迅"的响亮口号。我本以为学界同仁果真发现了鲁迅研究形而上学的历史弊端，但却不料形而上学的玄学化研究倾向更加严重。比如，有人将鲁迅思想与萨特的存在主义哲学联系在一起，去抽象化地大谈什么鲁迅对"存在"的哲学思考；又如，有人主张"避实就虚"谈鲁迅，以便更深入地读懂鲁迅的"生命哲学"。总而言之，鲁迅被学界从他自身所在的生活环境中孤立出来，置放于一个学界为其精心制定的"启蒙"大时代里，没有情感的维度，更没有生命的热度，完全被封闭在精英话语的"围城"里，变成了一个失去自我辩解能力的文坛神像。我个人认为，这无疑是鲁迅的悲哀。

正是出于对鲁迅的尊重和理解，我决定走入鲁迅的精神世界，以文本而不是以先设的理论为依据，去同鲁迅展开一场有血有肉的生命对话。我像鲁迅那样，在昏暗的灯光下，点上一支烟，去感受那种失去了"亲情"

的心灵痛苦；我像鲁迅那样，喝上几杯老酒，在微醺的状态下，去发泄对各种"流言"中伤的悲愤之情；我像鲁迅那样，夜里一个人，带着病痛之身走向医院，去体验死亡来袭的恐惧心理——我终于明白了鲁迅的"孤独"与"悲哀"，因为没有人能够在这种灵魂与肉体的双重折磨中，成为一个意志坚强的时代英雄，抑或是不食人间烟火的"精神界之战士"。是人就会有人间的喜怒哀乐，鲁迅当然也不会例外。在这场生命对话过程中，我突然发现一个真实的鲁迅完全被学界人为遮蔽了，研究者几乎都是在大谈鲁迅的思想之"虚"，却很少有人去谈鲁迅的生命之"实"。最典型的一个事例，就是只谈鲁迅的"呐喊"，却回避了鲁迅的"彷徨"；即使谈到了鲁迅的"彷徨"，也将其归纳为鲁迅思想走向成熟的一种间歇。实际上，对话使我终于意识到，"彷徨"就是鲁迅的思想本质，"呐喊"只不过是"听将令"而已。正是基于这样的思想认识，我重新论述了鲁迅的思想与创作，并得出了与传统学界完全不同的个人看法，这是一次大胆且具有颠覆性的有意尝试。

  在这十年中，我先后发表了十几篇文章，集中阐释我对鲁迅思想与创作的不同观点，同时也期待着学界同仁的批评意见。从现在来看，反映还是不错的，学界并没有对我大加讨伐，相反赞同者却日益增多。另外，我还做了两个实验：一是在大学里，为本科生与研究生开设"鲁迅研究"选修课，连续开了五年，学生对于我的研究成果给予了充分的肯定，仅以选修课的人数而言，每年都在递增，足以说明学生们对鲁迅是感兴趣的，他们所厌烦的只不过是那种不着边际的言说鲁迅。二是从2016年开始，我也介入中学课堂教学，很想知道中学老师和学生对于鲁迅的真实态度。我把有关《秋夜》《雪》《故乡》等的研究成果，带入中学与师生们交流，并没有出现钱理群先生所遇到的那样情况，相反一直都为他们所喜欢。这使我明白了一个道理，只有对学生们讲述一个活生生的鲁迅，他们才能真正从情感上去接受鲁迅；如果硬是要脱离鲁迅丰富的情感世界和生命热度，让学生们认知一个思想家、启蒙者或战士形象的鲁迅，他们当然会因代沟而产生强烈的抵触心理。

  我绝不是说只有我才真正理解了鲁迅，相比之下，我觉得我更接近了鲁迅的心灵世界。对此，我要向那些能够让我发出不同声音的杂志编辑们，表示我衷心的感谢，他们是：《鲁迅研究月刊》的姜异新、《天津社会科学》的时世平、《河北学刊》的王维国、《福建论坛》的陈建宁、《广东社会科学》的韩冷、《学术月刊》的田卫平、《华中师范大学学报》的王泽龙等。他们都是我多年的学术知音,也都是见证过我学术成长的良师益友。另外,本书能够顺利出版,还要感谢华南理工大学出版社社长卢家明先生和王磊主任,如果没有他们的热情支持和帮助,这本书还不知道什么时候才能与读者见面。

最后说一句:读者读完这本书,您绝不会留有遗憾;一切有关鲁迅的疑问,您都将会从中找到答案。我真诚地期待你们的批评意见。

2016 年 12 月 22 日于暨南大学明湖苑